CHARLOTTE LEONARD

Die VERWEGENE

aufbau taschenbuch

CHARLOTTE LEONARD

Die VERWEGENE

Sie strahlt im Glanz Hollywoods,
und ihre Erfindung verändert die Welt
– Hedy Lamarr

ROMAN

aufbau taschenbuch

MIX
Papier aus verantwortungsvollen Quellen
FSC® C083411
FSC www.fsc.org

ISBN 978-3-7466-3868-3

Aufbau Taschenbuch ist eine Marke
der Aufbau Verlage GmbH & Co. KG

1. Auflage 2022

Satz Greiner & Reichel, Köln
Druck und Binden CPI books GmbH, Leck, Germany
Printed in Germany

www.aufbau-verlage.de

PROLOG

Los Angeles, 1997

Warum nur klingelt das verfluchte Telefon nicht? David R. Hughes fixiert das Gerät, als könne er es auf diesem Weg dazu bringen, die Stille zu durchbrechen.

Nichts.

Er trommelt mit den Fingern auf dem Tisch, erhebt sich und ruft nach Pixel. Der schwarze Labrador kommt schwanzwedelnd angelaufen – er freut sich auf jeden Spaziergang.

Gerade, als Herrchen und Hund die Tür erreicht haben, schrillt das Telefon. Pixel sieht David aus seinen großen dunklen Augen traurig an, bevor er sich in sein Körbchen zurückzieht. Der Hund weiß nur zu gut, dass Telefonate meist lange dauern und er sich daher ein Schläfchen gönnen kann.

»Hughes.«

»John Barlow hier.«

»Endlich!«

Ein Lachen ist die Antwort. »Tut mir leid, ich hätte Ihnen gerne früher Bescheid gegeben.«

»Und?«

David war nie ein Mann der vielen Worte, seine Frau behauptet, man könne ihm leichter Zähne aus dem Mund ziehen.

»Ja. Wir konnten nicht anders als Ihrem Antrag nachzugeben. Sehr beeindruckend, was Sie herausgefunden haben.«

»Wunderbar. Danke.«

»Geben Sie Miss Lamarr Bescheid oder sollen wir sie kontaktieren?«

»Ich habe ihrem Sohn versprochen, dass ich ihn anrufe.«

»Okay. Wir sehen uns bei der Preisverleihung?«

»Zur Hölle, ja!«, platzt David in seinem breiten texanischen Akzent heraus. Dann schiebt er schnell nach: »Danke.«

Nachdem er aufgelegt hat, stößt er einen tiefen Seufzer aus. Nicht auszudenken, wenn sie gegen seinen Antrag gestimmt hätten. Jetzt braucht er erst einmal einen Whiskey, egal, dass es erst kurz nach zwölf ist. Den Drink hat er sich wirklich verdient.

Auf den ersten Blick hatte er sich in Hedy Lamarr verliebt. Gebannt stand er 1938 vor dem Filmplakat mit ihrem Bild, dabei hatte er ursprünglich *Algiers* gar nicht ansehen wollen. Doch die Szenenfotos in den Schaukästen zogen ihn magisch an. Hedy Lamarr sah aus wie eine Göttin: nachtschwarze Haare, schneeweiße Haut, geschwungene Lippen, große Augen, die Augenbrauen perfekte Bögen. Ihre Schönheit und, wie sich dann im Kino herausstellte, ihr Mut eroberten augenblicklich sein Herz.

Er konnte es kaum erwarten, bis seine Heldin endlich auf der Leinwand auftauchte. Man sah sie erst aus der Ferne, von der Seite. Was für ein Profil! Während Schüsse abgegeben wurden, schlenderte Hedy gelassen durch die engen Gassen. Ein exotisch aussehender Mann mit einem komischen Hut mit Troddeln griff sich Hedy und führte sie in einen Raum.

Es hielt David kaum auf seinem Sitz. Er wollte sie warnen vor diesem Fremden, der ihr bestimmt Böses wollte. Stattdessen musste er sich gedulden und hing an ihren Lippen, als sie endlich den ersten Satz sagte. Ihre Stimme war dunkel und sanft, mit einem leichten Akzent.

Selbst als erneut geschossen wurde, blieb sie gelassen und sah sich neugierig um. Ihr Blick fiel auf den Helden – einen Mann namens Pepe le Moko.

Und dann füllte ihr Gesicht die Leinwand, und David blieb die Luft weg, aber Pepe blickte nur auf das Juwelenarmband an ihrem Handgelenk. Das verstand David beim besten Willen nicht: Wie konnte man sich Glitzersteine anschauen, wenn es doch diese unglaublichen Augen zum darin Versinken gab?

David leistete einen stummen Eid. Egal, wann, egal, wie – er würde seine Göttin persönlich treffen und er würde etwas für sie tun, damit sie sich seinen Namen merkte.

Dass Hedy Lamarr jedoch nicht nur die schönste Frau der Welt war, wie er an jenem Kinoabend befand, sondern so viel mehr, wurde ihm erst viel, viel später bewusst. Denn auch wenn David seine erste Begegnung mit ihr nie vergessen wird, so hat die zweite es geschafft, dass sich Hedy Lamarr für immer in sein Herz einbrannte.

Für ihn überraschend, stand ihm zu Zeiten jener zweiten Entdeckung seine Pension bevor. Er fühlte sich zu jung, war bereit für Neues und erkundete die wunderbare Welt des Internets. David war einer der Ersten, der sich auf diese neue Technik stürzte und sich damit beschäftigte. Als er tiefer in die Entstehungsgeschichte der Kommunikationstechnologie eintauchte, erlebte er die Überraschung seines Lebens. Mit vielem hatte er gerechnet, aber nicht damit, dass er in dieser Welt der Technologie und Kommunikation erneut auf Hedy Lamarr treffen würde. Mit Staunen stellte er fest: Die schönste Frau der Welt ist auch eine der klügsten Frauen der Welt, und kaum jemand weiß davon.

David spürte ein Patent aus der Zeit des Zweiten Weltkriegs auf, ein Patent für ein geheimes Kommunikationssystem. Viele Ideen hat es damals gegeben, denn der *National Inventors Council,* eine staatliche Behörde, sammelte Vorschläge von Laien, in der Hoffnung, dass das Wissen vieler Amerikaner den Krieg schneller beenden könnte. Und Hedy Lamarr, von der David in Jugendjahren geschwärmt hatte, hatte etwas erfunden, an dem sich selbst die klügsten Köpfe ihrer Zeit die Zähne ausgebissen hatten. Aber niemand glaubte es, denn niemand traute einem Hollywood-Star so viel Genie zu. Eine Diva hatte glamourös auszusehen und ihre Rolle zu spielen. Waffentechniken zu erfinden, passte nicht in das Bild.

Je mehr David sich in die Geschichte vertiefte, desto mehr Unglaubliches und Trauriges und Erschütterndes entdeckte er. Und dann erinnerte er sich an das stumme Versprechen, das er als Teenager gegeben hatte: Er will Hedy Lamarr die Anerkennung zukommen lassen, die sie verdient.

Er will, dass die Welt Hedy Lamarr so wahrnimmt, wie er sie sieht. Nicht nur als unglaublich schön, sondern auch als Frau, der Respekt gebührt für das, was sie dachte und erfunden hat – auch wenn diese Würdigung viel zu spät kommt.

Mit der ihm eigenen Zähigkeit hat David es geschafft, er hat einfach nicht lockergelassen, und heute kann er Hedy Lamarrs Sohn endlich die glückliche Nachricht überbringen. Er greift erneut zum Telefonhörer.

»Mr Loder, hier ist David R. Hughes.« Seine Stimme klingt hoch vor Aufregung. »Ich habe eine gute Nachricht. Nein, eine unglaubliche Nachricht.«

»Sie haben es wirklich geschafft?« Anthony Loders Tonfall ist skeptisch. »Nach all den Jahren?«

»Ja, Mr Loder, nach all den Jahren erhält Ihre Mutter endlich die Anerkennung, die sie verdient.« David hätte sich ein bisschen mehr Begeisterung von Anthonys Seite gewünscht. »Kann sie … Wird sie an der Preisverleihung teilnehmen?«

1933 UND 1936

»Kein Bedauern. Man lernt von allem. Immerzu.«

Hedy Lamarr

KAPITEL 1

Wien, Sommer 1933

»Fräulein Kiesler! Fräulein Kiesler!« Die Stimme klang wütend, aber auch müde. »Wo ist sie schon wieder?«

Hedy wusste, dass sie vorne auf der Bühne für die Probe gebraucht wurde, und nicht hier in den Kulissen herumturnen sollte. Aber die Neugier ließ ihr keine Ruhe. Sie konnte nicht verstehen, warum ihre Kollegen nicht ebenso neugierig darauf waren, wie die Technik funktionierte, sondern sich mit dem zufriedengaben, was man auf den ersten Blick erkannte.

Das *Theater an der Wien* war ein wunderschönes Haus, so wie man sich ein Theater vorstellte: Die Sitzreihen im Parkett waren von rotem Plüsch geprägt, ebenso wie die eleganten Logen an den Seiten. Allerdings dominierte in den Logen das Gold, mit dem die Balkone verziert waren, die von ebenfalls goldfarbenen Frauenstatuen gestützt wurden.

Eine hohe Decke sorgte für eine wunderbare Akustik, große Kristalllüster warfen einen sanften Schimmer auf Bühne und Publikum.

Es machte Spaß, in diesem eleganten Ambiente aufzutreten. Aber für die junge Hedy Kiesler war das nicht genug. Sie hatte sich noch nie damit zufriedengegeben, was auf der Oberfläche erkennbar war. Immer schon hatte sie wissen wollen, wie die Dinge im Einzelnen funktionierten, welcher Mechanismus sie antrieb. Zu ihrem Glück gehörte ihr Vater zu den seltenen Exemplaren eines Mannes, der den Wissensdurst seiner Tochter förderte und ihr alle Fragen beantwortete, auf die er denn auch eine Antwort wusste. Und bei allen weiteren begab er sich gemeinsam mit ihr auf die Suche. Nur heute war er nicht hier, und sie war auf sich allein gestellt, die Geheimnisse, die hinter der Bühne des *Theater an der Wien* lauerten, zu lüften. Endlich hatte sie den Ort erreicht, den sie gesucht hatte.

»Was wollen Sie hier?« Der Techniker schaute sie mit großen Augen an. »Haben Sie sich verlaufen, Fräulein?«

»Nein.« Hedy hielt seinem Blick stand. »Ich möchte wissen, wie die Technik funktioniert.«

»Wieso das denn?« Er zog die Augenbrauen zusammen und sah seinen Kollegen fragend an, der nur mit den Schultern zuckte.

»Wenn ich schon vorne auf der Bühne stehe, möchte ich wissen, wie das hinten abläuft.«

Schweigen. Die beiden Männer wechselten einen ungläubigen Blick.

»Ich meine das wirklich ernst.« Hedy gehörte nicht zu den Menschen, die schnell aufgaben. »Können Sie mir die Beleuchtung zeigen und erklären? Bitte.«

Sie wollte unbedingt erfahren, was es mit den vielen Drähten und Kabeln auf sich hatte, an denen sie ihr Weg vorbeigeführt hatte.

Erneut wechselten die beiden kräftigen Männer einen Blick. Endlich erhob sich der, der bisher mit ihr gesprochen hatte, und ging nach hinten ins Dunkel. Er winkte sie zu sich heran. »Dann kommen Sie mal mit. Ich zeige Ihnen, was wir hier hinten an Spielzeug haben.«

So gern Hedy mehr erfahren hätte, sie musste leider zurück.

»Vielen Dank.« Sie lächelte dem Mann zu, der ihre vielen Fragen freundlich beantwortet hatte. »Darf ich wiederkommen?«

»Jederzeit.« Er reichte ihr die Hand zum Abschied, die sie ergriff und schüttelte.

Morgen oder übermorgen würde sie die Techniker weiter ausfragen, denn die Wunderwerke, die im Verborgenen dafür sorgten, dass sie und das gesamte Ensemble ins rechte Licht gerückt wurden, faszinierten Hedy derart, dass sie sich vornahm, noch am Abend die Apparate aus ihrem Gedächtnis zu zeichnen.

»Wo sind Sie gewesen, Fräulein Kiesler?« Der Assistent des Regisseurs schaute sie aus verengten Augen an. »Ich suche Sie seit einer Viertelstunde.«

Da er nur etwas größer als 1,60 Meter war, musste er zu Hedy aufsehen, was ihn sichtlich ärgerte.

Hedy strahlte ihn an. »Ich war nur kurz verschwunden. Eine Frauensache, wissen Sie.«

Sein Gesicht wurde leicht grünlich, und er schürzte verächtlich die Lippen, aber fragte nicht weiter nach, genau, wie sie es geplant hatte.

»Nun kommen Sie schon.« Er wedelte mit den Armen. »Schließlich sollen Sie heute Abend die Sissy geben.«

Hedys Herz machte einen Sprung. Noch immer kam es ihr wie ein Traum vor, dass sie die Rolle von der berühmten Paula Wessely übernommen hatte. Nun lag es an ihr, das verwöhnte Wiener Operettenpublikum von ihrem Talent zu überzeugen.

◐ ◐ ◐

Zwei Wochen später konnte es Hedy immer noch kaum fassen, dass sie als Sissy auf der Bühne Erfolge feierte. Sie liebte das Stück, sie liebte es zu singen, und sie liebte das wunderschöne Kleid, das sie trug. Am meisten jedoch liebte sie es, dass ihre Eltern nach der Veröffentlichung ihres skandalumwobenen Filmes *Ekstase* endlich wieder mit ihr sprachen und sie nicht weiter mit Schweigen und traurigen Blicken straften.

Ihre Mutter sammelte stolz alle Zeitungsartikel, in denen Hedys Darbietung gelobt wurde. Ihr Vater nannte sie endlich wieder seine kleine Prinzessin. Alles würde gut werden. Sie war dazu geboren, eine Schauspielerin zu sein, und dieser Erfolg war erst der Anfang. Weil sie es wollte, und weil sie sich nicht vor Risiken scheute.

Erschöpft, aber glücklich öffnete sie die Tür zu ihrer Garderobe. Der Duft, der ihr entgegenschlug, war überwältigend. Wieder einmal hatte ihr geheimnisvoller Verehrer wohl jeden Blumenladen Wiens leer gekauft, um die bunt blühende Farbenpracht in Hedys Garderobe bringen zu lassen.

Es musste immer derselbe Mann sein, dessen war sie sich sicher. Denn es waren immer dieselben Blumen: zarte rosa Rosen, duftende orangefarbene Lilien und weiße Tuberosen, ihre Lieblingsblumen. Sie musste sich ihren Weg durch die Pflanzen bahnen. Ärgerlich schlug sie eine Lilie zur Seite, deren Blütenstaub beinahe einen Fleck auf dem schönen weißen Kleid hinterlassen hätte. Neugierig sah sie nach, ob sich zwischen den Blumen eine Karte oder vielleicht ein Schmuckstück verbarg.

Doch ihr geheimer Verehrer zog es vor, seine Identität für sich zu behalten. Hedy zog das Krinolinenkleid aus und schlüpfte in ihren weichen Morgenmantel. Gedankenverloren schob sie einen Strauß zur Seite und setzte sich vor den Spiegel. Mit geschickten Bewegungen verteilte sie Creme auf ihrem Gesicht, und bald sah sie wieder aus wie Hedy Kiesler, die achtzehnjährige Schauspielerin aus Wien, und nicht mehr wie die junge Elisabeth von Österreich.

Als es klopfte, sagte sie »Herein« und ging davon aus, dass einer der Kollegen sie zu dem donnernden Applaus des heutigen Abends beglückwünschen wollte. Doch ein fremder Mann stand im Rahmen der geöffneten Tür und lächelte sie an, als wäre es selbstverständlich, dass er sie in ihrer Garderobe aufsuchte. Hedy musterte ihn unerschrocken.

Die Ohren des Besuchers standen leicht ab, seine Augen lagen tief, seine Nase war groß und sah aus, als wäre sie bei einer Schlägerei gebrochen. Sein Kinn war kantig, seine Lippen schmal und seine Stirnlinie hochgezogen, aber das machte nichts, denn er strahlte ein Charisma aus, das Hedy in seinen Bann zog.

»Gehe ich recht in der Annahme, dass ich Ihnen die Pracht verdanke?« Mit einer eleganten Handbewegung deutete sie auf die Blumen.

Er nickte und hielt den Blick seiner dunklen Augen auf sie geheftet. »Wissen Sie, wer ich bin?«

»Müsste ich das?«, erwiderte sie, obwohl sie ihn gleich erkannt hatte. Schließlich war er oft genug in den Gesellschaftsspalten der *Wiener Zeitung* zu finden. Meistens an der Seite von schönen Frauen, oft umgeben von einem Hauch von Skandal.

»Ich bin Fritz Mandl. Haben Sie von mir gehört?«

»Allerdings, jedoch nichts Gutes.« Hedy griff nach ihrer Bürste und zog sie schwungvoll durch ihre brünetten Locken. Dabei war sie sich der Blicke, mit denen Fritz Mandl sie verschlang, durchaus bewusst. Dass ihr heimlicher Verehrer Friedrich Alexander Maria Mandl, von allen jedoch Fritz genannt, sein sollte, damit hatte sie nicht gerechnet. Vor einigen Jahren hatte er die Hirtenberger Patronenfabrik von seinem Vater übernommen und nicht nur vor dem Konkurs gerettet, sondern zu einer der größten Waffenfabriken gemacht.

Der Dreiunddreißigjährige galt als willensstark, ehrgeizig, skrupellos und unerhört reich. Er gehörte zur besten Gesellschaft Wiens und es hieß, er bekam immer, was er wollte. Nun, dem würde Hedy Kiesler einen Riegel vorschieben. So leicht wäre sie nicht zu erobern – und wenn er alle Blumengeschäfte Österreichs leer kaufte.

»Was wünschen Sie?«, fragte Hedy schließlich. Verärgert zog sie den Morgenmantel enger um sich, weil er sie weiterhin schweigend musterte. »Wollen Sie mich zum Abendessen einladen?«

»Nein.«

»Nein?« Überrascht sah sie ihn an. Er lächelte, als hätte er genau diese Reaktion erwartet. »Was wollen Sie dann?«

»Ich möchte die Erlaubnis, dass ich bei Ihren Eltern um Ihre Hand anhalten darf.«

Hedy legte die Bürste zurück auf den Tisch, räusperte sich und erhob sich. Nun fühlte sie sich deutlich wohler, auf Augenhöhe mit ihm.

»Meinen Sie nicht, ich hätte da auch ein Wörtchen mitzureden?«

»Selbstverständlich.« Ein feines Lächeln umspielte seine Mundwinkel. »Habe ich Ihre Erlaubnis?«

»Ich werde mit meinen Eltern sprechen. Kommen Sie morgen wieder.« Hedy genoss diesen kleinen Triumph. »Und nun gehen Sie, ich muss mich anziehen.«

»Bis morgen, Fräulein Kiesler.«

»Bis morgen, Herr Mandl.«

Auf dem Weg nach Hause, in die Wohnung in Döbling, überlegte Hedy, ob sie ihren Eltern von ihrem neuen Galan erzählen sollte. Weder Mutter noch Vater wären gewiss angetan davon, dass ein umstrittener Mann wie Fritz Mandl sich für sie interessierte. Hedy fürchtete, dass ein skandalumwitterter Verehrer das gute Verhältnis zu ihren Eltern erneut zerrütten könnte. Und das, wo es ihr gerade gelungen war, sich mit den beiden wieder zu versöhnen. Auch wenn das seinen Preis gehabt hatte.

Sie zog die Nase kraus, als sie an die endlosen Schachspiele mit ihrem Vater und die erzwungenen Klavierduette mit ihrer Mutter dachte – alles nur, um den Zorn ihrer Eltern über *Ekstase* zu besänftigen. Anstatt ihre Erfolge mit ihren Kollegen zu feiern, saß Hedy brav zu Hause in ihrem Jungmädchenzimmer und löste Kreuzworträtsel oder versuchte sich darin, das alte Märklin-Linienschiff zu reparieren. Gestern war es ihr beinahe gelungen, das Uhrwerk, mit dem das Schiff betrieben wurde, wieder zum Laufen zu bringen. Doch der Propeller widersetzte sich noch, und sie hatte den ganzen Tag überlegt, wie sie dieses Problem lösen konnte.

In den vergangenen Monaten war sie also eine Tochter gewesen, wie sie sich jede Familie der besseren Wiener Gesellschaft wünschte. Hatte sie es sich nicht verdient, wieder am Leben teilzuhaben? Aber musste es ausgerechnet Fritz Mandl sein? Obwohl, das musste Hedy sich eingestehen, sie fand ihn interessanter als all die jungen Männer, die sie umschwärmten. Es reizte sie zu erproben, wer von ihnen beiden den stärkeren Willen hatte.

Also gut, sie würde ihren Eltern von seinem heutigen Besuch erzählen und sie fragen, ob sie damit einverstanden wären, dass er Hedy den Hof machte. Heiraten musste Hedy ihn ja deshalb noch lange nicht, aber sie würde wieder am Wiener Leben teilnehmen: essen gehen, tanzen, Oper und Theater besuchen.

◐ ◐ ◐

»Bist du dir ganz sicher, Hedylein?« Ihr Vater runzelte sorgenvoll seine Stirn. »Findest du nicht, dass alles zu schnell gegangen ist?«

Einen Moment hielt sie inne und überlegte. Sicher, es waren nur wenige Monate vergangen, seitdem Fritz sie in ihrer Garderobe aufgesucht hatte, aber die Zeit miteinander kam ihr so intensiv vor, und sie war sich ihrer Entscheidung so sicher, dass es ihr wie Zeitvergeudung erschienen wäre, die Hochzeit hinauszuzögern.

Denn Fritz war der Richtige, dessen war sie sich sicher. Nie zuvor war sie einem Mann begegnet, der so vieles wusste und so vieles gesehen hatte. Selbst der über alles geliebte Vater konnte Fritz nicht das Wasser reichen. Hedy hatte ihren Verlobten alles fragen können, und nie war er um eine Antwort verlegen gewesen.

Doch damit nicht genug – er hatte sie auf Händen getragen und versucht, ihr jeden Wunsch zu erfüllen. Mehr noch, er hatte ihre Wünsche erfüllt, bevor Hedy selbst sie erkannt hatte. Allerdings – und das hatte sie zögern lassen, als Fritz ihr den Antrag gemacht hatte – ließ er keinen Widerspruch gelten und plante ihr gemeinsames Leben, ohne Hedy einzubeziehen.

Aber das werde ich ändern, wenn ich erst seine Frau bin.

»Wie lange hätte ich warten sollen?« Hedy zog einen Schmollmund und betrachtete sich weiter im Spiegel. Ja, das Kleid war einfach perfekt. Sie hatte sich geweigert, ein weißes Kleid aus fließendem Stoff zu tragen, es erinnerte zu sehr an *Ekstase*. Eine Reminiszenz, die weder ihren Eltern noch Fritz gefallen hätte. Daher passte das schwarz-weiße Kleid viel besser zu ihr und dem heutigen Tag.

»Prinzessin.« Wenn ihr Vater sie mit dem Kosenamen nannte, war es ihm wohl wichtig. »Ich meine ja nur. Ihr kennt euch kaum. Und er hat von dir gefordert, dass du zum Katholizismus übertrittst.«

»Papilein, Mummilie und du, ihr habt auch nicht lange gewartet, bis ihr euch das Jawort gegeben habt.« Hedy zuckte mit den Schultern. »Konvertieren musste ich doch nur, damit wir hier heiraten können.«

Hier, in der Karlskirche. Noch immer konnte sie es kaum fassen, in was für einer prachtvollen Umgebung sie den Bund der Ehe schließen würde. Es erschien ihr wie ein Märchen. Warum nur konnte ihr Vater das nicht einsehen?

»Ach, Kind, wenn es dich glücklich macht.«

»Ja, das tut es. Ich bin mir sicher. Fritz ist der perfekte Ehemann für mich, und wir werden glücklich und zufrieden bis an unser Lebensende miteinander leben.«

KAPITEL 2

Jagdvilla Fegenberg, Weihnachten 1936

»Es sieht albern aus.« Hedy Kiesler Mandl schaute in den Spiegel. Ihr Blick kreuzte sich mit dem ihres Ehemannes, der hinter ihr stand. Bedrohlich und kalt wie einer der schneebedeckten Berge vor dem Fenster der Jagdvilla.

»Ich verlange aber, dass du alle deine Juwelen trägst.« Fritz legte ihr seine Hand auf die Schulter. Ein leiser Schauer überlief sie. Warum musste er immer so besitzergreifend sein? »Unsere Gäste sollen sehen, was ich dir in den Jahren unserer Ehe geschenkt habe.«

»Ich werde glitzern wie der Weihnachtsbaum.« Hedy versuchte, seine Hand abzuschütteln, aber sie wusste, wie wenig Aussicht auf Erfolg sie damit haben würde. Also musterte sie ihr Spiegelbild erneut. Die Ketten, Armbänder und Ringe schimmerten im Blau der Saphire, dem Grün der Smaragde und dem Rot der Rubine. Dazwischen funkelten kalt und weiß Diamanten und Perlen.

»Du siehst gut aus.« Fritz war einfach kein Mann, der verstand, dass ihr Schmuck aus exklusiven Einzelstücken bestand. Wenn man mehrere dieser edlen Juwelen kombinierte, verloren sie Glanz und Wirkung. Statt wahrer Schönheit zählten für ihren Ehemann nur die Menge der Edelsteine und das Geld, das er dafür ausgegeben hatte. Nur zu gut erinnerte sich Hedy an ihre Hochzeitsreise, die sie nach Paris geführt hatte. Als sie zu Cartier an der Place Vendôme gegangen waren, hatte sie den Schmuck in der Auslage bewundert.

»Was möchtest du haben?« Fritz hatte sie angelächelt.

»Ich weiß es nicht«, hatte ihre Antwort gelautet. Nicht, weil sie sich nicht entscheiden konnte, sondern weil es ihr ausreichte, die Pracht zu bewundern. Sie musste nicht alles besitzen, was ihr gefiel.

»Gut, dann bekommst du sie alle.« Ohne zu zögern, hatte Fritz den Schmuck gekauft und nicht verstanden, warum sie sich nur wenig darüber freute.

Es war wie mit ihrer Ehe: Fritz begriff nicht, was Hedy sich wirklich wünschte. Sie wollte für ihn mehr sein als nur ein schönes Gesicht. Er unterhielt sich mit ihr kaum über andere Dinge als den Tratsch der Wiener Gesellschaft, seinen Erfolg, seine Ideen und die Jagd. Wenn sie ihn fragte, wie es um seine Geschäfte stand, wehrte er ab.

Dennoch versuchte sie es auch heute: »Wen erwarten wir am Weihnachtsabend? Was für ein Geschäft planst du?«

»Das ist nichts, wovon eine Frau etwas wissen muss. Du bist schön, Hedy. Ich möchte dich schmücken und dich glücklich machen.«

»Ich wäre glücklicher, wenn ich mehr an deinem Leben teilhaben könnte.«

»Meine Mutter war zufrieden damit, Ehefrau und Mutter zu sein.« Fritz strich ihr über die Wange, sie wich zurück. »Wenn wir erst ein Kind haben, wirst du deine Bestimmung finden.«

Dem werde ich vorbeugen, dachte Hedy. Falls sie je schwanger würde, wäre sie hier für immer und ewig gefangen. Was für ein Leben wäre das? Das einer Trophäe, bis Fritz eine andere fände, weil sie nicht mehr jung und schön genug für seine Ansprüche wäre.

»Nein, so gefällst du mir noch nicht.« Fritz runzelte die Stirn und ging einmal um Hedy herum. »Ich schicke dir ein Dienstmädchen, damit es dir hilft.«

Nachdem Fritz die Tür hinter sich geschlossen hatte, starrte Hedy ihr Spiegelbild an. Nein, so konnte es wahrlich nicht weitergehen. In einem Moment des Aufbegehrens überlegte sie, alle Juwelen abzulegen. Aber es würde ihr nichts nützen, Fritz wäre nur wütend, und sie würde es später büßen müssen.

Ich werde ihn verlassen. Egal, wie sehr er mich überwachen lässt, egal, welche Steine er mir in den Weg legt.

Sie ging zum Fenster, zog die hellen Chintz-Vorhänge zur Seite und sah hinaus. Der Schnee hatte den Fegenberg und das Dorf Schwarzau mit glänzendem Weiß überzogen. Nur die Reifen der Automobile ihrer Gäste hatten Spuren in der Schneedecke hinterlassen und störten seine unberührte Schönheit.

Als Fritz sie das erste Mal hierhergebracht hatte, war Hedy zutiefst beeindruckt gewesen von der Größe des Gebäudes, den siebzehn Hunden, den Köchen, den Gärtnern, dem Butler und den vielen, vielen Dienstmädchen. Damals hatte sie nicht ahnen können, was sie heute wusste: Jeder vom Personal hatte die Aufgabe, Hedy zu überwachen und all ihre Schritte und Telefonate an Fritz zu melden.

Einzig die Hunde waren ihr ehrlich zugetan – und Hedy ihnen. Ihre Eltern hatten einen Dackel gehabt, der zwar faul und verfressen, aber dennoch Hedys liebster Kindheitsgefährte gewesen war. Neben Beccacine natürlich, ihrer Lieblingspuppe.

Aber es nutzte nichts, an die glücklicheren Zeiten zu denken.

Sie musste einen Weg finden, wie sie ihrer Ehe entkommen konnte.

Wo das Dienstmädchen nur blieb? Hedy wandte sich vom Fenster ab und sah sich in ihrem Zimmer um. Ihrem Refugium. Der Raum war der einzige, den sie nach ihrem Geschmack hatte gestalten dürfen, und auch das hatte sie sich erbetteln müssen. Hier wirkte alles hell und freundlich, mit sanften Farben, einer Blumentapete in hellem Blau und zarten Grüntönen. Auch die Bilder an den Wänden entsprachen ganz ihrem Geschmack: impressionistisch angehauchte Landschaftsgemälde in freundlichem Blau, sanftem Orange und sonnigem Gelb. Sie hatte ihr Zimmer nach dem Vorbild der Wohnung ihrer Familie in Döbling eingerichtet.

Draußen vor der Tür ihres Zimmers hingegen begann der Bereich ihres Ehemanns, der voll und ganz seinen Charakter widerspiegelte: dunkles Holz, dunkle Wände, Gemälde von martialischen Jagdszenen oder Porträts altehrwürdiger Herren und Damen, von denen Fritz gern behauptete, es wären Vorfahren von ihm. Ob das jemand glaubte?

»Komm herein«, rief sie, nachdem ein zögerliches Klopfen ertönt war.

»Sind das nicht ein bisschen viele Juwelen?« Das Dienstmädchen schaute sie mit großen Augen an.

»Mein Mann wünscht, dass ich sie heute alle trage.« Hedy lächelte. »Und sein Wunsch soll mir Befehl sein.«

Sie hatte bereits mehrfach beim Personal erprobt, auf wessen Seite die Dienstboten standen. Leider zahlte Fritz ihnen viel Geld, um sich ihrer Loyalität zu versichern. Hedy wusste, sie brauchte nicht darauf zu setzen, dass einer von ihnen ihr helfen würde, sollte sie je versuchen, ihrem Mann davonzulaufen.

Aus Trotz wartete sie noch zehn Minuten, bevor sie sich in den Speiseraum begab. Sie war sich sicher, dass die Gäste bereits mit dem ersten Gang, einer klaren Hummersuppe, begonnen hatten. Ebenso sicher war sie, dass sie mit ihren funkelnden Juwelen einen großen Auftritt hinlegen würde.

Langsam öffnete sie die Tür und trat ein. Mit einem schnellen Blick erfasste sie, dass heute nur sechs Männer und eine Frau zu Besuch waren, was ungewöhnlich war. Normalerweise trafen sich bei Fritz' Abendgesellschaften überwiegend Männer, mit denen er seine Geschäfte besprach, wobei Hedy allein als Dekoration an seiner Seite diente. Heute hatten die Gäste die Hirtenberger Patronenfabrik besucht und waren nun zum weihnachtlichen Abendessen mit Gänsebraten geladen.

Hedy war sich der Blicke wohl bewusst, die ihr folgten, während sie langsam zu dem einzigen noch leeren Stuhl schritt. Sonst zog sie ihrer Schönheit wegen alle Blicke auf sich, aber heute wusste sie nicht, ob die Bewunderung ihr oder dem Übermaß an Juwelen galt. Selbst der Glanz der goldenen Teller verblasste vor Hedys Gefunkel.

»Guten Abend, bitte entschuldigen Sie meine Verspätung.«

»Auf eine schöne Frau warten wir doch gern«, sagte Fritz, aber seine Augen sprachen eine andere Sprache.

Hedy nahm links neben ihm Platz und nickte dem Gast auf ihrer anderen Seite zu.

»Hellmuth Walter«, stellte er sich vor. »Erfreut, Sie kennenzulernen, Frau Mandl. Ihnen gegenüber sitzt meine Gemahlin Ingeborg.«

Herr Walter war ein unauffälliger, etwas stämmiger Mann mit einer sehr schmalen, spitzen Nase, einer kaum sichtbaren Oberlippe und Brauen, die sorgenvoll hochgezogen wirkten.

»Willkommen, Herr Walter. Sehr erfreut, Frau Walter«, antwortete sie, aber bevor sie eine Unterhaltung beginnen konnte, vertiefte er sich wieder in den Wortwechsel mit seinem Nachbarn. Ihr Gespräch drehte sich um U-Boote, gasgetriebene Turbinen und Torpedos.

Wie konnte Fritz nur mit den Deutschen paktieren? Man musste nur einmal eine Zeitung aufschlagen und konnte lesen, was die Nationalsozialisten für eine Schreckensherrschaft errichtet hatten.

»Hast du keine Angst davor, mit ihnen Geschäfte zu machen?« Hedy hatte das Thema bei einem Mittagessen zu zweit auf den Tisch gebracht. »Ich habe gelesen, die Nationalsozialisten enteignen Menschen unseres Glaubens und bringen sie in Arbeitslager.«

»Wir sind katholisch.«

»Ich bin erst zu unserer Heirat konvertiert, und dein Vater war ebenfalls lange Zeit jüdisch, bis er Katholik wurde.« Auch wenn es Hedy widerstrebte, sich mit ihrem Mann zu streiten, hier konnte sie nicht nachgeben. »Wenn ich die Nürnberger Rassengesetze richtig interpretiere, giltst du als Jude.«

»Genug davon!« Fritz hatte mit der flachen Hand auf den Tisch geschlagen. »Ich will nicht darüber reden.«

Also hatte sie geschwiegen, wie sie auch heute und bei so vielen anderen Abendessen stumm blieb. Wie immer schien keiner der Männer von ihr zu erwarten, dass sie sich an den Gesprächen beteiligte. Auch diese Herren schienen der Illusion zu unterliegen, eine schöne Frau könne sich für nichts anderes interessieren als Schmuck und elegante Kleider. Dabei gab es für sie kaum Spannenderes als die faszinierenden Fortschritte, die die Technologie machte. Auch wenn die Waffentechnik ihr in vielem fremd war, so interessierte Hedy sich dennoch brennend für die Mechanismen, die sich vielleicht auch auf andere Erfindungen anwenden lassen würden. Zumal sie, gefangen in dem goldenen Käfig ihrer Ehe, kaum andere Möglichkeiten erhielt, ihre Wissbegierde zu stillen.

Beinahe hätte sie sich verraten, als ein Name fiel, der ihr viel bedeutete: Marga von Etzdorf. Hedy hatte die Fliegerin 1931 kennengelernt, als sie in Berlin am Theater und im Film reüssierte. Genau wie Hedy interessierte Marga sich dafür, wie Technik funktionierte – und genau wie Hedy war sie nicht bereit, ihre Träume aufzugeben. Für beide nahm es kein gutes Ende. Marga hatte sich 1933 umgebracht, Hedy hatte ihre Zukunft an Fritz Mandl verkauft.

»Ich hoffe, wir langweilen Sie nicht zu sehr?« Hellmuth Walter wandte sich nun ihr zu. »Was müssen Sie nur von uns denken? Den ganzen Abend haben wir über nichts anderes als über U-Boote, Torpedos und Waffen geredet.«

»Ich bin das gewohnt«, sagte sie und tupfte sich den Mund mit ihrer Serviette ab. »Fritz schätzt es, wenn ich ihm Gesellschaft leiste.«

»Dennoch scheint es mir unhöflich, nicht mit der schönsten Dame des Abends gesprochen zu haben.« Er lächelte, woraufhin seine Ehefrau, die ihm gegenübersaß, Hedy einen bösen Blick zuwarf.

»Oh, ich warte einfach, bis Sie genug über Waffen geredet haben und ein Thema ansprechen, das mich mehr reizt«, gab sie zur Antwort und spielte weiter die Rolle der schönen und geistlosen Hausherrin.

»Und was wäre das?« Er wirkte aufrichtig, so dass Hedy sein Lächeln erwiderte.

»Opern, Theater, Kunst.« Hedy faltete ihre Hände in ihrem Schoß, als sie den Blick ihres Mannes auf sich spürte. »Fritz denkt leider immer nur ans Geschäft. Wenn es mir einmal gelingt, ihn in eine Oper zu locken, kann ich seiner Miene ablesen, was er darüber denkt.«

»Sie waren Schauspielerin, hat man mir erzählt.«

Hedy sah, dass nun auch die anderen Gäste ihre Aufmerksamkeit ihrem Gespräch zuwandten. Sie hatten wohl genügend über das Geschäft gesprochen.

»Ja, ich habe im *Theater an der Wien* die Sissy gespielt.« Hedy lächelte ihr Gegenüber an. Hoffentlich ließ er es damit gut sein. »Sie erinnern sich wohl, weil ich auf einem Pferd auf die Bühne geritten kam.«

»Nein, ich könnte schwören, ich habe Sie im Kino gesehen«, mischte sich sein Nachbar ein und musterte sie von oben bis unten. Hedy blieb das Wort im Hals stecken. Nervös schaute sie zu Fritz, auf dessen Stirn bereits Schweißperlen standen. Er war wütend. Warum nur musste *Ekstase* sie ihr Leben lang verfolgen?

»Das kann gut sein. Vor meiner Ehe habe ich ein paar kleine Rollen in deutschen und österreichischen Filmen gespielt.« Ihre Stimme zitterte, innerlich betete sie, dass der Deutsche sie hoffentlich in einem dieser Filme gesehen hatte.

Er überlegte, und sie hielt den Atem an, bis er lächelnd nickte. »Ja, ja, ich erinnere mich. Es war etwas Lustiges, mit Heinz Rühmann. Ich liebe den Rühmann. Wie ist er denn so als Mensch und Kollege?«

»Ein ganz famoser Kerl«, antwortete Hedy. »Der Film trug den schönen Titel *Wir brauchen kein Geld*.«

Ihr fiel ein Stein vom Herzen, dass sie diese Klippe umschifft hatte. Aber sie ahnte, dass die kleine Unterhaltung nicht ohne Konsequenzen bleiben würde.

Nachdem die Gäste sich verabschiedet hatten, wünschte Hedy ihrem Ehemann eine gute Nacht und eilte die Treppe zu ihrem Zimmer hinauf. Hoffentlich war Fritz zu müde, um sie heute zu behelligen.

Doch bald darauf öffnete sich ihre Zimmertür.

»Störe ich?« Obwohl Fritz lächelte, konnte sie erkennen, dass er wütend war.

»Selbstverständlich nicht, mein Lieber.« Hedy sah von ihrem Buch auf, einer Abhandlung über Quantenmechanik von einem britischen Physiker namens Paul Dirac. Bisher war sie über die ersten Seiten noch nicht hinausgekommen. »Es war ein gelungener Abend, nicht wahr?«

»Ich glaube, ich muss mir *Ekstase* einmal ansehen.« Sein Lächeln verschwand.

Hedy legte das schwere Buch auf den Nachttisch. Auch heute würde sie wohl nicht tiefer in die Welt der Physik eintauchen können. »Fritz, Lieber, wie oft habe ich dir schon gesagt, es war eine Jugendsünde? Eine Dummheit.«

»Gerade Jugendsünden verdienen, dass man sich ihnen widmet.« Fritz küsste sie auf die Stirn, lächelte und sagte: »Gute Nacht, schlaf gut.«

Etwas in seinem Tonfall raubte ihr in dieser Nacht den Schlaf. Sie kannte ihren Ehemann gut genug, um zu wissen, dass es noch nicht vorbei war.

1937

»Hoffnung und Neugier auf die Zukunft
erschienen mir besser als Garantien.
Das Unbekannte war für mich immer sehr
anziehend … und ist es noch immer.«

Hedy Lamarr

KAPITEL 3

Wien, Februar 1937

Wie konnte der Februar nur so wunderschön und frühlingshaft sein? Hedy sah blicklos aus dem Fenster, vor dem ein gewaltiger Baum bereits erste Knospen trug. Die Sonne stand hoch vor einem nahezu wolkenlosen Himmel. Von der Straße herauf erklangen Lachen und fröhliche Stimmen der Menschen, die das Wetter auf die Straßen Wiens getrieben hatte. Nur ihr war zum Weinen zumute. Der beginnende Frühling erinnerte Hedy an die Zeit, in der sie mit ihrem Vater durch die Stadt geschlendert war, ihn mit Fragen gelöchert und stets eine Antwort von ihm bekommen hatte.

Etwas, was sie nie wieder tun könnte. Noch immer konnte sie nicht glauben, dass er wirklich tot war. Ihr geliebter Vater. Wie hatte das sein können? Er war doch immer so lebendig gewesen, nie hatte er über Krankheiten geklagt. Er war jeden Tag bei der Arbeit und am Wochenende für die Familie da gewesen.

Erinnerungen verfolgten Hedy, bittersüß. Bitter, weil sie immer wieder daran denken musste, dass es diese Zeit nie wieder geben würde. Süß, weil ihre Gedanken in ihre Kindheit zurückschritten, eine Zeit, in der sie sich warm und geborgen gefühlt hatte. Eine Zeit des Glücks, eine Zeit, in der sie eine Prinzessin gewesen war.

Zwar gab es bis heute in ihrem Leben vieles, das sie noch wie eine Prinzessin fühlen ließ, allerdings wie eine, die von dem bösen Ritter gefangen gehalten wurde. Nun, da ihr geliebter Vater tot war, hatte sie niemanden mehr, dem sie sich anvertrauen konnte. Wenn sie doch nur den Mut besessen hätte, ihm zu erzählen, wie unglücklich sie in ihrer Ehe war! Er hätte Himmel und Hölle in Bewegung gesetzt, um sie von Fritz zu befreien.

Ihr Vater war ihr immer so stark vorgekommen. Als sie ein kleines Mädchen gewesen war und er sie auf seinen Schultern getragen und dabei gewiehert hatte, bis sie vor Lachen fast hinuntergefallen wäre. Mit ihm verband sie Heimat, Geborgenheit. Es kam ihr vor, als hätte er jeden Abend ihrer Kindheit damit verbracht, ihr vorzulesen oder ihr Geschichten zu erzählen, die er sich selbst ausgedacht hatte. Ihre Mutter war stets im Hintergrund geblieben. Ihr leises Klavierspiel hatte die Zweisamkeit von Tochter und Vater begleitet. Heute, als Erwachsene, bewunderte sie ihn dafür, dass er nach einem anstrengenden Tag bei der Creditanstalt-Bankverein noch Geduld und Kraft aufgebracht hatte, seine Tochter zu unterhalten.

Für ihren Vater war Hedys Interesse an Technik und Mechanik nichts Außergewöhnliches gewesen. Während ihre Mutter Hedy zu einer Frau machen wollte, die sich nur für Mode und ihren späteren Ehemann interessierte, unterstützte der Vater ihren Wissensdurst.

»Was hast du da wieder angestellt, Hedilendelein?«, hatte er gesagt und den Kopf geschüttelt, nachdem die Achtjährige ihre Spieluhr auseinandergenommen hatte, um herauszufinden, was die Ballerina in Bewegung setzte.

»Ich baue sie wieder zusammen«, lautete Hedys Antwort voller Selbstbewusstsein. »Und sie wird wieder zu ›An der schönen blauen Donau‹ tanzen.«

»Wenn du dir das vornimmst, schaffst du es gewiss, meine kleine Prinzessin.«

Das Vertrauen ihres Vaters spornte Hedy an, und es gelang ihr nicht nur, die Spieluhr wieder zusammenzusetzen, sondern auch ihren Mechanismus zu begreifen. Fasziniert beobachtete sie, wie die kleinen Erhebungen auf der sich drehenden Rolle einzelne und manchmal auch mehrere Spitzen des Kamms zugleich zum Schwingen brachten und sich die erklingenden Töne zu dem entzückenden Musikstück zusammenfügten.

Daraufhin hatte ihr Vater bei Freunden und Bekannten kaputte Uhren gesammelt, die er gemeinsam mit Hedy reparieren wollte. Es war eine neue Herausforderung, der sich Hedy mit Feuereifer widmete. Auch wenn das kleinteilige Uhrwerk sie anfangs vor so manch ein Mysterium gestellt hatte, so war sie stolz wie nie zuvor, als sie ihrem Nachbarn seine Armbanduhr wiederbrachte und er sie mit großen Augen ansah, als sich der Zeiger wieder im Takt der Zeit bewegte.

Ihre Augen füllten sich mit Tränen, wenn sie an ihren Vater dachte. Unter seinem Schreibtisch im Arbeitszimmer hatte sie spielen dürfen, hatte sich dort Geschichten ausgedacht und mit ihren Puppen und Teddys nachgespielt. Immer, wenn er Zeit gehabt hatte, hatte der Vater gefragt, was für ein Stück sie aufführte, hatte ihr zugehört, als wäre sie eine Erwachsene. Nein, als wäre sie der wichtigste Mensch auf der Welt.

»Hedy, wir erwarten dich!« Wie immer klang Fritz' Stimme herrisch. Hatte er denn überhaupt keinerlei Mitgefühl? Er wusste doch, wie sehr sie trauerte.

»Ich habe Kopfschmerzen.« Hedy bemühte sich, ihren Ton leidend klingen zu lassen, was ihr leichtfiel, weil die Traurigkeit ihre Stimme belegte.

Sie hörte polternde Schritte näher kommen und wusste, sie würde keine Gelegenheit haben, dem zu entgehen, was Fritz für sie geplant hatte. Ihre Zimmertür öffnete sich.

»Es ist alles für dich, zu deinen Ehren.« Fritz' Gesicht verzog sich zu einem schmallippigen Lächeln, das seine Augen nicht erreichte. »Du willst doch meinen Freunden den Ehrengast nicht verweigern, nicht wahr?«

Als wäre es nicht Erniedrigung genug, dass er sie als Trophäe präsentierte, sollte sie nun auch noch Teil der unsäglichen Vorführung sein, die sich ihr Ehemann ausgedacht hatte. Nur um ihr zu zeigen, dass er alles tun konnte, was er wollte.

»Fritz, auch wenn wir uns nicht lieben, könnten wir uns wenigstens mit Respekt behandeln.«

»Ich soll dich respektieren? Eine Frau, die ganz Wien nackt gesehen hat!« Er lachte hämisch auf.

»Das wusstest du, bevor du mich geheiratet hast.«

»*Ekstase* habe ich im Kino verpasst. Wahrscheinlich war ich der einzige Mann in Wien, dem das passiert ist.« Er schüttelte den Kopf.

»Jeder in unseren Kreisen hat darüber geredet. Du wusstest von der Geschichte, so wie alle.« Hedy konnte es nicht fassen.

»Nein, Hedy. Ich habe dich als Sissy auf der Bühne gesehen, als erhabene Kaiserin, als etwas Besonderes, nicht als eine Schauspielerin in einem schmuddeligen Sexfilmchen.«

»*Ekstase* ist Kunst, aber das wirst du niemals verstehen.«

Bevor sie reagieren konnte, machte er zwei große Schritte auf sie zu. Wie Klammern schlossen sich seine Finger um ihr Handgelenk, und er zog sie hinter sich her. »Wenn ich keine Ahnung von Kunst habe, dann kannst du es mir und unseren Gästen ja erklären.«

»Wenn du es wünschst.« Hedys Tonfall ließ keinen Zweifel daran, wie wenig sie von der Idee hielt. Dennoch folgte sie Fritz in den Salon, den jemand abgedunkelt hatte. An der langen Wand hatte man eine Leinwand aufgehängt und ihr gegenüber einen Filmprojektor aufgestellt.

Sieben Männer saßen bereits im Salon, Biergläser in ihren Händen. Seine Leutnants nannte Fritz sie, seine ihm treu ergebenen Angestellten, mit denen er oft verreiste oder zu Treffen ging, von denen er Hedy nicht berichtete. Sie blickten ihr entgegen und grüßten sie ehrfürchtig. Ein Teil der Autorität ihres Ehemannes färbte auch auf Hedy ab, jedenfalls jetzt noch.

Hedy mochte sich nicht ausmalen, ob das anhielte, wenn die Männer *Ekstase* gesehen hatten. Obwohl Gustav Machatýs Film ihre Eltern zutiefst schockiert hatte, stand sie immer noch zu ihrer Entscheidung. Nicht umsonst hatte er bei den Internationalen Filmfestspielen in Venedig eine Auszeichnung erhalten. Es war ein künstlerischer Film, ein Film mit einer Botschaft, die leider nicht alle verstanden. Die meisten Menschen konzentrierten sich nur auf die Szenen, in denen Hedy nackt zu sehen war, nur wenige interessierte, welche Geschichte der Film erzählte.

Nämlich die einer Frau, die sich von ihrem älteren Mann trennt, sich einen jüngeren Liebhaber nimmt und den ebenfalls verlässt, um ein selbstbestimmtes Leben zu führen.

Aber – und das musste selbst Hedy eingestehen – geworben hatten die Kinobetreiber überwiegend mit ihren nackten Brüsten. Zugegeben, im wahren Leben wäre Hedy niemals so dumm gewesen, ihre Kleidungsstücke einem Pferd auf den Rücken zu legen und das Tier nicht festzubinden. Das hatte man ihr bei *Rasumofsky Tattersall*, der Reitschule der vornehmen Gesellschaft, besser beigebracht: Wenn du ausreitest, binde dein Pferd immer gut an. Sonst kommst du deutlich später als das Reittier nach Hause.

Hedy hatte mit dem Regisseur darüber diskutiert, dass wohl kaum eine Frau solch einen Fehler beginge, aber Machatý hatte nicht auf sie gehört.

»Das ist Kunst. Und überhaupt ...«, hatte er gesagt, »Hedy, im Film kommt es nicht darauf an, was man im wirklichen Leben tun würde.«

Noch harschere Kritik als die Nacktheit erhielt das Liebesspiel, auch wenn es nur angedeutet wurde. Eigentlich müssten die Menschen sich schämen, die darin etwas Schmutziges fanden. Denn man sah nur Hedy, wie sie auf dem Sofa lag, die Augen geschlossen, den Mund leicht geöffnet.

»Fangt an«, befahl Fritz. Er hielt die Hände zu Fäusten geballt und starrte auf die Leinwand. Hedy setzte sich auf den Stuhl neben ihn. So wäre sie nicht gezwungen, dabei zuzusehen, wie die Männer hinter ihr auf den Film reagierten. Andererseits war sie sicher, dass keiner von ihnen wagen würde, allzu dumme Bemerkungen zu machen, denn dann bekämen sie es mit Fritz zu tun.

Mit einem Surren drehte sich die Filmrolle und die ersten Bilder flimmerten über die Leinwand. Obwohl sie sich bemühte, sich nicht umzudrehen, kam Hedy nicht umhin, ab und zu über ihre Schulter zu blicken. Wie sie es erwartet hatte, langweilten sich Fritz' Leutnants, denn zunächst einmal erzählte *Ekstase* eine klassische Geschichte: die eines Ehepaars, sie viel jünger als er, das sich auseinanderlebte. Die junge Frau war unglücklich, aber gefangen in ihrer Ehe.

Nach einer knappen halben Stunde kamen die Szenen, auf die wohl alle gewartet hatten – die Schwimmszene, in der Hedy sich nackt im Teich aalte.

Hedy verstand nicht, warum Fritz sich den Film mit seinen Untergebenen anschaute. Dachte er, dadurch würde er Hedy demütigen? Denn da irrte er sich gewaltig. So viele Menschen hatten ihn bereits gesehen, da machten diese sieben mehr oder weniger ihr nichts aus. Einzig schlimm war es gewesen, als ihr Vater im Kino abrupt aufgestanden war und nur die Worte gesagt hatte: »Wir gehen.«

Seitdem konnte sie nichts mehr schrecken. Ob sich Fritz nicht bewusst war, dass er es war, der sich hier vor seinen Leuten entblößte? Es war seine Entscheidung. Sie wollte nach seiner Hand greifen, aber er stieß sie von sich. Da musste Hedy einsehen: egal, wie wenig von ihrem Körper zu sehen war, Fritz würde verärgert sein. Denn so war er eben – besitzergreifend und der Ansicht, dass sie nur ihm gehörte. Er verengte die Augen, als die junge Eva in den See hüpfte.

Hedy konnte sich noch gut an die Szene erinnern; daran, wie Machatý ihr gesagt hatte: »Mach dir keine Sorgen, wir werden beim Dreh weit weg sein.« Wie naiv sie mit siebzehn Jahren gewesen war, dass sie nicht an Teleskopobjektive gedacht hatte! Aber wenn sie ehrlich war, hätte sie die Szene trotzdem gedreht, denn sie gehörte zur Geschichte des Films, genauso wie die Szene, als ihr wesentlich älterer Ehemann sie über die Schwelle getragen hatte.

Hinter ihr ertönte ein Räuspern. Zu gern hätte sie gewusst, welcher Leutnant die Schwimmszene so anregend fand, aber Hedy tat es ihrem Mann gleich und blickte stur geradeaus. Eva schwamm, ihr heller Körper schimmerte im Wasser. Als sie sich auf den Rücken drehte, blendete man zu der Stute über, die ein anderes Pferd hörte und sich entschied, dessen Gesellschaft zu suchen.

Es war wirklich nichts, dessen sie sich schämen musste. Die junge Frau rief den Namen des Pferdes und schwamm, so schnell sie konnte, ans Ufer und rannte ihrem Reittier hinterher.

»Siehst du«, flüsterte sie Fritz zu, »man sieht nur wenig Nacktheit von mir. Das Pferd hat eine größere Rolle als ich.«

»Wenn du meinst.« Seine Stimme klang rau, denn in dieser Einstellung waren Hedys Brüste zu sehen, vielleicht drei Sekunden lang. Darüber sollte sich doch niemand aufregen, sie lebten schließlich in modernen Zeiten, oder etwa nicht?

Nun jedoch kam das, was ihr Ehemann ihr auf jeden Fall vorwerfen würde: Der junge Mann, der sie rettete – mit ihm ging sie aufs Hotelzimmer. Wäre Fritz nicht Fritz, dann würde er bewundern, wie kunstvoll Machatý die Begegnung der beiden eingefangen hatte.

Ihre Gesichter, ihr schweres Atmen – ohne ein Wort kamen sie einander langsam näher, bis sie sich umarmten und leidenschaftlich küssten. Aus Hedys Sicht war es eine ebenso romantische wie leidenschaftliche Szene, aber Fritz würde das nicht begreifen. Er würde nur sehen, dass sie einen anderen Mann küsste und dass dieser Mann sie liebte. Dass sich alles in der Phantasie der Zuschauer abspielte, würde er nicht akzeptieren wollen.

Manchmal ähneln sich Leben und Film mehr als man es sich denken kann, überlegte Hedy. In *Ekstase* war die Heldin Eva an einen älteren Mann gefesselt, doch irgendwann brachte sie die Kraft auf, ihn zu verlassen. Auch im wahren Leben versuchte ein älterer Mann, Hedy zu knechten und an sich zu binden, doch inzwischen plante sie ebenfalls, sich von ihm abzuwenden. Eva hatte Erfolg gehabt, ob es Hedy ebenfalls gelänge?

◐ ◐ ◐

Wie konnte ein eleganter Jugendstilbau ihr nur vorkommen wie ein Gefängnis?, fragte sich Hedy, als sie auf das Haus am Schwarzenbergplatz 15 zuging, in dem Fritz und sie – und das Personal – eine Zehn-Zimmer-Wohnung bewohnten. Wahrscheinlich, weil das Palais für sie ein Kerker war. Ihr Ehemann hatte sieben zusätzliche Schlösser einbauen lassen, damit es Hedy nicht gelang zu fliehen. Sie durfte nur unter Aufsicht hinaus und dann auch nur, um ihre Mutter zu besuchen oder um einkaufen zu gehen. Denn Fritz verlangte, dass seine Ehefrau stets nach der neuesten Mode gekleidet war.

Nachdem sie von ihrem Einkaufsbummel nach Hause gekommen war, stellte Hedy die vielen Tüten und Taschen achtlos auf den Boden. Sollte das Dienstmädchen die Kleidung einräumen. Hedy würde nicht einmal die Hälfte dessen tragen, was sie erstanden hatte. Sie hatte das Geld nur ausgegeben, um Fritz zu ärgern. Gestern hatten sie wieder einen heftigen Streit geführt, weil Hedy angeblich einem anderen Mann zugezwinkert hatte.

Was würde es für sie bedeuten, wenn sie den Rest ihres Lebens mit Fritz Mandl verheiratet sein müsste und seinem Willen unterworfen wäre?

Jedes Mal, wenn sie mit ihren Gedanken an diesen Punkt kam, verfiel Hedy einer drückenden Traurigkeit. Ihre Zukunft erschien ihr düster und unendlich eintönig. Für ihren Mann hatte sie das aufgegeben, was ihr am liebsten gewesen war – die Schauspielerei. In ihrer Naivität hatte sie gehofft, dass er eines Tages so verständig sein würde, dass er ihr das Theater wieder erlauben würde. Aber so ein Mensch war Fritz Mandl nicht. Er gehörte nicht zu denen, die einmal getroffene Entschlüsse infrage stellten. Sollte das wirklich ihr Schicksal sein?

Sie klingelte nach dem Dienstmädchen.

»Sag dem Chauffeur, dass ich zu meiner Mutter fahren will.«

»Jawohl, Madame.«

Ihre Mutter – das war einer der wenigen Wege, die Fritz ihr erlaubte, wobei der Chauffeur im Wagen vor dem Haus wartete. Nicht einmal mehr mit Freundinnen durfte sie sich treffen. Fritz erwartete, dass sie ihn betrügen würde, und gedachte dem vorzubeugen, indem er sie einsperrte wie ein Schmuckstück im Safe, damit kein Fremder sich daran erfreute.

War er wirklich so dumm zu glauben, dass es sie nicht reizen würde, ihm seine Grenzen zu zeigen? Manchmal kam es ihr vor wie ein Wettkampf: Er versuchte, sie nach dem Bild zu formen, das er sich von ihr gemacht hatte. Und sie versuchte, die Frau zu bleiben, die sie gewesen war und die sie wieder sein wollte. Bisher sah es so aus, als würde er den Wettstreit gewinnen, doch Hedy plante, das zu ändern.

KAPITEL 4

Wien, Frühling und Sommer 1937

Zu Hause! Hedys Herz wurde schwer, als sie sich ihrem Elternhaus in der Peter-Jordan-Straße näherte. Das Haus war ihr mehr ein Heim als das am Schwarzenbergplatz, aber seit dem Tod des Vaters fühlte es sich leerer und trauriger an.

»Wie lange wollen Sie bleiben?«, fragte der Chauffeur, gewiss im Auftrag von Fritz.

»Eine Stunde, und dann gehe ich noch ins Kino.«

Sie konnte erkennen, wie sich sein Rücken versteifte. Es gefiel ihm offensichtlich nicht, was sie vorhatte, aber er wagte auch nicht, ihr zu widersprechen.

»Ich warte vor dem Haus und fahre Sie.«

»Es wird sich nicht vermeiden lassen«, murmelte sie. Laut jedoch sagte sie: »Danke.«

»Guten Tag«, grüßte Hedy die neugierige Nachbarin im ersten Stock, die ihren Kopf zur Tür hinaussteckte, um zu erfahren, wer Gertrude Kiesler besuchte. Sofort schlug die Tür zu, was Hedy zum Lachen brachte. Manche Dinge änderten sich nie.

Ihre Mutter kam selbst zur Tür. Die Dienstmädchen hatte sie nach dem Tod des Vaters entlassen müssen und es kam nur noch eine Aufwartefrau.

Gertrude war eine kleine dunkelhaarige Frau, die immer etwas kühl wirkte. Als Hedy sie in der Tür stehen sah, kam sie ihr vor wie ein Spiegelbild, das ihr die Zukunft zeigte. Von ihrer Mutter hatte Hedy die kräftigen Haare, die dunklen Augen und die gerade Nase. Ihre vollen Lippen hingegen kamen vom Vater.

Ein schwarzer Schatten flitzte durch die Tür und wollte an Hedy vorbei, die sich gedankenschnell bückte und den Scottish Terrier am Halsband packte. Sanft, aber bestimmt zog sie den kläffenden Hund hinter sich her.

»Sissy! Du bist ein böser Hund«, schimpfte Gertrude, aber sie verzog das Gesicht zu einem Lächeln. »Hedl, du siehst müde aus.« Sie nahm ihre Tochter in den Arm und schob sie dann ein Stück von sich, um sie genauer zu betrachten. »Bist du schwanger?«

»Zum Glück nicht.« Allein der Gedanke ließ Hedy einen Schauer über den Rücken laufen. Wenn sie ihrem Mann ein Kind schenken würde, würde er sie nie wieder freilassen. Für immer eingesperrt in seinen Räumen am Schwarzenbergplatz oder in einem seiner Jagdschlösser.

Dort würde Hedy sich niemals so wohlfühlen wie hier. Sie liebte ihr Elternhaus mit seinen hohen Decken, den gestreiften Tapeten und den Blumenvorhängen vor den Fenstern. Alles war ihr vertraut und mit glücklichen Erinnerungen verbunden. Vor dem Kamin stand immer noch das Ledersofa, auf dem ihr Vater gesessen und ihr vorgelesen hatte, im Hintergrund erspähte sie das Piano, an dem ihre Mutter leise Melodien spielte, und die Familienportraits an den Wänden. Tränen traten ihr in die Augen.

»Hedl, was ist denn mit dir?«

»Ich bin unglücklich. Vater und du, ihr hättet mich vor Fritz warnen müssen.« Hedys Stimme stieg in höhere Lagen, wie immer, wenn sie sich aufregte. »Ihr konntet es gar nicht erwarten, mich loszuwerden. An Fritz Mandl, an einen Waffenhändler. Alles nur wegen *Ekstase*.«

»Hedy, du weißt, dass es nicht so war. Dein Vater hätte niemals zugelassen, dass du unglücklich wirst.« Der Tonfall ihrer Mutter klang harsch und streng. »Du *wolltest* Fritz heiraten. Er hat dich umgarnt mit seinem Geld, mit Juwelen, mit Pelzen, mit seinen Schlössern, den vielen Dienstboten.«

»Wie hätte ich es besser wissen sollen? Ich war achtzehn Jahre alt.« Hedy rieb sich mit dem Zeigefinger die Stirn. Sie spürte eine Migräne aufsteigen, wie so oft bei Streitigkeiten mit ihrer Mutter. »Es wäre eure Aufgabe gewesen, mich vor ihm zu beschützen.«

»Ach Hedl, er hat uns ebenfalls umgarnt. Du weißt selbst, was für ein charmanter Mann Fritz sein kann.«

»Ja, Mutter«, gestand Hedy ein. »Ich war geblendet. Geblendet von seiner Stärke, seinem Wissen und auch seinem Reichtum. Ich fühlte mich wie in einem Märchen.«

Obwohl ihre Familie nicht arm oder mittellos zu nennen war, lebten die Kieslers in bescheidenen Verhältnissen, verglich man sie mit dem Reichtum, den Fritz Mandl mit vollen Händen ausgab. Neun Automobile mit Chauffeuren nannte er sein Eigen, ein bombastisches Apartment, die Jagdvilla Fegenberg, siebzehn Hunde und, und, und …

Sicher, Hedy hatte gewusst, dass Fritz der Besitzer der Hirtenberger Patronen-Fabrik war, einer der vier großen Waffenhändler in der Welt, mindestens so bedeutsam wie Alfred Krupp in Deutschland oder Schneider-Creusot in Frankreich. Heute fragte sie sich, warum sie sich damals keine Gedanken gemacht hatte, mit welchem Produkt Fritz sein Vermögen anhäufte. Waffen, das klang harmlos. Wenn man jedoch hinschaute, entdeckte man die grausame Wahrheit: Blut, Tod, Leid und Krieg – das war sein Geschäft.

»Mutter, Vater hätte wissen müssen, was der Mandl für ein Kerl ist.« Hedy seufzte. »Selbst ich in meiner jugendlichen Unschuld hatte von ihm wenig Gutes gehört.«

»Aber genau deshalb wolltest du ihn doch, Hedl.« Ein sanfter Vorwurf lag in der Stimme ihrer Mutter. »Es hat dich angezogen, dass er keinen lupenreinen Ruf hatte.«

»Vater hätte mich nicht im Stich gelassen.«

»Hedl, Emil war ein wunderbarer Mann, aber er war kein Kämpfer.«

So schwer es Hedy auch fiel, sie musste ihrer Mutter zustimmen. Mit einer Mischung aus Traurigkeit und Zorn erinnerte sich Hedy, wie sie bereits kurz nach der Hochzeit versucht hatte, Unterstützung von ihren Eltern zu bekommen. Ihr Vater hatte sie aber zu Fritz zurückgeschickt und gesagt, das wären nur die ersten schwierigen Tage einer jungen Ehe, und sie würden sich noch aneinander gewöhnen.

Diese Episode hatte Hedy beinahe vergessen. Wohl, weil sie das Bild, das sie sich von ihrem Vater gemalt hatte, nicht mit der traurigen Realität in Einklang bringen wollte.

»Fritz wird mich nie freigeben.«

»Was meinst du? Was hast du vor?«

»Ich werde …«

»Nein, sag es mir nicht!«, unterbrach sie ihre Mutter. Sie hob die Hand, um Hedy zum Schweigen zu bringen. »Bei allem, was du vorhast, ich werde dich immer unterstützen. Aber ich möchte nichts wissen, damit ich Fritz mit gutem Gewissen sagen kann, dass ich nichts ahnte.«

Hedy wusste nicht, was sie sagen sollte. War das ein Vertrauensbeweis ihrer Mutter oder war es Feigheit gegenüber dem Waffenhändler und reichsten Mann Österreichs?

»Ich hatte auf deine Unterstützung gehofft.«

»Hedl, ich bin auf deiner Seite. Ich werde immer auf deiner Seite sein.« Ihre Mutter atmete tief aus. »Vergiss nicht, Fritz ist ein reicher Mann, der über die Mittel verfügt, seinen Willen durchzusetzen. Was du auch vorhast, es muss gut geplant sein.«

»Ich weiß. Du könntest mich begleiten.«

»Einen alten Baum verpflanzt man nicht mehr. Ich bin Wienerin mit Leib und Seele.

»Ich auch.«

»Aber du bist jung genug, noch einmal neu anzufangen. Ich habe gute Freunde hier, all meine Erinnerungen – und das Grab deines Vaters.«

»Lass uns ins Kino gehen«, schlug Hedy ihrer Mutter vor, um die traurige Stimmung zu durchbrechen. »Im Opern-Kino läuft *Lustige Sünder* mit Jean Harlow und Myrna Loy.«

Hedy bewunderte die Schauspielerin und hatte bisher jeden Film von ihr gesehen, der in den Wiener Kinos lief. Manchmal fragte sie sich, ob sie es als Schauspielerin bis nach Hollywood hätte schaffen können. Ach, das waren vergebliche Gedankenspiele, denn Fritz würde sie nie wieder auf eine Bühne oder an einen Set lassen.

»Ich bin gleich mit der Schneiderin verabredet. Geh doch allein.«

Auch wenn ihre Mutter ihr nicht half, plante Hedy ihre Flucht. Als Erstes sandte sie Geld und Schmuckstücke an Nicolette, ihre Freundin in Paris. Genug, um die erste Zeit in Frankreich leben zu können, bis Hedy dort im Theater oder einem Filmstudio würde Fuß fassen können. Nun musste ihr nur noch etwas einfallen, wie sie aus ihrem Gefängnis am Schwarzenbergplatz entkommen konnte.

◐ ◐ ◐

»Sie passen perfekt in unseren Haushalt.« Hedy konnte es kaum fassen, wie gut das Schicksal es mit ihr meinte. Laura, die sich bei ihr als Hausmädchen vorstellte, hatte die gleiche Haarfarbe wie sie, die gleiche Größe und war nur ein wenig kräftiger als sie selbst. Wenn man die beiden Frauen von hinten sah, könnte man sie für Zwillinge halten.

»Danke schön.« Lauras Stimme klang sanft und lieblich. Fritz würde sie mögen. Hedy musste sich keine Sorgen machen, dass er ihrer Entscheidung widersprechen würde.

»Wann können Sie anfangen?«

»In sechs Wochen.«

»Zum ersten Juli also.«

»Früher zu beginnen, das mag ich meiner alten Herrschaft nicht zumuten.«

»Wunderbar, ich halte Loyalität für ein wichtiges Gut.« Hedy lächelte das Mädchen freundlich an. »Dann sehen wir uns nächsten Monat.«

Nachdem Laura gegangen war, überlegte Hedy fieberhaft. Sechs Wochen blieben ihr, um ihre Flucht vorzubereiten und sicherzustellen, dass Fritz sie niemals finden würde. Ihre Hände zitterten bei dem Gedanken, wie nahe die Freiheit plötzlich schien. Hedy öffnete die Schublade ihres Schreibtisches und suchte nach dem kleinen schwarzen Notizbuch, das sie immer bei sich trug. Nachdem sie es aufgeschlagen hatte, hielt sie einen Moment inne. Konnte sie es wirklich wagen, ihre Gedanken niederzuschreiben? Musste sie nicht vorsichtiger sein, weil die Dienstboten oder ihr Ehemann ihr nachspionierten und das Notizbuch in die Hände bekommen könnten?

Nein, dann muss ich eben aufpassen, dass ich es stets bei mir trage. Sie atmete tief durch, um sich zu beruhigen, bevor sie notierte, was sie in den kommenden Tagen und Wochen erledigen musste, damit ihre Flucht ein Erfolg würde.

◐ ◐ ◐

Nun arbeitete Laura bereits seit drei Wochen bei ihnen, doch bisher hatte sich keine Fluchtgelegenheit für Hedy ergeben. Zweimal war sie versucht, planlos und schnell aufzubrechen, aber dafür stand zu viel auf dem Spiel. Sie musste Geduld aufbringen, was noch nie ihre Stärke gewesen war.

Je mehr Zeit verging, desto nervöser wurde sie. Manchmal meinte sie, dass Fritz und die Dienstboten ihr ansahen, was sie vorhatte. Es fiel ihr von Tag zu Tag schwerer, die Fassade aufrechtzuerhalten.

Auch beim heutigen Abendessen schwieg sie, ebenso wie ihr Ehemann. Selbst den funkelnden Lichtern des Kronleuchters gelang es nicht, für eine freundliche Atmosphäre im Speisezimmer zu sorgen. Hedy stocherte in ihrem Essen, die Aussichtslosigkeit ihrer Flucht verschlug ihr den Appetit.

»Ich werde übers Wochenende zur Jagd fahren.« Fritz teilte ihr seine Pläne in einem distanzierten, unpersönlichen Ton mit, als wäre sie nur eine Dienstbotin. Doch dann sah er auf und fragte kühl: »Willst du mich begleiten?«

Selbst in den besten Zeiten ihrer Ehe hätte Hedy sich ihm nicht angeschlossen, wenn er sie so teilnahmslos fragte.

»Ich wollte in Wien nach Kleidern schauen«, antwortete sie mit einem süßlichen Lächeln. »Du wünschst doch immer, dass ich stets nach der neuesten Mode gekleidet bin.«

Ihr Ehemann hatte sich knapp verabschiedet, Hedy hatte ihm eine gute Jagd gewünscht und ihm einen zärtlichen Abschiedskuss gegeben. Er sollte ja keinen Verdacht schöpfen. Hedy wartete, bis es im Haus ruhiger wurde. Langsam zogen die Dienstboten sich zurück und gingen schlafen. Nun war die Gelegenheit gekommen, jetzt konnte sie ihrem Schicksal endlich entkommen. Sie klingelte nach Laura, die kurz darauf in der Tür stand.

»Sie wünschen?«

»Ich hätte gern einen Tee.«

Während sie auf Laura wartete, marschierte Hedy in ihrem Zimmer auf und ab. Sie hatte bereits alles in ihre Reisetasche gepackt, was sie mitzunehmen gedachte: Pelze, Kleider, einige ihrer Juwelen und natürlich die Spieluhr und Beccacine, die Puppe, die sie seit ihrer Kindheit besaß. Auf alles andere hätte sie verzichtet, diese beiden Dinge aber mussten sie begleiten. Wo Laura nur blieb? Die Zeiger der Uhr schienen stillzustehen. Endlich klopfte das Mädchen an die Tür.

Sie brachte ein Tablett mit einer Teekanne, einer Tasse, Zuckerdose und einem Milchkännchen.

»Liebe Laura, trink doch einen Tee mit mir. Hol dir eine Tasse, und wir reden ein bisschen.«

Erst schien das Mädchen verwirrt, dann lächelte es und eilte in die Küche, um sich eine Tasse zu holen, was Hedy die Gelegenheit gab, die verbliebene Tasse zu präparieren. Sie goss ein wenig Tee ein, fügte Zucker hinzu und streute das Schlafpulver darüber. Dann gab sie weiteren Zucker, Tee und Milch hinzu. Nun hieß es wieder warten.

Endlich war Laura zurückgekehrt, mit einer Tasse in der Hand. Schüchtern setzte sie sich auf einen Sessel.

»Ach, Laura.« Hedy seufzte theatralisch. »Wie dumm von mir. Ich habe mir Zucker genommen, obwohl ich Tee gar nicht süß mag. Ich war in Gedanken. Wie trinkst du deinen Tee?«

Als ob sie das nicht wüsste. Sie hatte ihr Dienstmädchen in den vergangenen Wochen ausgiebig studiert, hatte alle Bewegungen und auch die Stimmlage Lauras nachgeahmt, damit ihre Flucht perfekt vonstattengehen konnte.

Endlich schlief Laura ein. Hedy hatte schon befürchtet, sie hätte das Schlafpulver zu gering dosiert. Vorsichtig zog sie das Dienstmädchen aus dem Sessel und legte es aufs Bett. Ebenso vorsichtig entkleidete sie Laura und zog sich selber deren Rock und die schlichte Bluse an. Sie prüfte den Puls des Mädchens, bevor sie nach ihrer Reisetasche griff. Zaghaft öffnete sie die Tür und lauschte, ob jemand auf dem Flur auf sie lauerte. Doch es blieb ruhig. Also schlüpfte sie hinaus und lief auf Zehenspitzen zur Garderobe, wo sie sich Lauras alten Mantel überwarf und ihren Hut aufsetzte. Sie beugte ihre Schultern ein wenig nach vorn und fiel in den zaghaften Gang ihrer Dienstbotin. Obwohl sie lange geprobt hatte und sicher war, dass sie Lauras Gesten perfekt beherrschte, schlug ihr das Herz bis zum Hals.

»Wer ist da?«, ertönte die schlaftrunkene Stimme des Butlers, der aus seiner Zimmertür herausspähte. Es war, wie Hedy es vorausgesehen hatte. Der Mann hatte einen zu leichten Schlaf.

»Ich bin es, Laura«, antwortete Hedy und drückte sich in die Schatten des langen Flures. »Entschuldigung, ich wollte Sie nicht wecken.«

»Wo willst du hin?«

»Zu meinem Liebsten.« Hedy kicherte, so wie Laura es getan hätte. Ihr Herz schlug ihr bis zum Hals, und sie fürchtete, dass der Butler ihre Scharade durchschaute, aber er lachte nur.

»Lass dich nicht erwischen.« Mit diesen Worten schloss er die Zimmertür. Hedy rang nach Luft und taumelte weiter.

Endlich hatte sie die Haustür erreicht, schloss sie auf und eilte hinaus.

Auf dem Hof stand Lauras klappriges Fahrrad, das aussah, als würde es unter dem Gewicht der Reisetasche zusammenbrechen. Vorsichtig klemmte Hedy ihre Sachen in den Korb, schwang sich in den Sattel und trat schwungvoll in die Pedale. Nur wenige Menschen waren an diesem schönen Juniabend auf der Straße. Sie fürchtete bei jedem, mit dem sich ihr Weg kreuzte, dass man sie erkennen würde. Mit der linken Hand zog sie den Hut tiefer ins Gesicht und trat fester in die Pedale, bis sie schließlich den Bahnhof erreicht hatte. Dort stellte sie das Fahrrad ab, ergriff ihre Reisetasche und eilte zum Fahrkartenschalter.

»Einmal Paris, bitte.« Allein die Worte auszusprechen, bereitete ihr Glück. Paris – das klang wie das Versprechen von Freiheit. Nachdem sie bezahlt hatte, fragte sie den Fahrkartenverkäufer: »Wann kommt der Zug? Wird er pünktlich sein? Wie lange hat er Aufenthalt in Wien?«

»Gewiss, gnädige Frau.« Der Mann musterte sie, als merkte er, dass Hedy sich verkleidet hatte. »Eine halbe Stunde haben Sie noch. Genauso lange wartet der Express auch in Wien.«

»Danke.« Mehr brachte Hedy nicht hervor. Eine ganze Stunde Wartezeit, bis der Zug sich endlich auf den Weg nach Paris begab, das bedeutete auch eine Stunde Zeit für Fritz, ihr auf die Spur zu kommen. Ob die Dienstboten bemerkt hatten, dass sie geflohen war?

Hedy setzte sich in den Warteraum und holte ein Taschentuch hervor, das sie heftig knotete. *Ich muss aufhören, so verdächtig zu wirken.* Sie öffnete ihre Reisetasche und suchte nach einer Zeitschrift. Wieder und wieder las sie die Worte, ohne ihren Sinn zu erfassen.

Endlich öffneten sich die Türen zum Gleis, und Hedy hörte das Geratter des sich nähernden Zuges. Sie stieß einen erleichterten Seufzer aus, nahm ihre Reisetasche und betrat den Bahnsteig. Der Anblick der eleganten dunkelblauen Waggons mit der goldenen Schrift und den strahlendweißen Dächern gab ihr Mut.

Selbst nachdem sie Platz in ihrem Abteil genommen hatte, in dem sie allein war, gelang es Hedy nicht, zur Ruhe zu kommen. Erst als der Zug sich ruckelnd und schnaufend in Bewegung setzte, erlaubte sie es sich zu entspannen.

Wenn Fritz mich in Paris erwartet, bleibt mir nur eins: der Tod.

KAPITEL 5

Paris und London, 1937

Die lange Fahrt von Wien nach Paris verschlief sie. Als sie erwachte, kam es Hedy vor, als wäre ihr ein gewaltiger Stein vom Herzen gefallen. Täuschte sie sich, oder waren dort bereits die Lichter von Paris zu sehen? Sie hatte ein Hotelzimmer vorbestellt, wo sie sich mit ihrer Freundin treffen, ihre Juwelen erhalten und mit ihrem neuen Leben beginnen wollte.

Hedy wusste noch nicht, was die Zukunft für sie bereithielt, sie hatte nicht weiter geplant als bis zum heutigen Tag. Aber sie war jung, sie war schön, sie war talentiert – in Frankreich sollte sich etwas für sie finden lassen, schließlich beherrschte sie die Sprache perfekt.

Zu ihrer Überraschung wartete Nicolette, ihr früheres Kindermädchen und ihre treue Freundin, auf dem Bahnsteig auf sie. Nicolette ging auf und ab und hielt wohl nach Hedy Ausschau.

»Wie schön, dass du mich abholst.« Hedy stellt ihre Reisetasche ab und nahm ihre Freundin in die Arme. »Wir waren doch im Hotel verabredet?«

»Deine Mutter hat mir ein Telegramm geschickt.« Nicolette drückte Hedy noch einmal an sich und schob sie dann von sich. »Fritz ist auf dem Weg nach Paris.«

Hedy erstarrte. Vielleicht war es zwecklos, vor Fritz Mandl

davonlaufen zu wollen. Vielleicht war er der Klügere von ihnen beiden und der bessere Jäger.

»Kann ich mich bei dir verstecken, anstatt ins Hotel zu gehen?«, fragte sie ihre Freundin.

»Er wird dich finden.« Nicolette kämpfte mit den Tränen. »Dein Ehemann wird alles in Bewegung setzen, um dich wiederzubekommen.«

»Aber was bleibt mir?«

»England«, stieß Nicolette hervor. »Du musst weiter fort, um deine Spuren zu verwischen.«

»Aber wie komme ich da hin?« Hedy überlegte fieberhaft. »Hast du meine Juwelen?«

Nicolette nickte und überreichte ihr eine kleine Tasche. Das war alles, was Hedy blieb, um ein neues Leben anzufangen.

Sie warf die Tasche in ihre Reisetasche und eilte auf den Bahnhofsvorplatz, um ein Taxi zu nehmen.

»Ich danke dir für alles. Ich schreibe dir aus London.« Hedy umarmte Nicolette, öffnete die Tür des Wagens und stieg ein. Sie kurbelte das Fenster herunter und winkte Nicolette zum Abschied zu.

»Nach Calais. Schnell!«

»Sehr wohl«, sagte der Taxifahrer und musterte sie im Rückspiegel. »Können Sie sich diese Fahrt überhaupt leisten?«

Erst wollte Hedy ihn zurechtweisen, dann fiel ihr ein, dass sie immer noch Lauras Kleidung trug.

»Selbstverständlich.« Sie holte ihre Geldbörse hervor und zeigt ihm ein Bündel Francs, die sie bereits in Österreich bei der Bank eingetauscht hatte.

◐ ◐ ◐

»Willkommen im Regent Palace, Mrs …?« Der Portier in eleganter roter Uniform sah sie fragend an.

»Kiesler, Miss Kiesler.« Kurz nachdem sie die Worte ausgesprochen hatte, bereute Hedy sie bereits. Warum hatte sie nicht einfach einen anderen Namen genannt, einen einfachen wie Mühlbauer oder Meyer oder Schmidt, etwas, das sie nicht sofort an Fritz verraten würde? Nein, sie war übervorsichtig. Sosehr Fritz daran interessiert sein mochte, sie zurückzuholen, konnte sie sich doch darauf verlassen, dass er nicht bis nach England kommen würde. Das wagte er nicht. Er traute den Briten nicht, und sie trauten ihm nicht.

»Wie lange werden Sie bleiben, Miss Kiesler?« Der Portier hatte hörbare Schwierigkeiten, ihren Namen auszusprechen.

»Das weiß ich noch nicht, ich muss schauen, wie mir die Stadt gefällt.«

Und ich muss sehen, wie lange ich mir dieses Hotel leisten kann, bevor meine Juwelen aufgebraucht sind. Es wäre klüger gewesen, eine kleine Pension zu suchen, aber wenn sie wichtige Leute auf sich aufmerksam machen wollte, musste sie in entsprechendem Ambiente wohnen. Das Regent Palace am Piccadilly Circus gehörte auf jeden Fall zu den Adressen, die Hedy interessant machen könnten.

◐ ◐ ◐

Ihre Strategie erwies sich als erfolgreich. Wenige Tage, nachdem sie in London angekommen war, traf sie sich mit Robert Ritchie, dem Talentscout der US-amerikanischen Filmgesellschaft MGM, die ihre Lieblingsschauspielerin Myrna Loy unter Vertrag hatte.

»Mein Englisch ist nicht gut.« Nervös verschränkte Hedy ihre Finger. »Könnten Sie für mich übersetzen, bitte?«

»Ja, kann ich.« Robert runzelte die Stirn. »Aber Sie sollten sich darüber im Klaren sein, dass Sie perfektes Englisch sprechen müssen, um bei MGM Erfolg zu haben.«

»Ich habe ein Talent für Sprachen. Ungarisch habe ich in sehr kurzer Zeit gelernt.« Hedy hielt es für klüger, ihm zu verschweigen, dass sie Ungarisch zwar sprechen, aber überhaupt nicht schreiben konnte. Und dass sie sehr viel jünger gewesen war, als sie die Sprache ihrer Großeltern gelernt hatte. »Gibt es etwas, auf das ich im Gespräch mit Mr Mayer achten sollte?«

»Sie haben ihn bereits einmal getroffen, nicht wahr?«

»Ja, vor ein paar Jahren.«

Hedys Gedanken wanderten zu ihrem ersten und bisher einzigen Zusammentreffen mit dem mächtigen Filmmogul. 1934 hatte sie den Chef von MGM auf Max Reinhardts Schloss Leopoldskron kennengelernt. Hedy war sich sicher, dass Max das arrangiert hatte, um ihr Möglichkeiten aufzuzeigen, wie sie ihrer Ehe entfliehen könnte. Damals allerdings hatte sie sich noch glücklich gefühlt an der Seite von Fritz Mandl.

Max hatte einen Tag abgewartet, an dem Fritz weggefahren war, um Hedy und Louis B. Mayer miteinander bekannt zu machen.

»Nun, Louis«, hatte Max gefragt. »Welche Chancen würdest du Hedy in Hollywood geben?«

Mayer hatte sie gemustert und dann kalt lächelnd gesagt: »Überhaupt keine. Bei MGM mögen wir keine Frauen, die ihren Körper der ganzen Welt präsentiert haben.«

»Es war ein künstlerischer Film«, widersprach Hedy. »Er hat einen Preis in Venedig gewonnen.«

»Ja, in Europa mag man da freizügiger sein.« Mayer hatte den Mund verzogen, und zwar nicht zu einem Lächeln. »Aber in den USA legen wir großen Wert auf Sittlichkeit und puritanische Wertvorstellungen. Ich kann eine Frau schlecht zu einem Star aufbauen, deren Allerwertesten die halbe Welt kennt.«

Wie konnte ein Mann, der mit seiner Ehefrau *und* seiner Geliebten durch Europa reiste, sich die Rolle eines Sittenwächters anmaßen?

Und heute sollte sie diesem Mann wieder gegenübertreten, der ihr damals allzu deutlich gesagt hatte, wie gering er ihre Chancen sah.

Als Hedy sich dem Claridge's im noblen Stadtteil Mayfair näherte, sah sie Robert bereits vor dem roten Backsteingebäude auf sie warten. Obwohl sie in ihrer Ehe mit Fritz viele Hotels bereist hatte, beeindruckte sie das Claridge's mit seiner hohen Stuckdecke im Art-déco-Stil und dem gewaltigen Kristalllüster. Vielleicht lag es auch an der Nervosität, dass sie nun dem Mann gegenübertreten würde, der ihr Ticket nach Hollywood und in ein neues Leben sein könnte. Hoffentlich würde sich die Drehtür für sie in die richtige Richtung drehen.

»Es wird schon gut gehen«, lächelte Robert ihr zu. »Sie sind eine schöne Frau *und* Sie können schauspielern. Viele andere können das nicht.«

Mit dem Fahrstuhl fuhren sie in das Stockwerk, in dem Louis B. Mayer und seine Entourage untergebracht waren. Hedy schluckte und sprach sich Mut zu. Sie war kein Neuling, sie hatte nicht nur in *Ekstase* gespielt, sondern auch in einem bekannten Film mit Heinz Rühmann. Sie hatte im Theater stehende Ovationen für ihre Sissy bekommen. Sie war eine Schauspielerin. Wenn auch eine, die dringend eine neue Arbeit und Perspektive brauchte, aber das durfte sie Louis B. Mayer niemals merken lassen. Sonst hätte sie verloren.

»Es wird schon«, sagte Robert, als sie gemeinsam über den dicken Teppich gingen, der die Geräusche ihrer Schritte schluckte. Er klopfte an die Tür und bedeutete ihr, voranzugehen.

Die Suite, in der der Filmmogul residierte, war beeindruckend. Zarte Gardinen vor den meterhohen Fenstern filterten das Sonnenlicht. Die Wände waren in Weiß und Gold gehalten, die beiden großen englischen Sofas in einem tiefen Königsblau. Über dem Kamin, in dem Holzscheite gestapelt waren, hing ein gewaltiger Spiegel, in dem Hedy sich sehen konnte. Elegant sah sie aus in ihrem schlichten schwarzen Kleid mit der Perlenkette.

Drei Männer saßen sich auf den Sofas gegenüber, vor ihnen auf einem schmalen Holztisch lagen Papiere und Fotos verteilt. Hedy meinte, einige bekannte britische und auch deutsche Schauspieler auf den Bildern zu entdecken. Die Männer erhoben sich, als sie eintrat.

Den einen erkannte sie sofort an seiner schnabelartigen Nase, die durch die Brille betont wurde. Mit dem runden Gesicht und den dünnen Haaren, in einen exakten Scheitel gezogen, wirkte er eher wie ein Autoverkäufer als wie der wichtigste Mann in Hollywood.

»Ich erinnere mich an Sie.« Louis B. Mayer musterte Hedy prüfend. »Wir haben uns bei Max Reinhardt kennengelernt.«

Hedy nickte nur. Es ärgerte sie, wie wenig sie die Sprache Hollywoods verstand. Sie konnte nur hoffen, dass Robert alles genau übersetzte.

»Hallo, ich bin Howard Strickling, der Mann für die Publicity.« Ein dunkelhaariger Mann kam auf sie zu, ein breites

Lächeln im Gesicht. So hatte Hedy sich immer einen echten Cowboy vorgestellt – von der Sonne braun gebrannt, Lachfältchen um Augen und Mund und einen festen Händedruck. »Erfreut, Sie kennenzulernen, Miss Kiesler. Der schweigsame Kerl dort ist Benny Thau, der zweitwichtigste Mann bei MGM. Nehmen Sie bitte Platz.«

Strickling deutete auf zwei Stühle. Während Hedy sich setzte, musterte sie Benny Thau. Er hatte eine sehr breite Nase, schmale Lippen, große Ohren und breite Geheimratsecken. Er lächelte freundlich und nickte ihr höflich zu.

»Sie sind das *Ekstase*-Mädchen, nicht wahr?« Louis B. Mayer ging zu der prachtvoll ausgestatteten Bar und goss sich ein Getränk ein. Er drehte Hedy in einem bewussten Affront den Rücken zu. Genauso unhöflich war es, dass er ihr nichts zu trinken anbot. Das würde Hedy sich nicht gefallen lassen. Kein Mann hatte mehr das Recht, sie so zu behandeln.

Sie erhob sich, griff nach ihrer eleganten Handtasche und ging zur Tür. Als hätte er Augen im Hinterkopf, wandte Mayer sich zu ihr um.

»Wissen Sie, was für Filme ich drehe?« Seine Augen waren kaum zu erkennen hinter den runden Brillengläsern. Hedy vermochte nicht zu sagen, ob er sich über sie lustig machte oder sie angriff. »Mein Name und der meines Studios stehen für saubere Filme, Familienfilme, gute amerikanische Unterhaltung.«

Nachdem Robert ihr die Worte übersetzt hatte, nickte Hedy. »Ich war jung, als ich *Ekstase* gedreht habe.« Sie hasste es, sich verstellen zu müssen, vorgeben zu müssen, sie wäre zu naiv gewesen, um zu erkennen, was für ein Film *Ekstase* gewesen war. »Man hat mich falsch beraten.«

»Was haben Ihre armen Eltern wohl gedacht, als sie Sie nackt über die Leinwand haben laufen sehen?« Doch eine Antwort auf diese Frage schien Mayer nicht zu interessieren. »Aber Sie sind schön, wirklich schön.«

Obwohl er sie durchdringend musterte, von oben bis unten, von unten nach oben, konnte sie keine sexuelle Begierde in seinem Blick erkennen, nur ein professionelles Interesse.

Sie ließ die Beschau über sich ergehen, war sie sich doch sicher, sie war an einem Wendepunkt angekommen. Dennoch spürte sie, dass Louis B. Mayer sie niemals ernst nehmen würde, sollte sie zu schnell nachgeben.

»Hundertfünfundzwanzig Dollar die Woche für ein halbes Jahr.« Mayer nickte. »Das ist mein Angebot.«

»Das ist kein Angebot, das ist eine Frechheit.« Hedy wandte sich ab und ging weiter zur Tür. Kurz blieb sie stehen und sagte über ihre Schulter blickend: »Ich bin eine in ganz Europa bekannte Schauspielerin.«

Sie öffnete die Tür und eilte hinaus, ohne sich erneut umzudrehen. Sie hörte, wie die Tür sich hinter ihr öffnete und wieder schloss, wandte sich jedoch nicht um. Ihr Herz schlug ihr bis zum Hals. War sie wahnsinnig? Wie hatte sie es wagen können, dem mächtigsten Mann der Filmwelt einen Korb zu geben?

»Lassen Sie uns einen Kaffee trinken.« Robert legte ihr seine Hand auf den Unterarm.

Nachdem sie in einem kleinen Café Platz auf den schmalen Stühlen genommen und bei einer desinteressiert blickenden Kellnerin ihre Bestellung aufgegeben hatten, schwieg Robert. Hedy konnte die Stille irgendwann nicht mehr ertragen und platzte heraus: »Meinen Sie, ich habe einen gewaltigen Fehler begangen?«

»Warum haben Sie Mayers Angebot abgelehnt?« Er schüttelte verwirrt den Kopf. »Hedy, das war Ihre Chance, nach Hollywood zu kommen.«

»Ich weiß.« Ihre Stimme zitterte nicht, obwohl ihr flau im Magen war. »Allerdings weiß ich auch, was ich wert bin. Oder sind Sie etwa der Ansicht, dass es ein gutes Angebot war?«

»Nein, das war es bestimmt nicht.« Robert legte seine Hand auf ihre. »Aber Sie waren bisher nur in Filmen in Europa zu sehen. In Hollywood gelten andere Regeln. Akzeptieren Sie das oder suchen Sie sich etwas anderes.«

»Dann muss ich eben noch einmal mit ihm sprechen.« Eine Hedy Kiesler gab so schnell nicht auf.

»Das wird schwer, Kindchen.« Rob Ritchie zuckte mit den Schultern. »Übermorgen verlässt L.B. die Stadt, um auf der *Normandie* nach New York zu reisen.«

Konnte das wirklich wahr sein? Hatte sie eben ihre große Chance für eine bessere Zukunft verloren?

KAPITEL 6

London und an Bord der Normandie, 1937

Den Rubinring hatte sie noch nie besonders gemocht. Hedy legt ihn auf die linke Seite, den schmalen Goldreif mit dem kleinen Diamanten legte sie nach rechts, ebenso wie den Saphir, der die Farbe ihrer Augen betonte. Jedenfalls hatte Fritz das gesagt, als er ihr den Ring gekauft hatte. Nun blieben ihr noch drei Schmuckstücke. Links oder rechts – verkaufen oder behalten, das war die Frage. Mit einem Seufzer legte sie alle drei nach links, bevor sie aufstand und ihren Pelzmantel holte, den weißen Nerz. Er war so wunderbar weich, als sie mit der Hand darüberfuhr, aber die helle Farbe ließ sie den prachtvollen Pelz kaum tragen, aus Sorge, er könnte schmutzig werden.

»Ich werde dich vermissen, mein Schöner.« Hedy holte ihre große Tasche, in die sie die Schmuckstücke steckte. Den Nerz zog sie über ihren dunkelblauen Wollmantel. Mit schnellen Schritten verließ sie das Hotel, bevor sie es sich anders überlegen konnte. Bereits gestern hatte sie einen Juwelier in der Regent Street entdeckt, bei dem sie ihr Glück versuchen wollte.

»Das sind ausgesucht schöne Stücke, Madam.« Der Juwelier hielt eine Lupe vor sein Auge und betrachtete den Schmuck, den Hedy vor ihm ausgebreitet hatte. »Wollen Sie sich wirklich von ihnen trennen?«

Beinahe wäre ihr ein »Ich muss« rausgerutscht, aber das würde ihre Verhandlungsposition erschweren.

»Die Farben der Steine sagen mir einfach nicht mehr zu«, antwortete sie daher leichthin und hoffte, dass er nicht bemerkte, wie dringend sie das Geld benötigte.

»Ich würde alle nehmen. Allerdings kann ich Ihnen nicht mehr als 500 Pfund bieten.«

»500 Pfund?« Hedy hatte mit dem dreifachen gerechnet, und selbst dann wäre es nicht einmal die Hälfte von dem, was Fritz für den Schmuck bezahlt hatte. »Das ist doch wohl nicht Ihr Ernst.«

»Ich weiß, die Stücke sind deutlich mehr wert«, antwortete der Juwelier, »aber Sie sehen es ja selbst.« Er deutete auf die glitzernden Geschmeide in den Schaufenstern und den Vitrinen. »Es kommen viele Flüchtlinge aus Deutschland hierher, die ihren Schmuck verkaufen wollen. Daher kann ich Ihnen nur dieses Angebot machen, so leid es mir tut.«

Hedy überlegte einen Moment. Sie könnte ihr Glück anderswo versuchen, aber der Mann wirkte nicht wie ein Schwindler, und dass es gerade keine günstige Zeit zum Verkauf war, hätte sie sich eigentlich schon denken können. Nun gut, dann eben 500 Pfund.

»Bitte sehr. Und viel Glück.« Er zählte ihr die Scheine in die Hand.

»Danke.« Sie nahm das Geldbündel und stopfte es in ihre Handtasche. »Wissen Sie, wo ich den Pelz verkaufen kann?«

»Versuchen Sie es drei Häuser weiter.«

Aber auch für den Nerz bekam Hedy nicht das, was sie sich erhofft hatte. Einen Teil des Geldes musste sie gleich darauf in ein elegantes Abendkleid investieren, damit sie auf der

Normandie hervorstechen würde. Ein Glück nur, dass die Passage nicht zu teuer gewesen war. *Ich setze alles auf eine Karte. Aber wenn ich nichts wage, werde ich nicht gewinnen.*

◐ ◐ ◐

Ihr blieben die vier Tage der Überfahrt, um L.B. Mayer davon zu überzeugen, dass sie mehr wert war als 125 Dollar die Woche. Die vergangenen Stunden hatte sie dazu genutzt, sich eine Strategie auszudenken, wie sie den widerspenstigen Mann davon überzeugen konnte, dass sie genau der Star war, den er benötigte. Ein wenig mulmig war ihr schon bei dem Gedanken, dass sie ihre Zukunft erneut auf einen reichen, älteren Mann setzte, der sie als Kindfrau betrachtete und nicht als gleichwertigen Menschen.

Nun gut, ich muss mit den Karten spielen, die mir das Schicksal gegeben hat, und wenn ich eins kann, dann ist es, Männer für mich zu begeistern. Sie strich sich das Haar aus der Stirn, benetzte die Fingerkuppe mit der Zunge und zog beide Augenbrauen noch einmal nach. Der lange Flur war leer, wahrscheinlich nutzten alle das schöne Wetter, um sich auf dem Oberdeck zu versammeln, um dort zu sehen und gesehen zu werden. Genau das war auch das, was sie vorhatte. Hedy stieg die Treppen zum Oberdeck empor und stellte sich an die Reling. Mit der rechten Hand hielt sie ihren Hut fest, der vom Wind weggeweht zu werden drohte. Sie streckte ihren Oberkörper, machte sich noch ein Stückchen größer und schaute sich um. Der Blick allein reichte, um ihr die Aufmerksamkeit der Umstehenden zu sichern.

»Ma'am, kann ich Ihnen helfen? Ihr Hut fliegt gleich davon.« Ein junger Bursche eilte sofort herbei, um ihr behilflich zu sein.

Als er näher kam, geschah das, was sie schon so oft erlebt hatte. Männer schauten nur noch auf ihre Lippen und nahmen sonst nichts mehr wahr.

»Ma'am, äh«, stammelte er und seine Wangen liefen rot an.

»Herzlichen Dank.« Hedy lächelte ihn an, woraufhin sich die Röte bis zu seinen Ohren ausbreitete. »Ich hätte nicht gedacht, dass wir so einen scharfen Wind haben werden.«

Natürlich hatte sie mit dem Wind gerechnet, der ihren Rock dicht an die Beine schmiegte, ihr dunkles Haar verwehte und auch ihre Bluse eng an den Körper presste.

Inzwischen waren zwei weitere Galane herbeigeeilt, die ihn zur Seite schoben. Sie wirkten deutlich reifer und erfahrener als der Junge, der sich immer noch nicht gefangen hatte.

»Can I help you?«, fragte der eine.

Hedy lächelte ihn an. »Sorry, I speak English not good.«

»Français? Deutsch?«, fragte er. »Was ist Ihnen lieber?«

Sein Deutsch war nahezu akzentfrei und sie wünschte sich, ihr Englisch wäre nur halb so gut.

»Lassen Sie uns Französisch sprechen, das ist für uns beide eine fremde Sprache«, antwortete sie höflich und senkte den Kopf ein wenig, schloss die Lider und öffnete sie mit diesem Augenaufschlag, mit dem sie Fritz immer in ihren Bann ziehen konnte.

Der Mann griff nach ihrem Arm und sagte: »Kommen Sie bitte mit, ich zeige ihnen, wo es an Bord am schönsten ist.«

»Herzlichen Dank.« Hedy lächelte auch dem zweiten Mann zu, was dieser als Anlass nahm, ihnen zu folgen. Sobald sie auf dem Deck angekommen waren, auf dem die Liegestühle standen und sich viele Passagiere vergnügten, erregten sie viel Aufmerksamkeit. Weitere Männer gesellten sich zu ihnen. Hedy scherzte und lächelte, lächelte und scherzte, und hoffte, dass Mr Mayer oder einer seiner Untertanen in der Nähe wäre und ihre Wirkung bezeugen könnte. Immer wieder sah sie sich um, aber sie konnte den Filmmogul nirgends finden.

Wenn der Berg nicht zum Propheten kommt, kommt der Prophet eben zum Berg. Hedy erhob sich, lächelte ihren Verehrern zu und sagte: »Lassen Sie uns ein bisschen flanieren. Ich habe mir die *Normandie* noch gar nicht angeschaut.«

Sofort sprangen mehrere von ihnen auf, um sie zu begleiten, und sie hakte sich bei zweien der Männer unter und schlenderte mit ihnen über das gesamte Schiff. Bald schon entdeckte sie die Hollywoodleute: Louis B. Mayer, Howard Strickling und der Mann, dessen Namen sie vergessen hatte, standen an Deck, rauchten und beobachteten die Szenerie. Ob sie einen Film an Bord eines Luxusdampfers planten?

Eine Frau saß in ihrer Nähe auf einem Liegestuhl und sprach L.B. Mayer an, der sofort an ihre Seite eilte. Das war bestimmt seine Ehefrau, die ihn auf der Reise begleitete, obwohl es hieß, dass sie schwer krank wäre.

Hedy wartete ab, bis Mayer an seinen Platz zurückgekehrt war, bevor sie ihren Weg fortsetzte. Natürlich erregte Hedy Aufmerksamkeit, als sie an Mayer und seinen Begleitern vorbeispazierte, umschwärmt von einer Vielzahl junger, attraktiver Männer.

Das war der erste Streich, dachte Hedy, und der zweite folgt sogleich. Sie verabschiedete sich von ihren Galanen, behauptete, sie müsse sich von der Reise erholen und der vielen Sonne.

»Heute Abend sehen wir uns gewiss wieder.«

In dem Moment stockte das Schiff – und Hedys Herz setzte einen Schlag aus. Sofort fiel ihr das Schicksal der *Titanic* ein.

Dann jedoch lachte sie über die alberne Befürchtung. Schließlich befanden sie sich noch in der Nähe von Southampton und hier gab es gewiss keine Eisberge.

»Was ist geschehen?«, fragte sie einen der Deckoffiziere, der in seiner schmucken Uniform ihren Weg kreuzte.

»Entschuldigung, Mylady«, entgegnete er. »Ich muss mich beeilen. Wir haben Probleme mit der Schraube.«

»Mit der Schraube?« Sie war noch nie auf einem solch großen Schiff gewesen, und die Technik, wie es seine immense Geschwindigkeit erreichte, entzog sich bislang ihrer Kenntnis. Sie wollte unbedingt mehr erfahren. »Dürfte ich mir die Technik der *Normandie* einmal anschauen?«

»Die Technik?« Nun blieb der Offizier doch stehen und starrte sie an.

»Ja, ich möchte wissen, was dieses prachtvolle Schiff so unglaublich schnell antreibt.«

Einen Moment schien er sprachlos. Dann berappelte er sich: »Ich stehe Ihnen morgen zur Verfügung, Ma'am. Dann beantworte ich all Ihre Fragen.«

Hedy lächelte zufrieden, als er weitereilte, und beobachtete dann, wie das Schiff zurück in den Hafen fuhr. Hoffentlich verzögerte sich ihre Reise noch ein wenig, das gäbe ihr mehr Zeit, Louis B. Mayer zu beeindrucken, und Muße, die prachtvolle *Normandie* zu erkunden.

Ein letztes Mal fuhr sie mit dem Stielkamm unter eine Locke, um sie perfekt zu platzieren, bevor sie ihrem Spiegelbild zulächelte. Ja, so konnte sie sich sehen lassen. Das schlichte schwarze Kleid lenkte die Aufmerksamkeit auf ihr Gesicht, und die Kette mit dem Smaragdanhänger ließ ihre Augen strahlen. Wenn es ihr heute nicht gelang, Louis B. Mayer zu umgarnen, dann hatte sie es nicht verdient, nach Hollywood zu gelangen.

Vor dem Speisesaal hielt sie kurz an, überprüfte Frisur und Lippenstift in den spiegelnden bronzefarbenen Türen und nickte den beiden Pagen in ihren roten Uniformen zu. Dann sah sie auf ihre Uhr. Grisha Goluboff, ein junger Geiger und Klient von Robert Ritchie, verspätete sich. Aber sie würde es ihm durchgehen lassen, denn ohne den jungen Künstler hätte sie keine Passage auf dem Schiff gehabt.

»Entschuldigung, Miss Kiesler.« Der hochgewachsene Junge mit dem wilden Haarschopf sah sie um Verzeihung bittend an. »Wenn ich es mir erlauben darf, Sie sehen einfach wunderschön aus.«

»Danke, Grisha. Nenn mich Hedy.«

Sie hakte sich bei ihm unter und machte sich bereit für ihren gemeinsamen Auftritt. Der Speisesaal, dessen eine Wand mit opakem Glas bedeckt war und hell und luftig wirkte, erstrahlte im Glanz der Lalique-Kronleuchter, die wie Wasserfälle aus Licht von der Decke flossen. Hedy war zu aufgeregt, um den Holzschnitzereien an den Seitenwänden mehr als einen Blick zu widmen.

»Wir sitzen an dem großen Tisch dort hinten«, flüsterte sie ihrem Begleiter zu. Es hatte sie einige Scheine gekostet, sich den Platz an Mayers Tisch zu sichern, und sie konnte nur hoffen, dass es das wert war.

Obwohl Hedy den Kopf hoch erhoben hielt und vorgab, sich auf das Gespräch mit Grisha zu konzentrieren, beobachtete sie aus dem Augenwinkel, welche Reaktion ihr Auftritt hervorrief. An jedem Tisch, an dem sie vorübergingen, ließen die Herren ihre Gläser sinken, um Hedy und Grisha nachzublicken. Selbst wenn ihr Mr Mayer keinen Vertrag gab, würde es ein unvergesslicher Abend für sie werden, da war sich Hedy sicher.

◐ ◐ ◐

Am nächsten Morgen brachte ihr ein Page ein Billett. Sie drückte dem Jungen ein Trinkgeld in die Hand und öffnete den Umschlag. Mr Louis B. Mayer lud Miss Hedy Kiesler in seine Suite ein.

»Worauf wartest du?«, fragte Hedy den Jungen und gähnte verhalten. Es war eine lange, rauschende Nacht mit viel Champagner, einem opulenten Mahl und unvergesslichen Tänzen gewesen.

»Auf Ihre Antwort, bitte.« Der Kleine starrte sie an, als wäre sie eines der sieben Weltwunder. Dabei hatte sie nicht einmal die Zeit gefunden, sich zurechtzumachen. »Das hat Mr Mayer mir aufgetragen.«

»Einen Moment.« Sie setzte sich an den Frisiertisch und schrieb eine kurze Nachricht auf das elegante Papier mit dem Wappen der *Normandie.* »Bring ihm das.«

Obwohl Hedy nichts vorhatte, wollte sie den MGM-Chef bis 16 Uhr warten lassen. Von Fritz hatte sie gelernt, dass man jeden Vorteil in einer Verhandlung nutzen sollte.

Nachdem der Deckoffizier ihr die Besonderheit des turboelektrischen Antriebs erläutert hatte, bat Hedy ihn, ihr den Bauch des Schiffes zu zeigen, damit sie sich ein Bild von den Turbinen machen konnte. Nur zu gern wollte sie sehen, wie diese Technik funktionierte.

»Tut mir leid, aber dorthin darf ich Sie nicht bringen«, lehnte der Offizier kategorisch ab, auch wenn seine Ohren rot anliefen. »Das hat der Kapitän strikt untersagt. Passagiere dürfen nicht unter Deck.«

»Ich danke Ihnen.« Hedy lächelte ihn an und spielte für einen Moment mit dem Gedanken, sich heimlich unter Deck zu schleichen. Aber vermutlich hätte es kein gutes Ende genommen, wenn man sie dort erwischt hätte. Ihre Wissbegierde durfte ihr gerade jetzt zu keinem Stolperstein werden. So ließ sie sich stattdessen zu ihrer Kabine zurückbegleiten. Dort wartete sie, bis es endlich Zeit für ihren Besuch bei Mr Mayer war.

Bewusst kleidete sie sich in ein schlichtes graues Kostüm, das sie durch eine schmale goldene Kette und eine dazu passende Brosche schmückte. Auf dem Weg zu Louis B. Mayers Räumen pochte ihr Herz schneller. Was erwartete sie dort? Wo lag die Grenze dessen, was sie zu akzeptieren bereit war? Dem Filmmogul war gewiss bewusst, dass Hedy ihr Schicksal auf eine Karte gesetzt hatte. Andererseits, es gab nicht nur ein Filmstudio in Hollywood …

Das Wichtigste an schwierigen Verhandlungen war, so lautete Fritz' Credo, sich niemals anmerken zu lassen, wenn man mit dem Rücken zur Wand stand.

Also holte Hedy tief Luft, lächelte und klopfte an die Tür, die sofort aufgerissen wurde, als hätte man sie sehnlichst erwartet.

»Sie wollten mich sehen, Mr Mayer?«

»Also gut, Sie haben gewonnen.« Mayer winkte sie mit seinen dicken Händen, die Hedy an die eines übergroßen Babys erinnerten, heran. »Wie viel wollen Sie, damit ich Sie unter Vertrag nehmen kann?«

»Was meinen Sie, was ich wert bin?« Hedy lächelte ihn mit diesem Lächeln an, bei dem kein Mann wusste, ob sie ihn verachtete oder bewunderte. Mayer musterte sie erneut. Sein Blick glitt von ihren Augen zu ihren Füßen und wieder nach oben und blieb an ihren Haaren hängen.

»Die Frisur müssen wir ändern. Einen neuen Namen brauchen Sie auch.« Er schien zu grollen und mit sich zu kämpfen, bevor er eine Zahl nennen wollte. »550 die Woche, das ist mein letztes Wort.«

550 Dollar die Woche war mehr als sie erwartet hatte. Davon würde sie sich gewiss eine Wohnung und ein schönes Leben leisten können, überlegte Hedy. Dennoch wollte sie Mr Mayer noch ein wenig zappeln lassen.

»Also gut«, sagte sie schließlich, als er sie immer ungeduldiger ansah. »Ich bin einverstanden. Lassen wir das gleich durch meinen Anwalt festmachen.«

Mayers Augen wurden riesengroß hinter seiner runden Brille. Er schaute sie an, als hätte sie ihm vorgeschlagen, gemeinsam mit ihr über Bord zu springen, um zu sehen, ob sie nach New York schwimmen konnten. »Einen Anwalt, einen eigenen Anwalt?«

»Ja gewiss, für einen Vertrag braucht es einen Rechtsbeistand, nicht wahr?« Hedy lächelte ihn an, bevor sie sich umdrehte und davonstolzierte. Wenn Mayer nur wüsste, dass sie besagten Anwalt erst an Bord dieses Schiffes kennengelernt hatte! Nach wenigen Schritten blieb sie stehen, schaute über ihre Schulter und rief: »Wir sehen uns heute Abend, dann stelle ich Ihnen meinen Anwalt vor.«

KAPITEL 7

An Bord der Normandie, New York und Los Angeles, Herbst 1937

Am nächsten Tag trafen sie sich mit Mayer in seiner Suite. Wie schon im Claridge's hatte Mayer auch auf der *Normandie* eine der luxuriösesten Räumlichkeiten. Wäre Hedy nicht durch ihre Ehe mit Fritz weit gereist gewesen, hätte sie das sicher beeindruckt.

Hedys Anwalt hatte in der Nacht den Vertragsentwurf geprüft und sich damit einverstanden erklärt. Nun mussten sie beide nur noch unterschreiben. Hedy war stolz auf sich, dass ihre Finger nicht zitterten, als sie ihren Namen mit einem silbernen Füllfederhalter unter den Vertrag schrieb. Louis B. Mayer setzte den Stift an, aber unterschrieb nicht. Stattdessen schaute er Hedy durchdringend an.

»Drei Bedingungen habe ich, bevor ich signiere.« Seine Stimme klang kalt und geschäftsmäßig. Hedys Herz schlug schneller und sie musste schlucken. Was mochte Mayer noch verlangen?

»Ja?«, fragte sie mit kleiner Stimme, worüber sie sich sofort ärgerte. Männer wie Mayer erkannten jede Schwäche und nutzten sie aus. *Das* jedenfalls hatte sie in ihrer Ehe gelernt.

»Drei Dingen müssen Sie zusagen, wenn Sie für MGM arbeiten wollen.«

»Welche wären das?« Man konnte ihre Stimme kaum hören,

so nervös war sie. Mayer schien sich dessen vollkommen bewusst zu sein, in seinen Mundwinkeln zeichnete sich ein siegessicheres Lächeln ab.

Hedy atmete tief durch. »Heraus mit Ihren Bedingungen.«

»Erstens, wir müssen einen neuen Namen für Sie finden. Kiesler geht einfach nicht.« Mayer schüttelte vehement den Kopf. »Das klingt zu deutsch, und die Deutschen kann im Moment keiner leiden. Außerdem kann es kein Amerikaner aussprechen. Ki-ss-lar«, sagte er mit amerikanischem Akzent.

»Aber Hedy darf ich weiterhin heißen?«, fragte sie etwas bange, denn es kam ihr vor, als ob sie mit ihrem Vornamen auch ihre Identität verlöre. Den Nachnamen zu ändern, das kannte sie bereits durch ihre Heirat. Da wäre es also kein Problem, einen neuen Namen anzunehmen, einen, der ihr die Tore in Hollywood öffnete.

»Ja, Hedy ist in Ordnung.« Mayer wischte sich mit seinen dicken Fingern über die Stirn. »Aber wir brauchen etwas, das zu Ihrem neuen Leben passt, zu Ihrer neuen Rolle, etwas Exotisches, etwas, das nach einem Star klingt.«

»Ich überlege mir etwas.« Hedy atmete auf. Wenn die anderen beiden Bedingungen dieser Art waren, würde sie nichts mehr aufhalten können.

»Das heißt auch, Sie sprechen nie wieder über *Ekstase*. Jedenfalls nicht von sich aus. Wenn sie gefragt werden, tun sie so, als ob es eine Jugendsünde war.«

Hedy nickte stumm. Sie hatte nichts anderes erwartet.

»Nun gut, zweitens halten Sie sich an den Moralkodex, den wir Ihnen vorgeben werden. Keine Liebschaften. Keine außerehelichen Affären, keine außerehelichen Kinder. Howard wird Ihnen mehr dazu sagen.«

Strickling nickte ihr zu, während die schmale Mrs Mayer Hedy musterte, als könne sie deren Gedanken lesen. Das konnte ja heiter werden. Hedy lächelte tapfer. »Gut und drittens?«

»Verschweigen Sie, dass Sie einmal Jüdin waren.«

»Aber …« Hedy verstand die Welt nicht mehr. »Aber Sie selbst sind jüdischen Glaubens.«

»Ja, aber meine Filmstars reden nie über Religion und Politik. Das sollten Sie sich besser merken.«

Hedy zuckte mit den Schultern. »Ich spreche ohnehin lieber über Kunst und Theater.«

»Jaja.« Louis B. Mayer zog seine Augenbrauen zusammen. »Wie wollen wir Sie nennen?«

Die Frage galt nicht Hedy, sondern seinen beiden Untergebenen. Strickling runzelte die Stirn, während Thau sich am Kopf kratzte.

»Hedy Temple.«

»Das ist nicht dein Ernst, Howard!«

»Hedy Cooper. Oder Hedy Rogers!«, meinte Benny Thau und fuhr sich mit der Hand über das Kinn.

»Hedy Brady«, warf Strickling ein, als wolle er nicht zurückstehen.

Louis B. Mayer rollte nur mit den Augen. Hedy war froh, dass niemand von ihr verlangte, sich einen Namen zu überlegen. Es flogen noch einige Vorschläge durch den Raum, aber keiner fand Gnade vor Louis B. Mayer.

»Nein! Nein! Und nochmals nein!« Vehement lehnte Mayer alles ab. »Das passt nicht, das ist nicht mein Star. Das ist zu bieder.«

»Wie wäre es mit Lamarr?«, erklang die leise Stimme seiner Frau. »Wir sind auf dem Meer, und der Name ist frei.«

La mar. Hedy blickte aus dem Fenster in das unendliche Blau. Doch, das gefiel ihr. »Hedy Lamarr.« Mayer nickte und sprach den Namen gleich noch einmal aus, ließ ihn sich auf der Zunge zergehen. »Hedy Lamarr. Wundervoll.«

Dann wandte er sich wieder an Hedy. »In New York wird uns die Presse erwarten, dafür sorgen wir schon. Aber so kann man Sie nicht sehen. Viel zu europäisch, viel zu wenig Glamour.« Erneut musterte er sie und schien zu einem Entschluss zu kommen. »Gehen Sie einkaufen. Hier auf dem Schiff gibt es die besten Boutiquen.«

»Ich weiß.« Vorhin war Hedy die Einkaufspassage entlanggeschlendert und hatte neugierig und sehnsüchtig in die Auslagen von Dior, Poiret und Chanel gestarrt.

»Kaufen Sie, was Sie brauchen.« Louis B. Mayer lächelte und wirkte wie ein großzügiger Onkel, der seine Nichte zu einem Kaffee ins Sacher einlud. »Sagen Sie, es geht auf meinen Namen.«

Hedy konnte ihr Glück kaum fassen und stammelte: »Danke. Vielen Dank.«

»Schon gut.« Er nickte ihr jovial zu. »Und vergessen Sie nicht: Ab jetzt sind Sie Hedy Lamarr.«

»Was für ein schöner Name«, sagte sie, bevor sie ging. Dass Mayers Ehefrau ihr einen sorgenvollen Blick zuwarf, konnte Hedy sich in dem Moment nicht erklären. Später sollte sie das tragische Schicksal der Frau erfahren, deren Namen sie geerbt hatte. Barbara La Marr war ein Stummfilmstar, deren Spitzname »The Too Beautiful Girl« gewesen war. Obwohl sie fünfmal verheiratet gewesen war, starb sie mit nur dreißig Jahren allein und unglücklich.

◐ ◐ ◐

Hedy war wahrscheinlich einer der wenigen Menschen, die mit deutlich mehr Gepäck ein Schiff verließen, als sie es betreten hatten. Dank der Großzügigkeit ihres neuen Studios war sie stolze Besitzerin eines eleganten Koffersets und einer Auswahl wunderschöner Kleidungsstücke für diverse Anlässe. Mit hoch erhobenem Haupt stolzierte sie hinter Mr Mayer, dessen Ehefrau und Howard Strickling die Gangway hinab.

Auch wenn die *Normandie* ein äußerst luxuriöses Schiff war, freute sich Hedy, wieder festen Boden unter den Füßen zu haben. Sie wünschte sich nichts mehr als in ihrem Hotel anzukommen, ein Bad zu nehmen, amerikanische Zeitungen zu lesen, um ihr Englisch aufzubessern, und auszuschlafen. Stattdessen sah sie sich unerwartet einer Meute von Reportern gegenüber, die sie mit Fragen überfielen.

»Hallo, Miss Lamarr, hierher schauen. Wie gefällt Ihnen New York?«

»Hallo, Sie sind der neueste Star von MGM?«

»Aber waren Sie nicht vorher das *Ekstase*-Mädchen?«

Plötzliche Stille, dann ein lautes Lachen, das sich von einem zum anderen fortpflanzte.

»*Ekstase* – war das nicht der Film, wo das Mädchen nackt durch den Wald gelaufen ist?«

»Ja, das ist sie!«

»Hallo, schauen Sie hier rüber! Wollen Sie auch für MGM ihren Hintern zeigen?«

Hedy fehlten die Worte. Die wenigen Brocken Englisch, die sie sprach, hatten sie verlassen, während Tränen ihre Augen füllten.

»Es war ein künstlerischer Film«, wisperte sie schließlich. »Künstlerisch.«

»Sagen Sie nichts mehr.« Howard Strickling nahm ihren Ellenbogen und schob sie geschickt durch die Menge bis zu einem schwarzen Wagen. Nachdem er ihr die Tür geöffnet hatte, wandte er sich den Reportern zu: »Mr Mayer wird gleich ein Statement abgeben. Von ihm werden Sie alles Notwendige erfahren.«

Dann ließ er sich neben Hedy auf den Rücksitz fallen und schloss die Tür. Augenblicklich kehrte Stille ein. Hedy hatte sich noch nie in ihrem Leben so gedemütigt gefühlt. Sie konnte kein Wort sagen, weil sie dann sofort in Tränen ausgebrochen wäre.

Strickling lieferte sie im Plaza Hotel ab und fuhr davon, wohl, um mit Mr Mayer darüber zu reden, was mit Hedy geschehen sollte. Ihre Ankunft in New York war ganz anders verlaufen als sie es sich ausgemalt hatte. Sie fühlte sich verloren, einsam und missverstanden.

Keine halbe Stunde später tauchten die beiden Männer bei ihr auf.

»*Ekstase* war ein Kunstfilm, ich war jung, wie können die Menschen nur so gemein sein?«, empfing Hedy sie.

Mayer und Strickling wechselten einen Blick. Mayer tätschelte Hedys Schulter und sagte: »Ich muss mein Flugzeug nach Los Angeles bekommen, aber Howard kümmert sich hier um alles. Howard, hol uns Dietz dazu.«

Bevor Hedy etwas erwidern konnte, war er verschwunden und hatte sie mit seinem Pressemann allein gelassen. Was war das überhaupt für ein Publicity-Experte, fragte sich Hedy, wenn er die Reporter nicht einmal zur Ruhe hatte bringen können?

Strickling griff zum Telefon, sagte nur wenige Worte und wandte sich dann ihr zu. »Das wird schon. Howard ist der Beste.«

»Sie sind doch Howard?« Nun verstand Hedy gar nichts mehr.

Mit den Handflächen wischte sie die Tränen ab und bemerkte, dass die Wimperntusche schwarze Schlieren hinterlassen hatte. Sie musste furchtbar aussehen, mit verschmiertem Make-up und einer roten Nase.

In diesem Zustand lernte sie Howard Dietz kennen, einen hochgewachsenen, jungenhaft aussehenden Mann mit einer riesigen, schiefen Nase und freundlichen Augen. Sofort, als er in ihr Hotelzimmer kam, fühlte sie sich besser.

»Hallo«, sagte er, »ich bin Howard und gehöre zu den Public-Relations-Jungs von MGM. Was ist passiert?«

»Die Reporter sind … furchtbar«, brachte Hedy unter Schluchzen hervor. Immer wieder musste sie sich unterbrechen, weil sie nach Vokabeln suchte. »Die Amerikaner sind grausam, sie verstehen überhaupt nicht, was Kunst im Film ist.«

»Sind Sie nackt gewesen oder nicht?«, fragte Howard Dietz mit gelassener Stimme.

»Ja«, musste sie eingestehen.

»Sahen Sie gut aus?«

Hedys Schluchzen stoppte. Was war das nur für eine Frage?

»Selbstverständlich!«

»Dann ist es nicht schlimm.« Howard Dietz lächelte sie an. »Wir Amerikaner mögen Erfolg, und wenn Sie erfolgreich waren, ist das für uns in Ordnung.«

»Aber«, nun schniefte sie nur noch, »Mr Mayer sagt immer, es geht um saubere Familienfilme.«

»Ja, das stimmt, aber in erster Linie dreht sich in Hollywood alles ums Geld.«

»Das verstehe ich nicht.«

»Das werde ich Ihnen noch beibringen. Ich bin Ihre Begleitung für die Reise von New York nach Hollywood.«

»Dann können Sie Hedy zu mir sagen.« Sie suchte nach einem Taschentuch und schnaubte sich die Nase.

»Hedy, du nimmst ein Bad, bestellst dir etwas zu essen und gehst früh schlafen.« Howard nickte ihr aufmunternd zu. »Morgen hole ich dich ab, und wir fahren mit dem Zug in den Westen.«

◐ ◐ ◐

Am nächsten Tag fühlte sie sich besser und freute sich darauf, gemeinsam mit dem charmanten Mr Dietz nach Los Angeles zu reisen. Er holte sie am späten Nachmittag ab, brachte sie zu ihrem Abteil und verabredete sich dann im Speisewagen mit ihr. Hedy fühlte sich wie eine Prinzessin, der man jeden Wunsch von den Augen ablas.

»Warum fliege ich nicht mit Mr Mayer?« Nicht, dass Hedy viel Wert auf das Fliegen legte, das ihr eher unheimlich war. Aber sie fragte sich, warum sie die lange, beschwerliche Reise in einem Zug hinter sich bringen musste, wenn der Filmmogul sowieso flog und sie ihn hätte begleiten können.

»L.B. wünscht, dass wir die Zeit nutzen, um an deinem Look und deiner Geschichte zu arbeiten.« Howard lächelte etwas verkniffen. »Der Big Boss hat klare Vorstellungen, wie du vermarktet werden sollst. Mein Job ist es, dich auf die Reporter vorzubereiten und dir beizubringen, was du sagen darfst und was nicht.«

»Und mich fragt niemand?«

»Du bist jetzt Teil der MGM-Familie und tust nun das, was L.B. dir sagt. So wie wir alle.« Howard zuckte mit den Schultern. »Genieße das Essen und die Reise. Immerhin wirst du mit dem *Super Chief* von Chicago nach Los Angeles fahren.«

»Dem Super Chief?« Obwohl sie auf der *Normandie* Englisch gebüffelt hatte, fiel es Hedy schwer, seine Worte zu verstehen.

»In Chicago steigen wir um, in einen der schönsten Züge. Man nennt ihn auch *The Train of the Stars*, weil so viele Berühmtheiten ihn nutzen.«

Das versöhnte Hedy ein wenig mit der Bahnreise.

»Wie lange wird es dauern?«

»Etwas mehr als 36 Stunden.«

»36 Stunden? Ist der Zug so langsam?«

Howard lachte. »Darling, es sind mehr als 2000 Meilen, die wir zurücklegen müssen.«

2000 Meilen, das waren mehr als 3000 Kilometer – was lag 3000 Kilometer von Wien entfernt? Das musste sie irgendwann einmal in einem Atlas nachschlagen.

»Hedy, L.B. hält viel von dir. Er kann dir aber erst einen Job geben, wenn dein Englisch besser ist.« Auf einmal wirkte Howard sehr ernst. »Und solange halten wir die Presse auch von dir fern. Ein Desaster wie in New York können wir nicht noch einmal gebrauchen.«

»Einverstanden.« Hedy schmeckte nichts von dem, was sie auf ihrem Teller hatte. Zu sehr sorgte sie sich um ihre Zukunft.

Die Zugfahrt verbrachte sie mit Englisch lernen, Gesprächen mit Howard Dietz und Briefen an ihre Mutter. Am 4. Oktober kam sie um halb neun Uhr morgens endlich in Pasadena an, dem Bahnhof vor Los Angeles.

»Das machen wir oft, um die Journalisten auszutricksen«, hatte Howard ihr erklärt. Während Hedy gern in ihr Hotel gefahren wäre, um sich frisch zu machen, hatte Mr Mayer andere

Pläne mit ihr. Am Bahnhof erwartete sie ein junger Mann, der einen gewaltigen Strauß roter Rosen in der Hand hielt.

»Steve, das ist Miss Hedy Lamarr. Hedy, das ist Steve, noch einer der PR-Jungs von MGM.«

Nach der kurzen Vorstellung nahm Howard Dietz sich ein Taxi und ließ Hedy mit dem nervösen Jungen allein. Immerhin organisierte er es, dass ihr Gepäck zum Hotel gebracht wurde, bevor er sie zu einer schwarzen Limousine begleitete.

»Mr Mayer erwartet sie.« Mehr sagte Steve nicht, sondern starrte Hedy nur an, so dass sie sich zu fragen begann, ob sie Reste des Frühstücks zwischen den Zähnen hatte.

Als sie in Culver City ankamen, ließ Steve Hedy nicht einmal die Zeit, sich das Studio anzusehen, sondern dirigierte sie gleich zu Louis B. Mayers Büro.

»Hallo Mrs Koverman, das ist Hedy Lamarr«, flüsterte Steve der unauffällig wirkenden grauhaarigen Dame zu, deren runde Brille der von L.B. Mayer ähnelte. Hinter ihrem Schreibtisch hingen Fotografien von Hollywood-Stars. Würde eines Tages auch ihr Bild an dieser Wand hängen? Ein aufgeregtes Kribbeln durchfuhr Hedys Körper.

»Herzlich willkommen in der Familie.« Ein kleines Lächeln über einer Perlenkette. »L.B. erwartet Sie.«

»Ist das ein Dachshund?«, fragte Hedy und deutete auf die Fotografie eines pummeligen Hundes. »In meiner Familie hatten wir immer Dackel.«

»Das ist Percy.« Ida Kovermans Stimme wurde weich. »In Amerika nennen wir sie Wiener.«

»Das ist lustig, denn ich bin aus Wien.«

»Miss Lamarr, bitte.« Steve warf ihr einen dringlichen Blick zu. »L.B. wartet nicht gern.«

Er klopfte und öffnete dann die Tür zum Allerheiligsten. Nachdem Hedy eingetreten war, sah sie sich neugierig um. Louis B. Mayers Büro war ganz in Weiß gehalten, ein halbrunder, riesiger weißer Schreibtisch, dahinter Fotos von seiner Frau und seinen Töchtern in ebenfalls weißen Bilderrahmen. Selbst die Telefone waren weiß, ein dekorativer Esel oder ein Pferd, alles war in Weiß gestaltet. Nur die Schreibtischunterlage, die Mappen und die Stiftehalter waren schwarz und natürlich der riesige Ledersessel, in dem der Chef des Filmstudios zu versinken schien.

»Willkommen bei MGM«, begrüßte er sie kurz angebunden. »Howard Dietz hat mit Ihnen alles Wichtige besprochen.«

»Ja.« Was konnte sie anderes sagen?

»Also, specken Sie sieben Kilo ab und lernen Sie Englisch. Dann finden wir etwas für Sie.«

Er wartete nicht auf ihre Antwort, sondern griff zum Telefonhörer. Hedy blieb gar nichts anderes übrig, als zu gehen. So hatte sie sich ihren ersten Besuch im Studio nicht vorgestellt.

»Ist Mr Mayer immer so?«, fragte sie Steve, als sie wieder im Wagen saßen, der Hedy zu ihrem Hotel chauffierte.

»Er arbeitet sehr viel. Time is money.« Steve sah sie an. »Haben Sie sonst noch Fragen?«

Hedy schüttelte den Kopf und sah stattdessen aus dem Fenster, um einen ersten Eindruck von ihrer neuen Heimat zu gewinnen. Das, was ihr am meisten auffiel, waren die immens hohen Palmen, die entlang der großen Straßen, Boulevards nannte man sie wohl, wuchsen. Überhaupt war Los Angeles viel grüner als Hedy es sich ausgemalt hatte. Vor vielen Häusern sah man Rasenflächen, überall wuchsen blühende Sträucher und exotische Pflanzen.

Endlich konnte sie das weltberühmte HOLLYWOODLAND-Zeichen sehen, das sich in den Bergen erhob. Ein wenig schief war es schon, mit ungleichen Abständen zwischen den riesigen Buchstaben. Vor allem das D stand etwas abseits.

»Ist es schwer, in Los Angeles eine Wohnung zu bekommen?«, fiel Hedy noch eine wichtige Frage ein.

»Wie bitte?« Steve, der in Akten blätterte, schaute auf. »Es ist teuer, aber man findet etwas. Warum bleiben Sie nicht erst einmal im Marmont? Das ist okay.«

Gleich darauf erblickte Hedy das Hotel Château Marmont am Sunset Boulevard, in dem das Studio ihr ein Zimmer gemietet hatte. Das Hotel sah aus wie ein Schloss, und Hedy erinnerte sich, dass Howard Dietz ihr erzählt hatte, dass das französische Schloss Amboise sein Vorbild gewesen war. Hedy erinnerte es in seiner weißen Pracht und den Verschnörkelungen an Neuschwanstein.

Es war ein elegantes Domizil, aber Hedy wünschte sich, in der neuen Stadt anzukommen, und wollte langfristig in einem richtigen Haus wohnen.

KAPITEL 8

Los Angeles, Winter 1937

Nach einer Woche hatte Hedy genug davon, im Hotel zu leben. Sicher, es war angenehm, die Mahlzeiten nicht selbst zubereiten und das Zimmer nicht putzen zu müssen. Aber da sie immer Dienstboten gehabt hatte, schien ihr das nur ein geringer Vorteil. Viel schwerer wog, dass sie sich hier nicht zu Hause fühlen konnte. Daher rief sie Ilona Hajmássy an, die ebenso wie Hedy gerade erst aus Europa nach Hollywood gekommen war. Außerdem hatte sie, wie Hedy, ihre erste größere Rolle an der Seite von Heinz Rühmann gespielt und von Louis B. Mayer einen neuen Namen erhalten. Sie hieß nun Ilona Massey.

Ilona befand sich in der gleichen Lage wie Hedy: Sie sprach nur gebrochen Englisch und hatte keine Freunde oder Bekannten in den USA. Also machten sie aus der Not eine Tugend, zogen zusammen, lernten gemeinsam und erkundeten die Stadt.

»Ich werde diese Sprache nie begreifen!«, rief Hedy, nachdem sie wieder einmal bei einer Lektion aus ihren Büchern versagt hatte. »Kannst du mir bitte erklären, warum es *went* und nicht *goed* heißen muss?«

»Tut mir leid, ich steige genauso wenig durch wie du.« Ilona zuckte mit den Schultern. »Man sagt immer, Ungarisch wäre schwierig, aber im Vergleich zum Englischen erscheint es mir wie die leichteste Sprache der Welt.«

Die gebürtige Ungarin war eine blonde Schönheit, deren auffallendes Markenzeichen ein Schönheitsfleck ein paar Zentimeter unterhalb der Lippe war. Ihre dunklen Augen, die gerade Nase und die vollen Lippen in Verbindung mit ihren naturblonden Haaren hatten ihr Louis B. Mayers Aufmerksamkeit eingebracht – und die Einladung nach Hollywood.

»Ja, Ungarisch habe ich in wenigen Wochen gelernt.« Das erinnerte Hedy an ihre Familie, die sie in Europa zurückgelassen hatte. Wie es ihrer Mutter und ihren Großeltern wohl ging? Gertrude hatte sie gestern erst wieder einen Brief geschrieben, aber natürlich noch keine Antwort erhalten. Täglich las sie voller Angst die neuesten Nachrichten und fürchtete, dass sich in Österreich ebenfalls die Nazis durchsetzen würden.

»Ich gebe es auf.« Schwungvoll schleuderte Hedy das Lehrbuch in eine Ecke des Apartments. »Wir müssen wohl damit leben. Ich habe das Englische ermordet und du wirst es begraben.«

»Du hast recht, lass uns die Stadt erkunden. Ich möchte unbedingt amerikanische Eiscreme probieren, von der alle so schwärmen.«

◐ ◐ ◐

Arm in Arm, jede von ihnen mit einem Eis in einer Waffel in der Hand, schlenderten die Europäerinnen den Sunset Boulevard entlang und versuchten, sich einen Reim auf die Amerikaner und ihre Mode zu machen.

»Komm, wenn wir schon einmal hier sind, lass uns gleich ins Studio gehen.« Ilona wandte sich nach links.

»Erst, wenn wir das Eis aufgegessen haben.« Hedy seufzte. »Ich bin immer noch drei Pfund von meinem Zielgewicht entfernt. Falls Mr Mayer mich mit einer Süßigkeit sieht, wird er mich hochkant hinauswerfen.«

Dabei liebte sie als Wienerin die Süßspeisen so sehr. Louis B. Mayer hatte keine Vorstellung davon, was er Hedy antat, indem er sie zu einer Diät zwang.

»Wenn wir nur oft genug dort auftauchen, wird Mayer uns schon einen Job geben. Einfach, weil er keine Lust mehr hat, dass wir ihn belagern.«

»Das glaube ich nicht.« Hedy stieß ein undamenhaftes Schnauben aus. »Ich könnte seine Sekretärin schon mit dem Vornamen ansprechen, so oft wie ich dort gesessen habe, um mit dem hohen Herrn zu sprechen.«

»Ach, komm trotzdem. Wer weiß, vielleicht wird gerade ein Film gedreht und sie entdecken uns?« Ilona lachte und zog Hedy hinter sich her. »Und wenn es nur für eine Statistenrolle ist.«

Warum eigentlich nicht? Da sie so viel Zeit damit verbrachte, vor Mr Mayers Büro zu warten, hatte Hedy viel über das Studio erfahren. Noch immer staunte sie über dessen Größe. Als sie in Wien ihre ersten Rollen bekam, war ihr das ferne Berlin immer als gewaltige Filmstadt erschienen, aber auch das stand in keinem Vergleich. Hier in Hollywood hatten die Studios Ausmaße kleiner Städte.

MGM besaß eine Fläche von 75 Hektar in Culver City, war also fast so groß wie die Josefstadt. Und das alles nur, um Unterhaltungsfilme zu drehen. In den vergangenen Wochen hatte Hedy, die schon immer gut zu Fuß gewesen war, das Areal der sechs Außengelände erkundet. Mit vor Staunen weit aufgerissenen Augen. Noch immer konnte sie es nicht glauben, dass sich mitten in Los Angeles ein kleiner Dschungel befand, ein echter Zoo, ein falscher Hafen, ein Bahnhof und eine Vielzahl von Straßen und Plätzen in unterschiedlichsten Baustilen. Die meisten der Häuser waren nur Fassaden, aber es gab auch einige, die vollständig eingerichtet waren, um Innenaufnahmen zu ermöglichen.

Sie hatte versucht, diese Welt in Briefen an ihre Mutter in Worte zu fassen, aber es wollte ihr nicht gelingen. Hedy kannte Gertrude gut genug, um zu wissen, dass ihre Mutter nur den Kopf schütteln würde, wenn Hedy ihr schrieb, dass das Studio eine Polizei besaß, eine Eisenbahn, eine Apotheke, einen Friseur und eine Kantine, in der man rund um die Uhr Essen und Getränke bekommen konnte.

6000 Menschen waren bei MGM beschäftigt, hatte Ida Koverman ihr erzählt. Hedy hatte sich mit Mr Mayers Sekretärin angefreundet, die ihr gern ihre vielen Fragen beantwortete. Rund 2700 Mahlzeiten teilte die Kantine aus – auch das wusste Hedy von Ida, die es liebte, durch Zahlen die Größe und Bedeutung von MGM zu zeigen.

»Sie werden es nicht glauben, aber unsere Labore stellen im Jahr beinahe 46 Millionen Meter Film her, die als Kopien in die Kinos und Filmpaläste gehen.«

Was Hedy jedoch mehr interessierte, waren die Drehs, die stattfanden. Bis zu 18 Filme konnten gleichzeitig gedreht werden. MGM war stolz darauf, jede Woche einen neuen Film in die Kinos zu bringen. Das hier war wirklich und wahrhaftig eine Fabrik, in der Träume produziert wurden.

Ilona plapperte und schien nicht zu bemerken, dass Hedy in Gedanken versunken war.

»Schau, dort hinten ist Greer Garson.« Ilona hüpfte auf und ab und winkte mit beiden Händen. »Sie ist auch Mayers großen Versprechungen aus Europa hierher gefolgt und hat ebenfalls noch keine Rolle erhalten. Vielleicht können wir uns zusammentun.«

Als ob das etwas helfen würde. In den vergangenen Wochen hatte Hedy ein mulmiges Gefühl beschlichen, das sie nicht verlassen wollte. Bisher hatte sie nur die kleine Filmwelt der Sascha-Tobis-Film in Österreich und in Berlin gekannt und konnte nicht fassen, wie weitläufig das MGM-Gelände war, wie viele Menschen hier beschäftigt waren und wie viele von ihnen bereits hochbezahlte und weltbekannte Stars waren.

Die Illusion, dass Hollywood nur auf sie – Hedy Lamarr – gewartet hatte, hatte sie aufgeben müssen. Kein Vorsprechen, keine Rolle, kein Film. Kein Erfolg. So einfach war die Rechnung. Die einzige Hoffnung, die ihr blieb, war, dass Mr Mayer ein Interesse daran haben musste, das Geld wieder zurückzubekommen, das er ihr jede Woche zahlte. Noch eine Konkurrentin aus Europa wollte sie eigentlich nicht kennenlernen und folgte daher Ilona, die mit großen Schritten auf eine attraktive Rothaarige zueilte, nur zögerlich.

»Hallo Greer, das ist Hedy. Sie ist meine Mitbewohnerin aus Österreich.«

Die Angesprochene, die so groß war wie Hedy, wandte sich ihnen zu. Sie hatte gleichmäßige Gesichtszüge, einen vollen Mund, auffallend große Augen und Haare mit einem Rotstich, der förmlich nach einem Farbfilm verlangte.

»Sie sind also die Frau, wegen der L.B. mich ignoriert«, sagte Greer Garson und zwinkerte Hedy zu. »Jedenfalls behauptet meine Mutter das.«

»Ihre Mutter?«

»Ja, ich muss wahnsinnig gewesen sein, Nina mit nach Hollywood zu bringen.« Wenn Greer lachte, musste man einfach mitlachen. »Ständig liegt sie mir in den Ohren, dass ich endlich eine Rolle bekommen muss.«

»Das geht mir auch so. Schön, Sie kennenzulernen. Wollen wir uns nicht duzen? Ich bin Hedy.«

»Hedy, schön dich kennenzulernen. Du gehörst also auch zu den *neglected imports*.«

»Wie bitte?« Warum nur hatte sie in der Schule Französisch gelernt, das ihr zu gar nichts nutze war? »Entschuldigung, mein Englisch ist noch nicht so gut.«

»Wir sind vernachlässigte Importe«, wiederholte Greer auf Deutsch mit unverkennbarem britischem Akzent. »Mayer hat uns ins Land geholt und lässt uns jetzt links liegen, als wären wir Waren, deren Saison längst vorbei ist.«

Ja, dachte Hedy. *Genau so fühle ich mich. Mit jedem Tag mehr habe ich den Eindruck, ich werde unsichtbar.*

»Ich versteh euch nicht.« Ilona lachte lauthals und fröhlich. »Wir bekommen pünktlich unser Geld, können die Stadt ansehen, gehen abends auf Partys, wo Filmstars sind, und müssen nicht arbeiten. Besser geht es doch kaum.«

Ich habe nur einen Sechs-Monats-Vertrag. Immer, wenn Hedy daran dachte, wie kurz ihr Vertrag war, bekam sie es mit der Angst zu tun. Warum sollte MGM ihren Kontrakt verlängern, wenn sie bisher doch keine Rolle gespielt hatte? Und warum sollte eines der anderen Studios sie einstellen, wenn sie bei MGM keine Rolle erhalten hatte? Wie sie es auch drehte und wendete, Hedy blieb nur eins: Sie musste mehr Druck auf den Chef des Studios ausüben, damit sie nicht weiter zu den *neglected imports* gehörte.

»Wenn ihr schon mal hier seid«, sagte Greer und lächelte Hedy an. Obwohl sie die Britin als Konkurrenz betrachten wollte, konnte Hedy nicht umhin, Greers offene Art sympathisch zu finden. »Dann sollten wir in die Kantine gehen.«

»Oh ja, ich muss unbedingt die Hühnersuppe von Mutter Mayer probieren.« Ilona klatschte in die Hände.

»Die Hühnersuppe von Mutter Mayer?« Erneut hatte Hedy den Eindruck, dass alle besser Bescheid wussten als sie, dass sie mit ihrem schlechten Englisch immer hinterherhinkte.

»Ja.« Greer nickte. »Die Sage weiß zu berichten, dass der Big Boss eines Tages in die Kantine kam und entdeckte, dass die Hühnersuppe sehr, sehr dünn war. Daraufhin hat er angeordnet, dass es jeden Tag Hühnersuppe geben solle, wie seine Mutter sie kochte. Mit viel Fleisch.«

»Himmel, sollte er sich nicht lieber darum bemühen, passende Rollen für uns zu finden?« Hedy verstand die Welt nicht mehr. Hatte ein großer Studioboss nichts Besseres zu tun, als sich um das Essen in der Kantine zu sorgen?

»Irgendwann wird schon etwas Passendes kommen.« Ilona zuckte mit den Schultern. »Wir müssen nur abwarten. Und Englisch lernen.«

»Ich spreche bereits Englisch«, sagte Greer mit einem schiefen Lächeln. »Das hat mir noch keine Rolle beschert.«

Auf dem Weg in die Kantine begegneten sie vielen Menschen, die ebenfalls dorthin strebten. Einige von ihnen kamen Hedy bekannt vor, aber sie war sich ganz sicher, die meisten unter ihnen waren keine Stars, sondern Arbeiter. Wäre das auch ihr Schicksal? Würde sie eines Tages auch etwas anderes tun als schauspielern? Nein! Auf keinen Fall wollte sie die Hoffnung jetzt schon aufgeben. Sie war Fritz entkommen und hatte es aus Wien hierhergeschafft, und sie würde auch in Hollywood reüssieren.

»Vielleicht liegt es an meiner Figur«, murmelte sie, mehr zu sich als an die anderen Frauen gewandt.

»Was willst du damit sagen?« Greer blieb stehen und musterte sie erstaunt von oben bis unten. Mit einer Handbewegung bedeutete sie Hedy, sich zu drehen, was diese tat. »Mit dir ist doch alles in Ordnung.«

»Mr Mayer erklärt mir gern, ich wäre zu dick und meine Brüste zu klein.« Bisher war Hedy immer der Meinung gewesen, sie hätte eine gute Figur, aber die Amerikaner schienen einen anderen Frauentyp zu bevorzugen. »Vielleicht muss ich da etwas machen lassen.«

Allein bei der Vorstellung, sich unter das Skalpell eines Chirurgen zu legen, grauste es ihr.

»Ich bin rothaarig und bestimmt zehn Jahre älter als du.« Greer zuckte mit den Schultern. »Ilona ist ebenfalls älter und hat einen auffallenden Schönheitsfleck. Wir sind nun mal keine Amerikanerinnen. Genau deshalb hat L.B. uns ja auch nach Hollywood geholt.«

»Aber warum fällt ihm nichts ein, was er mit uns anfangen kann?« Am liebsten hätte Hedy mit dem Fuß aufgestampft, so frustriert war sie inzwischen. »Es sollte doch auch in seinem Sinne sein, uns aufzubauen.«

»Wir müssen uns eben in Geduld fassen und das Beste aus unserer Situation machen. Es wird etwas kommen.«

Manchmal wünschte Hedy sich, sie besäße auch so ein sonniges und zuversichtliches Gemüt wie Ilona.

◐ ◐ ◐

Als Hedy aus ihrem Zimmer ins Bad gehen wollte, stolperte sie über einen von Ilonas Schuhen, die ihre Mitbewohnerin wohl vom Fuß geschleudert hatte, so dass sie Hedy nun mitten im Weg lagen. Das war nicht das erste Mal. Je länger sie zusammenwohnten, desto deutlicher zeigte sich, wie wenig sie gemeinsam hatten. Ilona nahm das Leben eher leicht, und ihr Ordnungssinn ließ zu wünschen übrig, während Hedy es gern gemütlich und ordentlich hatte.

Ilona wollte viel unterwegs sein, Menschen treffen und das Leben genießen. Hedy hingegen wünschte sich Ruhezeiten zum Nachdenken und verschwand gerne mal mit den Gedanken in ihren Tüfteleien, so dass sie für andere Menschen nicht ansprechbar war. Seitdem ihr der Decksoffizier auf der *Normandie* so einiges über die Geheimnisse eines Schiffes erklärt hatte, stapelten sich Bücher über Antriebswerke und physikalische Gesetze auf ihrem Nachttisch. Das einzig Gute an der Tatsache, dass sie bislang keine Rolle für sich gewinnen konnte, war, dass sie mehr Zeit für ihre kleinen Erfindungen hatte, die sie zurückgezogen in ihrem Zimmer entwarf. Nur würden diese ihr wenig behilflich sein, wenn sie in Hollywood endlich Fuß fassen wollte. Mit einem Grummeln schob sie den Schuh beiseite, duschte, putzte sich die Zähne und zog sich an.

Zu ihrer Überraschung wartete Ilona bereits am Tisch, einen Kaffee vor sich, als Hedy in die Küche trat.

»Wir müssen uns etwas überlegen.« Ihre Mitbewohnerin schaute Hedy nicht an, sondern rührte in ihrem Becher.

»Weshalb?«, fragte Hedy, obwohl sie ahnte, in welche Richtung sich dieses Gespräch entwickeln würde.

»Ich glaube nicht daran, was die Presse schreibt, dass wir Konkurrentinnen und Feindinnen sein sollten. Ich weiß selber, dass sie uns nur gegeneinander ausspielen wollen.« Nun hob Ilona doch den Blick und Hedy erkannte, dass ihre Ahnung sie nicht getrogen hatte: dieses Gespräch lief auf eine Trennung hinaus.

»Ja?«, fragte sie dennoch, denn sie wollte es ihrer Mitbewohnerin nicht zu leicht machen.

»Unsere Lebensmodelle sind zu unterschiedlich. Und ich brauche mehr Platz, jetzt, wo ich einen Freund habe.«

Obwohl Hedy auch schon überlegt hatte, auszuziehen, trafen sie die Worte hart. »Wie lange gibst du mir Zeit, bis ich ausziehen muss?«

»Ich will dich nicht drängen. Aber im kommenden Monat wäre schon gut.«

»Okay.«

»Möchtest du einen Kaffee?«

»Nein, danke, ich fahre ins Studio.«

Hedy ging auf die Straße, rief sich ein Taxi und ließ sich nach Culver City fahren. Ihre Gedanken kreisten. Ihr Vertrag lief noch drei Monate, sie hatte keine Rolle und auch keine in Aussicht. Und nun hatte sie auch kein Zimmer mehr.

Konnte sie sich eine Wohnung allein leisten? Sicher, MGM zahlte gut, aber was wäre, wenn sich das Studio – was nichts anderes bedeutete als Louis B. Mayer – überlegte, dass Miss Hedy Lamarr doch nicht der Star war, als den man sie eingekauft hatte?

Hedy atmete tief aus. Sie würde weiterkämpfen, immer wieder im Studio auftauchen, Kontakte mit den Kameraleuten, den Regisseuren und ihren Kollegen schließen und jeden Tag bei Mr Mayer vor der Tür stehen, bis er genug von ihren Besuchen hatte und ihr endlich eine Rolle gab oder sie rauswarf, wobei sie hoffte, dass es auf Ersteres hinauslaufen würde.

KAPITEL 9

Los Angeles, Dezember 1937

»Guten Morgen, Miss Lamarr.« Die Sekretärin schenkte ihr ein kurzes Lächeln. Inzwischen war Hedy so oft hier gewesen, dass sie sich langsam angenähert hatten, obwohl Mrs Koverman sich bemühte, Filmschauspielern gegenüber distanziert zu bleiben. Aber da sie beide Dackel liebten, waren sie doch miteinander ins Gespräch gekommen.

»L.B. hat heute furchtbar schlechte Laune. Wollen Sie es wirklich riskieren?«

Hedy überlegte einen Moment. Konnte sie es sich leisten, den Zorn des Filmmoguls auf sich zu ziehen? Noch viel weniger allerdings konnte sie es sich erlauben, weiterhin ohne Rolle in Hollywood zu leben.

»Ich wage es«, antwortete sie mit einem Augenzwinkern. »Ich bin es inzwischen gewohnt, dass Mr Mayer mich anblafft.«

Für die meisten hier in Culver City war der MGM-Chef einfach nur L.B., aber Hedy brachte es nicht über sich, ihn bei diesem Spitznamen zu nennen. Für sie war und blieb er Mr Mayer, der Mann, dem sie ihr Schicksal anvertraut hatte.

Die Sekretärin stand auf und ging an Hedy vorbei zur Tür des Allerheiligsten. Nachdem Mrs Koverman hindurchgeschlüpft war, lauschte Hedy, ob sie etwas von dem Gespräch im Inneren verstehen könnte. Leider waren die Türen und

Wände so gut isoliert, dass sie nur ein leises Murmeln vernahm.

»Kommen Sie herein.« Die Sekretärin stand kurz darauf wieder vor ihr. »Aber er hat nur wenige Minuten für Sie.«

»Herzlichen Dank.« Hedy raffte ihren Mut zusammen und stolzierte mit hochgerecktem Kopf in das Büro. »Guten Morgen, Mr Mayer.«

»Mein Tag fing schon schlecht an, mit Ihrem Erscheinen wird er nicht besser.«

»Ich werde Sie auch nicht lange behelligen.«

»Wie oft soll ich Ihnen das noch sagen, Miss *Lamarr*?« Er betonte das Lamarr, als wollte er darauf hinweisen, dass sie seine Schöpfung war, genau wie ihr Name. »Wenn ich etwas hätte, das für Sie passend ist, hätte ich Sie schon rufen lassen.«

»Ich habe mein Englisch verbessert, das hören Sie ja.« Hedy kam sich ein wenig vor wie eine eifrige Schülerin, aber sie wollte unbedingt arbeiten. »Ich nehme auch eine Nebenrolle, aber ich möchte unbedingt drehen. Ich möchte endlich wieder spielen, Mr Mayer.«

»Das habe ich schon verstanden. Sie hören von mir.« Demonstrativ wandte er sich den Papieren auf seinem gewaltigen Schreibtisch zu, und Hedy blieb die Wahl, sitzen zu bleiben und so Druck zu erzeugen, oder zu gehen und zu hoffen, dass sie ihn nicht zu sehr verärgert hatte. Sie entschied sich fürs Gehen.

Als sie in ihr Apartment zurückkehrte, wartete Ilona auf sie, die Augen verengt, die Stirn in Falten gelegt.

»Stimmt es, dass du mich ausgebootet hast?«, fuhr sie Hedy an.

»Wie bitte?« Hedy war noch in Gedanken bei dem unerfreulichen Gespräch und hatte überlegt, was sie beim nächsten Mal besser machen könnte.

»Hier steht …« Anklagend hob Ilona eine Filmzeitschrift hoch. »Hier steht, dass du die Rolle bekommen sollst, die eigentlich für mich vorgesehen war.«

»Ilona, du glaubst doch nicht wirklich, was in der Zeitung steht?« Hedy seufzte. »Seitdem wir hier angekommen sind, versuchen die Schreiberlinge, uns gegeneinander auszuspielen. Die blonde und die dunkle Europäerin. So ist Hollywood nun mal.«

»Ich weiß«, sagte ihre Freundin und rieb sich die Stirn. »Es tut mir leid, aber ich fürchte, es ist besser, wenn du *sofort* ausziehst.«

»Warum? Es ist doch nur ein dummes Gerücht.«

»Aber solange wir zusammenwohnen, werden sie es immer so darstellen, als würde wir einander ausstechen wollen.« Ilona rang die Hände in einer Geste der Verzweiflung, doch Hedy kam sie nicht ganz aufrichtig vor. »Wenn jede von uns ihre eigene Wohnung hat, sucht sich die Presse neue Opfer.«

So bedeutend konnte ihre Freundschaft nicht gewesen sein, wenn sie nicht einmal ein Gerücht überstand, dachte Hedy. Aber besser, sie merkte es jetzt als später, wenn sie auf eine gute Freundin angewiesen wäre.

»Gut, wenn du meinst, dann werde ich mir noch heute etwas suchen.« In ihrem Zimmer setzte sie sich aufs Bett und starrte die Wand an. Hedy konnte kaum glauben, dass sie vor drei Monaten in New York mit der *Normandie* angekommen war, gekleidet wie eine Königin, vom Blitzlichtgewitter empfangen – und hier saß sie nun: Ohne Arbeit, ohne Wohnung, ohne Zukunft.

Ich neige manchmal zu Melodramatischem. Aber das Letzte, woran sie nun dachte, war aufzugeben. Sie wechselte die Schuhe, nahm ihre Handtasche, rief »Ich gehe in die Stadt« und verschwand.

Draußen rief sie sich ein Taxi und ließ sich zu Greer fahren. Sie konnte nur hoffen, dass ihre Freundin zu Hause war, damit Hedy sich dort über Ilona, Mr Mayer und die Unbill des Lebens beklagen konnte. Im Gegenzug könnte Greer ihr dann die Geschichte ihres Unglücks mit Benny Thau und die ständigen Vorwürfe ihrer Mutter erzählen.

»Du siehst aus, als hätte man deinen Hund überfahren«, sagte Greer zur Begrüßung.

»Wie freundlich, danke dir.« Hedy grinste schief und umarmte ihre Freundin, die angenehm nach No. 5 von Chanel duftete. »Manchmal wünschte ich mir, ich wäre in Wien geblieben.«

»Bei deinem Nazi?« Greer rollte mit den Augen. »Das war ein ähnlicher Glücksgriff wie mein Snelson.«

Nun musste Hedy trotz ihrer trüben Stimmung doch lachen. Greers Ehemann war einer der Gründe, warum die beiden Frauen sich so gut verstanden. Edward Alec Abbott Snelson hatte sich während der Flitterwochen als ähnlich besitzergreifend wie Fritz Mandl erwiesen. Im Unterschied zu Hedy hatte Greer jedoch die Notbremse gezogen und war nach den Flitterwochen bei ihrer Mutter eingezogen, während Edward Alec nach Indien geflohen war.

»Selbstverständlich will ich nicht zu Fritz zurück. Vielleicht hätte ich es geschafft, wieder ins Theater zu kommen oder zum Film.«

Greer ließ sich auf ihrem himmelblauen Sofa nieder und klopfte auf das Polster neben sich, damit Hedy Platz nehmen möge. »Was ist passiert? Du weißt, du kannst mir alles erzählen.«

Mit einem Seufzer ließ sich Hedy zwischen die Kissen fallen. »Mein Leben ist heute vollkommen vor die Wand gefahren.

Mr Mayer hat mich aus seinem Büro geworfen, Ilona aus der Wohnung. Wäre ich doch nur in Wien geblieben.« Sie blickte aus dem Fenster und beobachtete die Vögel, die sich in einem kleinen Teich vergnügten, ehe sie sich erneut in hohe Lüfte aufschwangen. Welch eine Freiheit sie doch besaßen!

»Ich fürchte, du hättest auch irgendwann das Land verlassen müssen. Das, was ich aus Europa höre, verheißt nichts Gutes.«

Hedy konnte Greer nur zustimmen. Noch etwas, das ihr schwer auf der Seele lastete. Die Frage, was aus ihrer Mutter und anderen Verwandten würde, wenn sich die Situation in Europa weiter zuspitzte. Darüber wollte sie jetzt nicht weiter nachgrübeln.

»Etwas ganz anderes: Hast du Lust, dir mit mir Häuser anzuschauen?«

»Immer! Was sollten wir denn sonst tun?« Greer zwinkerte ihr zu, aber es kam Hedy vor, als ob auch ihre Freundin heute eher einen schlechten Tag gehabt hatte. Doch wenn sie nicht darüber sprechen wollte, wollte Hedy sie nicht drängen.

Greer fuhr ihren Wagen aus der Garage und wartete, bis Hedy eingestiegen war.

»Wo soll es hingehen, Mylady?« Greer sah Hedy auffordernd an. »Hast du dir überlegt, wo du wohnen willst?«

»Ich habe mir mehrere Anzeigen ausgesucht.« Hedy holte die *Los Angeles Times* aus ihrer Handtasche. »Vielleicht ist da ja das Richtige dabei.«

»Irgendwann muss es bergauf gehen, warum dann nicht jetzt gleich?«

Trotz ihrer gedrückten Stimmung musste Hedy lächeln. Greer hatte recht, nun brauchte es Zuversicht.

»Was wünschst du dir für ein Haus?«

»Am liebsten hätte ich eines mit Garten und Hühnern und Hunden und Katzen, also etwas, wo ich mit den Händen arbeiten kann. Sonst sitze ich den ganzen Tag herum und zerbreche mir den Kopf über das, was alles passiert und was nicht passiert.«

»Jetzt aber mal Kopf hoch! Lass uns keine Trübsal blasen.« Greer drückte aufs Gaspedal und jauchzte vergnügt, als sie um die Kurve sausten, ihre Haare flatterten im Wind.

»Ich habe in der Zeitung ein Haus am Camden Drive gefunden, das zu verkaufen ist. Vielleicht wäre das was für mich.« Hedy musste fast schreien, damit Greer sie über das Getöse des Motors verstand. »Es hat genügend Räume, so dass ich mir auch ein Malzimmer einrichten kann.«

Und ein Erfinderzimmer, was sie kaum abwarten konnte, aber das wollte sie Greer nicht erzählen. Noch nicht, sie mussten einander erst besser kennenlernen. Ein Haus für sich allein – Hedys Herz jubilierte.

Zugleich wagte sie kaum zu hoffen, dass das Haus das Richtige sei. Doch als Greer und sie daran vorbeifuhren, verliebte sie sich auf den ersten Blick. Das kleine weiße Häuschen mit dem Garten wurde durch hohe Mauern und einen Eisenzaun von der Öffentlichkeit abgeschirmt. Es war perfekt.

»Drück mir die Daumen«, flüsterte sie Greer zu. »Das ist genau das Heim, was ich mir gewünscht habe.«

»Dann werden wir das jetzt für dich besorgen. Hier steht die Telefonnummer des Maklers.« Ihre Freundin nahm die Dinge in die Hand. »Wir suchen uns eine Telefonzelle. Der Makler soll sofort herkommen und uns das Haus zeigen.«

»Das können wir nicht machen, so dreist können wir nicht sein!« Hedy sah sie mit großen Augen an.

»Doch, doch, die Makler hier sind es gewohnt, dass man ihnen sagt, wann und wie schnell sie zu kommen haben.«

Hedy zuckte mit den Schultern. Wie fremd ihr Amerika noch immer war! »Also gut.«

Gemeinsam mit Greer suchte Hedy nach einer Telefonzelle, wählte die Nummer und verlangte den Makler zu sprechen. Leider stolperte sie im Englischen und konnte nur hoffen, dass die Sekretärin sie trotzdem zu ihrem Chef durchstellen würde.

Nach kurzer Zeit war der Mann am Apparat: »Sie wollen das Haus am Camden Drive?«

»Wann können Sie hier sein?«

»Einen Moment, bitte.« Hedy hörte, wie er seine Unterlagen durchblätterte. »Passt Ihnen heute Nachmittag, um drei?«

Hedy blickte auf ihre Uhr. »Wunderbar, ich warte auf Sie.«

Kaum hatte sie aufgelegt, drängelte Greer sie: »Nun sag schon!«

»Eine Stunde haben wir Zeit. Ich lade dich auf einen Kaffee ein und gern auch auf ein Eis, und dafür hilfst du mir, das Haus zu bekommen. Deinem britischen Akzent kann niemand widerstehen.« Ein Fünkchen Hoffnung flammte in ihr auf.

◐ ◐ ◐

Ihr Umzug war keine große Sache. Hedy hatte nur ihre Kleidung, ihre Bücher, die Malutensilien und ihre »Erfinder-Ausstattung«, wie sie ihre Erlenmeyerkolben, einen Bunsenbrenner, diverse Schraubenzieher und anderes kleines Werkzeug nannte. Das Haus war teilmöbliert, so dass sie nicht allzu viele Möbelstücke anschaffen musste. Aber ein wenig wollte sie es doch selbst ausstatten, um dem Haus ihren Stempel aufzudrücken, um es zu ihrem Zuhause zu machen.

Vier Zimmer standen ihr zur Verfügung. Ein Wohnzimmer, ein Schlafzimmer, ein Erfinderzimmer und ein Gästezimmer – so würde sie es aufteilen. Sie konnte es kaum erwarten, endlich einen Raum zu haben, in dem sie ihre wissenschaftlichen Bücher, ihre Erlenmeyerkolben und ihren Bunsenbrenner, ihre Sammlung kaputter Uhren und alles Weitere anordnen konnte, was sie brauchte, um ihre Ideen in die Tat umzusetzen. Aber wo würde sie dann malen? Sie würde das Gästezimmer auch als Atelier nutzen, beschloss sie, denn so viele Gäste von außerhalb erwartete sie nicht. Vielleicht – den Gedanken wagte sie kaum zu Ende zu denken – wenn ihre Mutter endlich bereit wäre, in die USA zu kommen, dann könnte es ihr Zimmer werden.

Glücklich wanderte Hedy von einem Raum in den nächsten. Greer hatte recht gehabt: Das Glück würde von nun an auf ihrer Seite stehen. Da war sie sich sicher.

1938

»Ein gutes Gemälde war für mich immer
wie ein Freund. Es leistet mir Gesellschaft, tröstet
und inspiriert mich.«

Hedy Lamarr

KAPITEL 10

Los Angeles, Anfang 1938

Das war das letzte Mal!, schwor sich Hedy, als sie aus Louis B. Mayers Büro stapfte. Erneut hatte er ihr zu verstehen gegeben, dass es a) keinen Zweck hätte, ihn zu belagern, er b) keine Rolle für sie hätte und er c) keinen Wert auf weitere Besuche von Hedy legte.

»Warum finden Sie nichts Passendes für mich?«, hatte sie schließlich aufgebracht gerufen. »MGM bringt jede Woche einen neuen Film auf den Markt.«

»Es gibt nicht viele Rollen für schöne Frauen mit *Ihrem* Äußeren.« Als wäre das Hedys Schuld. Mayer zog die Stirn kraus. »Sie wirken wie eine Göttin. Eine Göttin aus Marmor. Ich bekomme meist Drehbücher für lustige Frauen wie Carole Lombard oder geheimnisvolle Frauen wie Greta Garbo, aber für eine Marmorgöttin, da gab es nichts. Ich warte noch ab.«

»Ich warte auch, und ich warte schon sehr lange.« Wenn sich nicht endlich etwas bewegte, wüsste sie nicht, wie lange sie noch auf jenen Tag, jene Rolle, jenen einen Film hoffen konnte.

»Das ist mir bewusst. Aber Sie wollen doch nicht mit dem falschen Film starten und sich ihre ganze Karriere verderben?«

Was hätte Hedy dazu sagen können? »Und was kann ich stattdessen tun?«

»Gehen Sie unter die Leute, lernen Sie Hollywood kennen, treffen Sie Ihre Kollegen. Vielleicht ergibt sich auf dem Weg etwas. Bestimmt.«

Sie wagte es nicht, ihm zu erläutern, wie anstrengend Partys für sie waren. Obwohl ihr Englisch bedeutend besser geworden war, fiel es ihr weiterhin schwer, sich an Small Talk zu beteiligen. Sie benötigte Zeit, um das, was sie auf Englisch gehört hatte, in ihrem Kopf ins Deutsche zu übersetzen, sich eine Antwort zu überlegen und diese dann wiederum auf Englisch zum Ausdruck zu bringen. Wenn sie endlich so weit war, hatte ihr Gegenüber meist bereits das Thema gewechselt. Nach wenigen Sätzen schwirrte Hedy daher der Kopf, und sie fühlte sich entsetzlich müde.

◐ ◐ ◐

»Hedy, es hat keinen Zweck, Trübsal zu blasen.« Greer war unangekündigt bei ihr aufgetaucht und hatte Hedy dabei angetroffen, wie sie Möbel rückte. »Dein Haus kannst du später einrichten. Komm, lass uns den Sonnenschein genießen, wir schauen uns den Farmers Market an.«

»Da war ich bestimmt schon zehnmal.« Am Anfang hatte Hedy alles in Los Angeles begeistert in sich aufgesogen. Inzwischen fand sie die Stadt nur noch riesig, gewaltig und fremd. »Lass uns bei mir bleiben, ich koche uns etwas.«

»Auf gar keinen Fall.« Greer schüttelte sich im Spaß voller Abscheu. »Ich mag dich sehr, Hedy, aber ich habe deine Kochkünste erlebt. Wenn du meine Freundin bleiben möchtest, kommst du mit mir auf den Markt.«

»Also gut.« Hedy schaute sich den Raum an. Hier fehlte etwas Leben und Farbe. Sie hatte einige Bilder aufgehängt, die sie gemalt hatte, aber keines von ihnen passte in das Zimmer. »Unter einer Bedingung.«

»Ja?«

»Du begleitest mich in eine Galerie. Ich suche ein Gemälde für diesen Raum.«

»Erst, nachdem ich etwas zu essen bekommen habe.«

»Wir haben einen Deal.«

Während der Fahrt schüttete Greer Hedy ihr Herz aus. Sie fürchtete, dass Benny Thau eine andere hatte und dass ihre Chancen damit bei MGM sinken würden. Leider wusste Hedy keinen Trost, denn auch sie fürchtete sich vor der Zukunft – und im Unterschied zu Greer hatte sie nicht einmal einen Mann, den sie verlieren könnte.

Nachdem Greer sich ein Sandwich gekauft hatte, bummelten sie über den Markt. Hedy war fasziniert von der unglaublichen Auswahl an Obst und Gemüse, das in Kalifornien wuchs. Sie kaufte Orangen und Avocados, bevor sie Greer zu den Geschäften am Rand des Marktes zog.

»Oh schau, da ist eine Galerie.« Hedy blieb stehen und drängte ihre Freundin in Richtung der Kunsthandlung.

»Meinst du, dass du hier fündig wirst?« Aus Greers Stimme klang deutliche Skepsis. »Ich kann mir nicht vorstellen, dass die Amerikaner große Kunst erkennen oder schaffen.«

»Sei nicht so europäisch«, scherzte Hedy. »Wenn mir nichts gefällt, gehen wir einfach wieder.«

»Dafür bist du mir etwas schuldig, und ich werde dich daran erinnern.«

»Ich lade dich nachher auf eine Karussellfahrt auf dem Santa Monica Pier ein. Das macht bestimmt Spaß.«

»Wenn ich das meinen britischen Freunden erzähle«, sagte

Greer mit einem gespielten Seufzer. »Karussellfahrten, Bauernmärkte und schlechte amerikanische Kunst.«

Nachdem Greer sich hatte breitschlagen lassen, konnte Hedy es kaum erwarten, sich einen Eindruck von der amerikanischen Kunst oder vielmehr der Kunst Kaliforniens zu verschaffen. So viel hatte sie inzwischen gelernt: Die Amerikaner betrachteten Kalifornien nicht als Teil Amerikas, sondern als etwas Eigenes. Sie nannten Los Angeles Lalaland, das Land der Verrückten, was Hedy immer besser nachvollziehen konnte.

Die Galerie hätte sich auch in Wien oder Paris oder London befinden können. Sie war klein, aber man sah auf den ersten Blick, dass die Bilder mit Liebe ausgesucht und mit ebenso viel Feingefühl aufgehängt worden waren. Jedes einzelne Stück war sehenswert. Hedy schlenderte von einem zum anderen und bewunderte die Pinselführung, die Motivik und die Gefühle, die das Bild in ihr auslöste.

Sie fand viele interessante Stücke, aber nur einem gelang es, ihre Aufmerksamkeit dauerhaft zu fesseln. Hedy blieb stehen, ging etwas nach rechts, dann wieder etwas nach links, trat näher an das Bild heran und trat dann zurück.

»*Das* gefällt dir?« Greer stellte sich neben Hedy und schaute sich das impressionistisch gefärbte Seestück an. »Es ist etwas eintönig blau in blau, meinst du nicht?«

»Ich kann dir nicht sagen, warum, aber ich mag es.« Hedy beugte sich nach vorne, um den Preis des Gemäldes lesen zu können. »Aber ich kann es mir leider nicht leisten.«

»Dann nimm halt ein anderes, das du bezahlen kannst.«

Hedy wiegte den Kopf hin und her. »So einfach ist das nicht. Ein gutes Bild ist für mich wie ein Freund. Es bietet mir Gesellschaft, Trost und inspiriert mich.«

»Du zeigst ungeahnte Tiefen«, scherzte Greer. »Ich wusste gar nicht, wie viel dir Kunst bedeutet.«

»Ich male selbst, ich stümpere, verglichen mit diesem Bild.«
»Dieses Gemälde ist wahrhaft ein Meisterstück«, hörte sie da eine angenehme, dunkle Stimme hinter sich. »Aber dennoch – Ihre Kunst würde mich auch sehr interessieren.«

Überrascht drehte Hedy sich zu dem Mann um, der sich in ihr Gespräch eingemischt hatte. Er war attraktiv auf eine hochgewachsene und schlanke Art, wie sie britischen Männern oft zu eigen war. Am auffälligsten war der bleistiftdünne Schnurrbart, ebenso dunkel wie seine Haare. Seine Gesichtszüge waren markant; als er lächelte, wirkten sie weicher.

»Ich habe Sie schon einmal gesehen, oder irre ich mich da?«

»Ich bin Schauspieler, muss ich eingestehen. Mein Name ist Reginald Gardiner.« Er verbeugte sich leicht. »Ich male auch selbst. Allerdings bei Weitem nichts so Hervorragendes wie dieses Bild.«

»Es ist das beste in der Galerie, nicht wahr?« Hedy stand noch immer verträumt vor dem Gemälde, das sie sofort in seinen Bann gezogen hatte.

»Ich muss Ihnen zustimmen, obwohl ich dieses Stück auch sehr mag.« Er berührte ihren Ellenbogen und führte sie zu dem zweiten Bild, dass sie ebenfalls mochte, aber nicht ganz so sehr wie das Seestück.

»Ich sehe schon, ihr habt euch gesucht und gefunden«, mischte Greer sich ein. »Reggie, ich hätte schwören können, du kennst Hedy.«

»Bisher ist mir das Vergnügen leider verwehrt gewesen.«

»Ich gehöre wie Greer zu den zurückgewiesenen Importen.« Hedy gelang es, den Trotz abzuwerfen, der sonst bei diesem

Begriff immer ihre Stimme belegte. »Wie haben Sie es geschafft, in Hollywood Fuß zu fassen?«

»Leider kenne ich kein Patentrezept. Es ist immer eine Mischung aus Talent und Glück.« Er zwinkerte Hedy zu. »Inzwischen bin ich mir sicher, Glück hat den größeren Anteil.«

»Wissen Sie was, ich kaufe das Bild und lade Greer und Sie zur Feier auf ein Eis und eine Karussellfahrt ein.«

◐ ◐ ◐

Hedy erwachte, rekelte sich und schaute nach rechts, wo der Mann lag, mit dem sie eine wunderbare Nacht verbracht hatte. Sie betrachtete sein elegantes Profil, den schmalen Schnurrbart und wunderte sich, dass er gar nicht schnarchte. Das war das Beste an ihrer Ehe mit Fritz gewesen: die getrennten Schlafzimmer, denn ihr Ehemann hatte furchtbar laut geschnarcht.

Überhaupt war Fritz in fast allem das Gegenteil von dem Mann gewesen, mit dem sie nun in Hollywood zusammenlebte. »In Sünde lebte« – so nannte man das wohl. Die Klatschkolumnisten konnte gar nicht genug über sie beide berichten.

Auch das war etwas, an das Hedy sich erst hatte gewöhnen müssen: die Macht, die Kolumnistinnen wie Hedda Hopper und Louella Parsons über das Leben von Schauspielern hatten. Man durfte es sich nicht mit ihnen verscherzen, sonst war die eigene Karriere gefährdet. Was in meinem Fall nicht so schlimm wäre, denn ich habe keine, dachte Hedy bitter.

Reginald regte sich und drehte sich um, aber schlief weiter, was Hedy Zeit ließ, ihren Gedanken nachzuhängen. Reggie war beinahe zu perfekt. Er war genau der Mann, den Louis B. Mayer für Hedy ausgewählt hätte, damit er sie auf Partys begleitete.

Ein attraktiver Mann, ein vornehmer Gentleman, ein mittelmäßig bekannter Schauspieler, der Hedys Stern nicht überstrahlen würde, sollte sie wirklich der Star werden, zu dem Mayer sie machen wollte.

Das Gute daran, mit Reginald auf eine Party zu gehen, war, dass sie neben ihm stehen konnte und niemand von ihr erwartete, dass sie besonders viel zur Unterhaltung beitrug. In erster Linie sah man in ihr die schöne Frau an der Seite des Schauspielers. Eine bessere Möglichkeit, ihr Englisch zu üben, konnte Hedy sich kaum vorstellen. Manchmal jedoch fand sie es schon ironisch, wie sehr ihr Leben in Hollywood ihrem Leben in Wien ähnelte. Sie war schmückendes Beiwerk für einen Mann, der auf Partys Kontakte pflegte und Geschäfte machte. Dass dies wirklich der richtige Weg sein sollte, an die Rolle zu kommen, die ihr Leben verändern würde, daran hegte sie große Zweifel.

»Guten Morgen, Darling.« Reggie küsste sie auf die Nasenspitze. »Was möchtest du zum Frühstück?«

»Einen Kaiserschmarrn oder Salzburger Nockerln oder Marillenknödel.« Hedy leckte sich die Lippen. »Aber da der Big Boss meint, ich wäre zu fett, begnüge ich mich mit Obst und einem Toast.«

Sie genoss es, weiter im Bett liegen zu können und zu hören, wie Reggie in der Küche werkelte und dabei leise vor sich hin sang.

»Hast du auch Hunger?«, hörte sie ihn fragen. »Was hätte My-lady denn gern? Lachs, Krabben, Filet?«

»Verwöhn die Katze nicht so, sie ist bereits unverschämt genug«, rief Hedy, aber sie wusste, dass es keinen Sinn hatte. Reggie würde Mitzi etwas Leckeres zustecken.

Die Katze war eine Woche nach Hedys Einzug in ihrem Garten aufgetaucht und hatte sich nun ins Haus vorgearbeitet, wo sie das Dasein einer Prinzessin führte.

Nach dem gemeinsamen Frühstück fuhr Reginald in seine Wohnung, wo er den Nachmittag mit Malen verbringen würde. Erst abends würde er zu Hedy zurückkommen und ihr helfen, das Haus weiter wohnlich einzurichten. Reggie war nicht nur ein talentierter Maler und ein guter Schauspieler, sondern auch ein begnadeter Handwerker.

»Wenn du keine Rollen mehr bekommst«, hatte Hedy zu ihm gesagt, »dann kannst du dein Geld immer noch als Möbeltischler für die Reichen und Schönen verdienen.«

»Es macht mir nur dann Spaß, wenn ich es machen kann, wie ich es will.« Reggie hatte mit den Schultern gezuckt. »Ich muss die Menschen lieben, für die ich arbeite.«

Hedy ging zu der Bartheke, die er für sie schreinerte. Reggie hatte das Holz in ihren Initialen H und L geformt. Eigentlich eine Verschwendung, denn Hedy trank nicht, aber sie musste zugeben, dass das rotbraune Holz wirklich prachtvoll aussah und dazu einlud, mit den Fingern über die glatte Oberfläche zu streichen.

Am liebsten wäre sie zu Hause geblieben, hätte gemalt oder eine der Uhren repariert, die sie günstig in einem Pfandhaus erworben hatte, aber es half nichts. Sie musste auch heute wieder ins Studio fahren und sich das allzu oft Gehörte erneut von MGM-Boss Mayer auftischen lassen. Es gäbe keine passende Rolle für sie. So hatte sie sich ihr Leben in Hollywood wirklich nicht vorgestellt.

»Gab es wieder nichts für Sie, Miss Lamarr?« Ida Koverman sah Hedy voller Mitgefühl an, als sie wieder aus dem Büro trat.

»Auch wenn es für Sie nicht so aussieht, Mr Mayer gibt sich wirklich Mühe, etwas Gutes für Sie zu finden.«

»Vielen Dank, Mrs Koverman. Ich wünsche Ihnen einen schönen Tag.« Hedy wandte sich schon zum Gehen, als es ihr wieder einfiel. »Wie geht es Ihrem Hund?«

»Der Tierarzt meinte, Percy müsste weniger fressen. Aber der Tierarzt muss auch nicht mit ihm leben, wenn er hungrig ist.«

»Sie Ärmste«, flüsterte Hedy ihr zu. »Da haben Sie ja einen schlecht gelaunten, dicken Herrscher zu Hause und einen im Büro.«

Beide Frauen prusteten laut los und schauten dann erschrocken zur Tür, ob Louis B. Mayer sie gehört hatte.

»Hat er Ihnen gesagt, dass Sie mit Phyllis Loughton arbeiten werden?«, fragte die Sekretärin.

»Mit wem? Er war so wütend, dass ich schon wieder bei ihm aufgetaucht bin, dass er mich nur herauskomplimentiert hat.«

Wer war Phyllis Loughton? Der Name kam Hedy vage bekannt vor, aber sie konnte ihn nicht einordnen.

»Sie ist Schauspiellehrerin, eine tolle Frau.« Ida Koverman begleitete ihre Worte mit einem Lächeln. »Phyllis ist die Frau des Schreibers und Regisseurs George Seaton.«

Nun fiel Hedy wieder ein, in welchem Zusammenhang der Name gefallen war. Reggie hatte Mrs Loughton erwähnt und war voll des Lobes über sie gewesen.

Hedy konnte ihr Glück nicht fassen. »Ich hätte nie gedacht, dass Mr Mayer sie für mich engagiert.«

»Auch wenn es nicht so wirkt, er hat viel mit Ihnen vor.« Ida Koverman nickte bestätigend. »Von der Zusammenarbeit mit Phyllis werden Sie sicher profitieren. Ich drücke Ihnen die Daumen.«

»Vielen Dank, und ich drücke Ihnen und Percy beide Daumen.«

Mit etwas leichterem Herzen ging Hedy aufs Studiogelände, um zu schauen, wer gerade filmte. Von Weitem winkte ihr Ilona Massey zu, die eine Rolle in *Rosalie* ergattert hatte. Inzwischen hatte Ilona auch eine neue beste Freundin: Miliza Korjus, die vor zwei Jahren nach Hollywood gekommen war und aktuell den Film *The Great Waltz* drehte.

Auch die meisten anderen Europäer, die Mayer im vergangenen Jahr aufgelesen hatte, hatten bereits in MGM-Filmen größere oder kleinere Rollen eingenommen. Nur Greer und Hedy nicht.

Aber irgendwann wird sich das Blatt wenden. Ich werde alles tun, damit ich endlich eine Rolle bekomme.

Hedy schaute in der Kantine vorbei, aber es war niemand dort, den sie kannte, und sie fühlte sich nicht in der Stimmung, neue Bekanntschaften zu machen.

Stattdessen fuhr sie nach Hause, malte ein wenig, arbeitete im Garten und suchte Mitzi, die wieder einmal verschwunden war. Als es zu regnen begann, machte Hedy sich ernsthaft Sorgen um die Katze, andererseits hatte Mitzi früher ohne Hedy draußen überlebt, da würde sie einen Tag mit Regen wohl überstehen.

KAPITEL 11

Los Angeles, Frühling 1938

Ungläubig starrte Hedy auf die Schlagzeile der Zeitung. Plötzlich wurde ihr flau im Magen. Das durfte nicht wahr sein!

Die Nationalsozialisten waren in Österreich einmarschiert und – das machte Hedy vollkommen fassungslos – waren von jubelnden Menschen begrüßt worden. Sicher, nicht alle von ihnen waren ihre ehemaligen Landsleute, aber dennoch fühlte Hedy sich heimatlos. Sie hatte immer gehofft, eines Tages nach Wien zurückkehren zu können.

Himmel! Ich muss Mummilie schreiben, sie muss nach Los Angeles kommen. Sie kann nicht in Österreich bleiben.

Sie griff zum Telefonhörer und wählte mit zittrigen Fingern. »Reggie«, konnte sie gerade noch herausbringen, dann brach ihre Stimme.

»Ich habe es gelesen. Ich bin gleich da.«

»Danke.« Hedy nahm einen Aschenbecher, den sie schwungvoll an die Wand warf. »Verdammt!«

»Miss Lamarr, ist alles in Ordnung?« Ericka, ihre Sekretärin, Köchin und Unterstützung in allen Lebenslagen, stürzte ins Zimmer. »Was ist passiert?«

»Die Nazis haben mein Land übernommen.« Selbst als sie es aussprach, klang es unglaublich. »Ich wünschte, ich könnte etwas tun.«

»Das tut mir leid. Wissen Sie, was Sie jetzt brauchen?« Ericka strich ihr über die Schulter. »Eine heiße Schokolade mit viel Sahne.«

»Danke, Ericka. Das wäre perfekt.«

◐ ◐ ◐

Drei Tage später erreichte sie die Nachricht, dass Gertrude sich in Sicherheit befand. Nun fühlte sich Hedy wieder in der Lage, zu den verfluchten Partys zu gehen, zu denen Louis B. Mayer sie schickte.

Für Kalifornien war es ein kalter Abend, es stürmte, Regen trommelte auf das Dach ihres Hauses, etwas, das Hedy in der Zeit, die sie in Los Angeles lebte, selten erlebt hatte. Mitzi war reingekommen, mit feuchtem Fell und zornigem Blick, als wäre Hedy für das fürchterliche Wetter verantwortlich. So vorwurfsvoll konnten nur Katzen schauen. Katzen und Mütter.

Die nächste Katze nenne ich Gertrude.

Hedy stellte die Heizung an, nahm sich eine kuschelige Decke und machte es sich auf dem Sofa bequem. Gestern hatte sie in einer Buchhandlung *Inventions, Patents and Their Management* von Alf K. Berle und L. Sprague de Camp entdeckt und wollte sich heute etwas damit beschäftigen. Sie hoffte, dass es in nicht zu kompliziertem Englisch geschrieben war und sie nicht allzu oft das Wörterbuch zurate ziehen müsste. Sie war noch nicht einmal am Ende der ersten Seite angelangt, als Reginald hereinpolterte, mit feuchten Haaren, aber lautem Lachen. Wie immer brachte er einen Schwall guter Laune mit. Hedys Herz pochte schneller, als er sich zu ihr herunterbeugte und sie leidenschaftlich küsste.

»Also bleiben wir heute zu Hause?«, schnurrte sie mit samtener Stimme.

»So verführerisch dieses Angebot auch ist«, antwortete Reggie. »Bette Davis hat uns eingeladen. Da können wir nicht Nein sagen.«

»Nicht heute Abend. Es ist kalt, es ist nass, ich bin müde.«

Sie entzog sich seiner Umarmung, ließ sich zurück auf ihr weißes Sofa fallen und kuschelte sich in ihre Decke.

»Blas keine Trübsal, Darling.« Er streckte die Hände nach ihr aus und zog sie vom Sofa hoch. »Zieh dir etwas Schickes an, wir gehen auf eine Party. Wie wäre es mit dem langen lilafarbenen Kleid mit dem großen Ausschnitt?« Reginald zog die Augenbrauen hoch, dann wackelte er mit ihnen und mimte einen Schurken. »Das Kleid, in dem ich dich als *Scorpio* malen werde.«

»Das versprichst du mir schon so lange und bisher hast du nur Nacktbilder von mir erstellt.«

»Die Idee muss in mir wachsen. Als Künstlerin solltest du das verstehen.«

»Was ist das für eine Party?«

»Es wird wieder einer dieser Feiern sein, bei denen Bette Hunde retten will oder vermitteln oder ich weiß nicht was.«

»Oh, wie schön, ich liebe Hunde.« Hedy war mit einem Mal Feuer und Flamme. Vielleicht würde sie einen Hund adoptieren, obwohl Mitzi das bestimmt nicht mögen würde.

Die grau getigerte Katze, die eines Tages in Hedys Garten aufgetaucht war, hatte sich entschlossen zu bleiben. Hedy hatte in der Nachbarschaft herumgefragt, ob jemand das Tier vermisste, aber Mitzi schien eine freie Katze zu sein. Das hatte sie natürlich nicht davon abgehalten, sofort ihren Platz im Wohnzimmer einzunehmen. Mitzi verbrachte nur noch wenig Zeit im Garten; sie schien es zu genießen, das verwöhnte Leben eines Hollywood-Kätzchen zu führen, das Futter aus der Dose bekam und sich nicht mit Mäusen abgeben musste.

»Reginald, wie schön dich zu sehen.« Bette Davis, die Hedy für einen der größten Stars Hollywoods hielt, kam ihnen entgegen, einen müde blickenden Spaniel auf dem Arm. »Das ist Lord Wellington, unser Stargast.«

»Danke für die Einladung, Miss Davis.« Hedy brachte die Worte kaum heraus. Obwohl sie schon einige Monate in Los Angeles war und Dutzende von Berühmtheiten auf Partys getroffen hatte, gab es immer noch Menschen, in deren Gegenwart ihr schlichtweg die Worte fehlten. Bette Davis, Myrna Loy und Clark Gable gehörten auf jeden Fall dazu.

»Nenn mich bitte Bette. Du bist eine von L.B.s neuen Europäerinnen, oder? Wo hast du mitgespielt?«

»Noch nirgends, traurigerweise.« Sie spürte den sanften Druck von Reggies warmer Hand auf ihrem Rücken. »Ich bin Hedy.«

»Ach, Darling, als ich nach Hollywood kam, hat man mich am Bahnhof stehen lassen.«

»Bette, nicht wieder die Geschichte.« Reggie gab ein gespieltes Seufzen von sich. »Der arme Kerl schämt sich bestimmt immer noch.«

»Nun bin ich neugierig.« Hedy beugte sich vor, um Lord Wellington zu kraulen, der sie aus seinen braunen Augen dankbar ansah.

»Warner Brothers hatte jemanden vom Studio zum Bahnhof geschickt, um mich abzuholen. Aber der Chauffeur fuhr unverrichteter Dinge zurück, weil er niemanden finden konnte, der wie ein zukünftiger Filmstar aussah.« Bette zog die Nase kraus. »Wie man sieht, hatte er sich gewaltig getäuscht. Also nicht verzagen, Darling.«

Bette Davis war bestimmt zehn Zentimeter kleiner als Hedy, mit einem herzförmigen Gesicht, schmalen Lippen, einer kleinen Nase, weit auseinanderstehenden, leicht hervortretenden Augen und einer hohen Stirn – keinesfalls eine klassische Schönheit. Sie war sehr schmal und zerbrechlich, was darüber hinwegtäuschte, wie durchsetzungsstark sie war.

Hedy lächelte freundlich. Aufgeben würde sie noch lange nicht. Dafür hatte sie zu hart gekämpft, um überhaupt bis hierher zu kommen. Das Fell des Spaniels fühlte sich wunderbar samtig unter ihren Fingerspitzen an.

»Lord Wellington mag dich«, wechselte Bette geschickt das Thema. »Hast du einen Hund?«

»Eine Katze. Sie ist mir zugelaufen.«

»Bette, kannst du bitte mal kommen?«, rief jemand von hinten und Bette machte sogleich ein entschuldigendes Gesicht. »Ich hoffe, wir finden später Zeit, uns zu unterhalten. Lord Wellington mag übrigens Katzen.«

»Lord Wellington.« Hedy schüttelte den Kopf, nachdem ihre Gastgeberin in die Menge eingetaucht war. »Wer hat dem armen Hund nur diesen Namen gegeben?«

»Lass uns schauen, wer noch alles da ist.« Reginald bahnte sich zielstrebig einen Weg durch die Menschen, die am Büfett standen und sich unterhielten. Er stellte Hedy die unterschiedlichsten Leute vor, die alle in unglaublich schnellem Englisch auf sie einredeten, so dass ihr bald der Kopf schwirrte. Mit einem Lächeln entschuldigte sie sich, nahm sich einen Teller und lud ein paar süße Leckereien darauf. Mit ihm positionierte sie sich in einer stillen Ecke, von der aus sie das Treiben beobachten konnte, aber mit niemandem reden musste.

Nachdem sie ihren Hunger gestillt hatte, stellte sie sich an die Bar. Heute war ihr nach Champagner. Sie nahm einen Schluck des prickelnden Getränks und sah sich um. Bestimmt die Hälfte der Gäste kannte sie aus dem Kino. Manchmal erschien es ihr immer noch wie ein Traum, dass sie Teil dieser Welt sein sollte.

»*La dame est très belle par derrière*«, hörte Hedy eine markante, angenehm dunkle Männerstimme hinter sich.

Sie konnte ein Schmunzeln nicht verbergen, weil der freche Franzose bestimmt dachte, dass sie Amerikanerin war und keine andere Sprache außer Englisch beherrschte. Was für eine Ironie!

Sie drehte sich um und lächelte ihn an. *»Merci beaucoup pour le compliment.«*

Überrascht und auch etwas ertappt schaute er sie an, dann lächelte auch er und sprach auf Englisch weiter: »Ich habe mich nicht geirrt, Sie sind eine schöne Frau.«

»Noch einmal vielen Dank.« Hedy neigte den Kopf. »Ich bin Hedy Lamarr.«

»Entschuldigen Sie. Wo sind nur meine Manieren? Ich bin …«

Er musste seinen Namen nicht sagen, denn sie hatte ihn sofort erkannt. Ein mittelgroßer Mann mit dunklen, etwas zurückweichenden Haaren, schwermütigen dunklen Augen, einem vollen Mund und einem Grübchen im Kinn. Er war auf eine sehr französische Art attraktiv.

»Charles Boyer. Ich habe Sie in *The Garden of Allah* gesehen, eine tolle Arbeit«, sagte Hedy und streckte ihm die Hand entgegen. »Sie waren wundervoll.«

»Das freut mich.« Er zwinkerte ihr zu. »Sie sind gewiss Schauspielerin.«

»Ich *war* Schauspielerin – in Wien und Berlin. Hier bin ich eine *Lady in Waiting.*«

Boyer musterte sie von oben bis unten, so wie es Hedy gewohnt war. Allerdings kam es ihr vor, als suchte Boyer nach etwas Bestimmtem, als schaute er sie nicht nur an, wie Männer eine schöne Frau ansahen.

»Könnten Sie sich vorstellen, mit mir in einem Film zu spielen?«

»Wie bitte?« Sie hatte mit vielem gerechnet; einem Angebot zu einem Abendessen, einem Kinobesuch oder einem Tag auf der Rennbahn, aber niemals mit einer Filmrolle. Konnte Boyer ihr das überhaupt anbieten, er war doch gar nicht bei MGM unter Vertrag?

Da war sie endlich – ihre große Chance! Und was tat Hedy? Anstatt »Ja, ja und nochmals ja!« zu rufen, stotterte sie: »Mein Englisch ist leider nicht gut genug.«

»Ich finde es ganz präsentabel.« Charles Boyer nahm ihre Hand, die überraschend kühl war, in seine und zog Hedy hinter sich her zu einem Mann, der abseits stand und in eine Diskussion vertieft war. Hedy kannte ihn nicht; an das große Gesicht mit der breiten Nase, dem ausgeprägten Mund, der von einem Bartschatten umgeben war, hätte sie sich erinnert.

»Walter, entschuldige, dass ich störe, das ist Gaby.«

Oh nein! Charles Boyer hatte ihren Namen falsch verstanden. Das musste sie so schnell wie möglich klarstellen.

»Entschuldigung, ich heiße nicht Gaby, sondern Hedy. Hedy Lamarr.«

Daraufhin brach der Mann namens Walter in lautes Lachen

aus und Hedys Wangen begannen zu brennen. Jetzt hatte sie sich wohl endgültig die Chance verdorben, die Rolle in Charles Boyers neuem Film zu erhalten.

»Charles meint die Rolle, für die er Sie empfiehlt. Gaby, die schöne Fremde in meinem Film *Algiers*.« Hedys Herz klopfte so laut, dass sie fast überhörte, was der Mann zu ihr sagte. »Ich bin Walter Wanger.«

»Freut mich.«

»Wir möchten ein Remake von *Pépé le Moko* drehen. Vielleicht haben Sie ihn schon gesehen. Ein französischer Film mit Jean Gabin als Gauner.«

Hedy nickte.

Charles deutete auf sich: »Ich werde der charmante Pépé sein und Sie könnten meine große Liebe werden.«

Bevor Hedy auch nur den Mund öffnen konnte, mischte sich Walter Wanger wieder sein.

»Pépé ist ein gerissener Kerl, den man trotzdem lieben muss, und der zwischen zwei Frauen steht.«

»Das klingt sehr interessant«, sagte Hedy und wünschte, ihr wären bessere Worte eingefallen.

»Gut, dann sprechen Sie doch morgen bei mir vor.« Walter Wanger griff in seine Jackentasche. »Hier ist meine Visitenkarte. Seien Sie pünktlich um elf da.«

Hedy fühlte sich wie in einem Traum, als sie zur Bar ging, um sich ein weiteres Glas Champagner zu holen. Normalerweise trank sie wenig, aber wenn das kein Anlass zum Feiern war, was dann?

Sie suchte Reginald, um ihm die gute Nachricht mitzuteilen, doch er war in ein Gespräch vertieft. Also schlenderte sie erneut zur Bar, um sich drei Gläser Champagner zu holen. Sie wollte mit Walter Wanger und Charles Boyer anstoßen. Als sie sich den beiden Männern näherte, hörte Hedy, wie der Produzent sagte: »Die Brüste machen ja gar nichts her, aber dieses Gesicht, dieses Gesicht ist unglaublich.«

KAPITEL 12

Los Angeles, Frühling 1938

Vor Aufregung schlug Hedy das Herz bis zum Hals, und sie fürchtete, keine Luft mehr zu bekommen. Warum war sie nur nervös? Sie hatte bereits vor der Kamera gestanden, an der Seite von Heinz Rühmann und sogar nackt vor einem berühmten Regisseur. In *Algiers* spielte sie nicht einmal die weibliche Hauptrolle. Nachdem sie das Drehbuch gelesen hatte, hatte Hedy festgestellt, dass sie nur sechs Szenen hatte. Weshalb also zitterte sie, als hätte sie noch nie eine Kamera auf sich gerichtet gesehen?

Was wird aus mir, wenn ich scheitere?

Charles Boyer hatte ihr erzählt, dass Wanger, der Produzent, MGM das Dreifache von dem zahlte, was sie in der Woche als Lohn bekam. Egal, was er mit dieser Information bezweckt hatte, für Hedy ging damit ein unglaublicher Druck einher, und sie fürchtete noch mehr als vorher, den Erwartungen nicht gerecht werden zu können.

Nein, ich muss aufhören, mich selbst verrückt zu machen! Sie war eine gute Schauspielerin, das hatte sie schon oft genug zeigen können. Louis B. Mayer sollte sich ärgern, wenn er *Algiers* sah, wie talentiert, wie wunderbar Hedy spielte. Schwarz ärgern sollte er sich, dass er ihr nicht diese Chance gegeben hatte, sondern sie für ihren ersten Film in Hollywood verliehen hatte.

Hedy atmete tief durch, richtete sich auf, strich sich über die Haare und war bereit, es Louis B. Mayer und der Welt zu zeigen.

»Hallo, Sigrid«, begrüßte sie ihren Co-Star, den sie bei den Vorbesprechungen kennengelernt hatte. Obwohl Hedy sich bemühte, zu Sigrid Gurie ein freundschaftliches Verhältnis aufzubauen, blieb die Kollegin distanziert. Möglicherweise, überlegte Hedy, lag es daran, dass Sigrid und sie sich zu ähnlich sahen, und die andere Frau sich daher in Konkurrenz zu ihr fühlte.

»Warum trägt sie elegante Kostüme, und ich sehe aus wie eine Jahrmarktwahrsagerin?«, hörte Hedy Sigrid sich beim Regisseur John Cromwell beschweren.

»Sigrid, darüber haben wir gesprochen.« Hedy konnte John nur dafür bewundern, wie ruhig er blieb. »Die Kostüme gehören nun einmal zu deiner Rolle.«

»Und du siehst einfach wunderschön darin aus«, mischte sich Charles Boyer ein. Mit seinem französischen Charme gelang es ihm, Sigrid aufzumuntern. »Ich kann mir sehr gut vorstellen, dass die Zuschauer nur dich sehen werden.«

Hedy presste die Lippen zusammen, um nichts zu sagen. Sie war zu glücklich, endlich arbeiten zu dürfen, da würde sie auch solche Star-Allüren der »norwegischen Garbo« überstehen. Außerdem bemühten sich die anderen Schauspieler und die Kostümbildner wirklich, Hedy zu unterstützen, wo es nur möglich war.

Jeden Abend sah sie sich die *Daily Rushes* an, die Tagesaufnahmen, und schwankte zwischen Stolz und Unsicherheit, ob sie wirklich gut genug war.

»Ma chère, du siehst einfach wundervoll aus«, versicherte ihr Charles wieder und wieder. »Jeder Mann wird verstehen, warum sich Pépé für Gaby entscheidet.«

Nur zu gern hätte Hedy ihm geglaubt, aber sie konnte es nicht. So blieb ihr nur das Warten auf die Vorpremiere, bei der sich entscheiden würde, ob Hedy Lamarr eine Zukunft in Hollywood hatte.

◐ ◐ ◐

»Um Himmels willen, setz dich bitte hin.« Reginald seufzte. »Auch wenn du noch so oft auf und ab läufst, wird die Zeit nicht schneller vergehen.«

»Du weißt selber, wie das ist.« Fast wäre Hedy auf Mitzi getreten, die gelassen auf dem Teppich lag, während ihre Besitzerin keine Ruhe finden konnte. »Heute entscheidet sich, ob *Algiers* ein Erfolg ist oder nicht.«

Reginald streckte die Hand nach ihr aus und zog sie zu sich aufs Sofa. Warm legten sich seine Arme um sie, sie lehnte sich an ihn an.

»Das Publikum entscheidet, ob ein Film floppt oder gewinnt«, flüsterte er ihr ins Ohr. »Und ich bin mir sicher, dass die Amerikaner dir nicht widerstehen können. Schließlich bist du die schönste Frau der Welt.«

Manchmal wünschte sie sich, er wäre weniger britisch und würde die Welt nicht so abgeklärt betrachten. Sosehr sie Reginald auch liebte, und so schön es war, Zeit mit ihm zu verbringen, heute erschien er ihr kaum der passende Begleiter. Ihr Liebhaber kannte Hollywood einfach zu gut, und zugleich war es für ihn schon zu lange her, als dass er verstehen konnte, wie sie sich fühlte.

Die vergangenen Wochen waren Hedy vorgekommen, als hätte sie geträumt. Nur noch verschwommen erinnerte sie sich an die Dreharbeiten, an die Anweisungen des Regisseurs, an die Dialoge, die gesprochen, die Szenen, die gespielt worden waren. Alles war wie hinter einer Nebelwand. War sie wirklich gut gewesen?

Gewiss, Charles hatte ihr versichert, sie hätte ihre Rolle wunderbar ausgeführt. Und auch Wanger hatte sich von den ersten, ungeschnittenen Szenen begeistert gezeigt. Doch am wichtigsten war der Kameramann gewesen. James Wong Howe war einer der bekanntesten und begehrtesten Kameramänner Hollywoods und berühmt für seine Fähigkeiten, Licht und Dunkelheit einzusetzen, um eine besondere Atmosphäre zu erzeugen. Obwohl Howe sich bemüht hatte, freundlich zu ihr zu sein, hatte er sie irritiert, weil er ihr oft sehr nahe gekommen war. Er hatte ihr das Gefühl vermittelt, er würde nur ihre Augen und ihre Lippen filmen.

Wie ärgerlich, dass sie den geschnittenen Film bisher noch nicht gesehen hatte. Genau wie alle anderen, die heute die Vorpremiere im Fox Wilshire Theatre besuchten, würde Hedy heute ihren allerersten Hollywood-Film sehen. Plötzlich sprang sie auf.

»Ich habe eine Idee.« Erneut durchquerte sie das Wohnzimmer, was Mitzi dazu veranlasste, sich auf einen Sessel zu flüchten. »Reggie, lass uns etwas Verrücktes machen. Wir fahren irgendwo hin und lassen die Vorpremiere sausen.«

»Du weißt es, ich weiß es, du würdest es niemals aushalten, nicht im Kino zu sein.« Reginald stand auf, stellte sich Hedy in den Weg und zog sie in seine Arme. »Aber ich habe eine Idee, wie ich dich ablenken kann.«

Sie schüttelte ihn ab. »Nicht jetzt. Ich bin zu aufgeregt.«

»Es wird dir guttun.« Reginald sandte ihr einen verführerischen Blick zu. »Vertrau mir.«

Es bedurfte nicht vieler Worte und Berührungen, bis es ihm gelang, Hedy zu überzeugen.

»Zieh das schlichte Kleid an. Es unterstreicht deine Schönheit.« Reginalds Lippen berührten ihren Nacken. »Wenn du jetzt schon so nervös bist, wie soll es denn bei der Premiere werden?«

Hedy drehte sich um und küsste ihn. »Dann weiß ich bereits, was die Kritiker geschrieben haben.«

Während er sich ankleidete, öffnete sie einen Lippenstift nach dem anderen und konnte sich nicht entscheiden, welche Farbe zu dem Kleid passte. Endlich fand sie den perfekten Farbton, ein tiefes, dunkles Rot. Ihr weißes Kleid würde dadurch umso heller strahlen.

»Ich bin bereit.« Sie atmete tief durch und griff nach Reggies Hand. »Wie viel Zeit bleibt uns noch?«

Gemeinsam hatten sie überlegt, wie viel früher sie vor der Vorpremiere im Fox Wilshire Theatre sein sollten. Reginald hatte sich dafür ausgesprochen, dass sie pünktlich kämen, denn es würden kaum Schaulustige warten. Zu Vorpremieren lud man Kritiker, Kollegen, Regisseure und Produzenten; die Kinogänger mussten sich noch ein paar Wochen gedulden, bis sie den Film endlich zu sehen bekamen. Es hatte sich eingebürgert, eine Vorpremiere zu geben, um die ersten Reaktionen auf den neuesten Streifen zu erhalten. Fielen die Kritiken allzu schlecht aus, konnte man die Schauspieler und den Regisseur dazu verdonnern, Szenen zu ändern, das Ende umzuschreiben, jemanden sterben zu lassen oder jemanden von den Toten zu erwecken. Wenn es doch im normalen Leben auch die Chance gäbe, von vorne anzufangen, wenn man einen großen Fehler begangen hatte!

Das Fox Wilshire Theatre, ein weißer Bau mit einem acht Stockwerke hohen Turm, galt als einer der schönsten modernen Film-Paläste. Vor dem Turm waren die Jupiterlampen angebracht, mit denen der Himmel bei Premieren erhellt wurde. Die Laufbänder davor, die bei Tag eher langweilig wirkten, wurden bei Dunkelheit durch Hunderte von Lampen erleuchtet und ließen die Nacht erstrahlen.

Reggie hielt ihre Hand, als Hedy an den wenigen Neugierigen vorbeiging, die ihnen zuwinkten. Fühlte es sich so an, ein Star zu sein?

Das Innere des Filmtheaters war sehr elegant in Silber und Schwarz gehalten, im Vorführsaal bildeten die korallenroten Teppiche und Sitze einen ansprechenden Kontrast.

»Dort sind unsere Plätze.« Reginald legte ihr seine warme Hand auf den Rücken. Als Gentleman ließ er ihr den Vortritt. Es kam Hedy vor, als richteten sich alle Augen in dem gewaltigen Theater nur auf sie. Sie konnte niemanden erkennen, zu viele Menschen waren da, die für sie zu einer Masse nicht identifizierbarer Gesichter verschwammen. Hätte Charles Boyer ihr nicht zugewunken, wäre sie sicher an ihm vorbeigegangen. So beugte sie sich zu ihm, küsste ihn rechts und links auf die Wange und wünschte ihm »Toi, toi, toi«.

»Es ist ein guter Film«, sagte Charles, aber er wirkte nicht überzeugt. Hedy wusste nur zu gut, wie sehr der Schauspieler darunter gelitten hatte, dass der Regisseur John Cromwell von ihm verlangt hatte, alle Szenen des Originals eins zu eins nachzuspielen. *Algiers* sollte eine perfekte Kopie von *Pépé le Moko* werden. Boyer hatte sich bei Hedy oft darüber beklagt, dass er nicht mit dem großen Jean Gabin, der die Rolle zuerst gespielt hatte, konkurrieren wollte.

Hedy nickte Charles noch einmal zu, bevor sie zu ihrem Platz ging. Reginald ließ sich neben ihr nieder, als sie sich neugierig umsah. Fünf Plätze rechts von ihr entfernt entdeckte Hedy den Regisseur, der ins Gespräch mit seinem Nachbarn vertieft war, den Hedy als einen Offiziellen der Warner Bros Studios zu erkennen meinte. Etwas dahinter versetzt saß Walter Wanger, der ihr zuwinkte und ein Daumen-hoch-Zeichen gab. Wollte er ihr Mut machen oder meinte er es ernst? Aber es war zu spät, sich weiter Gedanken zu machen; der Film war fertig und sie konnte nur hoffen, dass er ein rauschender Erfolg würde. Sie griff nach Reginalds Hand und drückte sie. Er sah sie an, erwiderte den Druck und nickte ihr zu.

»Jeder Film ist eine Lotterie«, flüsterte Reginald ihr zu. »Du kannst gewinnen, du kannst verlieren, du weißt es vorher nicht.«

»Soll mich das etwa beruhigen?«, zischte sie. »Wir alle haben unser Bestes gegeben, um einen einzigartigen Film zu machen.«

»Weißt du eigentlich, wie schön du aussiehst, wenn deine Augen zornig funkeln?«

»Danke«, flüsterte sie ihm zu, denn nun erkannte sie seine Absicht: Er wollte sie ablenken, bis der Film begann.

Endlich, endlich verdunkelten sich die Lichter, und der Vorhang ging auf. Musik ertönte und vor einem schwarzen Hintergrund erschienen Worte in weißer Schrift: *Algiers mit Charles Boyer, Sigrid Gurie und Hedy Lamarr.*

Als Hedy ihren Namen in riesigen Lettern auf der Leinwand sah, verschwanden alle Ängste und Sorgen. Sie hatte es geschafft – ihr erster Hollywood-Film! Sie war auf dem Weg, ein Star zu werden.

KAPITEL 13

Los Angeles, Sommer 1938

Und wieder musste Hedy warten. Die Zeit kam ihr unendlich vor, bis es endlich Mittwoch, der 13. Juli, war. Heute war ihr großer Tag, der Tag der Premiere von *Algiers* im Four Star Theatre. Nach der Vorpremiere hatte es begeisterte Kritiken gegeben, aber noch war kein abschließendes Urteil gefällt worden. Schließlich entschieden nicht die Kritiker darüber, ob ein Film ein Erfolg wurde oder nicht. Es war das Publikum, die hart arbeitenden US-Amerikaner, die bereit sein mussten, sich für *Algiers* von ihrem schwer verdienten Geld zu trennen.

Je näher der Tag der Premiere gerückt war, desto mehr hatte Hedy sich gefragt, warum sich ein Junge aus Texas oder eine Hausfrau aus Wisconsin für eine Geschichte interessieren sollte, die in einem Land spielte, von dem diese Menschen höchstwahrscheinlich noch nie zuvor gehört hatten. Und dann war der Held nicht einmal ein familientauglicher Held, so wie Louis B. Mayer ihn drehen würde, sondern eine zwielichtige Gestalt, die ein böses Ende fand.

Alle diese Befürchtungen und noch mehr teilte sie mit Reginald, der wie immer an ihrer Seite war.

»Hedy, ich habe viele Filme gesehen und viele Vorpremieren erlebt, also glaube mir, wenn ich dir versichere, du warst unglaublich und großartig.«

»Beschwöre es nicht!« Hedy sprang auf, um auf Holz zu klopfen. »Toi, toi, toi.«

Trotz aller Aufregung fühlte es sich gut an, als die große Limousine vorfuhr, die ihren Geliebten und sie abholte. Auf dem Weg zum Filmtheater schwieg Hedy, zu viele Gedanken gingen ihr durch den Kopf. Wer würde alles zur Premiere erscheinen? Würden sich genügend Stars die Ehre geben, damit die Presse möglichst viel und möglichst aufwendig über das Geschehen berichtete? Hoffentlich waren die Vorschusslorbeeren nicht nur eine Ausnahme, sondern ihr Film würde vielen gefallen.

»In Wien und Berlin war ich nie so nervös«, durchbrach Hedy die Stille. »Aber hier kommt es mir vor, als ob an diesem Film meine gesamte Zukunft hängt.«

»So ist es.« Reggie griff nach ihrer Hand und küsste sie. »Ich will nichts schönreden, in Hollywood darfst du dir erst dann einen Flop erlauben, wenn du bereits mehrere Hits hattest.«

»Danke, dass du so ehrlich bist.« Hedy stieß laut die Luft aus. »Ob Mr Mayer da sein wird?«

»Darauf kannst du wetten. Wenn du tosenden Applaus erhältst, wird er sich das auf die Fahnen schreiben. Wenn du untergehst, ist es deine Schuld.«

»Nun reicht es mit der Ehrlichkeit.« Hedys Lächeln milderte ihre Worte ab, aber ihr Herz schlug immer noch schnell vor Aufregung. Sie schaute auf die Uhr. »Wir haben noch mehr als eine halbe Stunde Zeit.«

»Bitte halten Sie hier.« Reggie tippte dem Chauffeur auf die Schulter. »Den Rest gehen wir zu Fuß.«

Langsam rollte der große Wagen an den Straßenrand. Der Chauffeur wandte sich zu ihnen um.

»Hals- und Beinbruch.« Er nickte Hedy zu. »Sie schaffen das.«

Sie nickte ihm zu und vermied das unglückbringende »Danke«.

Reggie hielt ihr die Tür auf und half ihr in ihrem eleganten Kleid aus dem Wagen. Auf dem Gehweg drängelten sich Menschen, die wohl ebenfalls zur Premiere wollten. Die Lichtstrahlen der Jupiterlampen strichen über den Himmel, wie bei jeder Premiere. Langsam, aber sicher verdrängten Neugier und Aufregung die Anspannung. Nun konnte Hedy es kaum noch erwarten, endlich das Kino zu erreichen.

Hand in Hand ging sie mit Reggie die Straße entlang. Ein Windstoß fuhr durch ihr Haar und ließ sie frösteln. Sie zog ihr Chinchilla-Cape enger um sich und schmiegte sich an ihren Geliebten, genoss dessen Nähe und Wärme, während ihr Fragen durch den Kopf jagten. War der Chinchilla übertrieben? War das Kleid mit den lilafarbenen Orchideen zu gewagt? Es war zu spät, sie trug es und sah großartig darin aus, das hatte Reggie ihr bereits dreimal versichert.

Plötzlich blieb sie stehen, völlig überrascht von den riesigen Leuchtbuchstaben, die den Titel *ihres* Films abbildeten. Man konnte über Hollywood denken, was man wollte: Premieren zu einer gewaltigen Show zu machen, das verstanden die Menschen hier. Hedy beschleunigte ihre Schritte, neugierig darauf, ihren Namen zu erspähen. Jedoch waren sie noch zu weit von dem Kino entfernt. Bisher entdeckte Hedy nur die vertikalen Buchstaben *Algiers*, die überdimensional groß neben den ebenfalls vertikal ausgerichteten Leuchtbuchstaben *4 Star Theatre* prangten.

Doch nicht nur Leuchtreklamen warben für ihren Film. Damit die Menschen auch am Tage auf den Film aufmerksam wurden, hingen bunte Wimpel auf dem Dach, auf denen der Titel in fast mannshohen Lettern geschrieben war. Hedy fühlte sich glücklich und stolz, Teil dieses Lebens zu sein.

»Bei meiner ersten Premiere fühlte ich mich, als hätte ich eine Flasche Champagner getrunken.« Manchmal war es Hedy beinahe unheimlich, wie gut Reggie Bescheid wusste, was sich in ihrem Kopf abspielte. »Leider gewöhnt man sich daran.«

»Das kann ich mir nicht vorstellen«, antwortete sie. Ein Hochgefühl wie dieses würde sicher niemals verblassen. »*Ich* werde mich gewiss nicht daran gewöhnen.«

Endlich hatten sie das Filmtheater erreicht, an dessen Vorderfront die riesige Leuchtreklame über einer gestreiften Markise leuchtete. *4 Star Theatre* stand in der ersten Reihe mit gewaltigen Leuchtbuchstaben, gefolgt von den Namen Charles Boyer, Hedy Lamarr, Sigrid Gurie und dem Titel *Algiers* in kleinerer Schrift. In der Reihe darunter wurde *An Evening Alone*, ein Walt Disney Cartoon, angekündigt.

»Dein Name steht vor dem von Sigrid, obwohl sie mehr Szenen im Film hat als du.« Reggie deutete nach oben. »Egal, wie der Abend ausgeht, genieße diesen Moment!«

»Nur schade, dass Charles und Sigrid nicht zur Premiere kommen.« Hedy konnte nicht verstehen, wie man sich so einen Abend entgehen lassen konnte, selbst wenn das Risiko bestand, ausgebuht zu werden.

»Sei froh, denn es werden sich alle Reporter auf dich konzentrieren.«

»Warte bitte einen Augenblick.« Hedy kramte in ihrem Abendtäschchen. »Ich will ein Foto machen, für meine Mutter, damit sie sieht, welchen Erfolg ich habe.«

Endlich hatte sie die Kamera gefunden und knipste drei Bilder von der Leuchtreklame. Reggie hatte recht, egal wie der Abend ausging, jetzt konnte sie sich endlich eine Hollywood-Schauspielerin nennen.

»Komm, lass uns weitergehen«, sagte Reginald. Wie überaus elegant er aussah in seinem dunklen Abendanzug und dem weißen Hemd! Sie hatte eine rote Nelke aus ihrem Garten abgeschnitten und in sein Revers gesteckt, um ihm einen Farbtupfer zu verleihen.

»Ein Moment noch, bitte.« Mit zitternden Fingern griff Hedy nach dem Papier, das in ihrer Handtasche knisterte. Bestimmt zum 35. Mal las sie die Rede, die sie gleich halten würde. Ein Publicity-Mann von Warner Bros hatte sie für Hedy geschrieben und war sie dreimal mit ihr durchgegangen, bis Hedy die Worte auswendig konnte. Trotzdem fürchtete sie, vor Aufregung alles zu vergessen. Ganz zu schweigen davon, dass das Englische und sie immer noch keine Freunde waren.

Nun erreichten sie die roten Seile, die den Durchgang ins Kino für die Stars freihielten. Rechts und links warteten Menschen, so viele, wie Hedy noch nie auf einmal gesehen hatte. Kameralichter blitzten auf, von allen Seiten erklangen Rufe.

»Miss Lamarr, schauen Sie hierher!«

»Miss Lamarr, nein, hierher!«

»Miss Lamarr, sind Sie aufgeregt?«

»Miss Lamarr, was erwarten Sie von heute Abend?«

Hedy blieb stehen, drehte sich einmal nach rechts, lächelte, dann drehte sie sich nach links und lächelte erneut. Sie wartete ein, zwei Minuten, damit die Menschen Fotos von ihr schießen konnten, und begab sich dann zu dem Mann mit dem Mikrofon, der ihr zuwinkte. Das *Mutual Network Radio* hatte im Vorfeld angefragt, ob sie für ein Interview zur Verfügung stehen würde.

Auf die Fragen antwortete sie kurz mit »Ja« oder »Nein« und »Ich bin sehr dankbar« und »Ich freue mich«. Dann gab sie ihre auswendig gelernte Rede von sich, lächelte noch einmal in die Menge und war froh, als Reggie ihren Ellenbogen griff und sie sanft, aber sicher ins Filmtheater führte.

Im Foyer entdeckte sie viele bekannte Gesichter. Hedy winkte Norma Shearer zu, deren großartiger Kostümfilm *Marie Antoinette* vor fünf Tagen eine rauschende Premiere gefeiert hatte. Neben ihr stand Myrna Loy, und Hedy hoffte, ihr Idol bald einmal kennenzulernen. Den Star jetzt anzusprechen, dafür war sie viel zu nervös.

Auch Spencer Tracy, der für die Rolle des Manuel in *Captains Courageous* in diesem Jahr den Oscar erhalten hatte, war gekommen, um sich *Algiers* anzusehen. Wie Hedy war auch er bei MGM unter Vertrag, und sie fragte sich hoffnungsvoll, ob sie einmal gemeinsam mit ihm vor der Kamera stehen würde. Dann würde sie gewiss als ernst zu nehmende Schauspielerin gelten, nicht nur als schöne Frau.

»Spencer!« Die Stimme jagte ihr einen Schauer über den Rücken. »Wie geht es meinem Lieblingsstar?«

Louis B. Mayer stolzierte durch das Foyer. Als er Hedy sah, nickte er ihr kurz zu und wandte sich dann wieder Spencer Tracy zu, dem er begeistert die Hand schüttelte. Dir werde ich es zeigen, dachte Hedy. Heute Abend würde er bereuen, dass nicht er es gewesen war, der ihr die erste große Rolle gegeben hatte.

»Ärger dich nicht«, flüsterte Reggie ihr zu und führte sie zu ihrem Sitz.

»Falls es schiefgeht, fahren wir nach Hause, damit ich weinen kann. Versprichst du mir das?«

»Das wird schon. Toi, toi, toi.«

Der Vorspann flimmerte über die Leinwand, dann wurde es dunkel im Vorführsaal. Hedy umklammerte Reggies Hand so fest sie konnte, ihr Herz drohte aus ihrer Brust zu springen. Wenn nicht gleich Applaus ertönte, war das ein sicheres Zeichen, dass *Algiers* und damit auch ihre Karriere verloren waren. Sie hatte den Gedanken noch nicht einmal zu Ende geführt, als die ersten Zuschauer in die Hände klatschen. Bald fielen alle ein und der Applaus toste in ihren Ohren.

»Herzlichen Glückwunsch«, rief Norma Shearer ihr zu.

»Toller Film«, ertönte die dunkle Stimme von Spencer Tracy.

Die nächsten Minuten erlebte Hedy wie in einem Rausch, fremde Menschen, die ihr die Hände schüttelten und ihr gratulierten. Andere, die ihr auf die Schulter klopften und ihre Begeisterung für den Film zum Ausdruck brachten. Sie tauchte erst aus ihrem Hochgefühl auf, als sie den Mann sah, dessen Meinung ihr mehr bedeutete als die aller anderen. Louis B. Mayer starrte sie an, auf seinem Gesicht konnte sie nicht ablesen, was er dachte. Also nahm Hedy sich ein Herz und ging zu ihm hin.

»Und, hat Ihnen der Film gefallen?«

»Er war gut. Ich habe nichts anderes erwartet.«

»Das freut mich. Ich sehe Sie dann morgen in Ihrem Büro oder nein, besser übermorgen, heute werde ich feiern und morgen ausschlafen.«

»Abgemacht.«

Sicher, sie hatte sich etwas mehr Überschwang von Mr Mayer erhofft, aber so war er nicht. Jedenfalls nicht, wenn einer seiner Konkurrenten einen erfolgreichen Film mit einem *seiner* Stars gedreht hatte.

Ihr Blick glitt über die Menge. Als sie Reginald gefunden

hatte, bahnte sie sich einen Weg durch die Menge zu ihm. »Lass uns an den Strand fahren.«

»Willst du dich nicht feiern lassen?« Er legte den Kopf fragend auf eine Seite. »Deshalb sind wir doch hier. Um deine Premiere zu genießen.«

»Nein, ich möchte allein sein mit dir. Ich will meinen Erfolg nicht mit Fremden teilen, sondern nur mit dem Mann, den ich liebe.« Sie griff nach seiner Hand und zog ihn hinter sich her, hinaus auf die Straße, wo immer noch Menschen vor dem Kino warteten und applaudierten, als sie sie sahen. Hedy schmiegte sich an Reginald, ließ sich gemeinsam mit ihm fotografieren und nutzte die erste Chance, um unauffällig zu verschwinden. Sie ließen sich von einem Taxi zu seiner Wohnung fahren, wo sie den Lavendellikör und den Champagner holten, den sie am Strand trinken und so ihre Premiere feiern wollten.

KAPITEL 14

Los Angeles, Sommer und Herbst 1938

Hedy und Reginald saßen auf der Kaimauer und ließen die Beine baumeln wie Kinder, die die Schule schwänzten, um das schönste Sommerwetter zu genießen. Im Unterschied zu ihnen hielten sie jedoch kein Eis in den Händen, sondern Gläser mit lilafarbenem Lavendellikör, den sie mit Champagner aufgefüllt hatten. Die Morgenluft schmeckte ebenso prickelnd wie der Champagner. Normalerweise trank sie kaum, aber heute war ihr einfach nach dem prickelnden Getränk.

»Sag mir, wie wundervoll ich gespielt habe«, bat Hedy ihren Geliebten bestimmt zum zehnten Mal, aber sie musste es wieder und wieder hören, um daran glauben zu können. »Übertreibe ruhig, benutze große Worte.«

»Willst du damit nicht auf die Pressekritiken warten?« Reggie nahm ihre Hand und küsste ihre Fingerspitzen. »Du weißt, dass ich ein Fan von dir bin. So wie das Premierenpublikum.«

»Du kannst mich eine Pessimistin schimpfen«, meinte Hedy, nachdem sie den letzten Tropfen aus ihrem Glas getrunken hatte, »aber ich fürchte, wenn der Film dem Publikum gefällt, beurteilen die Kritiker ihn schlecht.«

»Meine liebste Hedy«, erwiderte Reggie kopfschüttelnd, »du hast eine unglaubliche Leinwandpräsenz. Du warst die schönste Frau des Films. Wenn Sigrid Gurie neben dir zu sehen war, haben sich alle Blicke nur auf dich gerichtet. Ohne dich wäre dieser Film nicht erinnerungswürdig.«

Hedy schloss die Augen. Wie sehr sie seine Aufmerksamkeit genoss! »Sag mir mehr.«

»Als die Kamera dich in Großaufnahme zeigte, ging ein Seufzen durch die Reihen.«

»Du übertreibst.«

»Niemals. Ich sage die volle Wahrheit.« Dann schaute er sie ernsten Blickes an. »Hedy, du hast diesen Film getragen, auch wenn du nur wenige Szenen hattest.«

»Danke, danke, danke.« Sie reichte ihm ihr Glas mit der Bitte, noch etwas nachzuschenken. »Der Kameramann ist großartig, nicht wahr?«

»Es müsste mit dem Teufel zugehen, wenn James Wong Howe nicht endlich für einen *Academy Award* nominiert wird.«

Hedys Herz tat einen kleinen Sprung, als Reggie die Oscars erwähnte. Konnte sie es wagen, ihn danach zu fragen, oder würde er sie auslachen? Sie wandte ihm ihr Gesicht zu und entdeckte die Liebe, die aus seinen Augen sprach. Ja, Reggie könnte sie alles fragen, er würde sich niemals über sie belustigen.

»Denkst du, *Algiers* ist gut genug für eine Nominierung?« Wahrscheinlich war es vermessen zu hoffen, dass gleich ihr erster Film ihr die begehrte Trophäe einbrachte. Aber träumen durfte man doch, oder?

Reggie schwieg und hielt den Blick gesenkt. »In jedem Jahr fragen wir uns alle, warum welcher Film und welcher Darsteller nominiert wurde.« Er zuckte mit den Schultern. »Die Oscars sind eines der größten Mysterien Hollywoods.«

»Du hast meine Frage nicht beantwortet.«

»Nun, *Algiers* ist kein so starker Film wie *The Life of Emile Zola* oder *Captains Courageous*, die im letzten Jahr nominiert waren.« Nun sah er sie wieder an. »Darling, genieße den heutigen Erfolg und mache dir keine Gedanken über das, was in neun Monaten ist.«

»Du hast recht. Ich mache mir nur das Leben schwer.« Sie zog die Nase kraus. »Ich hasse es, von anderen Menschen abhängig zu sein und keinen Einfluss zu haben.«

Er lachte, dieses leise, dunkle Lachen, das sie so liebte. »Wie lange willst du bleiben?«

»Ich möchte die Morgendämmerung erleben. Ich könnte sowieso nicht schlafen, weil ich erst die Zeitung gesehen haben muss, bevor ich wieder zur Ruhe kommen kann.«

»Ich werde immer an deiner Seite sein, das weißt du.«

Dann sprang Reggie auf und holte eine Decke aus seinem Auto, die er auf dem Sand ausbreitete.

»Komm, das ist schöner.«

Er nahm Platz und winkelte die Knie an, so dass sie sich bequem an ihn lehnen konnte. Gemeinsam beobachteten sie, wie der Himmel langsam heller wurde. Eine lang gestreckte, dunkle Wolke, die an einen Zeppelin erinnerte, schwebte über dem Meer, das sich am Strand brach. Der Himmel unterhalb der Wolke schimmerte in einem dunklen Gold, das sich zu einem sanften Gelb aufhellte. Hedy konnte das Riesenrad des Santa Monica Piers erkennen, das sie an ihr erstes Treffen mit Reggie erinnerte.

Es war so romantisch, dass es eine Szene aus einem Film hätte sein können. Eine kühle Brise strich übers Meer und Hedy rieb sich die Arme. Das Chinchilla-Cape spendete nur wenig Wärme.

»Auf, auf!« Reginald stand auf und zog sie hoch. »Ich kenne einen Kiosk, wo wir jetzt die Zeitungen bekommen können.«

»Alle?« Ihre Stimme drohte zu versagen. Es war eine Sache, die ganze Nacht darauf zu warten, endlich die Kritik in den Zeitungen lesen zu können, aber eine gänzlich andere, gleich mit den Besprechungen konfrontiert zu werden. Doch sie war ja nicht allein, sie hatte den Mann an ihrer Seite, auf den sie sich immer verlassen konnte.

Einen Moment fühlte sie sich zu versucht, Reggie zu fragen, ob er sie heiraten wollte. Sie lebten zusammen, verstanden einander, gaben ein gutes Paar für die Medien ab und hatten viele Gemeinsamkeiten, jedenfalls mehr Gemeinsamkeiten als sie mit Fritz je gehabt hatte. Beide liebten sie die Kunst, beide malten sie, beide wussten sie, was es bedeutete, in Hollywood als Schauspieler zu arbeiten.

Jedoch um Hedy zu heiraten, müsste ihr Geliebter sich erst von Wyn Richmond scheiden lassen. Ohne eine Vereinbarung darüber getroffen zu haben, sprachen sie nie über Reginalds britische Ehefrau, die ihn nicht nach Hollywood begleitet hatte.

»Reggie«, setzte sie an, um dann nicht weiterzusprechen. Plötzlich fühlte es sich nicht richtig an, ihn heute danach zu fragen.

»Wir hätten gerne alle Zeitungen, die heute Morgen gekommen sind.« Reginald reichte dem Mann im Zeitungsladen einen Geldschein. »Und eine Packung Pall Mall.«

»Alle?« Der Mann musterte ihn. »Sicher, Mister, gerne, aber das ist schon komisch.«

»Oh nein, Sir, es ist nicht komisch. Wir wollen den kommenden Star von MGM zu feiern.« Reggie trat einen Schritt zur

Seite und deutete mit großer Geste auf Hedy. »Ich präsentiere Ihnen die unvergleichliche, die unglaubliche Miss Hedy Lamarr. Glauben Sie mir, Sie werden noch Ihren Enkeln von dem Tag erzählen, als Sie Miss Lamarr die Zeitungen über ihren ersten Erfolg verkauften.«

»Reggie, lass gut sein!« Hedy rollte mit den Augen.

»Was wahr ist, muss wahr bleiben.« Er schnappte sich den Stapel Zeitungen und winkte großzügig ab, als der Verkäufer ihm das Wechselgeld rausgeben wollte. Hedy folgte ihm nach draußen, vor Aufregung trippelte sie von einem Fuß auf den anderen.

»Lass mich schauen, lass mich schauen, bitte.«

»Auf gar keinen Fall«, sagte er, »wir werden das gebührend feiern. Du darfst erst hineinschauen, wenn wir zu Hause im Bett liegen. Ich werde dir ein opulentes Frühstück zubereiten und dann darfst du die Zeitungen lesen.«

»Das ist gemein, das weißt du.«

»Nein, das ist die einzig richtige Art, deinen großen Erfolg zu feiern.«

»Reginald Gardiner, ich hasse dich.«

»Ich weiß, aber später wirst du mir danken.«

◐ ◐ ◐

Am nächsten Morgen stand Hedy, wie sie es ihm versprochen oder vielleicht sogar angedroht hatte, im Vorzimmer von Louis B. Mayers Büro.

»Guten Morgen, Miss Lamarr.« Ida Koverman schien guter Dinge. »Ich habe von Ihrem rauschenden Erfolg mit *Algiers* gelesen. Sie haben es sich verdient.«

»Herzlichen Dank. Ist Mr Mayer zu sprechen?« Hedy deutete mit dem Kopf in Richtung der verschlossenen Tür. »Und bevor ich es vergesse, wie geht es Percy?«

»Auch wenn es mir schwerfällt, er lebt jetzt Diät und ist wirklich viel munterer als vorher. Aber auch schlecht gelaunt.«

»Hunde sind wie Männer.« Hedy beugte sich zu Ida Koverman herunter und flüsterte ihr zu. »Man muss sie hinter den Ohren kraulen, viel loben und immer gut füttern, dann sind sie glücklich.«

»Wohl wahr, wohl wahr.« Die Sekretärin deutete auf die Sitzgruppe vor Louis B. Mayers Büro. »Nehmen Sie Platz. Ich frage nach, ob der große Meister für Sie Zeit hat.«

Zum Dank nickte Hedy ihr zu und setzte sich auf einen der furchtbar unbequemen Sessel. Gestern Abend hatte sie mit Reginald besprochen, wie sie ihre Forderungen am besten dem Filmmogul gegenüber präsentieren sollte. Heute Morgen waren sie die Idee noch einmal durchgegangen, aber im Augenblick fühlte es sich an, als ob sie alles vergessen hatte. Ihr Kopf war vollkommen leer.

Sie war nun eine erfolgreiche Schauspielerin, er würde sie nicht einfach wieder vertrösten können. Das Publikum und die Kritiker verlangten, mehr von ihr zu sehen. Das war alles, was ihr einfiel, ehe Ida Koverman aufstand und ihr zunickte.

»L.B. erwartet Sie.« Sie hielt die Tür für Hedy auf. Als Hedy an ihr vorbeiging, flüsterte sie ihr zu: »Toi, toi, toi.«

»Guten Morgen, Mr Mayer«, sagte Hedy betont fröhlich, als sie das weiße Büro betrat. Ohne dass er sie dazu aufforderte, nahm sie auf dem Stuhl vor seinem Schreibtisch Platz. »Haben Sie die Zeitungen schon gelesen?«

»Selbstverständlich.«

Mehr sagte er nicht, mehr konnte sie wohl nicht von ihm erwarten. Aber das war heute für sie auch von nachgeordneter Bedeutung, die Kritiken waren überwältigend gewesen, das Publikum hatte applaudiert, da machte es nichts, wenn Louis B. Mayer sich mit seinem Lob zurückhielt.

Machtspielchen kannte sie aus ihrer Ehe mit Fritz, die erschreckten sie schon lange nicht mehr. Genauso wenig wie die Stille, die sich jetzt zwischen ihnen ausbreitete.

Gewiss erwartete Mayer, dass dies ihr so unangenehm werden würde, dass sie zuerst das Wort ergreifen würde, aber da konnte er lange warten. Sie hielt Schweigen aus.

»Wir müssen jetzt etwas noch Größeres machen«, unterbrach Mayer schließlich die Stille. Es erschien Hedy, als würde er sie mit neuem Respekt betrachten. »Ich werde dafür sorgen, dass Sie zu dem Star werden, den ich immer in Ihnen gesehen habe.«

»Haben Sie eine passende Rolle für mich?« Hedy bemühte sich, sich ihre Aufregung nicht anmerken zu lassen.

»Wir haben da eine Geschichte, in der ich mir Sie vorstellen kann. Sie heißt *New York Cinderella*.« Mayer nahm seine Brille ab und rieb die Gläser mit einem Taschentuch. »Tracy soll die männliche Hauptrolle übernehmen, Sie wären die Heldin.«

Spencer Tracy, der Oscar-Gewinner, einer der größten männlichen Stars, die bei MGM unter Vertrag waren. Hedy musste sehr an sich halten, um nicht vor Freude laut aufzujauchzen. Stattdessen zählte sie langsam bis zehn, bevor sie Mayer fragte: »Worum geht es in der Geschichte?«

»Ich lasse Ihnen das Skript zukommen.« Mayer griff nach dem weißen Telefonhörer, ein deutliches Zeichen, dass ihre Audienz beendet war.

»Danke«, sagte Hedy und wandte sich zur Tür.

»Einen Moment noch«, hielt Mayers Stimmen sie auf. »Dieser Film ist mir wichtig, ich werde allen Beteiligten genau auf die Finger sehen.«

◐ ◐ ◐

Obwohl Mr Mayers Abschiedsworte wie eine Drohung geklungen hatten, war Hedy glücklich. Aus Hedy Kiesler Mandl, dem *neglected import*, war durch einen Erfolg Hedy Lamarr, der Hollywood-Star, die glamouröse Diva geworden. Ida Koverman machte ihr einen Termin mit Sydney Guilaroff, dem Top-Hair-Stylisten von MGM.

»Dann schauen wir doch einmal, was für einen Look ich Ihnen verpasse.« Der mittelgroße, schlanke Mann mit langem Gesicht und einer Stirnglatze musterte Hedy, als wäre sie ein Stück Stoff, das er in ein mondänes Kleid schneidern sollte. »Die Frisur aus *Algiers* war nicht schlecht, aber besser geht es immer.«

»Ja?« Hedy war gespannt, was sich der hochgelobte Stylist für sie einfallen lassen würde. Obwohl es unhöflich war, konnte sie nicht anders, als seine extrem großen Ohren anzustarren.

»Machen Sie die Haare mal nach hinten.« Guilaroff nickte, als sie ihre Haare zurückstrich. »Nun einen Seitenscheitel. Haben Sie schon einmal einen Pony getragen?«

»Niemals. Früher hatte ich einen Seitenscheitel, aber ich mag es lieber, wenn das Haar aus dem Gesicht genommen ist.«

Zum ersten Mal lächelte Guilaroff. »Da sind wir einer Meinung.« Dann murmelte er: »Der Farbton muss dunkler werden, die Locken ein wenig mehr, aber sonst kann es so bleiben.«

»Danke.«

»Ich garantiere Ihnen, das wird Sie auf die Titelseiten der Magazine bringen und viele Nachahmerinnen finden.«

»Das hoffe ich sehr.« Hedy erwiderte sein Lächeln.

KAPITEL 15

Los Angeles, Winter 1938

Sydney Guilaroff behielt recht – der Hedy-Lamarr-Look brachte sie auf die Covers der Kinozeitschriften, der Regenbogenpresse und selbst auf die Titelseiten von *Life* und *Newsweek*.

Plötzlich war Hedy nicht mehr eine von vielen Europäerinnen, die in Hollywood Fuß fassen wollten, sondern ein Star, dessen Gesicht bald jeder in den USA kennen sollte. MGM organisierte eine Plakataktion, so dass Hedys Konterfei wirklich und wahrhaftig überall in Amerika zu sehen war.

»Sie nennen dich *The Dream Girl of 50,000,000 Men*, wusstest du das?« Greers Stimme überschlug sich vor Aufregung. »Hedy, wenn du nicht meine Freundin wärst, müsste ich dich hassen.«

»Wenn es dich tröstet«, antwortete Hedy, »ich kann es selbst kaum glauben.«

Greer grinste schief. »Da Mayer jetzt auf dich hört, könntest du ihn dazu bringen, mir endlich eine Rolle zu geben.«

Hedy lachte auf. »Er hört nicht auf mich. Ich bin nur im Augenblick sein Lieblingsspielzeug. Das kann sich ganz schnell ändern, wenn *New York Cinderella* floppt.«

»Ist die Geschichte wirklich so furchtbar?«

»Leider ja.« Hedy seufzte. »Lass uns von etwas anderem reden. Wie geht es Nina?«

»Frag nicht.« Greer winkte ab. »Sie schimpft jeden Tag, dass Benny mir keine Rolle besorgt hat.«

»Komm, lass uns zum Santa Monica Pier fahren und den Sonnenschein genießen.«

»Aber du lädst mich ein, schließlich bist du der Star.«

◐ ◐ ◐

Ermutigt von ihrem Erfolg und mit einem Sieben-Jahres-Vertrag von MGM in der Tasche, begann Hedy, ihre Zukunft in Amerika zu planen. Dazu gehörte es, sich ein Haus zu kaufen, möglichst nicht zu nah am Studio und möglichst weit weg vom Glamour und Tratsch Hollywoods. Ein Haus, groß genug für eine Familie, und nicht nur für eine Frau und ihren Liebhaber.

Leider ging der Erfolg von *Algiers* aber mit einem Wermutstropfen für Hedy einher. Während Reggie ihr während der Krisen und Sorgenzeiten stets zur Seite gestanden hatte, kam es nun immer häufiger vor, dass er andere Termine hatte, und sie die Abende allein verbrachte.

Als Hedy sich auf die Suche nach einem neuen Haus begab, war Reggie ihr allerdings wieder behilflich. Das dritte Anwesen, das sie sich gemeinsam anschauten, trug den schönen Namen Hedgerow Farm, und Hedy verliebte sich auf den ersten Blick. Es war eine weiße Ranch, einsam gelegen und weit entfernt von den MGM-Studios, umgeben von viel Grün und sogar Wildnis. Da das Studio ihr seit dem Erfolg von *Algiers* einen Chauffeur stellte, konnte Hedy es sich leisten, weit draußen zu wohnen.

Dank des neuen Vertrags besaß sie nun die finanzielle Sicherheit, ihr Interesse am Design umzusetzen. Sie plante Anbauten am Haus in der Hoffnung, bald eine eigene Familie zu haben oder ihre Mutter endlich zu sich nach Los Angeles zu holen. Und natürlich brauchte sie einen Swimmingpool. Hedy war immer gern geschwommen, aber ein Pool war zugleich das ultimative Hollywood-Symbol dafür, dass man es geschafft hatte.

»Ich habe mir ein Haus gekauft«, erzählte Hedy ihrer Freundin Greer, mit der sie sich zum Mittagessen in der MGM-Kantine getroffen hatte. »Im Benedict Canyon, weit genug weg von Hollywood und allem, wofür es steht.«

»Das ist ganz schön mutig!«, antwortete Greer, die immer noch auf ihre Chance wartete. Sie musterte Hedy und fragte: »Hast du keine Angst, dass es schiefgehen könnte?«

»Nicht nach *Algiers*.« Hedy fühlte sich immer noch wie im Rausch durch die wunderbaren Kritiken, die großartigen Publikumsreaktionen, die Flut der Fanbriefe, die sie erhalten hatte, und vor allem durch die Zahlen, die der Film generierte. *Algiers* war ein echter Kassenschlager.

»Möchtest du es sehen?«

»Nein«, antwortete Greer, »es interessiert mich überhaupt nicht. Ein Haus ist ein Haus.«

Hedy stutzte einen Moment. »Das ist also der berühmte britische Humor?«

Greer grinste nur.

»Komm, ich fahre uns.« Hedy war bereits aufgesprungen.

»Bitte bring mich erst zu mir nach Hause, ich muss mir noch Gummistiefel anziehen, wenn du mich in die Wildnis schleifst.« Die beiden Frauen lachten. Hedy war so froh, ihr Glück zumindest mit einer Freundin wie Greer teilen zu können.

Während sie in den Benedict Canyon fuhren, plauderten sie über die Projekte, die anstanden. Nirgendwo kursierten Gerüchte so schnell und in so großer Vielzahl wie in den Studios und wurden begeistert von den Filmzeitschriften und den Zeitungen in Los Angeles aufgenommen. Hedy hatte man inzwischen fast jede Rolle, von der man auch nur gehört hatte, angedichtet, und auch Greer wurde für diverse Filme gehandelt, ohne dass sie auch nur von einem ein Angebot oder Skript gesehen hatte.

»Du kennst es ja selber, dieses Warten.« Greer seufzte. »Manchmal denke ich, ich hätte in England bleiben sollen. Dort war ich jemand, hier bin ich nichts. Nur ein zurückgewiesener Import.«

»Ein kleiner Fisch in einem großen Teich oder ein großer Fisch in einem kleinen Teich – auf diese Frage läuft es immer wieder hinaus.« Hedy kannte dieses Lied zur Genüge.

»In England kannte ich mehr Menschen, die im Filmgeschäft etwas zu sagen hatten, hier bin ich abhängig davon, dass *ein* Mann mir etwas anbietet.« Greers Gesicht verdunkelte sich. »Soll ich dir mal was verraten?« Sie flüsterte, als ob Mr Mayer sie auch hier hören könnte. »Ich hasse das, ich hasse diese Abhängigkeit. Am liebsten wäre ich selbstständig als Produzentin, aber als Frau …«

»Wem sagst du das?«

◐ ◐ ◐

Doch wie es in Hollywood nun einmal lief, rief Greer zwei Tage später an, um Hedy freudestrahlend mitzuteilen, dass Louis B. Mayer endlich eine Rolle für sie gefunden hatte. Zwar nur eine kleine, aber eine interessante.

»Der Film heißt *Goodbye, Mr Chips*«, platzte Greer heraus. »Nach einem Roman von James Hilton.«

Hedy überlegte einen Moment, musste aber gestehen: »Sorry, kenne ich nicht.«

»Es ist die Lebensgeschichte eines Schuldirektors.« Greer schwieg einen Augenblick lang und Hedy konnte förmlich vor sich sehen, wie ihre Freundin die Nase runzelte. »Ja, ich weiß, das klingt nicht so spannend wie *Algiers*.«

Hedy hätte nicht gewagt, so etwas zu sagen, aber sie stimmte Greer zu. Andererseits kam es auf die Geschichte an und auf die Schauspieler. Und konnte sie, gefangen im Schrecken des Drehbuchs von *A New York Cinderella* wirklich Spott über schlechte Filmstoffe äußern?

»Welche Rolle wirst du spielen?«

»Katherine, die Ehefrau von Charles Chipping.«

»Das ist sicherlich eine Hauptrolle!« Hedy teilte die Aufregung und Freude ihre Freundin. »Glückwunsch!«

»Das habe ich auch erst gedacht, aber leider lässt der Autor die Ehefrau erst spät auftreten, dafür aber früh sterben.«

»Ich hatte in *Algiers* auch nur wenige Szenen«, redete Hedy ihr gut zu. »Das hat gereicht, um mich zum Star zu machen.«

»Danke, dass du mich trösten willst. Ich bin froh, endlich Arbeit zu haben und das Beste …« Greer legte eine Pause ein. Sie wusste nur zu gut, wie neugierig Hedy war.

»Nun sag schon.«

»Wir werden in England drehen. Endlich sehe ich meine Freunde und Verwandten wieder.« Greer lachte vergnügt. »Ich nehme Nina mit und kann sie vielleicht überreden, dort zu bleiben.«

»Aber dann werde ich dich nicht mehr sehen?« Hedy fühlte sich egoistisch, weil sie als Erstes daran dachte. Aber Greer war nun einmal ihre beste Freundin, auf die sie sich stets verlassen und mit der sie Sorgen, aber auch Freuden teilen konnte. Sicher, Reginald war ein toller Mann, aber er war eben ein Mann und konnte nur begrenzt ihre komplizierten Stimmungen und Gefühle verstehen.

»Ja, aber ich werde nicht lange wegbleiben und du bekommst bestimmt bald den nächsten Film, wenn du *A New York Cinderella* beendet hast.«

Hedy seufzte. »Ich weiß nicht, ob es an mir liegt oder an der Geschichte, aber ich habe das Gefühl, dieser Film wird ein Flop.«

»Die Story ist wirklich nichts Besonderes, aber Spencer Tracy wird seine Fans ins Kino ziehen und seit *Algiers* kannst du spielen, was du willst, alle Männer werden nur deinetwegen in den Film gehen.«

»Danke, Darling.« Hedy sah auf ihre Uhr. »Lass uns morgen weitersprechen, dann erzählst du mir alles im kleinsten Detail. Gladys Hall kommt gleich, sie möchte etwas über das Haus schreiben. Stell dir vor, sie wohnt nebenan.«

Gladys Hall war eine der drei bekanntesten Hollywood-Klatschreporterinnen oder Kolumnistinnen, wie sie sich selbst nannten. Aber im Unterschied zu Hedda Hopper und Louella Parsons, die stets auf Skandale und Enthüllungen aus waren, berichtete Gladys Hall freundlich und blieb bei den Interviews eher an der Oberfläche. Reggie hatte Hedy erzählt, dass es von Gladys hieß, sie hätte einmal gesagt: »Das Publikum will nicht, dass seine Filmstars entzaubert werden. Die Menschen möchten an zwei Dinge glauben: an den Weihnachtsmann und an unsere Hollywood-Stars.«

»Dann bis morgen, und grüß Gladys von mir«, verabschiedete sich Greer.

Kaum hatte Hedy den Hörer zurück auf die Gabel gelegt, kündigte sich ihr Besuch bereits an. »Herzlich willkommen,

Gladys.« Hedy öffnete die Tür und Mitzi stolzierte vor der Kolumnistin herein.

»Danke, dass Sie Zeit für mich haben, Miss Lamarr. Und wer ist das?«

Gladys Hall war eine hübsche Frau mit einer Wolke dunklen Haars und dunklen, sympathischen Augen.

»Bitte nennen Sie mich Hedy.« Sie lächelte. »Das ist Mitzi, sie ist mir in meinem alten Haus zugelaufen und ist nun mit umgezogen.«

»Das ist ein großes Kompliment an Sie. Man sagt doch, Katzen wären eher ortstreu.« Gladys hatte bereits ihr Notizbuch gezückt.

»Ich denke, es liegt an den Leckerbissen, die Reggie ihr zusteckt«, lachte Hedy.

»Kommt Mr Gardiner noch?«

»Er wollte das Interview auf keinen Fall verpassen.«

Als hätte er das gehört, stürmte Reggie herein, einen riesigen Strauß Tuberosen in der einen, einen gewaltigen Becher Eiscreme in der anderen Hand.

»Entschuldigung, ich musste für das Eis länger anstehen. Habt ihr schon angefangen?«

»Ich habe Gladys gerade das Haus zeigen wollen.«

»Ist es nicht schön? Ich werde für meine Hedy noch einen Swimmingpool bauen.«

»Reggie ist ein unglaublich geschickter Handwerker.« Es kam Hedy vor, als spielten sie Rollen – das glückliche Liebespaar und sein Besuch.

Nach zwei Stunden hatte Gladys Hall keine Fragen mehr, außer einer: »Was planen Sie heute Abend?«

»Wir haben nichts vor«, antwortete Hedy, während Reggie

gleichzeitig sagte: »Wir sind bei Walter Wanger und Joan Bennett eingeladen.«

»Das ist eine schöne Überraschung.« Hedy lächelte, obwohl sie mit Joan Bennett nicht warm wurde. Walter Wanger hingegen mochte sie, schließlich hatte er ihr die große Chance gegeben, in *Algiers* zum Hollywood-Star zu werden.

◐ ◐ ◐

Den guten Nachrichten folgten aber auch, wie konnte es anders sein, eine schlechte. MGM wollte Kosten sparen, und Mayer entließ Phyllis Loughton. Obwohl Hedy den Studioboss anbettelte, weiter mit der Schauspiellehrerin arbeiten zu dürfen, ließ Mayer sich nicht erweichen.

Dabei hätte Hedy die Unterstützung gut brauchen können, vor allem jetzt, da die Dreharbeiten zu *A New York Cinderella* begonnen hatten. Etwas wie diesen Dreh hatte Hedy bisher noch nicht erlebt: von Beginn an war der Wurm drin.

Der Regisseur Josef von Sternberg, in der Filmwelt gefürchtet wegen seines Temperaments, hasste das Skript und versuchte, es zu ändern. Die Kolumnistin Hedda Hopper schrieb bereits kurz nach Beginn der Dreharbeiten, dass die Geschichte viel besser zu Joan Crawford gepasst hätte und überhaupt nichts für Hedy wäre. Mrs Hopper hatte Hedy nicht verziehen, dass sie Gladys Hall ihr Haus zuerst präsentiert hatte.

Reggie hatte Hedy gleich gewarnt, denn mit Hedda Hopper legte man sich besser nicht an. Die Kolumne der Klatschreporterin erschien in vielen Zeitungen, und Hedda hatte die Macht, Stars an die Spitze Hollywoods zu führen, aber auch Karrieren zu zerstören. Sie war bekannt für ihre extravaganten Hüte und ihre Fehden mit anderen Kolumnistinnen, allen voran Louella Parsons.

Hedy fühlte sich durch die Kritik angestachelt und versuchte, das Beste aus der Rolle zu machen, was nicht einfach war, weil sie und Spencer Tracy überhaupt nicht harmonisierten. Spencer hatte die Angewohnheit zu nuscheln, was es Hedy erschwerte, den Text zu verstehen. Wenn sie ihren Einsatz deshalb verpasste, zog Tracy ein Gesicht und schimpfte vor sich hin. Der Schauspieler, nur wenig größer als Hedy, kam aus einer Arbeiterfamilie in Wisconsin, und so wirkte er auch: raubeinig, hart, männlich. Für Hedys Geschmack war Tracy zu verbissen. Außerdem munkelte man, er hätte ein Alkoholproblem, was seine Stimmungsschwankungen erklären würde.

Die Dreharbeiten hatten Anfang Oktober begonnen und Anfang November fühlte Hedy sich erschöpft und müde und wollte nur noch eines: den Film hinter sich bringen. Von Sternberg ging es wohl ähnlich, er stieg aus und übergab die Regie an Frank Borzage, einen weniger schwierigen Regisseur. Er ließ sie alle zusammenrufen und verkündete ihnen die Richtung, in die er den Film verändern wollte. *A New York Cinderella* bekam ein neues Drehbuch und einen neuen Namen: *I take this Woman.*

»Gemeinsam werden wir die Geschichte zu einem guten Ende bringen«, versuchte Frank Borzage, die Crew auf seinen Weg einzuschwören. Es wäre gewiss glaubhafter gewesen, wenn er dabei nicht so erschöpft ausgesehen hätte.

»Kein Wunder, dass der arme Kerl so fertig ist«, flüsterte Mona Barrie Hedy zu. »Das ist sein dritter Film in diesem Jahr.«

Mit Borzage liefen die Dreharbeiten etwas besser, aber Hedy verlor die Hoffnung, dass die Zeit auf dem Set je enden würde.

Frustriert rief sie Greer an, die bereits in England war, und deren eigener Dreh bald beginnen sollte.

»Wir drehen und drehen und schneiden, und dann kommt Mr Mayer und hat etwas zu meckern und dann drehen wir neu und Frank Borzage sieht aus, als würde er jeden Moment tot umfallen«, beklagte Hedy sich bei ihrer Freundin.

Einen Moment schwiegen sie beide und hingen ihren Gedanken nach. Schließlich unterbrach Greer die Stille: »Wir haben bald ein neues Jahr, da wird alles besser.«

»Ja, das schwören wir uns. 1939 wird unser Jahr.«

»Ich vermisse dich und das sonnige Wetter.«

»Ich vermisse dich auch und wünsche mir manchmal Regen.«

Nachdem sie aufgelegt hatte, blätterte Hedy durch die Bücher, die sie sich aus der Bibliothek geliehen hatte und die sich mit Erfindungen beschäftigten. Doch sie konnte sich nicht konzentrieren und legte das Buch mit einem Seufzer zur Seite. Wo die Zeit nur geblieben war? Es war bereits kurz vor elf und morgen früh um fünf Uhr holte der Chauffeur sie ab.

Hedy suchte in ihrer Handtasche nach den Tabletten, die ihr »Doctor Feelgood«, wie man den Arzt des Studios nannte, verschrieben hatte. Nachdem sie Anfang November so erschöpft gewesen war, hatte Louis B. Mayer den Arzt zu ihr geschickt. Er hatte ihr Vitaminspritzen gegeben, die ihr wirklich auf die Beine geholfen, allerdings auch dazu geführt hatten, dass sie nicht mehr einschlafen konnte.

Doch auch für dieses Problem hatte Doctor Feelgood eine Lösung: Hedy bekam Schlaftabletten. Obwohl sie sich innerlich dagegen sträubte, sich von Tabletten abhängig zu machen, sah sie keine andere Möglichkeit. Wenn sie gute Arbeit leisten wollte, musste sie in Form sein. Eine Schauspielerin, die vor Schlafmangel dunkle Ringe unter den Augen hatte und übernächtigt aussah, war eine Schauspielerin, die keine attraktiven Rollen bekam – und das wollte Hedy auf gar keinen Fall.

1939

»Jedes Mädchen kann glamourös sein.
Alles, was man tun muss, ist stillzustehen
und dumm zu schauen.«

Hedy Lamarr

KAPITEL 16

Los Angeles, Anfang 1939

»Lamarr.« Obwohl sie müde und erschöpft war, konnte Hedy nicht anders, als ans Telefon gehen. Für sie war es undenkbar, das Klingeln zu ignorieren.

»Hallo, hier ist Gene Markey. Wir haben uns auf der Hochzeit von Virginia Bruce und J. Walter Ruben kennengelernt.«

»Hmhm«, gab Hedy vor, einen Augenblick überlegen zu müssen, wer am anderen Ende der Leitung war. Natürlich erinnerte sie sich an ihn: ein hochgewachsener Mann, voller Charme und Witz. Hedy hatte sich gern mit ihm unterhalten und gehofft, dass er sich meldete. Er war Drehbuchautor und hatte ihr Interesse geweckt, als er sagte: »Leider kann ich für Sie kein Drehbuch schreiben. Sie sind zu schön für meine Geschichten.«

Doch dann hatte jemand den Mann von ihr weggelockt, bevor sie ihn fragen konnte, für was für Menschen er seine Geschichten schrieb.

»Ja, ich erinnere mich. Ein frohes neues Jahr.«

»Entschuldigung, das wünsche ich natürlich auch.« Er lachte leise, was Hedy ein angenehmes Kribbeln bescherte. »Morgen Abend ist eine Premiere im Four Star Theatre. Hätten Sie Lust, mich zu begleiten?«

»Sehr gern.« Diesmal zögerte Hedy nicht. »Allerdings kann ich nicht lange bleiben. Ich muss früh raus, wir haben Drehtage.«

»Kein Problem, das verstehe ich. Ich kenne mich aus mit Hollywood.« Eine kurze Pause. »Ich hole Sie um sechs Uhr ab.«

»Wissen Sie denn, wo ich wohne?«

»Sicher. Bis morgen.«

»Ich freue mich.«

Sofort nachdem er aufgelegt hatte, rief Hedy Greer in England an und erkundigte sich, was diese über Gene Markey wusste.

»Du weißt schon, dass es hier 23 Uhr ist?«, begrüßte ihre Freundin sie.

»Entschuldige. Ich weiß aber auch, dass du eine Nachteule bist.«

»Habt ihr *I take this Woman* endlich abgedreht?«

»Frag besser nicht. Was weißt du über Gene Markey?«

»Hmm, lass mich überlegen.« Greer legte eine kurze Pause ein. »Der zweite Ehemann von Joan Bennett. Sie haben zwei Töchter, Melinda und Diana. Wobei Diana von John Marion Fox ist, und Gene hat sie adoptiert.«

»Ein Familienmensch also.« Das gefiel Hedy gut, denn ihre Sehnsucht danach, eine Familie zu gründen, wuchs mit jedem Tag, den sie in dieser verrückten Branche verbrachte. Sie suchte nach einem stabilen Fundament, das es ihr ermöglichte, die langen Drehtage und Unsicherheiten zu überstehen.

»Ich weiß nur, dass er ein *Lady's Man* ist«, antwortete Greer und lachte leise. »Also genau der Männertyp, den du magst.«

Das schmerzte ein bisschen, denn die Trennung von Reginald tat noch immer weh. Sie beide waren übereingekommen, dass sie sich auseinandergelebt hatten. Und dennoch wachte Hedy oft nachts auf und drehte sich nach ihm um – und er war nicht mehr da.

»Nach Reggie bin ich erst mal geheilt von großen Gefühlen, ich will mich nur ein bisschen ablenken. Der Dreh von *I take this Woman* zerrt ganz schön an mir. Wie geht es *Mr Chips*?«

»Ein tolles Drehbuch«, geriet Geer ins Schwärmen. »Katherine ist eine großartige Rolle. Aber du wirst es nicht glauben, ich vermisse die Palmen und die ewige Sonne.«

»Ich vermisse dich und unsere Eis-Nachmittage.«

»Ich bin ja bald wieder zurück.«

»Das hoffe ich.«

»Gute Nacht.«

»Dir auch.«

Hedy vermisste ihre Freundin wirklich, die Telefonate waren nur ein schwacher Ersatz für Gespräche von Angesicht zu Angesicht. Glücklicherweise gab es nun auch noch Ann Sothern in ihrem Leben, mit der sie sich treffen konnte. Die Amerikanerin hatte Hedy über ihre gemeinsame Schauspiellehrerin Phyllis Loughton kennengelernt.

»Ihr solltet euch unbedingt einmal treffen«, hatte Phyllis Hedy vorgeschlagen. »Ihr werdet euch wunderbar verstehen.«

»Ann Sothern – ist das nicht die, die dieses Showgirl Maisie spielt?« Eine Rolle, die Hedy gern bekommen hätte, um ihr komödiantisches Talent zu zeigen. Dann jedoch hatte sie das Drehbuch gesehen und abgelehnt. »Ich bin nicht der Typ für Maisie.«

Daraufhin fing Phyllis an zu lachen.

»Was ist daran so lustig?«, fragte Hedy.

»Als ich Ann vorschlug, dass ihr euch einmal trefft und eure Erfahrungen über Hollywood austauscht, hat sie gesagt, sie ist nicht der Typ Frau, der mit einer Glamourgöttin wie dir klarkommt.«

»Aha.« Ehrlich gesagt, gefiel das Hedy nicht. Von einem blonden Showgirl abgelehnt zu werden, das passte ihr gar nicht. »Also gut, ich werde sie kennenlernen.«

Als sie sich dann trafen, schauten Ann und sie sich an.

Hedy sagte: »Hallo, Maisie.«

Ann antwortete mit: »Hallo, *Glamour Lady*.«

Daraufhin lachten sie beide und von dem Moment an war ihnen klar, dass sie sehr gute Freundinnen werden würden. Phyllis hatte recht behalten – Hedy und Ann hatten mehr Gemeinsamkeiten, als man auf den ersten Blick vermutete. Beide waren sie auf eine Rolle festgelegt, die nicht ihrer Persönlichkeit entsprach, und beide mussten damit leben, dass sie von anderen Menschen so wahrgenommen wurden. Ann war winzig, nur etwas über 1,50 m groß. Mit ihrem herzförmigen Mund und der Stupsnase wirkte sie wie eine Puppe, was darüber hinwegtäuschte, dass sie eine kluge und durchsetzungsstarke Frau war.

Da Hedy wusste, dass Ann heute drehfrei hatte, ließ sie sich von ihrem Chauffeur zu ihrer Freundin fahren.

»Ich habe uns Eis und Champagner mitgebracht.«

»Herzlich willkommen, edle Spenderin.« Ann führte sie in den kleinen Garten, der ebenso wie Hedys liebevoll gestaltet war und in prachtvollen Farben blühte. »Was führt dich zu mir?«

»Ann, was kannst du mir über Gene Markey erzählen? Außer, dass er mit Joan Bennett verheiratet war.«

»Ich kenne viele Frauen, die ihn sehr charmant finden. Mein Typ ist er nicht.« Ann zuckte mit den Schultern. »Warum fragst du?«

»Ich habe ihn im Dezember auf einer Hochzeit kennengelernt, und er hat mich eingeladen, morgen mit ihm eine Premiere zu besuchen.«

»Mach das. Du brauchst dringend Ablenkung. Man kann kaum noch was mit dir unternehmen, du arbeitest nur noch.«

Hedy seufzte. »Du hast recht, es liegt aber nicht an mir, es liegt an diesem verdammten Film. Ich mache drei Kreuze, wenn *I take this Woman* endlich, endlich im Kasten ist.«

»Das glaube ich gern. Wie sieht es aus?«

»Frag nicht.« Hedy verdrehte die Augen. »Also, was ist mit Gene Markey?«

»Ich bin die Richtige für deine Frage.« Ann lächelte. »Ich bin die einzige Amerikanerin in deinem Freundeskreis.«

»Das stimmt nicht.« Hedy betrachtete ihre Freundin, das klassische All-American-Girl: blonde Haare, sonnengebräunte Haut, schlanke Figur – so wie man sich in Europa die US-Amerikanerinnen vorstellte. »Ich kenne mehr Amerikaner als Europäer.«

»Ach ja?« Spöttisch zog Ann eine Braue nach oben. »Dein Langzeit-Liebhaber war Brite, die meisten deiner Freunde sind Briten. Und plötzlich fragst du mich nach einem Amerikaner? Aber ja, Gene Markey ist ein charmanter Mann. Es heißt, er kann jeder Frau das Gefühl geben, eine Königin zu sein.« Ann musterte sie. »Soll er dir über Reggie hinweghelfen?«

»Ich weiß es nicht. Ich fand ihn spannend. Endlich einmal ein Mann, den meine Schönheit nicht überwältigt hat.«

◐ ◐ ◐

»Du wirst Clark Gable und Norma Shearer die Show stehlen«, sagte Gene Markey zur Begrüßung.

»Danke.« Hedy freute sich über das Kompliment. Auf dem Weg zum Kino plauderten sie über ihre aktuellen Projekte. Hedy musste Ann recht geben, Mr Markey verstand es wirklich, einer Frau das Gefühl zu geben, sie wäre etwas Besonderes, und er wäre immens an ihren Antworten interessiert.

Sie beobachtete, wie er seine schwarze Limousine geschickt durch den Hollywood-Verkehr steuerte. Wirklich gut aussehend war Eugene Willford Markey – seinen vollen Namen hatte sie inzwischen herausgefunden – nicht. Zwar war er groß und schlank, aber sein Gesicht wirkte seltsam unfertig: die dunkelbraunen Augen standen zu eng zusammen, die Nase ähnelte einem Adlerschnabel und sein Mund war zu klein. Das dünne Haar mit der sehr zurückgenommenen Haarlinie trug er in einem Linksscheitel, der so weit in der Mitte saß, dass man ihn fast als Mittelscheitel betrachten konnte.

Aber Hedy hatte nie großen Wert auf das Äußere von Männern gelegt, sondern sich für deren Ausstrahlung interessiert. Gene erinnerte sie an ihren Vater, aber auch an Fritz, an die Faszination, die ihr Ex-Ehemann zu Anfang auf sie ausgeübt hatte.

Nach der Premiere von *Idiot's Delight*, dessen Handlung Hedy kaum verfolgt hatte, weil sie aus dem Augenwinkel ihren Begleiter beobachtet hatte, führte Gene sie noch ins Marcel La Maze aus, einem der In-Treffpunkte Hollywoods, wo Stars und Starlets einander und ihren Fans begegneten. Hedy war sicher, dass sie dort von Hedda Hopper oder Louella Parsons oder deren Zuträgern gesehen werden würden. Aber so war das eben in Hollywood: Wenn man ein Star war, gehörte man allen und nicht mehr nur sich selbst.

»Du weißt schon, dass wir morgen in den Klatschspalten stehen, wenn wir dort gemeinsam hingehen?«

»Ja, ich weiß. Aber ich werde gerne mit der schönsten Frau der Welt an meiner Seite fotografiert.« Die Art, wie er es sagte, klang einerseits, als ob er scherzte, andererseits als meinte er es ernst. Hedy konnte es nicht leugnen, dieser Mann war faszinierend.

Obwohl viele Leute sie begrüßten, als sie das Restaurant betraten, hatte Gene am Tisch nur Augen für sie. Er fragte sie nach Wien, nach ihren Erfahrungen in Hollywood und schien jedes Wort, das sie sagte, für so wichtig zu halten, dass er darüber nachdachte. Für Hedy war diese Intensität des Gesprächs eine neue Erfahrung. Fritz hatte immer alles besser gewusst als sie, mit Reginald waren Unterhaltungen ausgewogen gewesen. Sie hatte etwas gefragt, er hatte etwas gefragt.

Bei Gene kam es ihr vor, als erhöbe er sie auf einen Thron, als wäre sie in seinen Augen die einzige Frau der Welt, der es wert war, ihr zuzuhören.

Als Gene sie nach Hause fuhr, brachte er sie zu Tür und gab ihr einen langen, leidenschaftlichen Kuss, bevor er sich verabschiedete. Was Hedy bedauerte, aber auch sehr charmant fand. Als sie in Hochstimmung ins Haus kam, saß Mitzi auf dem Teppich und musterte sie mit vorwurfsvollem Blick.

»Ich hätte dich Gertrude nennen sollen, vor allem, wenn du so guckst«, sagte Hedy.

Sie tanzte ein paar Schritte, ging in die Küche, goss sich ein Wasser ein, schlenderte in das Zimmer, das sie ihren »Erfinderraum« nannte, in dem sich ihre Bücher, Notizhefte und Werkzeuge stapelten, aber heute stand ihr der Sinn nicht nach Nachdenken. Sie wusste, sie musste ins Bett, aber gleichzeitig wollte sie den Abend Revue passieren lassen. Mitzi maunzte vorwurfsvoll, bis Hedy ihr etwas zu fressen gab. Dann verschwand die Katze im Garten.

Auch als Hedy im Bett lag, ging ihr Gene Markey nicht mehr aus dem Sinn. Es war nur ein Abend gewesen, wie konnte es dann sein, dass sie sich bereits fühlte, als wäre sie in ihn verliebt?

Ich muss dringend herausfinden, warum er geschieden ist. Wie kann es sein, dass eine Frau einen so interessanten Mann gehen lässt?

Ihre Aufregung ließ sie immer wieder aus dem Halbschlaf aufschrecken, bis sie Schlaftabletten nehmen musste, damit sie überhaupt etwas Ruhe finden konnte.

Am nächsten Morgen erwachte Hedy zerschlagen. Als der Wecker klingelte, rief sie Doctor Feelgood an, da sie eine neue Vitaminspritze benötigte. Im Spiegel sah sie, dass man ihr die Müdigkeit nicht ansah, was gut war, denn heute stand eine wichtige Szene mit Spencer Tracy an.

Als Hedy in ihrer Garderobe ankam, wartete ihre Maskenbildnerin bereits und flüsterte ihr zu: »Sie sollen ganz dringend zu L.B. kommen.«

Hedy schlug das Herz bis zum Hals, denn meist bedeutete es nichts Gutes, wenn der Filmmogul jemanden zu sich zitierte. Sicher, *Algiers* war ein gewaltiger Erfolg gewesen, jedoch nicht für MGM, sondern für die Konkurrenz. Und *I take this Woman* wollte einfach nicht zu einem Ende kommen. Hatte Spencer Tracy sich etwa beim Boss über sie beschwert?

»Guten Morgen, Mrs Koverman. Wie geht es Percy? Hat er schon abgenommen?«

»Fragen Sie bitte nicht. Meine Nerven liegen blank.« Ida Koverman hob verzweifelt die Arme.

»Geben Sie ihm Hühnchen, das ist gesund und hat wenig Kalorien.«

»Das habe schon versucht, das frisst er nicht. Er mag nur ungesunde Dinge.«

»Nicht so viel reden, Miss Lamarr soll reinkommen«, erklang Louis B. Mayers Stimme aus seinem Büro.

Hedy sandte einen Blick zu der Sekretärin, die ihr zulächelte und nickte, was bedeutete, dass nichts Schlimmes auf Hedy wartete. Man konnte sicher sein, dass Ida Koverman stets wusste, wie der Chef gelaunt war, und was er von den Menschen wollte, die er zu sich rufen ließ.

»Ich weiß, Sie haben heute einen Drehtag«, empfing sie Mayer ohne Begrüßung. »Aber ich habe Wichtiges mit Ihnen zu besprechen.«

»Guten Morgen, Mr Mayer.« Das würde Hedy ihm nicht ersparen. Sie legte Wert auf Höflichkeit und fand, dies würde auch dem Filmmogul gut stehen.

»Wir werden die Dreharbeiten von *I take this Woman* im Februar aussetzen.«

»Oh.« Damit hatte Hedy nicht gerechnet. Sicher, der Dreh war schwierig und beim letzten Rohschnitt hatte Louis B. Mayer mehr zu meckern als zu loben gehabt, aber dass sie deshalb den ganzen Film, der schließlich einiges an Geld gekostet hatte, erst einmal auf Eis legen wollten, war doch überraschend.

»Der Dreh wird erst mal nur ausgesetzt, weil ich Tracy für *Stanley and Livingston* an Fox ausgeliehen habe. Dumm von mir.«

»Okay.« Hedy ließ sich nicht anmerken, dass ihr diese Neuigkeit gar nicht gefiel. Da Mayer nichts sagte, stellte sie schließlich die alles entscheidende Frage: »Haben Sie ein neues Projekt für mich?«

»Gut, dass Sie fragen«, antwortete Mayer, als wäre das nicht der Grund, warum er sie zu sich beordert hatte. »Ich habe ein Projekt mit Robert Taylor, das wunderbar zu Ihnen passt.«

»Aha.« Hedy war sich inzwischen sicher, dass seine und ihre Vorstellungen, welche Rollen ideal für sie wären, sehr weit auseinanderlagen.

»Der Arbeitstitel lautet *Lady of the Tropics*.«

»Worum geht es da?«

»Das können Sie dem Drehbuch entnehmen. Der Drehbeginn wird spätestens im März sein.«

»Danke. Also muss ich heute nicht mehr zum Set von *I take this Woman*?«

»Doch. Wir drehen so lange, bis Tracy zu Fox geht. Vielleicht kann man den Film im Schnitt noch retten.«

»Gut«, sagte Hedy wieder und verschwieg, dass sie nicht mehr daran glaubte, dass aus *I take this Woman* je ein Erfolg werden könnte.

KAPITEL 17

Los Angeles, Frühling 1939

»Nicht, dass du denkst, ich spreche aus patriotischen Gründen.« Greer lachte leise. »Aber was hat dein amerikanischer Mr Markey, was dein britischer Reginald nicht hat?«

»Versteh mich nicht falsch, Reginald ist ein toller Mann.« Hedy erinnerte sich an die wunderbare Zeit, die sie mit ihm gehabt hatte. Ohne ihn wäre sie niemals in Hollywood angekommen. »Aber Reggie ist Schauspieler, und ich habe eins gelernt in Hollywood: Es ist nicht gut, wenn eine Schauspielerin einen Schauspieler heiratet.«

»Darling, ich gieße ungern Wasser in deinen Wein, aber dein Mr Markey ist Drehbuchautor. Ich fürchte, das ist genauso schlimm wie ein Schauspieler. Und er ist Amerikaner.«

»Greer!«, gab Hedy vor, empört zu sein, aber dann musste sie lachen. »Was hast du gegen die Amerikaner? Sag bloß nicht, du gehörst auch zu denen, die meinen, unsere neue Heimat wäre das Land der Kulturbanausen und Cowboys?«

»Quatsch!«, antwortete ihre Freundin entrüstet. »Ich hatte selbst eine Affäre mit einem Amerikaner. Daher weiß ich ja auch, wovon ich rede.«

Nun klang Greer ein wenig traurig. Benny Thau und sie hatten sich vor Kurzem getrennt.

»Benny war meine große Liebe, aber wir haben nicht zusammengepasst. Ich weiß, es klingt seltsam, aber er hat nie verstanden, wie ich denke.«

Ihre Freundin klang so unglücklich, dass Hedy überlegte, wie sie sie aufmuntern könnte. Zwar drehte Greer gerade einen Film, aber von allen europäischen Importen war sie die am wenigsten Beschäftigte.

»Vielleicht lag es an dir, Darling«, neckte Hedy ihre Freundin. »Du weißt doch, Frauen wie wir sind nicht leicht zu verstehen. Mein Ehemann, meine Liebhaber, selbst Reggie haben nicht begriffen, wie ich bin und wie ich denke. Vielleicht passen Männer und Frauen einfach nicht zusammen.«

»Außer natürlich du und Gene Markey.«

»Wer weiß. Ich muss an den Set.« Hedy lachte. »Danach sind Gene und ich verabredet.«

»Wehe, du rufst mich morgen nicht an, um mir alles zu erzählen. Wenn man selber kein Leben hat, muss man das Leben anderer mitverfolgen.«

»Übertreibe es nicht. Du hast ein Leben, deine Mutter begleitet dich. Und ich habe neulich etwas von dir und einem gewissen jungen Mann gehört.« Hedy grinste.

»Wehe, du erzählst Hedda oder Louella etwas davon!«

»Das würde ich niemals tun. Bye, Darling.«

Nach den Dreharbeiten lud Gene Hedy wieder ins Marcel La Maze ein, um ihre Auszeichnung zu feiern. Zwar war sie nicht für die *Academy Awards* nominiert worden, aber die Seniors der Columbia University hatten Hedy zu der »Frau, mit der sie am liebsten auf einer einsamen Insel stranden würden« gewählt.

»Ich kann sie verstehen«, sagte Gene, »ich kann mir ebenfalls keine bessere Gesellschaft auf einer einsamen Insel vorstellen.«

»Mr Markey, ich kenne dich ja noch nicht lange«, antwortete Hedy. »Aber eines weiß ich, du würdest auf einer einsamen Insel verrückt werden. Nur ich allein wäre dir als Gesellschaft nicht genug. Du brauchst andere Menschen.«

Später sollte Hedy sich fragen, warum ihr das keine Warnung gewesen war. Aber sie war verliebt und fühlte sich geliebt.

»So war ich früher, Darling. Heute brauche ich nur dich.« Er küsste ihre Fingerspitzen. »Ich liebe dich.«

Hedys Herz quoll über vor Glück, aber ein winziger Zweifel blieb. Gene sah sie oft mit diesem Blick an, ja, er behandelte sie wie eine Königin, aber trotzdem fürchtete sie, für ihn nur eine Phase zu sein. Denn das hatte sie inzwischen bitter gelernt: Hollywood-Lieben waren wie Strohfeuer, sie entflammten schnell, aber ebenso schnell waren sie auch ausgebrannt. Hedy jedoch war auf der Suche nach Sicherheit, nach einem Hafen, der ihr in jedem Sturm einen Ankerplatz bot.

Dann jedoch schalt sie sich für diese Gedanken. Gene war ein verlässlicher Mann. Obwohl er Hedy liebte und Premieren und Partys schätzte, nahm er sich immer Zeit für seine Töchter. Wenn nur Joan Bennett, Melindas Mutter und Genes Ex-Frau, seine Verbundenheit zu seiner Tochter Melinda nicht ausnutzen würde, um Sand zwischen Hedys und Genes aufkeimende Liebe zu streuen. Und das tat Joan, obwohl sie mit Walter Wanger einen neuen Mann in ihrem Leben hatte. Manchmal kam es Hedy vor, als ob in Hollywood jeder jeden kannte und jeder schon mit jedem eine Beziehung oder Affäre oder Liebelei gehabt hätte.

»Möchtest du mich zu den *Academy Awards* und der Oscar-Party von Darryl F. Zanuck und Virginia Fox begleiten?«

»Natürlich.« Konnte es einen besseren Beweis geben, wie ernst es ihm mit ihr war?

◐ ◐ ◐

»Wie schnell man sich an Hollywood gewöhnen kann«, flüsterte sie Gene zu, als sie sich auf den Weg zur Party machten.

»Kann man das?« Fragend hob er die Augenbraue. »Warum?«

»Vor zwei Jahren war ich in Wien unglücklich verheiratet und hatte meine Träume, ein Star zu werden, aufgegeben. Und heute …« Sie kämpfte gegen Tränen an; Tränen des Glücks, aber auch Tränen um den Verlust ihrer geliebten Heimatstadt Wien.

»Hedy, du bist ein Star und eines Tages wirst du einen *Academy Award* gewinnen, da bin ich mir sicher.«

»Mr Markey, du bist ein Schmeichler.« Hedy verzog den Mund. »Ich bin nicht einmal nominiert gewesen.«

Algiers hatte vier Nominierungen erhalten: Charles Boyer für den besten Hauptdarsteller, Gene Lockhart für den besten Nebendarsteller, James Wong Howe verdient für die beste Kamera und Alexander Toluboff für das beste Szenenbild. Leider hatte keiner von ihnen gewonnen.

Dennoch hatten ihre Hände vom vielen Klatschen geschmerzt. Am tiefsten hatte es sie berührt, als die süße Shirley Temple einen Ehren-Oscar mit sieben Mini-Oscars für *Snow White and the Seven Dwarfs* an Walt Disney verlieh.

Nun fuhr Genes Fahrer mit dem großen schwarzen Wagen vor, einem eleganten Auto, passend für eine Gala. Lächelnd hielt Gene ihr die Tür auf und half ihr, das lange, elegante Kleid zurechtzurücken, damit es nicht in der Tür einklemmte. Dann schloss er vorsichtig die Tür, ging einmal um den Wagen und setzte sich neben sie.

»Bald wirst du auch einen Oscar entgegennehmen, Darling. Ich kenne viele Frauen in Hollywood, aber du bist etwas ganz Besonderes. Du bist ein Star.«

Hedy brachte kein Wort heraus, weil sie fürchtete, in Tränen auszubrechen, die ihr Make-up ruinierten. Als spürte er ihre Ergriffenheit, erzählte Gene ihr eine Anekdote nach der anderen.

Ihr Wagen reihte sich in die Schlange derjenigen ein, die darauf warteten, zu der Party zu kommen, die Darryl F. Zanuck und Virginia Fox ausrichteten. Obwohl sie schon länger in Hollywood lebte, raubten Hedy die Garderoben der Stars immer noch den Atem. Jede Sorte Pelz konnte man sehen: Zobel, Nerz, Leopard, Silberfuchs, Chinchilla – und das in Los Angeles, der Stadt der ewigen Sonne. Selbst in den Nächten war es hier selten kälter als acht Grad, aber ein Pelz verdeutlichte besser als jedes andere Kleidungsstück, dass man es geschafft hatte.

Mit kundigem Blick versuchte sie herauszufinden, welcher der zurzeit angesagten Designer wohl die eleganten Abendgarderoben der Damen geschneidert hatte. Sie entdeckte Myrna Loy. Die Schauspielerin, die Hedy noch vor zwei Jahren in Wien im Kino bewundert hatte, winkte ihnen zu. Daneben erspähte Hedy den hochgewachsenen Clark Gable, äußerst elegant in seinem Smoking.

Und da war Robert Taylor, der schönste Mann Hollywoods, manche nannten ihn auch das schönste Profil Hollywoods, der Mann mit dem sie nächsten Monat für *Lady of the Tropics* vor der Kamera stehen würde. Er nickte ihr zu, sie lächelte zurück.

Genieße den Tag, sagte sie sich, genieße Hollywood, genieße es, ein Star zu sein. Reggie hatte immer gesagt, man wisse nicht, wie lange es dauert und man solle daher jede Minute mitnehmen. *Und das werde ich jetzt tun.*

◐ ◐ ◐

»Hedy, Darling«, sagte Gene Anfang März zu ihr, und ein Lächeln spielte um seine Mundwinkel. »Ich finde, wir beide haben uns einen Urlaub verdient.«

Hedy räkelte sich auf dem Liegestuhl, genoss die Sonne und wandte sich ihm zu.

»Mehr Urlaub als das hier?«, fragte sie. »Alle meine Freunde aus Wien würden mich um dieses Leben beneiden. Ein Haus, ein Pool und fast ständig Sonne.«

»Ja, aber wir kennen doch alles hier.« Gene sprang auf. Das liebte Hedy besonders an ihm, er war spontan und immer auf ein neues Abenteuer aus. »Komm, Liebste.«

Er streckte die Hände nach ihr aus, ergriff sie und zog sie vom Liegestuhl. Dann gab er ihr einen Kuss und flüsterte in ihr Ohr: »Es wird unser Abenteuer. Versprochen.«

»Wie lange wollen wir verreisen? Was soll ich packen?«

»Zieh dir etwas Schönes an, und nimm auf jeden Fall ein Kleid mit, in dem du sexy aussiehst.« Gene zwinkerte ihr zu. »Mehr verrate ich nicht.«

Auch wenn die Neugierde kaum zu ertragen war, akzeptierte Hedy, dass Gene sie überraschen wollte. Mit großen Schritten eilte sie in ihr Schlafzimmer, öffnete die Tür zum begehbaren Kleiderschrank und durchsuchte die Regale. Gene hatte ihr nicht gesagt, wie lange sie bleiben wollten, aber da er einen Abgabetermin für ein Drehbuch hatte, würden es wohl nicht mehr als drei, vier Tage sein.

Dank des Erfolgs von *Algiers* hatte sie inzwischen mehr schöne Kleider als sie sich je erträumt hatte. Und sie hatte sie von ihrem eigenen Geld bezahlt, worauf sie immens stolz war. Ihre Finger glitten über die edlen Stoffe, die sich kühl und weich anfühlten.

Nach kurzem Nachdenken entschied sie sich für ein schwarzes Seidenkleid, ein bunt gemustertes Sommerkleid und ihr Lieblingskleid: das weiße mit den schwarzen grafischen Mustern.

»Nimm den Nerz mit«, ertönte Genes Stimme. »In dem Pelz sehe ich dich so gern.«

Den Nerz, überlegte Hedy, wollten sie etwa zum Skifahren?

Als sie mit ihrer Reisetasche die Treppe herunterkam, wartete Gene bereits auf sie, neben sich einen kleinen Koffer. Er nahm ihr die Tasche ab und trug das Gepäck zum Auto, einem eleganten Mercedes Convertible. Hedy ging in die Küche, um Ericka zu sagen, dass sie wegfuhren. Im Wohnzimmer verabschiedete sie sich von Mitzi, die sie keines Blickes würdigte. Hedy wusste genau, wie beleidigt die Katze war, wenn sie woanders übernachteten.

»Wie lange bleiben wir?«, fragte sie, als sie in den Wagen kletterte.

»Nur ein paar Tage. Lass dich überraschen.« Geschickt kurbelte Gene das Verdeck seines Cabrios herunter und startete den Wagen.

Hedy genoss es sehr, chauffiert zu werden, obwohl sie Auto fahren konnte. Sie setzte sich eine große Sonnenbrille auf und band sich ein Kopftuch um, um ihre Frisur zu schützen. Der Fahrtwind streichelte ihr Gesicht und brachte angenehme Kühle mit sich. Entspannt warf sie einen Blick nach links, bewunderte die lässige Sicherheit, mit der Gene das Auto führte. Alles an ihm wirkte souverän und selbstverständlich. Er schien nie von Zweifeln geplagt zu werden wie sie.

Schweigend genossen sie die Fahrt. Während sich Gene ganz auf die Straße konzentrierte, schaute Hedy sich um. Die Vegetation wurde dünner, und es kam ihr vor, als wären sie die einzigen Menschen auf der Straße, ja, auf der ganzen Welt. Bald erkannte Hedy, wohin ihr Weg sie führte.

»Mexiko? Ist es dort nicht noch heißer als in Los Angeles?«

»Mag sein, aber es ist ein spannendes Land. Du wirst es lieben.« Gene zwinkerte ihr zu und konzentrierte sich wieder auf das Fahren.

Sie fuhren zunächst aber nur bis San Diego, wo Gene vor dem Grand Hotel hielt.

»Miss Lamarr, Mr Markey, herzlich willkommen.« Der Portier reichte ihnen die Schlüssel. »Zimmer 111 und 112. Ich wünsche Ihnen einen schönen Aufenthalt.«

Er winkte zwei Pagen in roten Uniformen heran, die sich ihr Gepäck griffen. Hedy wartete, bis die Männer außer Hörweite waren, und wandte sich dann an Gene: »Getrennte Zimmer? Was hat das zu bedeuten?«

»Lass dich überraschen.«

»Ich bin keine Freundin von Überraschungen.« Hedy hob theatralisch die Arme. »Außer, es sind Diamanten im Spiel.«

»Mehr als das.« Gene lächelte unergründlich, sagte aber kein weiteres Wort. Das musste sie ihm lassen, Geheimnisse konnte er bewahren.

KAPITEL 18

Los Angeles und Mexiko, Frühling 1939

Am nächsten Morgen fuhren sie weiter nach Mexicali, der Hauptstadt von Baja California in Mexiko. Noch immer schwieg Gene sich über das Ziel ihrer Reise aus.

»Was ist das für ein hohes Gebäude?«

»Das ist der Palast des Gouverneurs.« Nun wandte er ihr sein Gesicht zu und grinste. »Er ist zwar nicht so prachtvoll wie die Karlskirche, aber dafür werden wir von einem bedeutenden Mann getraut.«

»Getraut?«

»Mir scheint, ich habe vergessen, dich etwas Wichtiges zu fragen?«

»Gene!«

»Hedy Lamarr, ich bitte dich um deine Hand. Gibst du mir die Ehre, dein Ehemann zu werden?«

Für einen Moment starrte sie ihn sprachlos an. War das wirklich sein Ernst? Sie kannten sich noch nicht allzu lange! Aber er war der Richtige, diese Erkenntnis kam ihr, als sie in seine Augen sah.

»Ja«, flüsterte sie und dann lauter: »Ja, ich will dich heiraten.«

Sie lachte vergnügt. Hier in Mexiko gab es keine Hollywood-Reporter, niemand, der ständig einforderte, dass sie posierte und lächelte, und sie Dinge fragte, die sie nicht beantworten wollte. Hier könnten sie eine stille Hochzeit feiern, ganz für sich.

»Es ist eine wunderbare Idee, Gene. Aber sollten wir uns nicht vorher umziehen?«

»Nein, es ist perfekt, so wie es ist.«

Also war Gene Markey am Tag der Hochzeit in einen einfachen grauen Anzug gekleidet, und Hedy in ein schlichtes schwarzes Kleid mit einer Goldkette. Der einzige Farbtupfer war ihr kleiner violetter Strauß, dessen Blüten in der mexikanischen Hitze bald die Köpfe hängen ließen. Nach einer kurzen, relativ schmucklosen Zeremonie verließen sie Mexicali wieder, um nach Los Angeles zurückzukehren und ihren Studios die heimliche Hochzeit zu beichten.

Hedy schmiegte sich an ihren Ehemann. »Ich fühle mich wie ein Backfisch, der durchgebrannt ist, und nun den Eltern alles gestehen muss.«

»So etwas hast du bestimmt nie getan, du warst sicherlich eine brave höhere Tochter.« Gene schmunzelte.

»Du wirst es nicht glauben.« Hedy zog die Nase kraus. »Mit fünfzehn habe ich heimlich an einem Schönheitswettbewerb teilgenommen, und mir von dem Preisgeld meinen ersten Pelz gekauft.«

Dass es der Beerdigungstag ihrer Großmutter gewesen war, verschwieg sie Gene lieber, denn heute schämte sie sich sehr dafür. Als junges Mädchen hatte sie nur an sich gedacht.

Während es für Gene und Hedy ganz selbstverständlich gewesen war, dass sie still und heimlich in Mexiko heirateten, mussten sie in Los Angeles feststellen, wie viele Menschen sie mit ihrer romantischen Idee verärgert hatten. Mr Mayer war nicht erfreut darüber, dass sein neues Zugpferd einfach mir nichts, dir nichts verschwand und den Bund der Ehe einging, ohne ihn um Erlaubnis zu fragen. Geschweige denn die MGM-PR-Maschinerie in Kenntnis gesetzt zu haben, damit sich das Ereignis möglichst glanzvoll verkaufen ließ.

Aber Louis B. Mayers Zorn war ein linder Wind verglichen mit dem Zornessturm von Hedda Hopper, die erst nach ihrer Erzfeindin Louella Parsons von der heimlichen Hochzeit erfahren hatte. Aus Rache wärmte Mrs Hopper in ihrer Kolumne vom 7. März Genes unglückliche Romanze mit der Schauspielerin Ina Claire wieder auf, die ihn für Jack Gilbert verlassen hatte. Zum Abschluss stellte die Klatschkolumnistin die böse Frage: *Ob eine Mrs Gene Markey für das Publikum den gleichen Glamour besitzen wird wie eine Miss Hedy Lamarr?*

Hedy versuchte, die Wogen zu glätten, indem sie an die Presse lancierte, dass Gene und sie übereilt geheiratet hatten, weil sie beide in der kommenden Zeit sehr viele berufliche Termine hatten. Doch so leicht konnte man eine Hedda Hopper nicht abspeisen. Also sprang Gene in die Bresche und schrieb der Kolumnistin einen Entschuldigungsbrief, in dem er Hedys und sein Bedauern ausdrückte, die Klatschreporterin nicht rechtzeitig informiert zu haben. Doch Mrs Hopper blieb verschnupft.

»Das ist kein gutes Omen für unsere kommenden Projekte«, sagte Hedy zu Gene, als sie abends zu Hause saßen und lasen. Mitzi hatte es sich auf Genes Schoß bequem gemacht und würdigte Hedy kaum eines Blickes. »Vielleicht sollte ich die Katze in Hedda umbenennen, so zornig, wie sie ist, weil ich sie ein paar Tage allein gelassen habe.«

◐ ◐ ◐

Anstatt in die Flitterwochen zu fahren, ging das Ehepaar Markey an die Arbeit. Für Hedy begann der Dreh zu *Lady of the Tropics*, dem sie eher skeptisch entgegensah.

Sie hatte das Drehbuch gelesen und war, gelinde gesagt, erschüttert. Der Film war eine Soap Opera oder ein *Weepie*, ein Film, der das Publikum zu Tränen rühren sollte. *Lady of the Tropics* erzählte die tragische Geschichte einer Frau gemischter ethnischer Herkunft, die sich unglücklich in einen weißen Mann verliebte und am Ende dramatisch starb. Nachdem sie sich mit dem Drehbuch beschäftigt hatte, kam es Hedy nicht vor wie ein Film, für den sie wirklich schauspielerische Fähigkeiten aufbringen musste.

Aber – und das entschädigte das billige Skript – sie würde mit Adrian arbeiten, zum ersten Mal, seitdem sie in Hollywood weilte. Adrian war *der* Designer von MGM. Seine Kostüme waren legendär und jede Schauspielerin hoffte, einmal einen seiner unverwechselbaren Looks tragen zu dürfen.

Hedy war sehr gespannt, was für ein Mensch Adrian wohl war. Es hieß, dass er schnell aufbrausend wurde und sich von Schauspielern niemals in seine Entwürfe hineinreden ließ. Stockschwul wäre er und möge keine Frauen. Das konnte Hedy sich nicht vorstellen: ein Mann, der Frauen hasste, würde niemals dermaßen opulente und ihnen schmeichelnde Kostüme entwerfen.

»Adrian. Adrian. Adrian.« Gene blickte über den Rand der Zeitung, die er las. »Seit Stunden höre ich nichts anderes als diesen Namen. Muss ich eifersüchtig sein?«

»Du weißt doch, dass Adrian Männer liebt.«

»Da bist du nicht auf dem neuesten Stand, Darling.« Nun ließ Gene die Zeitung zumindest so weit sinken, dass Hedy seine

Nase und seine Augen sehen konnte. »Man munkelt, er habe eine Liaison mit Janet Gaynor begonnen.«

»Tatsächlich?« Hedy machte große Augen. »Gut, dass du mir das sagst, dann werde ich besser nicht über sie reden. Wie war dein Tag?«

»Gut«, brummte er und hob die Zeitung wieder vor sein Gesicht. Dabei hatten sie sich in den letzten Wochen kaum gesehen, weil er an einem Buch schrieb und sie *I take this Woman* drehte und sich auf *Lady of the Tropics* vorbereitete. Außerdem hatte Hedy feststellen müssen, dass sie und ihr Mann äußerst unterschiedliche Vorstellungen vom Zusammenleben hatten.

Gene genoss es, in Hollywood zu leben. Er liebte Partys, Premieren, Menschenmengen, Ausgehen – all das, was sie als lästige Pflicht empfand, die zu ihrem Job nun einmal dazugehörte. Sie hatte gehofft, dass sie mehr Zeit gemeinsam zu Hause verbringen würden, dass sie einander von ihrem Tag berichteten, die kleinen und großen Geheimnisse des Hollywood-Lebens miteinander teilten und einander unterstützten.

Stattdessen war sie mit Mitzi und Ericka meist allein zu Hause. Obwohl Hedy gern Zeit für sich hatte, Zeit zu malen, Zeit, ihre Gedanken spielen zu lassen und über Erfindungen nachzugrübeln, fühlte es sich trotzdem leer an, weil sie verheiratet war. Und weil Gene die Markierungen setzte und bestimmte, wann das Ehepaar etwas gemeinsam unternahm und wann nicht. Er war derjenige, der kam und ging, wie es ihm passte, während sie brav zu Hause blieb und auf ihren Ehemann wartete.

Was mache ich nur falsch, dass ich immer wieder an Männer gerate, die mich ans Haus binden wollen, während sie selber spannende Abenteuer erleben?

Vielleicht hätte sie stärker an Reginald festhalten sollen. Mit ihm hatte sie über alles reden können, er hatte sich für ihr Leben interessiert und viele Erfahrungen mit ihr geteilt. Außerdem war er Europäer wie sie; inzwischen hatte Hedy feststellen müssen, dass es doch erhebliche Unterschiede im Denken der Alten und der Neuen Welt gab.

Nein, was rede ich mir ein? Reggie und ich waren einander einfach viel zu ähnlich. Wir wären nicht wirklich glücklich miteinander geworden. Ich muss mich einfach mehr um Gene bemühen.

»Was hast du morgen vor?«, fragte sie ihren Ehemann, als die Stille erdrückend wurde.

Erneut senkte die Zeitung sich wieder ein bisschen. »Das weiß ich noch nicht, ich entscheide das spontan, Darling.« Sie konnte den Ausdruck in seinen Augen nicht deuten. »Du bist doch sowieso meist zu müde.«

»Aber ich möchte das Leben wieder genießen. Und ich möchte es mit dir genießen.«

»Schön«, lautete seine Antwort und Gene hob die Zeitung wieder an, beinahe wie einen Wall, den er zwischen ihnen aufbaute.

»Gute Nacht.« Sie hoffte, dass er ihr ins Schlafzimmer folgen würde, doch Gene hob die knisternde Zeitung nur noch höher, was Mitzi fauchen ließ.

Am nächsten Morgen wurde sie bereits vor ihrer Garderobe erwartet.

»Miss Lamarr, nehme ich an«, sagte der hochgewachsene schlanke Mann und musterte Hedy von oben bis unten. Dann beschrieb er mit dem Zeigefinger einen Kreis, und sie drehte sich einmal um die eigene Achse.

»Schön«, bemerkte er. »Sehr schön.«

»Mr Adrian, nehme ich an«, antwortete Hedy mit einem Lächeln.

»Einfach nur Adrian«, sagte er. Er hatte ein großes Grübchen am Kinn und ein langes, schmales Gesicht, was ihn ein wenig wie ein fröhliches Pferd aussehen ließ. »Wir haben Großes miteinander vor. Haben Sie schon von dem 25 Kilo schweren Kleid gehört, das ich für Sie schneidern werde?«

»Ich habe darüber in der Kolumne von Jimmie Fidler gelesen. Fünfundzwanzig Schneiderinnen haben drei Wochen daran gearbeitet. Ist das Ihr Ernst?«

»Selbstverständlich nicht.« Er lachte laut auf. »Ich bin kein Menschenschinder und erwarte nicht, dass eine schmale Frau wie Sie 25 Kilo schleppt und dabei noch tanzt.«

»Das beruhigt mich sehr.«

»Aber ich kann Ihnen nicht versprechen, dass es nicht einmal ein Kostüm geben wird, für das Sie mich verfluchen werden.«

»Solange ich darin gut aussehe, verfluche ich Sie nicht. Versprochen.«

Beide schwiegen einen Moment, dann zwinkerte Adrian ihr zu. »Sie sind eine Frau nach meinem Geschmack.«

»Danke, und Sie ein Mann nach meinem.«

Er reichte ihr die Hand zu einem überraschend festen Händedruck. Dann zog er sie hinter sich her. »Kommen Sie, ich möchte Ihnen zeigen, was ich mir für Ihre Rolle überlegt habe.« Er blieb stehen und flüsterte ihr verschwörerisch zu. »Wenn die Geschichte schon kitschig ist, müssen Sie das durch blendendes Aussehen korrigieren.«

»Und dabei werden Sie mir behilflich sein.«

»Auf jeden Fall.« Er führte sie zu einem Raum, der doppelt so groß war wie Hedys Garderobe. Überall lagen Modeskizzen,

Stoffproben, Pailletten glitzerten, Goldfäden schimmerten. Sie fühlte sich wie im Märchen. Schuhe in unterschiedlichsten Größen und Farben lagen und standen überall verteilt. Hedys Blick fiel auf ein Paar rote Slipper, und sie fragte sich, wer diese wohl tragen würde, und in was für einen Film sie passten.

◐ ◐ ◐

Obwohl sie wenig von dem Skript von *Lady of the Tropics* hielt, freute Hedy sich, wie reibungslos die Dreharbeiten verliefen. Der Regisseur Jack Conway äußerte sich zufrieden über ihre schauspielerischen Leistungen, und der Produzent Sam Zimbalist war ebenfalls begeistert von ihr und bezeichnete sie gegenüber dem *Time Magazine* als uneitle, hart arbeitende Schauspielerin, was Hedy sehr freute.

Die Arbeit mit Robert Taylor war ein reines Vergnügen, besonders nach den Unstimmigkeiten zwischen Spencer Tracy und ihr. Der Mann mit dem perfekten Profil war erfreulich uneitel und sehr hilfsbereit.

Aber man konnte es drehen und wenden, wie man wollte, die Geschichte war einfach schlecht. Hedy fürchtete, dass *Lady of the Tropics* diese Art von Film war, die weder Publikum noch Kritikern gefiel. Er war nicht *Weepie* genug, um die Zuschauer zum Weinen zu bringen, und nicht anspruchsvoll genug, um die Kritiker zu überzeugen.

Und ihre Rolle? Hedy fand, das einzig Gute an Manon waren die wunderbaren Kostüme und Turbane, die sie tragen durfte. Aber sollte sie jetzt für immer auf die exotische Schönheit, die Männer verwirrt, festgelegt werden? Das war nicht das, was Hedy sich für ihr Schauspielerleben gewünscht hatte.

Ein kleines Trostpflaster war ihr jedoch, dass Louis B. Mayer Phyllis Loughton zurückgeholt hatte, damit sie Hedy in diesem Film zur Seite stehen konnte. Gemeinsam mit ihrer geliebten Schauspiellehrerin versuchte Hedy, der Rolle der Manon de Vargnes etwas mehr Tiefe und Charakter zu verleihen. So konnte sie zumindest sagen, sie habe ihr Bestes gegeben, und mehr konnte man nicht verlangen.

Die Dreharbeiten endeten am 26. Juni. Für Hedy war das ein besonderes Datum, denn endlich hatte sie ihren ersten MGM-Film im Kasten. Auf der anschließenden Party schenkte Hedy der schwangeren Phyllis Loughton einen englischen, zusammenklappbaren Kinderwagen. Sie selbst musste Tränen der Rührung zurückhalten, als die Crew ihr Blumen überreichte. Eine Geste, mit der sie nicht gerechnet hatte.

»Es war eine Freude, mit euch allen zu arbeiten, und ich hoffe, der Film erhält seinen verdienten Applaus«, sagte sie.

Lady of the Tropics musste einfach ein Erfolg werden, sonst wäre Hedys Position bei MGM in Gefahr. *I take this Woman* wartete auf seine Fertigstellung, ein neues Projekt war nicht in Sicht. Ihr war sehr mulmig bei der Vorstellung, dass ihre berufliche Zukunft auf diesem Melodram basierte.

KAPITEL 19

Los Angeles, Sommer 1939

Als wären ihre Sorgen, ob *Lady of the Tropics* ein Flop werden würde, nicht bereits anstrengend genug, kam es in Hedys Ehe immer öfter zu Streitigkeiten. Gene lebte auch als ihr Ehemann weiter wie bisher, als wäre er noch immer ein Junggeselle. Verschlimmert wurde dies durch Hedys wachsenden Wunsch, endlich Mutter zu werden.

Bei Fritz hatte sie zu verhindern gewusst, schwanger zu werden – und bei Gene, mit dem sie so unbedingt eine Familie gründen wollte, da wollte es ihr nicht gelingen. Das Leben konnte manchmal furchtbar ungerecht sein.

»Gene, ich wünsche mir wirklich ein Kind.« Hedy kämpfte mit den Tränen. »Es tut mir so leid, dass ich einfach nicht schwanger werde.«

Sie konnte ihrem Ehemann ansehen, wie unangenehm ihm die Situation war. Gene hatte viele Stärken, aber Tränen einer Frau auszuhalten – das gehörte nicht dazu.

Hedy hoffte, dass ein gemeinsames Kind ihn häuslicher werden lassen würde, denn sie kannte ihren Ehemann als liebevollen Vater für Melinda. Wenn Joan Bennett Genes Zuneigung zu seiner Tochter nur nicht ausnutzen würde, um einen Keil zwischen Hedy und ihren Mann zu treiben …

»Hedy, mein Schatz.« Gene griff nach ihrer Hand. »Sicher

würde ich mich über ein Kind mit dir freuen, aber ich habe bereits zwei Kinder, die ich beide sehr liebe. Und ich liebe dich.«

»Ich liebe dich auch, aber für mich gehören Kinder zu einer Familie dazu.« Nun lächelte sie wieder ein wenig. »Als Kind hatte ich eine Puppe, Beccacine. Früher habe ich mir immer vorgestellt, sie wäre mein Kind.«

Obwohl sie Gene liebte und ihm vertraute, behielt sie lieber für sich, dass Beccacine in einer der hinteren Ecken ihres Schranks ihre neue Heimat gefunden hatte. Auch wenn die Puppe inzwischen unansehnlich und schmuddelig war, liebte Hedy sie immer noch. Vielleicht, weil Beccacine sie an ihre glückliche Kindheit in Wien erinnerte.

»Hedy, wenn es dir so wichtig ist, können wir auch ein Kind adoptieren.«

Seine Bereitschaft, ein fremdes Kind bei sich aufzunehmen, überraschte sie. Bisher hatte sie immer gedacht, eine Familie, das wäre sie, ihr Ehemann und ein eigenes Baby.

»Eine Adoption?«, überlegte sie laut. »Daran habe ich noch gar nicht gedacht. Aber meinst du, wir kämen dafür überhaupt infrage?«

Hedy wusste nicht viel über das amerikanische Adoptionsrecht, aber sie hatte gehört, dass die Regeln sehr strikt waren und Wert darauf legten, dass die Adoptivkinder in »geregelten Verhältnissen« aufwuchsen. Sie konnte sich nicht vorstellen, dass Genes und ihr Beruf den Vorstellungen der Adoptionsbehörde entsprachen.

»Glaubst du, sie würden zwei Künstlern ein Kind anvertrauen?«

»Nun, wenn wir es nicht probieren, werden wir es nie erfahren.« Gene zog sie zu sich heran und küsste sie sanft. »Darling, ich werde mich darum kümmern.«

◐ ◐ ◐

»Guten Morgen, Miss Lamarr. Es ist ein schöner Tag, nicht wahr?« Ihr Chauffeur Marvin Neal hielt ihr die Tür auf. »Ins Studio?«

»Ja, bitte.« Hedy rieb sich mit den Fingern die Stirn. Seit dem Aufwachen hatte sie furchtbare Kopfschmerzen. Sie suchte in ihrer Tasche nach einer Sonnenbrille, weil ihr die ewige Sonne Kaliforniens heute zu grell erschien. Sie konnte sich nicht erklären, warum ihr Schädel dröhnte, als ob sie zu viel Alkohol getrunken hätte. Dabei war sie gestern nur lange wach geblieben, um auf Gene zu warten, der erst nach Mitternacht nach Hause gekommen war. So konnte es nicht weitergehen.

»Was drehen Sie heute?« Marvin warf ihr einen Blick durch den Rückspiegel zu. Von allen Chauffeuren, die ihr MGM geschickt hatte, war er ihr der liebste gewesen. Daher hatte Hedy das Studio gebeten, ihr den kräftigen Mann als ständigen Fahrer zu stellen. Hedy hatte Marvin das Gartenhäuschen als Wohnung angeboten, was er dankend angenommen hatte, damit er nicht morgens und abends die Strecke bis zu ihrem Haus zweimal fahren musste.

»Sie können auch gerne Ihre Frau mitbringen und Ihre Kinder«, hatte Hedy ihm ebenfalls nahegelegt. »Es wäre schön, Kinder hier zu haben.«

»Besser nicht.« Mehr hatte Marvin nicht gesagt, was Hedys Neugier geweckt hatte. Aber der Chauffeur schwieg sich über sein Privatleben aus, was Hedy letztlich respektierte.

»Wir müssen ein paar Szenen von *Lady of the Tropics* neu drehen«, beantwortete Hedy seine Frage. »Uns bleibt nicht mehr viel Zeit bis zur Premiere.«

»Sind Sie mit dem Film zufrieden?«

»Ich weiß es nicht.« Sie seufzte. »Immer wenn ich mir die Vorversionen anschaue, zweifle ich an mir. Oder ich halte mich für großartig.«

»Meiner bescheidenen Meinung nach trifft Letzteres zu.«

Sie lachte. Die Unterhaltung mit Marvin tat ihr gut und linderte selbst die Kopfschmerzen.

»Ich scheine nicht in der Lage zu sein, mir wirklich ein objektives Bild von meiner Arbeit zu machen.« Hedy verzog das Gesicht. »Ich muss auf die Kritiken warten. Voller Panik.«

Marvin lenkte den Wagen geschickt aus der Einfahrt. »Damit sind Sie nicht alleine. Fast alle Stars, die ich gefahren habe, haben sich vor den Kritiken gefürchtet. Das gehört wohl leider zum Künstlersein dazu.«

»Ich fürchte, Sie haben recht, Marvin.« Hedy schloss die Augen und lehnte sich zurück, für den Chauffeur das Zeichen zu schweigen. Als sie in Culver City ankamen, räusperte er sich diskret und Hedy öffnete die Augen.

»Bis heute Abend, Marvin.« Der Chauffeur war ausgestiegen und hielt ihr die Tür auf. »Danke.«

»Dieselbe Zeit wie gestern?«

»Dieselbe Zeit.« Das hatte sich als ihr Abschiedsritual eingebürgert. Hedy sah ihm nach, als er sich mit der großen Limousine in den laufenden Verkehr einfädelte. An Tagen wie heute beneidete sie Marvin um seine Arbeit. Nicht, dass sie gerne das riesige Auto gefahren hätte, aber sein Job war so eindeutig, so klar. Nicht so von Zweifeln und Höhen und Tiefen durchsetzt wie ihr Beruf. Nach dem berauschenden Erfolg von *Algiers* hatte sie sich gefühlt wie die Königin der Welt, doch nun fürchtete sie, durch *Lady of the Tropics* von ihrem Thron gestoßen zu werden und tief zu stürzen.

Am Theater hatte es ihr besser gefallen, aber leider ließ sich dort nicht das Geld verdienen, das sie brauchte, um ihre Mutter aus Europa zu holen und sich hier ein Leben aufzubauen. Dafür musste man eben die Kunst opfern und auch ein Stück der Seele.

◐ ◐ ◐

Gene kümmerte sich, wie er es versprochen hatte, um die Adoption. Aber das Verfahren war nicht einfach. Wie Hedy befürchtet hatte, galten eine Schauspielerin und ein Drehbuchautor nicht gerade als die Traumeltern der Adoptionsbehörde.

Als wäre das nicht bereits nervenaufreibend genug, verschwand Mitzi eines Tages. Die Katze war abends in den Garten gestromert und am Morgen nicht zurückgekehrt. Obwohl Hedy Zettel aufhängte und ihre Nachbarn befragte, blieb Mitzi verschwunden. Entweder hatte sie sich einen neuen Platz zum Leben gesucht oder – und, das fürchtete Hedy, war die Wahrheit – die Katze war Kojoten zum Opfer gefallen, die sich bis an die Hedgerow Farm heranwagten.

Um Hedy zu trösten, schenkte Gene ihr eine Dogge, die so laut bellte, dass sie den Hund Donner nannten. Donner war ein gutmütiger, freundlicher Kerl, allerdings sehr tollpatschig. Immer wieder wischte er Vasen mit Blumen oder Tassen voller Kaffee durch wildes Schwanzwedeln von Tischen und Kommoden.

Hedy liebte den Hund trotz seiner Marotten, aber sie vermisste das Zusammenleben mit Mitzi mehr als sie gedacht hätte.

Also bat sie Bette Davis, die sich für den Tierschutz engagierte, ihr im Tierheim eine Katze ausfindig zu machen.

»Was möchtest du für eine?« Bette klang sehr erfreut, dass Hedy ein Tier adoptieren wollte. »Siam? Perser? Russisch Blau?«

»Was soll das sein?«

»Katzenrassen. Die meisten Schauspieler mögen Siamkatzen. Vivien Leigh und Carole Lombard haben welche.«

Hedy überlegte. Bisher hatte sie sich keine Gedanken darüber gemacht. »Gibt es die alle im Tierheim?«

»Ja, aber die bleiben meist nicht lange, weil Rasse immer gesucht wird.« Bette seufzte leise. »Und die Kätzchen gehen weg, weil sie niedlich sind. Die normalen Hauskatzen hingegen …«

»Ich nehme eine, die sonst niemand haben will«, beschloss Hedy spontan.

»Wirklich? Das Alter ist dir ebenfalls egal?«

»Such mir einfach eine aus, die zu mir passen könnte.«

»Darling, du bist ein Schatz.«

Zwei Tage später brachte Bette ihr eine gewaltige Katze, ebenfalls grau getigert wie Mitzi, die Hedy von oben bis unten musterte.

»Sie mag dich.«

»Ich nenne sie Gertrude.«

Trotz ihres kritischen Blicks erwies sich Gertrude als kuschelige Katze, die Streicheleinheiten genoss und Hedy folgte wie ein Hund.

◐ ◐ ◐

»Darling, ich habe eine Überraschung für dich.« Genes Lächeln verriet ihr, was er im Schilde führte.

»Wir bekommen ein Kind?« Die Hoffnung war so stark in ihrem Herzen, dass sie beinahe ohnmächtig wurde.

»Einen kleinen Jungen. Er heißt James. Ich werde ihn Jimmy nennen.«

»Wann? Wann können wir ihn sehen? Was weißt du über ihn? Was ist James für ein Kind?« Sie hatte so viele Fragen, doch ihr Ehemann zuckte nur mit den Schultern.

»Ich weiß kaum mehr als du, Darling. James ist am 6. März in Los Angeles geboren.« Er gab ihr einen Kuss. »In zehn Tagen können wir ihn zu uns holen.«

Hedy konnte es kaum erwarten, bis sie endlich James kennenlernen durfte. Drei Monate alt war ihr Kind. Als Hedy das Baby in ihre Arme schloss, fühlte sie sich zum ersten Mal seit Langem glücklich und vollständig. Genau wie sie es sich vorgestellt und immer gewünscht hatte.

Obwohl Gene geplant hatte, den kleinen Kerl Jimmy zu nennen, bürgerte sich Jamesie als sein Spitzname ein. Gertrude freundete sich sofort mit dem Kind an und ertrug es auch tapfer, wenn Jamesie seine Händchen in ihr Fell krallte. Donner hingegen war der Junge suspekt, und er versuchte, dem Kleinen weitestgehend aus dem Weg zu gehen.

Hedy und Gene bemühten sich, ihren Sohn möglichst aus den Klatschspalten herauszuhalten. Obwohl Hedda Hopper und Louella Parsons sie mehrfach um Interviews und Fotografien baten, ließen die frischgebackenen Eltern es nicht zu, dass Jamesie fotografiert wurde. Ihr Sohn sollte möglichst unbehelligt von Hollywood aufwachsen.

◐ ◐ ◐

Am 4. August hatte *Lady of the Tropics* Premiere in Hollywood. Auch dieses Mal fuhr Hedy mit einem eher mulmigen Gefühl ins Filmtheater, leider war sie zudem ohne Begleitung, denn Gene lag mit einer Lungenentzündung im Krankenhaus. Die Sorge um die Gesundheit ihres Ehemanns beschäftigte Hedy mehr als die Frage, ob der Film ein Erfolg würde. Sie wäre lieber bei Gene im Krankenhaus als im Kino, doch ihr Ehemann hatte ihr gut zugeredet: »Hedy, Darling, du musst das tun. Es ist dein erster Film für MGM. Und mir geht es bereits viel besser.«

Obwohl er tapfer gelächelt hatte, wirkte er bleich und müde. Sie konnte es kaum erwarten, die Premiere zu überstehen, um zu Gene ins Krankenhaus zurückzukehren.

Es machte sie traurig, allein über den roten Teppich zu schreiten. Robert Taylor kam mit Barbara Stanwyck, die er während der Dreharbeiten geheiratet hatte.

»Danke, Marvin«, sagte Hedy. »Hier steige ich aus.«

Es kam ihr unglaublich lange vor, seitdem sie mit Reggie zur Premiere von *Algiers* gegangen war. Was hatte sich inzwischen alles verändert! Sie besaß ein Haus, einen Hund, einen Garten – und war verheiratet. Außerdem hatte sie endlich ihren ersten Film für MGM gedreht. Und die Kirsche auf der Torte war Jamesie, den Hedy heiß und innig liebte.

Warum war sie nicht glücklicher?

Schon von Weitem hörte sie die Jubelschreie der Filmfans, die hinter den roten Seilen der Absperrung geduldig auf das Erscheinen ihrer Stars warteten. Hedy schob alle düsteren Gedanken beiseite, ihr Publikum hatte es verdient, die Hauptdarstellerin in ihrem Glanz und Glamour zu sehen und nicht mit einem traurigen Gesicht.

Als sie sich dem roten Teppich näherte, erklang frenetischer Applaus, begleitet von Begeisterungsrufen, für die Hedy sich mit Lächeln und Winken bedankte. Sie blieb stehen, ließ sich fotografieren und schüttelte Hände, bis sie das Zeichen erhielt, ins Kino zu gehen.

Wie sie es befürchtet hatte, fielen die Kritiken für den Film gemischt aus, ihre Performance jedoch erhielt berauschendes Lob. So konstatierte der Kritiker von *The Hollywood Citizen News*, dass es Hedys Schönheit wäre und nicht das Skript, das den Film rettete.

Zu Hedys besonderer Freude begeisterten sich die beiden wichtigsten Kolumnistinnen Hollywoods für ihr MGM-Debüt. Louella Parsons schwärmte, dass Jack Conway dafür gesorgt hatte, dass Hedy nicht nur so glamourös wie in *Algiers* aussah, sondern sich auch als Schauspielerin beweisen konnte. Und auch Hedda Hopper überschlug sich nahezu mit Lob über Hedys Auftritt in dem Film. Anscheinend hatte sie Hedys und Genes Fauxpas vergessen.

KAPITEL 20

Los Angeles, Herbst 1939

Während Hedy ihr frisches Familienglück mit dem kleinen Jamesie genoss, trafen aus Europa immer erschütterndere Nachrichten ein.

Reginald und auch Gene sowie viele der deutschen Immigranten sprachen davon, dass ein Krieg unvermeidlich wurde. Auch wenn sie zu jung war, um sich an den Großen Krieg zu erinnern, hatte Hedy Erzählungen ihrer Großeltern und Freunde ihrer Eltern über die Schrecken des Krieges gelauscht. Es erschien ihr unfassbar, dass Deutschland einen weiteren anzetteln würde. Doch am 1. September 1939 wurde sie eines Besseren, oder Schlimmeren, belehrt, als Deutschland Polen überfiel. Frankreich und Großbritannien hatten ein Ultimatum gestellt und dem Großdeutschen Reich schließlich den Krieg erklärt.

Hedys Ängste um die Sicherheit ihrer Mutter wuchsen ins Unermessliche, geschürt durch die lange Zeit, die Nachrichten aus Europa in die USA benötigten.

»Gene, hast du eine Idee, wie ich meine Mutter hierherholen kann?«

Ihr Ehemann schaute von der Zeitung hoch, hinter der er sich wieder einmal verbarrikadiert hatte.

»Du könntest mit L.B. sprechen, er kennt wirklich alle wichtigen Menschen, auch in Washington.« Zu ihrer Überraschung legte Gene die *Los Angeles Times* zur Seite, erhob sich und kam zu ihr, um ihre Hände in seine zu nehmen. »Wenn ich dir irgendwie helfen kann, sag es mir. Ich werde tun, was mir möglich ist.«

»Danke«, flüsterte sie und drückte seine Hände. Genes Mutter war kurz nach Hedys und Genes Hochzeit gestorben, was ihm einen schweren Schlag versetzt hatte. Hedy erinnerte sich voller Traurigkeit an die Tage im Krankenhaus, als Mrs Markey nicht sie sehen wollte, sondern stattdessen nach Joan Bennett und Melinda verlangte. Sie bedauerte sehr, Genes Mutter nicht besser kennengelernt zu haben.

Gene beugte sich vor, um ihr einen Kuss auf die Wange zu geben. Sie drehte ihren Kopf, damit ihre Münder sich trafen, aber es war ein äußerst leidenschaftsloser Kuss.

»Ich gehe in mein Erfinderzimmer und schreibe meiner Mutter einen Brief«, verkündete sie daher.

Wenige Minuten später saß sie grübelnd vor dem weißen Blatt Papier. So oft hatte sie Gertrude in unterschiedlichsten Worten gebeten, Wien zu verlassen. Obwohl man in Hollywood nur darüber flüsterte, konnte niemand sich dem Schrecken dessen entziehen, was die Nationalsozialisten Menschen jüdischen Glaubens antaten. Man raunte von Lagern, Arbeitslagern sagten einige, Todeslager sagten andere. Was immer auch davon stimmte, Hedy war sicher, dass ihre Mutter, die zarte, elegante Pianistin, niemals in einem dieser Lager überleben könnte. Gertrude musste ja nicht gleich nach Los Angeles übersiedeln, es würde reichen, wenn sie Freunde in London aufsuchte. Hauptsache, sie floh aus dem Einflussbereich Adolf Hitlers und seiner Anhänger.

Vielleicht würden ihr morgen passende Worte einfallen.

Hedy ließ unverrichteter Dinge den Stift sinken und ging ins Bett. Sie war eingeschlafen, bevor Gene ihr folgte.

Hedy kam es vor, als hätte sie sich gerade erst schlafen gelegt, als der Wecker klingelte. An diesem Morgen wollten Gene und sie gemeinsam frühstücken. Also musste der Brief an ihre Mutter noch etwas warten. Wenn Gertrude nicht bemerken konnte oder wollte, wie schlimm es um Österreich stand, dann würden die Worte ihrer Tochter, die Tausende von Kilometern von ihr entfernt lebte, sie bestimmt nicht dazu bringen, ihre Meinung zu ändern, wenn sie sie nicht überaus sorgfältig wählte. Es musste Hedy einfach gelingen, ihre Mutter nach Los Angeles einzuladen.

Jamesie!

Gewiss hätte Gertrude den Wunsch, ihren Enkel zu sehen. Es erschien Hedy vielversprechender, auf die Liebe einer Großmutter zu setzen als weiter vor den Gefahren durch die Nationalsozialisten zu warnen.

Hedy erhob sich und band sich ihre Schürze um. Seitdem Gene und sie verheiratet waren, fand sie Vergnügen daran, selbst in der Küche zu stehen. Sie schlug Eier auf, legte sie mit Schinkenstreifen in die Pfanne und schnitt frische Früchte und Brot auf.

Das würde ihre Mutter bestimmt belustigen. Hedy, die nie kochen gelernt oder Haushaltspflichten übernommen hatte, war nun ein Hollywood-Star, und stand morgens in der Küche wie eine Hausfrau, um ihrem Mann das Frühstück zuzubereiten. Plötzlich spürte sie, wie sich etwas Flauschiges an ihre Beine schmiegte, gefolgt von einem lauten Bellen. Die Katzen und der Hund waren wohl vom Duft des bratenden Schinkens angelockt worden und hofften auf ihren Teil.

Mitzi war vor zwei Wochen genauso überraschend wieder aufgetaucht, wie sie verschwunden war. Zuerst hatten Gertrude und sie sich angefaucht, dann aber gegen Donner verbündet – und inzwischen hatten sich die drei miteinander arrangiert. Hedy hatte die Katzen sogar einmal ertappt, wie sie an Donner gekuschelt schliefen.

Gene wollte nicht, dass sie die Tiere bei Tisch fütterte, aber Hedy konnte den bettelnden Blicken einfach nicht widerstehen. Heimlich steckte sie ihnen etwas zu, öffnete das Fenster und genoss die frische Brise eines leichten Windes. Das Wetter war so schön; es bot sich an, draußen zu frühstücken. Sie stellte Geschirr, Besteck, Brot und die Früchte auf ein Tablett und wartete, bis Eier und Schinken durchgebraten waren. Mit großen Schritten, gefolgt von Hund und Katzen, ging sie durch das Wohnzimmer, wo Donner zurückblieb und sich vor dem Kamin niederließ, seinem Stammplatz. Mitzi und Gertrude folgten Hedy in den Garten.

So muss ich wenigstens nicht allein frühstücken.

Mit einer geschickten Bewegung pflückte sie Mitzi vom Tisch, aber die Katze startete sofort einen zweiten Versuch.

»Guten Morgen, Darling.« Gene nahm ihr gegenüber Platz, die unvermeidliche Zeitung unter dem Arm. »Verschwinde, Katze.«

Beleidigt trottete Mitzi davon, Gertrude im Schlepptau.

»Ich fahre gleich zu MGM, möchtest du mit?«

»Nein, ich habe heute drehfrei und wollte die Sonne genießen. Vielleicht rufe ich nachher Greer und Ann an und lade sie ein.«

»Mach das.« Gene stopfte sich das Frühstück, das sie liebevoll zubereitet hatte, achtlos in den Mund, während er die Zeitung durchblätterte. Dann sprang er auf, küsste sie auf die Wange und eilte zur Tür. Über die Schulter rief er ihr zu: »Wahrscheinlich bin ich zum Abendessen nicht zurück. Warte nicht auf mich.«

Hedy war der Appetit vergangen. Um sich abzulenken, ging sie in ihre Bibliothek. Suchend stand sie vor den hohen Regalen, aber sie war nicht in Stimmung zu lesen. Ihr Blick fiel auf ihre Sammlung chinesischer Miniaturen. Nachdem Reginald ihr das erste Stück geschenkt hatte, hatte Hedy ihr Herz an diese wunderbaren kleinen Schnitzereien verloren. Sie hatte angefangen, sich einzulesen, mit Experten zu sprechen und genug Wissen anzuhäufen, um sich eine eigene kleine Sammlung aufzubauen. Sie könnte ihren freien Tag nutzen, Galerien in Los Angeles zu besuchen und zu schauen, ob es etwas Neues gab.

Vielleicht lag es an dem Misserfolg von *Lady of the Tropics,* vielleicht an der Erschöpfung, mit der sie seit Wochen und Monaten kämpfte, Hedy kam ihr Leben immer künstlicher und sinnloser vor. Fast täglich erreichten sie neuen Schreckensmeldungen aus ihrer geliebten Heimat Wien und aus Europa. Und sie saß hier in Hollywood, drehte kitschige Filme und verdiente damit unverschämt viel Geld.

Ich möchte etwas Sinnvolles tun. Ich möchte etwas dazu beitragen, dass die Welt ein besserer Ort ist.

Das, was ihr Flüchtlinge aus Deutschland unter der Hand erzählt hatten, erschien ihr so entsetzlich, dass Hedy es zunächst nicht wahrhaben wollte. Sie hatte in Berlin gelebt, hatte mit Deutschen Filme gedreht und mit einigen von ihnen Freundschaften geschlossen. Sie hatte ihre Zeit in Berlin genossen, obwohl bereits damals überall Anzeichen der Nationalsozialisten zu spüren waren. Aber trotzdem konnte sie sich nicht vorstellen, dass die Menschen, mit denen sie gefilmt, gefeiert und gelacht hatte, zu derartig furchtbaren Dingen fähig waren.

Die Grausamkeit der Nationalsozialisten machte anscheinend vor nichts halt. Deutsche U-Boote bombardierten Flüchtlingsschiffe, auf denen Frauen und Kinder versuchten, dem Schrecken zu entgehen. Je mehr Hedy darüber nachdachte, desto stärker wuchs ihr Wunsch, nicht länger stillschweigend zuzusehen und zuzuhören. Bei dieser Aufgabe würde ihre Schönheit ihr jedoch nichts nutzen, ihr Schauspieltalent womöglich ebenso wenig. Aber sie war mehr als ein Hollywood-Star, sie war eine Frau, die Ideen hatte, und vielleicht würde einer dieser Geistesblitze ja zu einer bedeutsamen Erfindung werden? Warum also sollte sie nicht auf diesem Feld reüssieren?

◐ ◐ ◐

»Du siehst erschöpft aus.« Greer musterte Hedy besorgt. »Schläfst du immer noch schlecht? Vielleicht solltest du die Schlaftabletten von Doctor Feelgood weglassen.«

»Ohne die käme ich überhaupt nicht zur Ruhe.« Hedy rieb sich die müden Augen. »Ich … ich mache mir furchtbare Sorgen um meine Mutter. Jetzt, wo wieder ein Krieg ausgebrochen ist.«

Ihre Hände zitterten so sehr, dass sie sich heißen Kaffee über die Finger schüttete. Der Schmerz war nichts im Vergleich zu dem, der ihr Herz umschloss. Es kam ihr nahezu unwirklich vor, hier mit ihren Freundinnen im blühenden Garten zu sitzen, umgeben von prachtvollen Paradiesvogelblumen und leuchtendem Hibiskus, gewärmt von der Sonne Kaliforniens. Hedy fühlte sich wie in einer Filmkulisse, als fände das wahre Leben ohne sie in Europa statt. An anderen Tagen wiederum erschien es ihr, als wäre ihr Leben in Hollywood das reale, während die Nachrichten vom alten Kontinent wirkten wie ein düsteres Melodram.

»Aber deine Mutter ist nicht mehr in Wien, und damit nicht mehr in Gefahr, oder?« Ann sah Hedy mitfühlend an. »Du gibst uns Bescheid, wenn wir irgendwie helfen können?«

»Ich weiß es nicht. Das Letzte, was ich von ihr hörte, war, dass sie bei Freunden in London unterkommen wollte. Ob sie es geschafft hat, weiß ich nicht.« Der Kloß in ihrem Hals wurde größer und größer, aber Hedy versuchte trotzdem, ihre Ängste in Worte zu fassen. »Aber wie lange ist London noch sicher? Viele glauben, dass der Krieg sich ausweiten wird.«

Kaum hatte Hedy die Worte ausgesprochen, wurde Greer entsetzlich blass. Wie hatte Hedy nur so gedankenlos sein können? Ein Teil von Greers Familie lebte in London.

»Es tut mir leid, Greer.«

»Das muss es nicht.« Ihre Freundin lächelte tapfer. »Du bist nicht die Erste, die mir davon erzählt. Zum Glück ist meine Mum hier, aber ich habe viele Freunde und Verwandte in ganz England. Ich hoffe, dass die Deutschen es nicht zum Schlimmsten kommen lassen werden.«

Für einen Moment kam es Hedy vor, als zöge ein Schatten vor die Sonne, und sie fröstelte. Auch Ann schien das zu spüren, denn sie rieb sich die Oberarme.

»Sie haben doch quasi gerade erst den Großen Krieg verloren«, flüsterte Ann. »Sie werden wohl nicht noch einmal gegen die ganze Welt antreten?«

»Ich verstehe die Deutschen nicht«, sagte Greer mit rauer Stimme. »Wie können sie dieser Witzfigur nur folgen?«

»Als ich in Berlin war«, flüsterte Hedy, »hat keiner geglaubt, dass Hitler an die Macht kommen wird. Die meisten haben sich über ihn lustig gemacht. Vielleicht hätten wir alle wachsamer sein sollen.«

Sie konnte nicht weitersprechen. Donner, der neben ihrem Stuhl lag, erhob sich und legte ihr seinen schweren Kopf auf das Knie, als spürte er ihre Sorge. Gedankenverloren strich sie ihm über den Kopf.

»Lasst uns bitte über etwas anderes reden.« Greers Augen glänzten verdächtig. »Ich fühle mich so hilflos hier in Los Angeles. Wenn ich beginne, über die Welt nachzudenken, möchte ich nur noch weinen.«

Hedy senkte den Kopf nur und schwieg. Donner legte sich wieder hin, ließ sie aber nicht aus den Augen. Ann spielte mit ihrer Kuchengabel, die dann klirrend auf dem Teller landete.

»Nun ist es wohl wieder an mir als Amerikanerin«, sagte sie mit aufgesetzt wirkender Fröhlichkeit, »euch Importe aus euren trüben Gedanken zu holen. Kommt, wir gehen an den Strand und reden nur über schöne Dinge wie die Liebe.«

»Ich lade euch zum Eis ein.« Als Hedy sich erhob, stand auch ihre Dogge auf und sah sie erwartungsvoll an. Donner hoffte wohl, dass sie ihn mitnähmen. »Tut mir leid, du bleibst hier.«

Auch Ann und Greer standen auf. Gemeinsam brachten sie das Kaffeegeschirr in die Küche, bevor sie in Anns Wagen stiegen. Obwohl sie sich alle bemühten, blieb die Stimmung gedrückt.

KAPITEL 21

Los Angeles, Winter 1939/1940

Fast zwei Monate konnte Hedy ungestört mit ihrem Sohn verbringen, bis die Dreharbeiten zu *I take this Woman* am 4. Dezember wieder aufgenommen wurden. Der dritte Regisseur sollte sein Glück mit dem Film versuchen. Es war W. S. van Dyke, der den Spitznamen »One-Take-Woody« besaß, weil er seine Dreharbeiten unglaublich schnell beendete, und nur selten einen zweiten oder dritten Take vornahm.

»Ich fürchte, selbst ein Josef von Sternberg oder ein Orson Welles könnte aus diesem Dreck von Drehbuch nichts Vernünftiges machen«, sagte er, als er mit Hedy über ihre Rolle sprach. »L.B. will, dass wir das Ding möglichst schnell im Kasten haben, damit seine Stars für Besseres frei sind. Also vergessen Sie alles, was kompliziert ist, spielen Sie einfach die Georgi Gragore und sehen Sie dabei gut aus.«

»Gut.« Hedy öffnete den Mund, um ihn etwas zu ihrer Rolle zu fragen, aber dann schwieg sie. Sie verstand zu gut, was der Regisseur meinte. Dieser Film war ein tot geborenes Kind, und man konnte nur versuchen, ihn möglichst schnell und mit möglichst wenigen Kosten zu begraben. »Stemmen wir den Dreh.«

»Schicken Sie mir Tracy rein«, sagte One-Take-Woody. Dann klopfte er ihr sanft auf die Schulter. »Das wird schon. Bei allem, was ich bisher von *I take this Woman* gesehen habe, haben Sie eine gute Figur gemacht.«

»Danke.« Sie schloss die Tür hinter sich und machte sich auf die Suche nach Spencer Tracy. Angst umklammerte ihr Herz. *Lady of the Tropics* war ein veritabler Flop gewesen und *I take this Woman* war auf dem besten Weg, ihm in den Untergang zu folgen. Wenn dieser Film ebenfalls an den Kinokassen scheiterte, sank ihr Stern in Hollywood schneller als man »Kassengift« buchstabieren konnte.

Wie ungerecht das System war! MGM suchte den Film für sie aus, bestimmte den Regisseur, legte ihre Kollegen fest, ohne Hedy auch nur ein bisschen Mitspracherecht zu gewähren, aber wenn der Film ein Misserfolg wurde, musste sie es ausbaden.

In diese düsteren Gedanken versunken hätte sie Spencer Tracy beinahe übersehen, der in einer dunklen Ecke des Studios hockte und rauchte. Als sie näher kam, erkannte sie, dass er glasige Augen hatte. Wahrscheinlich hatte er bereits einen Whisky getrunken.

»Hallo, Spencer.« Hedy bemühte sich um ein Lächeln, sie fürchtete den weiteren Dreh mit Spencer Tracy. Besonders, weil sein Gesichtsausdruck überdeutlich davon sprach, wie wenig Interesse er an der Zusammenarbeit mit ihr hatte.

»Hallo, Hedy.« Er drückte seine Zigarette aus. »Lass uns das Ganze schnell in den Kasten bringen, damit wir uns vernünftigen Projekten zuwenden können.«

Hedy konnte nur nicken. Die Schauspieler, die Kameraleute, die Maskenbildner, der Regisseur, überhaupt jeder, der mit *I take this Woman* beschäftigt war, bemühte sich, das Projekt zu einem glücklichen Ende zu führen, aber die Stimmung am Set blieb hoffnungslos. Zu lange hatten die Dreharbeiten gedauert, zu häufig waren Drehbuch und Regisseur gewechselt worden.

Woody van Dyke schaffte es schließlich wirklich, den unglückseligen Film in 23 Tagen fertigzustellen, so dass er kurz vor Weihnachten Premiere feiern konnte. Louis B. Mayer, der sich zu Anfang ständig in die Dreharbeiten eingemischt hatte, hatte inzwischen jegliches Interesse an dem Film verloren. Hedy sah ihren Chef wie kaum noch. Von Ida Koverman erfuhr sie, dass Mayer enttäuscht war vom mangelnden Erfolg und den schlechten Reviews zu *Lady of the Tropics*.

»Ich habe gute Kritiken bekommen«, erwiderte Hedy leicht verärgert. »Selbst die Damen Hopper und Parsons waren voll des Lobes.«

Ida Koverman tätschelte ihr beruhigend die Hand, aber es half nichts.

»Ich …« Sie konnte nicht weitersprechen, denn langsam erschien Hedy ihre Zukunft in einem düsteren Licht. Sie hatte ein Haus gekauft, dessen Unterhalt nicht günstig war, sie besaß Personal, das bezahlt werden musste, sie war Mutter eines Sohnes, dem sie ein wunderbares Leben bescheren wollte, und sie hatte einen Ehemann an ihrer Seite, der weder ein regelmäßiges Einkommen besaß noch sich darum scherte. Wenn Mr Mayer ihr keine Rolle mehr gab, wusste sie nicht, wie sie alles bezahlen sollte.

»Darling«, begann Ida Koverman, die wahrscheinlich schon viele verzweifelte Schauspielerinnen getröstet hatte. »Es ist wie beim Roulette: Die Kugel läuft, und man kann nur beten und hoffen, dass sie die eigene Zahl trifft.«

»Ich verstehe es nicht.« Hedy schüttelte verzweifelt den Kopf. »Ich habe mir den Film nicht ausgesucht, ich habe mir die Rolle nicht ausgesucht, aber wütend ist Mr Mayer auf mich.«

»Es hat nichts mit Ihnen zu tun«, versuchte Ida, sie zu beruhigen. »Ich habe den Eindruck, L.B. hat keine Lust mehr auf das Filmemachen. Er verbringt mehr und mehr Zeit in seinem Rennstall und bei den Pferden. MGM ist nicht mehr seine oberste Priorität.«

»Und diesem wankelmütigen Mann habe ich meine Zukunft anvertraut.« Hedy bemühte sich, ihre Stimme ruhig zu halten, denn Ida Koverman war ihrem Chef gegenüber loyal, selbst wenn sie Hedy mochte. »Meinen Sie, Mr Mayer gibt mir einen neuen Film?«

Obwohl sie die Frage gestellt hatte, hätte Hedy ihrer Freundin am liebsten gesagt, dass sie die Antwort keineswegs hören wollte, falls sie negativ war. Aber es hatte keinen Sinn, den Kopf in den Sand zu stecken. Sie musste erfahren, wie es um ihre Zukunft stand.

»Das kann man nie sagen.« Ida Koverman bemühte sich um ein aufmunterndes Lächeln. »Ich schaue mal in dem Stapel der Drehbücher, die bei uns liegen, ob etwas dabei ist, was Ihnen helfen kann.«

»Herzlichen Dank.« Hedy griff in ihre Tasche und holte ein in buntes Geschenkpapier eingewickeltes Kästchen heraus. »Wenn ich mich nicht irre, hatte Percy letzte Woche Geburtstag. Das ist eine Kleinigkeit.« Sie lächelte. »Es hat nur sehr wenige Kalorien.«

◐ ◐ ◐

Kurz nachdem *I take this Woman* endlich abgedreht war, reisten Gene und Hedy gemeinsam mit Genes Chef, Darryl F. Zanuck, und dessen Ehefrau Virginia Fox sowie dem Chef von United

Artist, Joseph M. Schenk, nach New York zur Ostküsten-Premiere von *The Grapes of Wrath* und *The Blue Bird*, bei denen Gene als Mitproduzent genannt wurde.

Hedy war trotz der vielen Sorgen bester Stimmung, denn Guy Lombardo, der Gründer des Orchesters *The Royal Canadians*, hatte Hedy in einem Interview *»Heaven with an Accent«* genannt. Gene fand es albern, aber Hedy gefiel es.

»Wenn du Wert darauf legst, denke ich mir ebensolche idiotischen Kosenamen für dich aus«, neckte er sie. »Ich dachte, meine Ehefrau stünde über solchen Albernheiten.«

»Keine Frau beschwert sich, wenn sie jemand *Himmel mit einem Akzent* nennt.«

»Wenn du mir das früher gesagt hättest, hätte ich mich bemüht, mir etwas Passendes auszudenken.« Gene runzelte die Stirn. »Wie wäre es mit *Stunner from Vienna*?«

»Bitte, bitte, hör auf. Ich möchte gar nicht wissen, was du dir noch einfallen lassen würdest.«

Zum ersten Mal seit Langem verstanden Gene und sie sich wieder. Es war fast wie in der ersten Phase ihrer Verliebtheit. Gene kümmerte sich um sie, führte sie zum Essen aus und suchte Abendunterhaltungen aus, die ihnen beiden gefielen. Und er fragte sie endlich wieder einmal nach ihrer Meinung.

»Wie gefallen dir die Filme?« Gene legte den Kopf schief. »Meinst du, sie werden Erfolge?«

»Das fragst du gerade mich?« Hedy zuckte mit den Schultern.

»Sag mir einfach, was du denkst.«

»Also gut, *The Blue Bird* ist eine kitschige Geschichte mit einer schmalzigen Botschaft.« Hedy zog die Nase kraus. »Aber er hat Shirley Temple in der Hauptrolle, und das reicht für einen Hit, denke ich.«

»Habe ich dir schon erzählt, dass der blaue Vogel ein Honorar von 50 Dollar am Tag erhalten hat?« Das war Genes Art, ihr zu sagen, dass er ihre Ansicht teilte. »Und du wirst es nicht glauben, nach dem Abschluss der Dreharbeiten ist er in die Freiheit entflogen.«

»Kluger Vogel.«

»Was hältst du von *The Grapes of Wrath*?«

Jetzt musste Hedy etwas länger überlegen, der Film hatte sie zutiefst beeindruckt, aber sie konnte sich kaum vorstellen, dass er ein Publikumserfolg werden würde.

»Henry Fonda ist großartig, und John Ford einer der besten Regisseure, aber die Geschichte ist ganz anders als alles, was sonst aus Hollywood kommt«, versuchte sie, ihre Zweifel in Worte zu fassen.

»Sie ist ehrlicher, meinst du nicht auch?«

»Aber wollen die Kinogänger wirklich Filme über Menschen von heute sehen, die sich kaum durchschlagen können?«

»Das Buch war ein Bestseller.«

»Dann wird es der Film auch.« Hedy drückte seine Hand. »Die Kritiker werden ihn gewiss lieben.«

»Apropos«, wechselte Gene das Thema. »Hier habe ich etwas für die Liebe meines Lebens.«

Sie wusste nicht, wie er es so kurzfristig geschafft hatte, aber er hatte Karten für ein Broadway-Stück am nächsten Abend bekommen. In Hedy regte sich ein Fünkchen Zuversicht, dass sie und Gene vielleicht doch noch zu ihrem gemeinsamen Glück finden könnten.

◐ ◐ ◐

Hedys Hoffnung, dass ihre Ehe gerettet werden könnte, schwand genauso schnell wie ihre Erinnerungen an die wunderbare gemeinsame Zeit in New York. Kaum waren sie von der Ostküste an die Westküste zurückgekehrt, nahm Gene sein Party- und Premierenleben wieder auf. Hätte es Jamesie nicht gegeben, hätte Hedy sich auf der Hedgerow Farm sehr einsam gefühlt.

»Ist er nicht ein kleiner Sonnenschein?« Hedy schaute in die Wiege, und ihr Herz floss über vor Liebe. Sie strich ihrem Sohn sanft mit dem Zeigefinger über die Wange. Er lag auf dem Rücken, die Augen geschlossen, die winzigen Hände zu Fäusten geballt, die er neben seinen Wangen hielt. So sah er aus, als wäre er bereit, der ganzen Welt gegenüberzutreten.

»Er ist ein wunderschönes Kind«, bestätigte Worth Hollings, James' Nanny. Sie liebte den Kleinen ebenso wie Ericka Manthey und auch Marvin Neal. Eigentlich liebte jeder Mensch den immer fröhlichen Jungen.

»Wir müssen leise sein«, flüsterte Hedy, »damit wir Jamesie nicht aufwecken.«

»Wenn der kleine Engel schläft, dann schläft er tief und fest. Er ist so ein leichtes Kind. Ein guter Junge.«

»Ist mein Mann schon zu Hause?«, erkundigte sich Hedy, obwohl sie bereits ahnte, wie die Antwort lautete.

»Tut mir leid, er hat angerufen, es wird heute wieder später werden.«

Selbst das Kindermädchen hatte es bereits mitbekommen, wie angespannt die Stimmung im Hause Markey-Lamarr war. Hedy holte tief Luft. So konnte es nicht weitergehen. Sie hatte gehofft, dass die Adoption von James ihre Ehe kitten würde, aber Gene lebte weiter das glamouröse Hollywoodleben. Nur für Melinda fand er immer Zeit, dabei hatten Gene und sie vor der

Adoption lange und intensiv darüber gesprochen, was es bedeutete, ein fremdes Kind als eigenes anzunehmen. Im Nachhinein hätte Hedy wohl skeptischer sein müssen, denn ihr Ehemann hatte vorher schon seine leibliche Tochter seiner Adoptivtochter Diana vorgezogen. Doch sie hatte sich so sehr ein Kind gewünscht, dass sie alles ausgeblendet hatte, was diesem Wunsch entgegenstand. Sagten nicht die Chinesen: Wen die Götter strafen wollen, dem erfüllen sie die Wünsche?

1940

»Das Gehirn der Menschen
ist interessanter als ihr Aussehen.«

Hedy Lamarr

KAPITEL 22

Los Angeles, Anfang 1940

Hedy musterte sich im Spiegel. Sie sah weitaus besser aus als sie sich fühlte. Am liebsten hätte sie sich mit einem Buch und den beiden Katzen ins Bett verkrochen. Dabei erinnerte sie sich daran, wie schwer es ihr vor zwei Jahren gefallen war zu verstehen, dass Charles Boyer und Sigrid Gurie der Premiere von *Algiers* hatten fernbleiben können. Und doch verspürte sie heute selbst den Wunsch, sich ihren neuen Film nicht anzuschauen. Der zweite Film für MGM – und der zweite Film, der höchstwahrscheinlich ein Misserfolg sein und dazu führen würde, dass ihr Triumph von *Algiers* in Vergessenheit geraten würde.

Am liebsten hätte sie vor Frustration ihre Faust gegen die Wand geschlagen. Es war so unfair! Selbst bei *Ekstase* war es anders gewesen. Hedy hatte die Entscheidung getroffen, in diesem Film mitzuspielen, obwohl sie wusste – oder vielleicht, weil sie wusste –, was für einen Skandal er hervorrufen würde.

Das Einzige, was sie an der Entscheidung für diesen Film bedauerte, war die Wirkung, die er auf ihre Eltern gehabt hatte. Beide waren zutiefst enttäuscht und erschüttert gewesen, das hatte Hedy nur schwer ertragen.

Nun allerdings würde sie zur Verantwortung gezogen werden für einen Film und eine Rolle, die sie niemals selbst ausgewählt hatte. Sie lächelte trüb ihrem Spiegelbild zu, als ihr die

Ironie ihres Schicksals bewusst wurde. Sie war aus Wien geflohen, um der Bevormundung eines älteren Mannes zu entgehen, und befand sich nun in Hollywood erneut in der Situation, dass ein alter Mann – Louis B. Mayer – ihr vorschrieb, welche Rolle sie zu spielen hatte, sowohl im Film als auch im wahren Leben.

»Bist du immer noch nicht fertig?«, hörte sie Genes Stimme aus dem Wohnzimmer nach ihr rufen. »Wenn du nicht gleich kommst, werden wir zu spät sein. Und das wäre unangenehm.«

Ja, das wusste Hedy selbst. Aber Gene sollte doch nachvollziehen können, warum Hedy sich davor drücken wollte, an der Premiere von *I take this Woman* teilzunehmen.

Und es kam, wie sie befürchtet hatte: Das Publikum reagierte mit verhaltenem Applaus. Myrna Loy und Bette Davis gratulierten Hedy dafür, dass sie das Beste aus einer kitschigen Rolle gemacht hatte. Louis B. Mayer nickte ihr zu, sein verkniffener Mund ließ sie das Schlimmste befürchten. Wie konnte sie ihn nur davon überzeugen, dass sie Rollen mit mehr Tiefgang spielen konnte? Gefühle zu zeigen und vielleicht gar ihr komödiantisches Talent, denn ja, dann würde ihr Stern wieder hoch über Hollywood stehen. Da war Hedy sich sicher.

»Bitte, lass uns nach Hause fahren«, bat sie Gene. »Ich habe Kopfschmerzen.«

»Marvin kann dich fahren, ich gehe zur Party, damit ich dir berichten kann, wie der Film angekommen ist.«

Einen Moment lang wollte sie ihm eine Szene machen, wollte ihn vor dem prominenten Publikum anschreien, wie er es wagen könnte, sie mit einer solch fadenscheinigen Ausrede im Stich zu lassen. Stattdessen aber lächelte sie und gab ihm einen Kuss auf die Wange. »Ich schlafe heute in meinem Erfinderzimmer, da störst du mich nicht, wenn du nach Hause kommst.«

Am nächsten Morgen holte Hedy sich die Zeitungen, nachdem sie sich ein ausgiebiges Frühstück mit vielen süßen Leckereien gegönnt hatte. Diesen Seelentrost würde sie sicherlich gut gebrauchen können.

Nachdem sie die erste Kritik gelesen hatte, begann sie zu weinen, obwohl sie dachte, sie hätte sich innerlich gegen den Schrecken gewappnet.

»Ist es so schlimm?« Gene kam ebenfalls in die Küche, er hatte tiefe Tränensäcke unter den Augen, und seine Stimme klang rau.

»Schlimmer«, presste sie unter Schluchzen hervor. »Lies selbst.«

Sie reichte ihm die *Los Angeles Times.*

»Du wusstest es doch vorher«, versuchte Gene sie zu beruhigen, während Hedy die Tränen über die Wangen strömten. »Die Geschichte war von Anfang an verflucht.«

»Ich weiß«, antwortete Hedy und versuchte, die Fassung wiederzugewinnen. »Ich verstehe es nur nicht. Es waren eine großartige Besetzung, ein begnadeter Kameramann, nicht nur ein, sondern gleich drei außerordentliche Regisseure, prachtvolle Kostüme und eine ansprechende Musik. Eigentlich hätte es trotz des elendigen Skriptes ein Erfolg sein müssen.«

Doch die Kritiken waren noch nicht das Schlimmste. Das Publikum fand den Film so langweilig, dass es ihm zu einem Vergnügen wurde, zu zählen, wie oft Hedy mit kurzen Haaren einen Raum betrat, um ihn mit schulterlanger Frisur zu verlassen. Schließlich wurde es zu einem Sport, herauszufinden, in welchem Jahr wohl welche Szene gedreht worden war. Darüber wurde mehr gesprochen und geschrieben als über das Schauspieltalent der Beteiligten.

Jimmie Fidler nutzte den Flop natürlich, um wieder gegen

MGM zu schießen. Und Hedy konnte sich sicher sein, dass er jede Möglichkeit nutzte, um auch etwas Böses über sie zu sagen, doch dieses Mal war er ausnahmsweise auf ihrer Seite, jedenfalls so weit es ihm möglich schien: *Wenn man Miss Lamarr nicht bald das richtige Projekt gibt, wird sie zum Kassengift, trotz all der glamourösen Publicity, mit der MGM sie vermarkten will.*

Genau mit diesen Worten beschrieb er ihre größten Ängste. Hedy konnte nur hoffen, dass Fidler keine prophetische Gabe besaß.

Wenigstens einen Lichtblick gab es. Ida Koverman hatte Hedy ein Drehbuch zugesandt mit einem Zettel: *Das könnte etwas für Sie sein, aber von mir haben Sie es nicht.*

Boom Town lautete der Arbeitstitel. Hedy war gespannt, was sie da wohl erwartete, und zog sich mit dem Skript in ihr Wohnzimmer zurück. Die beiden Katzen und der Hund lagen friedlich nebeneinander vor dem Kamin, Jamesie schlief in seinem Kinderwagen. Hedy betrachtete das Bild und dachte: *Das ist das wirklich Wichtige im Leben. Meine kleine Familie, nicht die Frage, ob ein Film ein Erfolg wird oder nicht.*

Dennoch musste sie Geld für sich und ihre Lieben verdienen – und sie hatte sich nun einmal für die Filmbranche entschieden, da musste sie den Hollywood-Rummel wohl oder übel in Kauf nehmen.

Hedy hatte sich nur einen flüchtigen Eindruck von dem Drehbuch verschaffen wollen, damit sie Ida Koverman bei ihrem nächsten Treffen sagen könnte, dass sie *Boom Town* gelesen hatte. Doch bereits nach den ersten Seiten erkannte sie, *das* war genau die Geschichte, in der sie mitwirken wollte. Sie war fasziniert von den Figuren. Gerüchteweise hatte sie gehört, dass Clark Gable und Spencer Tracy für den Film vorgesehen waren.

Die weibliche Hauptrolle sollte wohl mit Claudette Colbert besetzt werden, aber sie fand die andere Frauenfigur ohnehin viel interessanter.

Karin Vanmeer mochte nur eine Nebenrolle sein, sie war jedoch eine starke Frau, eine beruflich erfolgreiche Frau, eine Frau, die sich nahm, was sie wollte, und nicht darauf wartete, dass ihr die Männer etwas gaben. Noch nie hatte Hedy sich einer fiktiven Figur so nahe gefühlt wie Karin Vanmeer.

Ich muss diese Rolle bekommen, koste es, was es wolle.

Das bedeutete, sie musste sich wieder einmal Louis B. Mayer stellen. Seit den beiden Filmen, die sie für MGM gedreht hatte, waren der Filmmogul und sie einander aus dem Weg gegangen. Wie konnte sie es da anstellen, dass er ihr die Rolle in *Boom Town* gab?

Die Frage beschäftigte sie die ganze Nacht, so dass sie am Morgen zerschlagen und müde aufwachte. Keine guten Voraussetzungen für ein Gespräch mit ihrem Chef.

Auf dem Weg in sein Büro, vorbei an den künstlichen Fassaden des Studios, begegnete ihr Clark Gable, wie immer gut gelaunt.

»Wo wollen Sie hin, schöne Frau?«, fragte er. Charmant war er, das musste man ihm lassen.

»Ich will zu Mr Mayer.« Nach all der Zeit brachte Hedy es immer noch nicht über sich, ihn L.B. zu nennen. »Ich will alles versuchen, um gemeinsam mit dir in *Boom Town* zu spielen.«

»Ach verdammt, auf die Ide hätte ich auch kommen können!« Gable schlug sich mit der flachen Hand vor die Stirn. »Du bist die ideale Karen Vanmeer. Das wird L.B. schon einsehen.«

»Hoffentlich hat Carole nichts dagegen, dass wir in einem Film spielen«, neckte Hedy ihn und ging weiter. Ganz Hollywood wusste, dass Carole Lombard sehr eifersüchtig war und stets darauf achtete, mit wem ihr geliebter Clark spielte. Es war mehr als einmal vorgekommen, dass die attraktive, blonde Schauspielerin am Set eines Films erschienen war, um sich zu vergewissern, ob wirklich nichts zwischen ihrem Geliebten und seinen Kolleginnen lief.

Ehrlich gesagt konnte Hedy nicht verstehen, was die Frauen alle an Clark Gable fanden. Sicher, er war ein toller Kollege und ein guter Schauspieler, aber attraktiv fand sie ihn keinesfalls. Er war schlank mit auffallend großen Ohren, Falten auf der Stirn und Grübchen, wenn er lachte. Sein Markenzeichen war der kleine Schnurbart, der ihn verwegen aussehen ließ. Vor allem störten sie seine falschen Zähne, die Kussszenen zu einer Tortur machten, wenn man einigen Schauspielerinnen Glauben schenken konnte. Aber er galt als hilfsbereiter und freundlicher Kollege, und Hedy hoffte, dass er mit seiner Einschätzung über sie und Karen Vanmeer recht behielt.

Doch leider lag Clark damit weit daneben. Mr Mayer wollte überhaupt nicht einsehen, dass Hedy die ideale Besetzung für die weibliche Nebenrolle war.

»Woher haben Sie das Drehbuch?« Mayer war ziemlich laut geworden, kaum dass Hedy ihm den Vorschlag gemacht hatte. »Von mir gewiss nicht. Das ist nämlich keine Rolle für Sie.«

»Es ist die perfekte Rolle für mich«, wagte Hedy zu widersprechen und wurde mit einem strafenden Blick belohnt. »Als Karen Vanmeer könnte ich mein Talent unter Beweis stellen.«

»Die Vanmeer ist eine schwierige Rolle, ich sehe Sie in etwas wie *Lady of the Tropics*. Die Kritiken für Sie waren gut.«

»Die für den Film aber nicht«, wollte Hedy antworten, aber stattdessen schwieg sie. Auch wenn sie nicht immer gute Entscheidungen getroffen hatte, wenn es um Drehbücher ging, bei *Boom Town* war sich Hedy sicher, das war der Film, der für sie gemacht war.

»Geben Sie mir bitte eine Chance«, flehte sie. »Danach mache ich jeden Film, den Sie wollen.«

Mayer sagte einfach nur: »Nein.«

»Ich werde meinem Agenten sagen, dass das Studio sich nicht an den Vertrag hält.«

»Raus! Erpressen lasse ich mich nicht!«

Daraufhin rauschte Hedy so wütend hinaus, dass sie in Clark Gable rannte, der vor der Tür wartete.

»Was ist denn mit dir los?«

»Mayer will mir die Rolle in *Boom Town* nicht geben.«

Nur mit Mühe gelang es ihr, ihre Beherrschung wiederzugewinnen. Schließlich konnte Clark nichts dafür, dass der MGM-Boss sie auf einen Rollentyp festlegen wollte, der ihr nicht passte.

»Darling, überlass das mir«, sagte Clark mit seiner typisch lässigen Art und zwinkerte ihr zu. »Das bekommen wir schon hin.«

Und tatsächlich erhielt sie am nächsten Morgen einen Anruf von Ida Koverman, die ihr verkündete, dass Hedy die Rolle bekommen würde.

»L.B. schäumt vor Wut, dass Clark ihm die Pistole auf die Brust gesetzt hat«, verriet sie Hedy.

»Danke, Mrs Koverman, danke für das Skript.«

»Danken Sie mir, indem Sie so gut sind wie in *Algiers*.«

»Ich verspreche es Ihnen. Grüßen Sie Percy von mir.«

◐ ◐ ◐

Bereits wenige Tage später fuhr Marvin Neal Hedy das erste Mal an den Set von *Boom Town*. Noch immer konnte sie ihr Glück kaum fassen, das ihr Clark Gable im genau richtigen Moment vor die Füße geweht hatte.

»Wenn Sie Mr Gable sehen, Miss Lamarr, grüßen Sie ihn bitte von mir.« Marvin Neal überraschte Hedy immer wieder. Wie viel ihr Chauffeur doch darüber wusste, was in den Studios in Culver City vor sich ging! »Ich habe ihn vor ein paar Jahren gefahren, er ist ein wirklich feiner Kerl.«

Aus dem Mund Marvins war das ein riesiges Kompliment.

»Da bin ich ganz Ihrer Meinung.« Hedy ließ ihren Kopf in die Polster zurücksinken und schloss die Augen. Wie immer, wenn sie drehte, musste sie furchtbar früh aufstehen, weil der Weg von der Hedgerow Farm zu den Studios weit war, und sie früh in die Maske musste, damit sie pünktlich mit dem Dreh beginnen konnten.

Zwar spielte sie in *Boom Town* nicht die Heldin, sondern eine böse Nebenfigur, aber Karen Vanmeer war eine spannende und kluge Frau, die genau wusste, was sie wollte. Endlich einmal wurde Hedy nicht nur als exotische Schönheit besetzt, die Männern den Kopf verdrehte.

Bei den Dreharbeiten erlebte Hedy das erste Mal, was es bedeutete, mit einem wirklich guten Skript zu arbeiten, in dem die Motivation der Figuren stimmte und die Geschichte nicht wie bei *I take this Woman* langweilig und vorhersehbar auf der Stelle trat. Selbst Spencer Tracy, den sie als Griesgram kennengelernt hatte, zeigte sich von seiner besten Seite. Am Set herrschte eine entspannte, fröhliche Atmosphäre, die vom Regisseur Jack Conway gefördert wurde. Dieses Mal war Hedy sich sicher, sie hatte die richtige Entscheidung getroffen.

Das musste sie auch, denn Mr Mayer würde ihr nicht so leicht verzeihen, dass sie ihm wieder einmal die Stirn geboten hatte. *Boom Town* musste ein Erfolg werden, und sie musste positive Kritiken für ihre Interpretation der Karen Vanmeer erhalten. Hedy erinnerte sich an alles, was Phyllis Loughton ihr gesagt hatte. Sie kaufte sich Bücher und las über erfolgreiche Frauen, um sich ganz in die Rolle hineinzuversetzen. Es schien sich zu lohnen, denn von allen Seiten erhielt sie während des Drehs Lob.

Als Ida Koverman Hedy im Vertrauen schließlich erzählte, dass Mayer sich überhaupt nicht dafür interessierte, wie gut sie ihre Rolle spielen würde, konnte sie ihre Enttäuschung nicht verstecken. Ihr war bereits aufgefallen, dass sein Interesse mittlerweile nicht mehr ihr galt. Dass er sich allein auf seine beiden *Leading Men* Clark Gable und Spencer Tracy verließ, die seiner Meinung nach den Film sowieso tragen würden, verletzte sie. Natürlich war Clark Gable einer der größten Stars von MGM, dessen Filme Kassenschlager waren. Schon vor dem Blockbuster *Gone with the Wind* hatte er das Publikum in Scharen in die Kinos gezogen. Doch war ihre Leistung, ihre Performance, nicht auch ein Grund, warum sich hoffentlich viele Kinobesucher für diesen Film entscheiden würden?

KAPITEL 23

Los Angeles, Frühling 1940

Zu Hedys Überraschung galt *Boom Town* als Männerfilm, obwohl es zwei starke Frauenrollen im Skript gab. Ihr war bisher nicht bewusst gewesen, wie stark man in Hollywood zwischen Männer- und Frauenfilmen unterschied. Für sie gab es einfach gute und schlechte Filme, spannende und weniger spannende Rollen. Doch allein das Setting, eine Öl-Stadt, verriet wohl bereits, warum man *Boom Town* als einen Männerfilm handelte.

Für den Film wurde eine komplette Stadt aufgebaut, die Burkburnett in Texas repräsentieren sollte. Auf dem Studiogelände gab es 50 Gebäude, eine Eisenbahn und matschige Straßen. Für Hedy war es immer wieder beeindruckend, wie viel Geld und Energie in die großen Hollywood-Filme gesteckt wurde.

Auch dieses Mal durfte Hedy wieder mit Adrian und Sydney Guilaroff zusammenarbeiten. Um Karen Vanmeer einen signifikanten Look zu geben, ließ Hedy sich die schulterlangen Haare kürzen. Adrian kreierte für ihren ersten Auftritt einen schwarzen Seidenpyjama, in dem Hedy einfach atemberaubend aussah.

Wie Hedy es erwartet hatte, schaute Carole Lombard an dem Tag am Set vorbei, an dem die große Liebesszene zwischen Hedy und Clark gedreht wurde. Lombard und Gable hatten im vergangenen Jahr, mitten in den Dreharbeiten zu *Gone with the*

Wind, geheiratet, was Carole jedoch wohl nicht weniger eifersüchtig stimmte, wenn ihr Ehemann mit anderen Schauspielerinnen drehte.

»Hallo, Pa; hallo, Hedy«, rief die Blondine mit dem ausdrucksstarken Gesicht und den großen Augen, winkte ihnen zu und widmete sich dann der Unterhaltung mit anderen Kollegen am Set.

»Was war das?«, fragte Hedy, die sich ein Kichern kaum verkneifen konnte.

»Ma hat auf den ersten Blick erkannt, was ich ihr schon ewig erzähle.« Clark grinste. »Hedy, du bist eine außergewöhnliche Schönheit, aber nicht der Typ Frau, in den ich mich verlieben würde.«

»Muss ich mich jetzt beleidigt fühlen?«

»Sei lieber froh, dass du dir Carole nicht zur Feindin machst.« Clarks Grinsen wurde breiter. »Man nennt sie nicht umsonst den *Tornado aus Indiana*.«

Die Dreharbeiten liefen wie am Schnürchen, bis zu dem Tag, an dem die große Kampfszene zwischen Clark Gable und Spencer Tracy geprobt wurde. Das Stunt-Double von Spencer wollte wohl Eindruck schinden und schlug Clark, der seine Kämpfe selbst ausführte, so hart, dass dessen falsche Oberkieferzähne brachen und seine Lippe verletzten. Also musste der Film unterbrochen werden, bis Clarks Provisorium angefertigt war. Und beim Film bedeutete Zeitverlust Geldverlust, was die gesamte Crew wusste und nervös machte.

Als sie den Dreh wieder aufnehmen konnten, ging zunächst alles gut, bis sie eine Szene zwischen Clark und der zierlichen Claudette Colbert einspielten. Hedy beneidete die Schauspielerin um ihre schlanke Figur, Claudette musste wahrscheinlich nicht ständig Diät halten wie sie. Claudette und Clark versanken in einem innigen Kuss, bis Gable plötzlich zu schreien begann.

»Verdammt, Frau! Wasch bischt du für eine harte Küscherin?«, nuschelte Clark und spuckte sein Provisorium in zwei Teilen in die Hand. Alle am Set brachen in Lachen aus. Aber das bedeutete, dass der Film wieder unterbrochen werden musste.

◐ ◐ ◐

Es kam Hedy vor, als wäre ihr Leben stets eine Waage im Gleichgewicht. Wenn es beruflich gut für sie lief, wie jetzt mit *Boom Town*, dann entwickelte sich ihr Privatleben zu einer Misere. Wie sie es auch drehte und wendete, sie konnte nicht weiter darüber hinwegsehen. Ihre Ehe war nicht mehr zu retten.

»Ich reiche die Scheidung ein.« Obwohl Hedy sich sicher war, die richtige Entscheidung zu treffen, fühlte sie sich schlecht, nachdem sie die Worte ausgesprochen hatte.

»Das habe ich schon lange erwartet«, antwortete Gene, ohne mit der Wimper zu zucken. »Wir passen einfach nicht zusammen, nicht wahr?«

»Ja«, antwortete sie und kraulte Donner den Kopf. Die große dänische Dogge war aufgestanden, so als wollte sie Hedy beistehen, sollte es zu einem Streit kommen. Donner schaute von ihr zu Gene und wieder zurück. Der Hund schien zu spüren, dass sich hier auch seine Zukunft entscheiden würde.

»Ich habe dich wirklich geliebt«, sagte Gene, »aber vielleicht bin ich kein Mann, der für die Ehe geschaffen ist. Ich nehme alle Schuld auf mich, wenn das hilft.«

Hedy zuckte mit den Schultern. Auch wenn sie davon überzeugt war, dass die Scheidung der richtige Schritt war, fühlte sie sich elend. Gerade jetzt hätte sie jemanden an ihrer Seite gebraucht, mit dem sie ihre Ängste und Sorgen teilen konnte. Kaum eine Zeitung konnte sie noch aufschlagen, ohne dass sie erschütternde Neuigkeiten vom Verlauf des Krieges zu lesen bekam. Bei jeder Schreckensnachricht musste Hedy sofort an ihre Mutter denken. Was wäre, wenn sie Opfer einer dieser unsäglichen Taten werden würde? Und natürlich dachte sie an Jamesie. Würde er seine Großmutter Gertrude jemals kennenlernen?

Mit jedem Tag, der verging, wuchs in Hedy der Wunsch, etwas zu tun, damit die Deutschen besiegt wurden und der Krieg endete. So manch eine Nacht verbrachte sie in ihrem Erfinderzimmer auf der Farm, durchblätterte ihre Bücher und Notizen, denn vielleicht hatte sie ja nicht umsonst bei den Tischgesprächen im Haus ihres Ex-Ehemanns Fritz Mandl stets aufmerksam zugehört. Fieberhaft dachte Hedy nach, was die Männer in Wien über die Waffen der Nationalsozialisten gesprochen hatten. Doch die Details dieser Gespräche entzogen sich immer wieder ihrer Erinnerung.

Dennoch dürfte es schwer sein, in Hollywood jemand zu finden, der mehr über Waffentechnik wusste als sie. So bot sie dem *National Inventors Council*, dem nationalen Erfinderrat, ihre Dienste an, erhielt aber keine Antwort. Wahrscheinlich dachten die Herren in Washington, ihr Vorschlag wäre ein Publicity-Gag ihres Filmstudios. Aber Hedy gab nicht so schnell auf.

In der *Los Angeles Times* hatte sie etwas über die Torpedos gelesen, mit denen die deutschen U-Boote Flüchtlingsschiffe und Frachttransporte angriffen. Dunkel erinnerte sie sich an ein Gespräch mit dem deutschen Ingenieur. Hellmuth Walter war sein Name gewesen. Er hatte mit den anderen Männern am Tisch über Funksteuerung von Torpedos gesprochen, doch sosehr sie auch grübelte, ihr wollte nicht einfallen, wie sich die Torpedos Walters Aussage nach steuern lassen könnten.

Verflucht! Hedy knallte ihr Notizbuch auf den Schreibtisch und legte den Füllfederhalter daneben.

Vielleicht will ich es zu sehr. Vielleicht muss ich meinen Gedanken Zeit geben.

Geduldig zu bleiben, fiel ihr so schwer, vor allem bei den immer entsetzlicheren Nachrichten, die aus Europa nach Amerika herüberschwappten. Manchmal fragte sie sich, ob die Amerikaner überhaupt in der Lage waren zu begreifen, was in Europa geschah. Welche Gräueltaten die Nationalsozialisten verübten, wie schrecklich es war, in einem Krieg zu leben.

Hedy war in dem Jahr geboren worden, in dem der Große Krieg begonnen hatte, aber sie erinnerte sich glücklicherweise nicht daran. Ihre Eltern hatten alles versucht, um der kleinen Hedwig eine glückliche Kindheit zu bescheren, ohne Sorgen vor Krieg, Hunger und Zerstörung.

Später hatte sie darüber gelesen, und – so wollte es wohl die Ironie des Schicksals – durch die Ehe mit einem Waffenhändler war sie dazu gekommen, die Gräuel und Schrecken des Krieges endlich verstehen zu können. Alles, was geeignet schien, das Ende der Kämpfe so schnell wie möglich herbeizuführen, war von Bedeutung. Ihr musste etwas einfallen.

Doch zunächst war sie im Studio gefragt, eine Kostümprobe mit Adrian stand an. Seit ihrer ersten Zusammenarbeit hatte Hedy den Designer schätzen gelernt. Adrian war unglaublich begnadet in seinem Fach. Inzwischen hatte Hedy ihm auch das unfassbar schwere Kostüm, das er ihr für *Lady of the Tropics* angedeihen lassen hatte, verziehen. Bei dem Gedanken, mit ihm gleich einen ihrer besten Freunde zu treffen, hob sich Hedys Stimmung.

»Wie geht es Jamesie?« Marvin, der selbst vier Kinder hatte, mochte den kleinen Jungen. Wenn er ihn in seinen gewaltigen Pranken hochhob, sah Hedys Adoptivsohn aus wie eine Puppe.

»Er war ein wenig missmutig in letzter Zeit, aber jetzt ist er wieder ganz der Sonnenschein, den wir kennen und lieben.« Hedy lächelte. »Ich wünsche mir, ich könnte mehr Zeit mit ihm verbringen und jeden Tag sehen, welche Fortschritte er macht. Aber ich bin alleinerziehend und muss das Geld verdienen.«

Gene hatte sich angeboten, etwas beizusteuern, aber sie wusste, dass er bereits Alimente für Melinda zahlte und im Moment finanziell nicht so gut dastand wie sie. Außerdem wollte sie nicht von anderen abhängig sein. Sie war eine moderne Frau, die sich ihren Lebensunterhalt selbst verdiente.

»Du bist mager geworden, Hedy.« Adrian schaute sie besorgt an. »Wenn du nicht aufpasst, kann ich bald keine Kostüme mehr für dich kreieren.«

»Das sind der Stress wegen der Scheidung und die Sorgen um meine Mutter.« Hedy blickte an sich herunter. Es war ihr gar nicht aufgefallen, wie viel Gewicht sie in den letzten Wochen verloren hatte. »Himmel, meine Brüste sind ja kaum noch sichtbar.«

»Was du immer mit deinen Brüsten hast.« Adrian schüttelte den Kopf. »Die sind vollkommen in Ordnung.«

»Mayer hat sich vom ersten Treffen an darüber lustig gemacht, dass sie zu klein für den amerikanischen Geschmack seien.« Hedy verzog den Mund, als sie daran dachte, wie sehr die Worte sie getroffen hatten. »Und auch Wanger hat zu Charles

Boyer einmal gesagt, mein Gesicht wäre wunderbar, mein Vorbau allerdings viel zu klein.«

Adrian überlegte einen Moment, betrachtete Hedy von oben bis unten und sagte dann: »Wenn es für dich so ein Problem ist, habe ich da vielleicht eine Lösung.«

»Wirklich?« In Anbetracht ihrer vielen Sorgen brauchte Hedy vielleicht genau das: einen Lichtstreif am Horizont. Auch wenn es die Lösung eines geringen Dilemmas wäre, das sich kaum mit ihrem sonstigen Kummer messen konnte – es wäre ein kleiner Erfolg. Und das gab ihr Hoffnung für die anderen Sorgen, die sie plagten.

»Ich kenne jemanden, der sich mit Brustvergrößerung beschäftigt.«

»Ich will keine Operation, auf gar keinen Fall lege ich mich unters Messer.« Die Manie der Amerikanerinnen, sich von Chirurgen verschönern zu lassen, blieb Hedy vollkommen fremd. Es gruselte sie, als ihr jemand zutrug, dass ihr Profil das wäre, das bei Schönheitschirurgen am meisten nachgefragt wurde.

»Nein, nein, es ist irgendwas mit Hormonen. So ganz verstanden habe ich das nicht.« Adrian zwinkerte ihr zu. »Mich hat es aber bisher auch noch nicht so interessiert. Janet hat sich nie beklagt, und ich mich auch nicht.«

»Hormone … Nun gut«, überlegte Hedy. »Wer ist dein Kontakt?«

»George Antheil. Er ist Musiker.«

Hedy glaubte ihren Ohren nicht zu trauen. »Musiker? Singt er die Brüste etwa größer?«

»Nein, er hat sich auch mit den Themen Drüsen und Hormone beschäftigt. Vielleicht hast du schon mal was von ihm gelesen. Er schreibt für *Esquire*.«

»Ein schreibender Musiker! Aber der Name kommt mir bekannt vor.« Hedy musste nur kurz nachdenken, ob sie diesem Mann ihre Zukunft in die Hände legen wollte. »Schaden kann es ja nicht, kannst du mich nicht mit ihm bekannt machen?«

»Ich spreche mit Janet und gebe dir dann Bescheid, wenn wir einen Termin mit ihm haben.«

»Danke dir.« Hedy sprang auf und umarmte ihren Kostümdesigner. »Du bist ein Schatz, ich liebe dich.«

»Ich dich auch, meine Schönheit mit den kleinen Brüsten.«

»Schäm dich.« Spielerisch schlug sie nach ihm, aber elegant wich er ihrer Hand aus.

KAPITEL 24

Los Angeles, Frühling 1940

Vor lauter Anspannung und Neugier war Hedy viel zu früh. In Hollywood galt es als äußerst unhöflich, zu einer Abendeinladung überpünktlich zu erscheinen. Also fuhr sie noch eine Runde um den Block und dann noch eine. Hedy suchte nach einem Parkplatz, schaute auf die Uhr, war immer noch zu zeitig, aber nun war es ihr egal. Gemächlich schlenderte sie zur Tür und klingelte.

»Du bist sehr früh.« Janet Gaynor, eine hübsche Brünette mit einem herzförmigen Gesicht, empfing Hedy herzlich. »Aber wir sind bereits fertig mit den Vorbereitungen.«

»Entschuldige, sonst bin ich nie überpünktlich, aber ich kann es kaum erwarten, George Antheil kennenzulernen.«

Da lachte Janet hell auf. »Hat Adrian dich nicht vorgewarnt? George kommt immer zu spät. Ich habe ihn noch nie pünktlich erlebt. Komm herein.«

»Wie geht es dir?« Hedy überreichte Janet einen Blumenstrauß und eine Flasche Wein, Champagner hatte sie für das Treffen als übertrieben empfunden. »Danke für die Einladung, ich bin sehr gespannt auf euren Freund.«

Hedy folgte der Schauspielerin und sah sich neugierig um. Sie konnte nicht ganz leugnen, dass es sie reizte, mehr darüber zu erfahren, was für eine Liebe Janet und Adrian verband. Alle in Hollywood wussten, dass der Kostümdesigner stockschwul war, aber er lebte nun schon lange mit Janet zusammen, und letztes Jahr hatten sie gar geheiratet.

Solange sie glücklich sind, warum nicht?, dachte Hedy.

Dem Haus merkte man an, dass bei der Einrichtung ein Designer seine Hand im Spiel gehabt hatte. Der Farbton der Wände harmonierte mit dem der Polstermöbel. Adrian war es gelungen, das Wohnzimmer gleichzeitig elegant und behaglich wirken zu lassen. Hedy sah sich alles sehr genau an, um Ideen für die weitere Einrichtung der Hedgerow Farm zu erhalten.

»Hedy, meine Liebe.« Adrian sprang aus einem der Sessel auf und ergriff ihre Hände. »Ich bin sehr gespannt, was du zu George sagen wirst.«

»Ich bin ebenfalls sehr neugierig, was er für ein Mensch ist.« Hedy zog die Nase kraus. Sie hatte ein wenig herumtelefoniert, um mehr über den Musiker, der sich mit Brustvergrößerungen beschäftigte, zu erfahren. Obwohl es nur wenige waren, hatten die Informationen ihre Neugier gesteigert.

»Hedy, ich meine nicht, dass du etwas an deinen Brüsten ändern solltest.« Janet musterte sie, was Hedy jedoch nicht unangenehm war. »Deine Figur ist perfekt proportioniert. Lass dir bitte nichts anderes einreden.«

»Bis ich nach Hollywood kam, dachte ich das auch.« Hedy bemühte sich, nicht zu frustriert zu klingen. Die Trennung von Gene, die schlimmen Neuigkeiten aus Europa und die Frage, ob *Boom Town* ein Erfolg würde, zerrten an ihren Nerven. »Früher habe ich meine Brüste nie infrage gestellt. Aber amerikanische Männer scheinen sich nur für zwei Dinge zu interessieren: Geld und einen gewaltigen Vorbau.«

Sie lächelte, um die Worte abzumildern, aber die Bitterkeit

blieb unüberhörbar. »Entschuldigt, ich schlafe einfach zu wenig und sorge mich zu viel.«

»Nein, du hast ganz recht«, stimmte Janet ihr zu, deren Figur eher knabenhaft wirkte. »In Hollywood legt man mehr Wert auf die Größe des BHs als auf den IQ eines Menschen.«

»Also, ich nicht! Das weißt du, Lolly.« Adrian grinste die beiden Frauen breit an. Janet verzog das Gesicht, als er sie beim Spitznamen nannte. »Man mag mich vieles beschuldigen, aber noch nie habe ich mich für Megabusen ausgesprochen.«

Janet und Hedy wechselten einen Blick, bevor sie in Lachen ausbrachen. Adrian war es mit diesen Worten gelungen, Hedys düstere Stimmung zu vertreiben.

»Also, zurück zu unserem verspäteten Stargast. Erzählt mir von George Antheil.«

»Wir wollen dir die Überraschung nicht verderben.« Janet zwinkerte Adrian zu. »George ist schon ein besonderer Mensch. Man mag ihn, oder man mag ihn nicht.«

»Das ist unfair, nun bin ich noch neugieriger! Ich habe nur wenig über ihn herausfinden können.« Hedy zählte das Wissen über den Komponisten an einer Hand ab. »Erstens, er ist Amerikaner, hat aber lange in Europa gelebt. Zweitens führte sein *Ballet mécanique* zu einem Skandal. Drittens hat er sich den Ruf eines Drüsenspezialisten erarbeitet, ohne es studiert zu haben. Viertens hat er mehrere Anläufe gemacht, Filmmusik zu komponieren, aber mit wenig Erfolg.«

»Gott im Himmel, Hedy!« Adrian griff sich theatralisch an die Brust, als wäre er zutiefst erschüttert. Eine Geste, die einer Mary Pickford oder einer anderen Stummfilm-Diva würdig gewesen wäre. »Hast du einen Privatdetektiv engagiert, um das alles auszugraben?«

Janet lachte nur. Sie schüttelte den Kopf über ihren Ehemann, aber auf eine liebevolle Art.

»Quatsch, ich musste nur ein paar Anrufe tätigen. Aber nun sagt schon, was haltet ihr von ihm?«

»Er ist eben ein Avantgarde-Komponist.« Janet zuckte mit den Schultern. »So wie man ihn sich vorstellt: seltsame Ideen, im Kopf immer am Komponieren und begrenzt in der Lage, sich auf die Ebene der normalen Menschen herabzulassen.«

Hedy lachte. »Normale Menschen? Das sagt eine Hollywood-Diva, die mit *dem* Star-Designer überhaupt verheiratet ist?«

»Du kannst dich ruhig darüber lustig machen«, sprang Adrian seiner Liebsten zur Seite, »aber verglichen mit Komponisten und Drehbuchschreibern sind Schauspieler und Designer bodenständig.«

»Wahrscheinlich sagen sie das auch über uns.« Janet ergriff wieder das Wort. »George wirkt etwas seltsam, aber er ist ein kluger Kopf. Vertrau mir.«

»Und er ist ein Fan von dir. Als Janet und ich ihm sagten, dass du mit ihm über deine Drüsen reden willst …«

»So habe ich das nie gesagt!«, unterbrach Hedy ihn, aber Adrian redete einfach weiter.

»Also, als wir ihm das sagten, dachte George erst, wir erlaubten uns einen Scherz mit ihm.« Adrian lachte leise. »Nachdem er begriffen hatte, dass wir es ernst meinten, hat er sich gefreut wie ein kleiner Junge, dem man einen Ausflug in einen Vergnügungspark versprochen hat.«

»Hoffentlich enttäusche ich seine großen Erwartungen nicht.«

»Hedy! Hör auf, nach Komplimenten zu angeln.« Adrian kniff ein Auge zusammen. »Nur weil deine Brüste winzig sind …«

»Genug!« Janet gab vor, ihrem Ehemann den Mund zu verbieten, indem sie drohend ihre Hand erhob. »Ich kann mir vorstellen, dass George dir gefällt. Für einen Amerikaner ist er sehr europäisch.«

Was immer das auch heißen mochte. Damit war das Thema »George Antheil« erst einmal beendet, bis der Herr höchstpersönlich auftauchen würde. Stattdessen plauderten sie derweil über anstehende Filmprojekte und Mayers unerfreuliche Angewohnheit, seine Stars in Schubladen zu stecken und ihnen keine Chance zu geben, daraus zu entkommen.

»Janet, hast du eine neue Rolle in Aussicht?« Hedy war zutiefst beeindruckt von Janet Gaynors Spiel in *A Star is born* gewesen, der 1937 in die Kinos gekommen war. Sie hatte sich den Film inzwischen schon fünfmal angesehen und vor allem Janets Schauspielkunst studiert.

»Ich bin über dreißig und nähere mich den toten Jahren einer Filmschauspielerin.« Janet hob die Hände. »In zwanzig Jahren kann ich dann wieder lustige Alte spielen.«

»Aber du bist die erste Schauspielerin, die einen *Academy Award* gewonnen hat.«

»Darling, Hollywood hat kein gutes Gedächtnis, wenn es um Erfolge geht.« Janet wirkte überraschend gelassen, was ihre Zukunft in der Filmbranche betraf. »Ich habe genug Geld verdient und es klug angelegt. Außerdem bereitet mir Theaterspielen mehr Vergnügen.«

»Lolly untertreibt wieder einmal. Sie ist großartig am Theater, das Publikum liebt sie genauso sehr wie ich.«

Adrian betrachtete seine Ehefrau mit einem liebevollen Lächeln und gab ihr einen zärtlichen Kuss auf die Wange. Sosehr Hedy sich auch für die beiden freute, es versetzte ihr einen leichten Stich, die traute Zweisamkeit zu sehen, die ihr im Zusammenleben mit Gene so gefehlt hatte.

Endlich klingelte es. Ein kleiner Mann stürmte herein und rief: »Bin ich etwa zu spät?« Dabei gestikulierte er wild mit den Armen, als wollte er gleich vom Boden abheben.

Wenn man ihn sah, konnte man sich kaum vorstellen, dass er als *Bad Boy* galt, so jungenhaft wirkte er mit seinem runden Gesicht, der breiten Nase, dunklen Augen und dem exakten Linksscheitel.

»Bin ich *viel* zu spät?« Er lächelte in die Runde, bis sein Blick auf Hedy fiel, da klappte sein Unterkiefer herunter, und er stotterte nur: »Miss Lamarr, Miss Lamarr, es ist mir ein Vergnügen.«

»George wollte uns nicht glauben, dass du ihn kennenlernen möchtest.« Janet grinste sie an. »Er hat gedacht, wir veräppeln ihn.«

»Ich freue mich sehr, Sie zu treffen.« Hedy stand auf und schüttelte ihm die Hand, worauf George Antheil erbleichte.

»Ich … ich mich auch.« Er starrte sie an, als wäre sie eine Göttin, die vom Himmel herabgestiegen war. Hedy musste sich sehr bemühen, um nicht in lautes Lachen auszubrechen. Adrian hingegen grinste breit und schien sich köstlich zu amüsieren.

»Lasst uns essen«, erlöste Janet George von seinen Qualen. Sie erhob sich und leitete sie ins Esszimmer. Auch dieser Raum wirkte mit seinen Holzstühlen im Art déco und dem dazu passenden Tisch sowohl elegant als auch anheimelnd.

Hedy nahm Platz, und Janet setzte George neben sie. Er starrte sie an und ließ das Messer fallen, mit dem er Butter aufs Brot streichen wollte. Nachdem er es aufgehoben hatte, atmete er tief aus und schien sich ein wenig gefangen zu haben.

»Adrian hat mir erzählt, Sie wollen größere Brüste«, sagte er schließlich zögerlich, als die Vorspeise aufgetragen wurde.

»Ich selbst war immer zufrieden mit mir, aber Mr Mayer und die Produzenten hängen wohl dem Glauben an, dass ein größerer Vorbau mehr Menschen in die Kinos ziehen würde.«

»Sicher, fast alle Brüste könnten größer sein. Aber eigentlich …« Seine Ohren liefen dermaßen rot an, dass Hedy den Blick abwenden musste. »Eigentlich sind Ihre vollkommen in Ordnung.«

»Danke.«

Bevor Hedy mehr sagen konnte, platzte es aus ihm heraus: »Sie sind mehr als in Ordnung, Sie sind zweifellos die schönste Frau der Welt.« Seine Gesichtsfarbe wechselte ins Tomatenrot. »Die meisten Stars sehen nicht gut aus, wenn man neben ihnen sitzt, aber Sie … Sie sind noch unfassbar schöner als auf der Leinwand.«

»George, hör auf, die arme Hedy so anzugaffen.« Adrian presste die Mundwinkel zusammen, wohl, um ein Lachen zu unterdrücken. »Außerdem solltet ihr euch duzen. Ich hasse Förmlichkeiten in meinem Haus.«

George entspannte sich etwas, und Hedy sandte Adrian ein dankbares Lächeln.

»Es gibt etwas, um Brüste zu vergrößern. Das hängt von Ihrem … deinem Typ ab und deiner Ernährung.« Nun, da er auf sein Fachwissen zurückfallen konnte, wirkte George weitaus gelassener. Er nannte Hedy einen thymozentrischen Typ, was sie sich notierte, um es später nachzuschlagen.

»Können Sie mir helfen?« Sie zog die Unterlippe zwischen die Zähne, während sie gespannt auf seine Antwort wartete.

»Ich werde mir etwas überlegen.«

Nachdem das Thema von Hedys Brüsten ausreichend besprochen und die Hauptspeise serviert worden war, richteten die vier ihre Aufmerksamkeit auf die Problematik, die inzwischen nahezu alle Gespräche selbst hier in Hollywood bestimmte – die Situation in Europa.

»Ich wünschte, ich könnte gegen die Deutschen kämpfen.« George echauffierte sich. »Ich habe wegen dieses verdammten Krieges meinen Bruder verloren.«

»Das tut mir leid.« Hedy sah ihn mit neuen Augen. Der Musiker schien mehr Tiefe zu haben als er auf den ersten Blick preisgab.

»Danke. Ich fühle mich so hilflos. Falls unsere Regierung sich endlich dazu entschließt, dass wir in den Krieg eintreten, melde ich mich sofort zum Dienst, um es den verdammten *Krauts* zu zeigen.« Er schlug mit der flachen Hand auf den Tisch.

»Meine Mutter sitzt in London fest, und ich sterbe fast jeden Tag vor Sorge um sie.« Hedy konnte Georges Enttäuschung nur allzu gut verstehen. »Ich würde sie so gern zu mir nach Los Angeles holen, aber ich habe Angst vor den deutschen Torpedos, die Flüchtlingsschiffe angreifen.«

Auch Janet und Adrian kannten Menschen, die unter dem Krieg litten, oder vermissten Freunde, von denen sie seit langer Zeit nichts gehört hatten. Eine Weile hing jeder von ihnen schweigend seinen Gedanken nach.

»Ich kenne mich etwas mit Waffen aus«, sagte George Antheil schließlich zu Hedys Überraschung. »Ich habe als Munitionsinspektor gearbeitet.«

»Tatsächlich?« Ungläubig sah Adrian seinen Freund an und schmunzelte. »Du bist immer wieder für eine Überraschung gut, George.«

»Das ist lange her, und seit Jahren habe ich mich nicht mehr damit beschäftigt. Aber wenn man von den Schrecken hört, die Hitler und seine Schergen ganz Europa antun, juckt es mich in den Fingern.«

»Das geht mir auch so«, unterbrach Hedy ihn. »Ich wünsche mir nichts mehr, als etwas gegen die Nationalsozialisten zu unternehmen.«

»Vielleicht könnte ich mich ins Zeug legen gegen diesen Bastard!« George legte sein Besteck sorgsam auf den Teller und räusperte sich. »Also nun ja, womöglich ja nicht allein, aber wer weiß, wozu meine Expertise gut sein könnte?«

Langsam drehten sich die Rädchen in Hedys Kopf. So wie George sprach, dachte sie auch schon seit Wochen, nein, Monaten. Doch die Zeit, die sie allein in ihrem Erfinderraum verbrachte, hatte bisher noch kein fruchtbares Ergebnis hervorgebracht. Stattdessen bewegten sich ihre Gedanken immer wieder im Kreis, weil ihr nicht einfallen wollte, was Hellmuth Walter über die Steuerung der Torpedos einst im Hause Mandl sagte. Sie brauchte Unterstützung, und zwar von einer Person mit Kenntnissen, die ihre eigenen perfekt ergänzten. Konnte etwa George der Mann sein, nach dem sie insgeheim Ausschau gehalten hat? Damit sie gemeinsam eine Idee haben würden, wie sie den Deutschen im Krieg großen Ärger bereiten könnten?

Nein, das war doch zu absurd! Eine Schauspielerin und ein Musiker erfinden eine Waffe für den Kampf gegen die Nationalsozialisten. Das klang wie eine Schlagzeile für einen Hollywood-Film, aber nicht wie etwas, das im wahren Leben passierte.

Aber möglicherweise war es gerade deshalb eine Idee, die zum Erfolg führen könnte. Hedy brauchte Ruhe, um sich den

Gedanken durch den Kopf gehen zu lassen und ihn von allen Seiten zu beleuchten.

»Es tut mir leid, ich muss aufbrechen.« Dankbar nickte sie ihren Gastgebern und George zu, ehe sie sich erhob. »Wir drehen morgen wieder.«

»Schön, dass du da warst.« Janet und Adrian umarmten sie zum Abschied. George schüttelte ihr nur die Hand und schaute dabei an ihrem Gesicht vorbei. Er war schon ein seltsamer Kerl, aber irgendwie fand Hedy ihn auch interessant. Und was für ein merkwürdiger Zufall es war, dass er sich so wie sie mit Waffen beschäftigt hatte.

Schaden kann es nicht, dachte sie, als sie sein Auto sah, das er vorher ausgiebig beschrieben hatte, eine alte Klapperkiste, die so gar nicht zu den anderen Wagen hier in Hollywood passen wollte. Ein Lächeln zog über ihr Gesicht, als sie in ihrer Handtasche nach einem Zettel und einem Stift suchte. Aber sie fand nur ihren dunkelroten Lippenstift.

Warum nicht?

Hedy beugte sich über die Windschutzscheibe und schrieb ihre Telefonnummer mit dunkelrotem Lippenstift darauf. Nun war es an ihm, den Ball aufzunehmen, und sie anzurufen.

KAPITEL 25

Los Angeles, Sommer 1940

Nachdem er die Rohschnitte von *Boom Town* gesehen hatte, ließ Louis B. Mayer Hedy zu sich rufen. Ida Koverman streckte beide Daumen in die Höhe, was Hedy Hoffnung machte.

»Ein guter Film«, sagte Mayer, als wäre zwischen ihnen nichts vorgefallen. »Zwischen Gable und Ihnen stimmt die Chemie.«

Hedy freute sich sehr über dieses Lob, wollte es sich aber nicht anmerken lassen. Mayer sollte nicht denken, sie gäbe allzu viel auf seine Meinung.

»*Boom Town* hat ein sehr starkes Drehbuch, und Jack Conway ist ein toller Regisseur«, sagte sie in aller Bescheidenheit. »Und ich habe mit den größten Stars gespielt.«

Sie meinte es auch so. Ihre Rolle war klein gewesen und hätte niemals so strahlen können, wenn ihre Kollegen sie nicht unterstützt hätten.

»Ich würde Sie und Gable gern erneut zusammen in einem Film auftreten lassen. Ich hab da was, das ich Walter Reisch habe schreiben lassen. So ähnlich wie *Ninotchka*.« Er musterte sie durchdringend. »Wäre das was?«

»Sicher«, antwortete Hedy, vollkommen überrascht, dass er sie nach ihrer Meinung fragte. »Das klingt großartig. Ich mag Komödien.«

»Enttäuschen Sie mich nicht«, schoss er seinen letzten Pfeil ab, nachdem sie sich bereits erhoben hatte und auf dem Weg zur Tür war. Einen Moment fühlte sie sich versucht, zurückzuschießen, aber dann siegte die Vernunft. »Sie kennen mich, ich gebe immer mein Bestes.«

Als er lächelte, sah sie ihre Chance gekommen.

»Mr Mayer.«

»Was ist noch?« Niemand außer ihm schaffte es, gleichzeitig so verärgert und gelangweilt auszusehen. Aber inzwischen hatte Hedy das zu oft erlebt, als dass sie seine demonstrativ zur Schau gestellte schlechte Stimmung noch erschreckte.

»Ich möchte Sie bitten, mich für *Ziegfeld Girls* in Betracht zu ziehen.«

Er zog eine Augenbraue hoch. »Können Sie denn singen und tanzen?«

»Selbstverständlich. Ich habe in Wien die *Sissy* gegeben und Standing Ovations erhalten.«

»Ich denke darüber nach.« Er hob die Hand, um jedweden Einwand ihrerseits im Keim zu ersticken. »Mehr können Sie heute nicht von mir erwarten.«

»Danke.« Hedy holte tief Luft. Mehr als es anzusprechen, konnte sie nicht tun.

»Das wird!« Ida Koverman hob erneut den Daumen, als sie die Tür zu Mayers Büro hinter sich schloss. »Auch wenn er es nicht zugibt, L.B. war sehr beeindruckt von Ihnen als Karen Vanmeer.«

»Wenn ich Sie nicht hätte.« Hedy machte sich eine Notiz im Kopf, dass sie Mayers Sekretärin unbedingt Blumen und etwas für Percy schicken musste.

◐ ◐ ◐

Ende August kam *Boom Town* USA-weit in die Kinos und gelangte damit auf die Filmbesprechungsseiten der Zeitungen. Nach den unerfreulichen Kritiken für *Lady of the Tropics* und *I take this Woman* las Hedy die Zeitungen nun wieder voller Glück. Die einflussreiche Louella Parsons überschlug sich mit positiven Äußerungen, was Hedy überraschte und freute.

Getragen von dieser Euphorie schaute sie sich den Film zweimal im Kino an und musste anerkennen, dass sie darin wirklich glänzte. Obwohl sie ihre erste Szene erst nach 75 Minuten hatte, hinterließ ihr Auftritt einen bleibenden Eindruck. Das war sicher auch dem wunderbaren schwarzen Seidenpyjama zu verdanken, den Adrian für sie designt hatte.

Nur ihr Privatleben trübte Hedys Glück. Nachdem Gene ausgezogen war, kam ihr das Haus seltsam leer vor, obwohl ihr Ehemann kaum zu Hause gewesen war. Glücklicherweise war Jamesie noch zu jung, um Hedys Traurigkeit zu spüren. Immer, wenn sie ihren Sohn in ihren Arm hielt, wusste sie, dass sie die richtige Entscheidung getroffen hatte.

»Mein Kleiner, für dich werde ich immer da sein«, versprach sie ihm und küsste den zarten Flaum seiner Haare. »Für dich werde ich stets mein Bestes geben.«

Bald darauf erhielt sie das Drehbuch von *Comrade X*, das sie von ihrer traurigen privaten Situation ablenkte. Sie rief Ann an, um ihrer Freundin davon zu erzählen.

»Theodore!« Hedy blätterte mit einer Hand durch die Seiten des Drehbuchs. »Ich soll eine Frau namens Theodore spielen, eine Russin, in einem Film namens *Comrade X*. Wer denkt sich solche Namen nur aus?«

»Geh doch bei unseren Drehbuchautoren vorbei, die wie Bienen in ihren Kammern sitzen und auf ihre Schreibmaschinen einhämmern, als würden sie pro Wort bezahlt, und beschwer dich.« Man konnte Anns Stimme anhören, dass sie sich über Hedy lustig machte. »Es ist vollkommen egal, wie die Frau heißt, solange es eine spannende Rolle ist. Ist sie das?«

»Die Geschichte erinnert sehr an *Ninotchka*. Vielleicht ein bisschen düsterer.«

»Düster, das ist gut, da kannst du neue Facetten zeigen.« Ann überlegte einen Moment. »Obwohl ich natürlich extrem eifersüchtig bin, dass du erneut mit Clark Gable drehst.«

»Du hast mit Robert Young und Humphrey Bogart vor der Kamera gestanden, also kannst du dich doch wohl kaum beklagen.«

Als sie den Telefonhörer wieder auf die Gabel legte, fiel ihr Blick auf die ungeöffnete Post. Schon zwei Wochen hatte sie keinen Brief von ihrer Mutter bekommen. Mit zitternden Fingern durchforstete Hedy den Stapel. Doch es waren nur die üblichen Dinge: Fanbriefe, Versicherungsschreiben, Werbebriefe, eine Postkarte von Greer aus deren Urlaub, aber nicht der sehnlichst erwartete Brief von ihrer Mutter. Mit jedem Tag, der verging, wuchs Hedys Angst, dass Gertrude es nicht schaffen würde, hierherzukommen. Wer wusste, wann es zu spät sein würde? Wenn der Krieg vom Kontinent nach Großbritannien herüberschwappen würde, wüsste Hedy nicht, wie sie ihr noch helfen könnte. In fieberhafter Verzweiflung hatte Hedy bereits alle Hebel in Bewegung gesetzt und gar mit Mr Mayer gesprochen, der sich bereit erklärt hatte, Strippen zu ziehen.

Vielleicht kann ich die Kennedys noch einmal fragen. John F. mochte mich, und sein Vater auch. Ja, vielleicht sind sie meine letzte Rettung, danach bleibt mir nichts mehr, außer zu hoffen und zu beten, zu welchem Gott auch immer.

Das Warten machte sie furchtbar nervös und daher war sie froh, als die Dreharbeiten zu *Comrade X* am 25. August endlich begannen. Produzent des Films war Gottfried Reinhardt, der Sohn von Hedys Wiener Mentor Max Reinhardt, was Hedy daran erinnerte, dass sie Max schon längst hatte besuchen wollen. Aber die Scheidung, die Sorge um ihre Mutter, das Leben mit Jamesie und die Dreharbeiten forderten ihre ganze Zeit und auch ihr Herz. Es gab viele Tage, an denen Hedy sich vollkommen zerrissen fühlte und ein schlechtes Gewissen bekam, weil sie den Set verließ, um bei ihrem Kind zu sein, und dort ein schlechtes Gewissen bekam, weil sie ihren Sohn nur für kurze Zeit sah, bis er ins Bettchen musste.

»Hedy, versuch dich zu entspannen und nicht immer perfekt zu sein«, versuchte King Vidor, der Regisseur von *Comrade X*, ihr gut zuzureden. »Du warst bisher gut und wirst es bleiben.«

»Das habe ich ihr auch gesagt«, ließ Clark Gable von sich hören. »Unser *Heaven with an Accent* ist ein komödiantisches Naturtalent.«

»Ich beneide euch um eure Gelassenheit.«

»Darling, ich habe als Kind den großen Hurricane von 1900 erlebt, danach jagt dir nicht mehr viel Angst ein.« King Vidor zuckte mit den Schultern.

»Und ich bin mit Carole Lombard verheiratet. Dafür brauchst du Nerven aus Stahl«, alberte Clark. »Wehe, du erzählst ihr ein Wort davon.«

»Nun habe ich etwas gegen dich in der Hand.«

Durch die Unterstützung der beiden Männer gelang es Hedy, aus sich herauszugehen und Theodore ihren eigenen Stempel aufzudrücken.

Müde, aber glücklich, ließ sich Hedy von Marvin Neal nach Hause chauffieren. Sie hatte das Gefühl, heute den großen Durchbruch geschafft zu haben, und freute sich auf die verbleibenden Drehtage. Morgen hatte sie frei und würde endlich einmal wieder ausschlafen.

Nachdem sie die Haustür hinter sich geschlossen hatte, sah sie sofort den Brief, der auf der kleinen Kommode im Flur lag. Sie erkannte das Briefpapier, und der sprichwörtliche Stein fiel ihr vom Herzen.

Endlich ein Lebenszeichen von ihrer Mutter!

Hektisch riss Hedy den Umschlag auf und las die wenigen Zeilen, die Gertrude ihr geschrieben hatte.

Ihrer Mutter ging es einigermaßen gut, aber Hedy fürchtete, dass sie ihr in diesem kurzen Brief nicht alles erzählte, um sie nicht zu beunruhigen. Immer wieder las sie die wenigen Sätze in der Handschrift ihrer Mutter und suchte nach versteckten Bedeutungen.

»Genug. Ich mache mich noch verrückt. Wichtig ist nur, dass ich endlich ein Lebenszeichen von ihr habe.«

Aber die Schwermut wollte nicht weichen. Wenn sie traurig war, gab es nur eines, was sie wieder aufmuntern konnte – ihr Sohn. Sie ging ins Kinderzimmer und beobachtete den friedlich schlummernden Jamesie. Er lag auf dem Rücken, hatte die winzigen Hände zu Fäustchen geballt, die er an seine Wangen hielt.

Hedy beugte sich zu ihm, um ihm einen sanften Kuss auf die Stirn zu geben. Da schlug er seine blauen Augen auf und lächelte. Hedys Herz quoll über vor Liebe zu diesem wunderbaren kleinen Wesen, das das Schicksal in ihr Leben geführt hatte. Jamesie gähnte und schien aufwachen zu wollen.

Vorsichtig hob Hedy das Kind aus dem Bettchen und wiegte es in ihren Armen, damit es wieder einschlief. Sie ging im Kinderzimmer auf und ab und sprach mit leiser Stimme gurrend auf ihn ein. Jamesie schloss die Augen.

»Miss Lamarr, die Zeitungen sind angekommen.« Ericka kam auf leisen Sohlen ins Zimmer.

»Danke«, flüsterte Hedy, um Jamesies Schlaf nicht zu stören. »Was sagen die Schlagzeilen?«

»Noch immer steht der Krieg im Mittelpunkt.« Ericka las als geborene Französin die Nachrichten mit dem gleichen Interesse wie Hedy. »Die *Times* schreibt etwas, was Sie interessieren dürfte.«

Hedys Neugier war geweckt. Ericka war einer der wenigen Menschen, die sie in ihre Erfinderideen eingeweiht hatte. »Können Sie es mir leise vorlesen? Nein, am besten fassen Sie es für mich zusammen.«

»Es ist der Navy gelungen, einen der Torpedos zu bergen, mit dem die deutschen U-Boote die Flüchtlingsschiffe beschossen haben.« Erickas Stimme zitterte. Auch sie sorgte sich um ihre europäischen Verwandten. »Es scheint sich um eine vollkommen neue Technik zu handeln.«

In Hedys Hinterkopf regte sich ein Gedanke. Vielleicht würde sie sich mithilfe dieser neuen Informationen endlich an weitere Details dessen erinnern, was Fritz und seine Geschäftspartner in Wien und Fegenberg besprochen hatten? Wenn sie erst wüsste, wie das Problem der Torpedosteuerung gelöst worden war …

Sie musste unbedingt mit George reden. Er hatte sie sofort nach dem Abendessen bei Janet und Adrian angerufen. George war nicht weniger überrascht gewesen als Hedy, dass sie sich beide mit Waffen auskannten. Ausgerechnet in Hollywood hätte sie das nicht erwartet. Hinzu kam, dass sie beide Maßnahmen gegen die Nazis ergreifen wollten – es war wahrhaft ein Glücksfall. Ein paar Mal hatten sie sich nach diesem ersten Telefonat getroffen und täglich per Telefon Ideen ausgetauscht, doch aufgrund ihres Drehs hatte Hedy ihren neuen Verbündeten in den letzten Tagen immer wieder vertrösten müssen. Auch ihr Erfinderzimmer hatte sie ihm noch nicht zeigen können.

Hedy sah auf ihre goldene Armbanduhr. Nein, es war zu spät, um ihn anzurufen. Seine Frau Boski vermutete ohnehin, dass Hedy und er eine Affäre hatten. Diesen Verdacht würde Hedy nur schüren, holte sie ihn so spät aus dem Bett. Nachdenklich wiegte sie Jamesie in ihren Armen, skeptisch beäugt von Donner. Jedes Mal, wenn Jamesie schrie, verschwand der Hund irgendwo im Haus. Trotz ihrer Grübelei musste Hedy darüber lachen, dass ein Hund, und solch ein großer noch dazu, sich vom Geschrei eines kleinen Kindes erschrecken ließ.

Hedy stellte sich ans Fenster und blickte in die Nacht hinaus. In der Ferne blinkten Lichter. Das leise Rauschen eines Flugzeuges bewegte sich über sie hinweg. Wie es wohl sein mochte, nicht nur ein solches Objekt zu fliegen, sondern es auch in der Finsternis zu landen? Hedy hätte sich gern einmal ein Cockpit angeschaut, all die Technik, die es dort zu verstehen und bewältigen gab. Wenn Jamesie ein paar Jahr älter wäre, würde sie ihn mitnehmen und per Funk mit der Besatzung sprechen lassen.

Per Funk!

Hedy fasste sich an die Stirn. Natürlich, wie konnte sie das nur vergessen haben? Hellmuth Walter hatte damals irgendetwas über eine Torpedosteuerung *per Funk* gesagt.

Beinahe hätte sie einen Freudenschrei ausgestoßen, doch ihr Sohn war auf ihrem Arm wieder in einen tiefen Schlaf gefallen.

»Schlaf gut, mein Liebling.« Vorsichtig legte sie Jamesie in sein Bettchen und wandte sich Ericka zu. »Geh ruhig schlafen, ich werde noch ein Weilchen wach bleiben. Ich habe eine Idee, die ich sofort zu Papier bringen muss.«

KAPITEL 26

Los Angeles, Herbst 1940

Auch auf der Fahrt ins Studio am nächsten Morgen konnte Hedy ihr Notizbuch nicht aus der Hand legen und hoffte, dass ihr noch mehr einfiele, wenn sie weiter nachgrübelte. George hatte sie gleich nach dem Aufwachen angerufen, um ihm in aller Kürze von ihrem Geistesblitz zu erzählen. Seine Frau war alles andere als begeistert von der frühen Störung gewesen, doch George willigte ein, sich bei Hedy zu melden, wenn er etwas ausgeruhter wäre.

»Der furchtbare Krieg kommt näher, Miss Lamarr«, sagte Marvin unvermittelt. Hedy schreckte hoch. »Meinen Sie, wir werden eintreten?«

»Ich fürchte es, und ich hoffe es.« Hedy war sicher, dass nur der Kriegseintritt der Amerikaner das Blatt wenden würde. Gleichzeitig sorgte sie sich, wie viele Menschenleben der Krieg noch kosten würde.

»Würden Sie sich für die Armee melden?«, fragte sie ihren Fahrer. Die Vorstellung, Marvin zu verlieren, den sie als Teil ihrer Familie betrachtete, erschreckte sie.

»Sicher, ich werde mein Land verteidigen.«

Hedy seufzte. »Und ich sitze hier in Hollywood, abgeschnitten vom wahren Leben, verdiene viel Geld und wünschte mir, ich könnte auch etwas tun, um die Deutschen zu besiegen.«

»Wenn Sie da etwas machen könnten, wäre das großartig.«

»Danke, Marvin.« Hedy sah wieder in ihr Notizbuch. Eine Torpedosteuerung per Funk, überlegte sie. Wenn sie sich richtig erinnerte, war das Problem, das Hellmuth Walter an Weihnachten 1936 beschrieben hatte, gewesen, dass die Steuerung allzu leicht gestört werden konnte. Die Ingenieure überlegten, über Drähte oder etwas Ähnliches den Torpedo sicher ins Ziel zu bringen. Heute Nachmittag würde sie sich in Ruhe erneut in ihr Erfinderzimmer setzen und weiter überlegen. Hoffentlich war George bis dahin wach und würde eigene Ideen einbringen.

Zum Glück war es ein kurzer Drehtag, und Hedy kam schon am frühen Nachmittag nach Hause. Nachdem sie Jamesie begrüßt hatte, zog sie sich sogleich in ihr Erfinderzimmer zurück. Kaum hatte sie sich hingesetzt und ihre Notizen von letzter Nacht erneut gelesen, klingelte ihr Telefon. War es George?

»Lamarr«, meldete sie sich, Hoffnung im Tonfall.

»Miss Lamarr.« Die Stimme kam Hedy vage bekannt vor, aber sie konnte sie nicht einordnen. »Hier ist Mary Lewis von *The Children's Society.*«

»Ach hallo, Mrs Lewis.« Ganz konnte Hedy ihre Enttäuschung nicht verbergen. »Wollten Sie sich über Jamesie erkundigen? Es ist wirklich unglaublich, was für Fortschritte er macht.«

»Deswegen rufe ich nicht an, also nicht nur. Wir haben aus der Presse erfahren, dass Sie und Ihr Ehemann sich scheiden lassen wollen.«

Oh! Hätte Hedy sich bei der Adoptionsbehörde melden müssen, um ihnen das mitzuteilen? Das war ihr überhaupt nicht in den Sinn gekommen.

»Ich hätte noch Kontakt zu Ihnen aufgenommen, es ist nur im Moment ein bisschen viel für mich. Sie können das sicher nachvollziehen«, versuchte Hedy sich zu retten.

»Miss Lamarr –« Die Frau am anderen Ende zögerte, was Hedys Aufmerksamkeit schärfte. »Miss Lamarr, ich sage es offen und ehrlich: Unser Recht verlangt, dass ein Adoptivkind von Eltern aufgezogen wird.«

»Wie meinen Sie das?«

»Eltern, Miss Lamarr, sind Mutter *und* Vater, eine normale Familie. Es tut mir sehr leid für Sie, aber eine alleinerziehende Mutter ist nicht vorgesehen.«

Das durfte nicht wahr sein! Beinahe wäre Hedy der Telefonhörer aus der Hand gefallen. Sie griff sich an den Hals, weil sie das Gefühl hatte, keine Luft zu bekommen. Mit aller Kraft versuchte sie, sich auf die Worte ihrer Gesprächspartnerin zu konzentrieren, aber sie konnte nur an eines denken: Sie würde ihren geliebten Sohn verlieren!

»Aber James liebt mich, und ich liebe ihn, und er hat es bei mir gut. Der Junge hat ein Kindermädchen, wir haben eine Köchin, er hat alles, was sich ein Kind nur wünschen kann.«

»Es tut mir wirklich leid, aber Regeln sind Regeln. Daran gibt es nichts zu rütteln. Auf Wiederhören, wir melden uns.«

Hedy legte auf und brach in Tränen aus. Mit vielem hatte sie gerechnet, aber nicht damit, dass ihr Entschluss, sich von Gene zu trennen, zum Verlust ihres Sohnes führen könnte. Das durfte nicht sein.

Sofort rief sie ihren Anwalt an, der allerdings eingestehen musste, sich noch nie mit derartigen Fragen beschäftigt zu haben, ihr aber versprach, sich kundig zu machen und sich dann bei ihr zu melden.

»Bitte bald«, flehte sie, denn die Ungewissheit zehrte bereits jetzt an ihren Nerven. Eine halbe Stunde später klingelte das Telefon erneut.

»Ja?« Hedy versuchte, ruhig zu bleiben, aber ihre Finger zitterten ebenso wie ihre Stimme.

»George hier. Was wolltest du heute Morgen von mir?«

Unpassender hätte dieser Anruf wohl kaum kommen können. Wie sollte sie sich überhaupt auf etwas anderes konzentrieren können, wenn die Zukunft ihres Sohnes – ihre Zukunft als Mutter – auf dem Spiel stand? »Tut mir leid, ich rufe dich später wieder an.«

»Was ist los?« Georges Ton klang besorgt. »Du hörst dich … sehr unglücklich an.«

»Ich …« Beinahe wäre Hedy in Tränen ausgebrochen. »Es geht um Jamesie. Ich melde mich. Versprochen.«

Kaum hatte er aufgelegt, bedauerte sie, dass sie nicht weiter mit ihm gesprochen hatte. Nun saß sie wieder neben dem Telefon, starrte es an und flüsterte: »Klingel endlich, du dummes Ding.«

»Bitte schön.« Ericka reichte ihr eine Tasse mit Kräutertee, dessen würziger Duft in Hedys Nase kitzelte. »Soll ich heute wieder länger bleiben?«

»Danke, aber ich schaffe das schon.« Hedy presste die Lippen zusammen. »Ericka, was soll ich nur tun, wenn sie mir meinen Jungen nehmen?«

»Miss Lamarr, das kann ich mir nicht vorstellen. Man muss nur Jamesie und Sie zusammen sehen, und sofort weiß man, dass Sie beide zusammengehören.«

Hedy kam nicht dazu, ihrer Haushälterin zu antworten, weil das Telefon klingelte. Sie hob ab und nickte Ericka zu, die sich mit einem Lächeln von ihr verabschiedete.

»Miss Lamarr.« Hedys Anwalt klang verärgert und enttäuscht. »Leider ist es so, dass das amerikanische Recht davon ausgeht, dass sich ein Elternpaar um das Kind kümmert. Wenn Sie sich trennen, kann die Behörde die Adoption zurückziehen.«

Ihr verschlug es die Sprache, sie konnte weder etwas sagen noch denken.

»Sind sie noch dran, Miss Lamarr?«

»Ja, ja. Gibt es überhaupt keine Möglichkeiten für mich?«

»Offiziell leider nicht.« Der Anwalt zögerte einen Moment. »Aber ich könnte mir vorstellen, dass öffentlicher Druck die Behörde dazu bewegen könnte, bei Ihnen eine Ausnahme zu machen.«

»Öffentlicher Druck?« Hedy war so erschüttert, dass sie nicht begriff, was er ihr sagen wollte.

»Wenden Sie sich an die Zeitung, Sie kennen doch bestimmt Kolumnistinnen. Lassen Sie die Reporter in Ihr Haus und erzählen Sie Ihnen, wie viel Ihr Sohn Ihnen bedeutet. Darin sehe ich Ihre einzige Chance.«

»Danke, danke, Sie haben mir unglaublich geholfen«, stammelte Hedy, nachdem sie ihre Stimme wieder in der Gewalt hatte. »Ich danke Ihnen.«

Sie wartete nicht auf seine Abschiedsworte, sondern legte sofort auf, um Louella Parsons anzurufen. Beinahe kam es ihr vor, als hätte die Klatschkolumnistin nur auf ihren Anruf gewartet.

»Morgen Vormittag habe ich Zeit für ein Interview.« Mrs Parsons Stimme zitterte vor Aufregung, ein Exklusiv-Interview mit Hedy zu bekommen. »Haben Sie schon mit Hedda gesprochen?«

»Nein, ich möchte exklusiv mit Ihnen sprechen. Sie haben

damals so wunderbar darüber geschrieben, als Jamesie zu uns … zu mir gekommen ist.«

◐ ◐ ◐

»Louella!« Hedy öffnete die Arme und gab ihrem Besuch links und rechts einen Kuss auf die Wange. »Wie schön, dass Sie Zeit für mich haben.«

»Es tut mir leid mit Ihrer Scheidung.« Die Klatschkolumnistin hielt sich nicht mit Höflichkeiten auf, sondern kam sofort zur Sache, ohne Rücksicht auf die Gefühle ihres Gegenübers. Der Blick aus ihren großen Augen zuckte hin und her, als suchte sie in Hedys Wohnzimmer nach etwas, das sie für ihren Artikel verwerten konnte.

Wenn man sie so sah, hätte man nicht gedacht, wie viel Macht diese Frau, die vollkommen durchschnittlich wirkte mit ihrer spitzen Nase, den schmalen Lippen und großen Augen, in Hollywood besaß. Wie ihre Konkurrentin Hedda Hopper hatte Louella Parsons ein Faible für auffallende Hüte. Auch heute trug sie ein Kunstwerk aus Stoff, Federn und künstlichen Blumen auf den dunklen Locken.

»Kommen Sie doch bitte herein.« Hedy trat zur Seite und deutete mit großer Geste ins Innere des Hauses. Sie hatte den Tisch im Wohnzimmer selbst gedeckt, den Kuchen hatte jedoch Ericka gebacken. Louella blieb im Flur stehen und zog ihren hellen Mantel aus und nahm ihren mit bunten Federn geschmückten Hut ab. Hedy nahm ihr beides ab und hängte den Mantel an die Garderobe. Erneut bemühte sie sich um ein Lächeln.

»Ich habe das Personal aus dem Haus geschickt, damit wir ganz für uns sind. Ich hoffe, das ist Ihnen recht?«

Die Gesellschaftskolumnistin nickte nur, was Hedys Nervosität steigerte.

»Möchten Sie erst das Haus sehen oder lieber Kaffee trinken?«, fragte sie. Ihre Stimme zitterte ein wenig. Falls es ihr nicht gelang, Louella Parsons auf ihre Seite zu ziehen, würde sie ihren geliebten Sohn für immer verlieren.

»Ich würde gerne das Haus besichtigen«, antwortete die Klatschreporterin und ergänzte in bissigem Ton: »Allerdings werde ich nicht viel darüber berichten, das hat ja bereits Gladys Hall getan.«

Mit dieser Spitze machte sie überdeutlich, wie wenig es Mrs Parsons schätzte, dass Hedy die Hedgerow Farm nicht ihr, sondern ihrer Konkurrentin zuerst gezeigt hatte. Einen Moment fühlte Hedy sich versucht, sich zu entschuldigen, aber dann entschied sie sich, dass es klüger war, darüber hinwegzugehen.

»Hier habe ich mein kleines Erfinderzimmer«, sagte Hedy und blieb in der Tür zu ihrem Allerheiligsten stehen. Langsam begannen ihre Kiefermuskeln vor künstlichem Lächeln zu schmerzen. »Interessiert Sie das?«

»Erfinderzimmer?« Louella Parsons hob ungläubig eine Augenbraue. Es kam Hedy vor, als könnte die Klatschkolumnistin es gar nicht erwarten, ihre spitze Nase in das Zimmer zu stecken.

»Ja«, bestätigte Hedy. »Um mich nach Drehschluss zu entspannen, denke ich gern über unterschiedliche Sachen nach. Aktuell überlege ich, gemeinsam mit George Antheil …«

»Dieser furchtbare kleine Mann«, unterbrach Louella Parson sie. An ihrem Gesichtsausdruck ließ sich deutlich ablesen, wie wenig sie von dem Komponisten hielt. Daher sah Hedy davon ab, dieses Thema zu vertiefen. Das war ohnehin vielleicht besser, schließlich hatten sie und George noch nichts vorzuweisen, was wirklich der Rede wert war. Sie öffnete die Tür zu dem Raum, dessen karge Schlichtheit ihre Ideen zum Fließen brachte.

Die Klatschreporterin sah kurz hinein, zuckte mit den Schultern und wandte sich wieder um. Beinahe wäre Hedy ein erleichterter Seufzer entwichen, stattdessen führte sie die Besichtigung fort.

Nachdem Hedy ihr Haus gezeigt hatte, brachte sie ihren Gast zurück ins Wohnzimmer, wo Louella Parsons Platz nahm. Sie sah sich um.

»Wo ist der Junge, um den sich hier schließlich alles dreht?« Ihre schmalen Lippen verzogen sich zu einem Lächeln. »Ich würde ihn gerne sehen und Fotos von ihm machen.«

Auch Hedy ließ sich auf einem Sessel nieder und schlug die Beine übereinander. »Der Kleine schläft noch. Wir sind an seinem Zimmer vorbeigegangen, um ihn nicht zu stören. Ich dachte, wir nehmen uns erst einmal Zeit, miteinander zu reden.«

»Nun gut, also, was wollen Sie von mir?«

Da ihr Gast so geradeheraus fragte, sah Hedy keinen Anlass, um den heißen Brei herumzureden. Sie holte tief Luft.

»Die Behörde will mir meinen lieben Jungen wegnehmen.« Hedy kämpfte mit den Tränen. Schon im Voraus hatte sie überlegt, ob sie weinen sollte, um Louella Parsons auf ihre Seite zu ziehen, aber jetzt, da es so weit war, musste sie nicht spielen. Der Gedanke, Jamesie zu verlieren, schnitt ihr ins Herz. »Weil Gene und ich uns scheiden lassen.«

»Warum haben Sie sich überhaupt getrennt?« Die Klatschkolumnistin schnüffelte wie ein Schwein auf der Suche nach Trüffeln. »Haben Sie möglicherweise zu schnell geheiratet?«

Was maßte diese Frau sich nur an? Am liebsten hätte Hedy die neugierige Reporterin hinausgeworfen, aber sie war auf deren Unterstützung angewiesen, sosehr sie es auch hasste, ihr Privatleben vor einer völlig Fremden ausbreiten zu müssen. Nicht umsonst war sie Schauspielerin, und es wäre doch wohl gelacht, sollte es ihr nicht gelingen, das Gespräch mit einem Lächeln durchzustehen.

»Na ja.« Hedy hob die Hände. »Sie wissen sicher, wie das ist. Man verliebt sich Hals über Kopf, und vor lauter Schmetterlingen im Bauch vergisst man den Verstand.«

Louella Parsons war mehrfach verheiratet gewesen, nicht wahr? Hedy hätte sich besser auf das Interview vorbereiten sollen.

»Wer kennt das nicht?«, gestand die Reporterin ein. »Dennoch ist es schade, Sie waren ein hübsches Paar.«

»Danke.«

»Schon gut. Also, Ihr Junge.«

»James. Wir nennen ihn Jamesie. Möchten Sie ein Stück Kuchen?«

»Gern, und Tee, falls Sie welchen haben.«

»Gewiss.« Vorsorglich hatte Hedy Kaffee und Tee auf den Tisch gestellt. Wärmehauben auf den Porzellankannen sorgten dafür, dass die Getränke heiß blieben.

Während Louella sich den Kuchen schmecken ließ, redete Hedy sich ihre Sorgen von der Seele.

»Jamesie ist die Welt für mich. Die meisten Menschen werden sich das nicht vorstellen können, dass ein Hollywood-Star sich nach einer Familie sehnt, aber für mich …« Hedy stockte und kämpfte gegen die Tränen an, die ihr in die Augen traten. »Für mich ist die Familie das Allerwichtigste. Ist es immer schon gewesen. Ich liebte meinen Vater, der viel zu früh von uns gegangen ist. Und meine Mutter …«

Sie konnte nicht weiterreden. Louella Parsons legte die Kuchengabel auf den Teller und beugte sich zu Hedy, sichtlich gefesselt von ihrer Geschichte.

»Meine Mutter ist immer noch in Europa. Die Sorge um sie lässt mich kaum schlafen.« Verzweifelt rang Hedy die Hände. »Jamesie ist mein einziger Halt.«

Eifrig huschte Louella Parsons Stift über das Papier. »Und wie wollen Sie sich allein um Ihren Sohn kümmern, wenn Sie Filme drehen?« Es kam Hedy vor, als würde ihr Gegenüber sie belauern. »Denn Sie müssen ja arbeiten, oder nicht?«

»Ich habe ein wunderbares Kindermädchen, und ich bemühe mich, jeden Abend bei ihm zu verbringen.« Hedys Lächeln bat um Verständnis. »Ich bin sowieso mehr ein häuslicher Mensch. Nur Premieren lasse ich mir nicht entgehen.«

Hedy konnte Louella Parsons Gesicht nicht entnehmen, ob sie mit ihr fühlte, oder ob sie nur eine Story witterte. Als sie wenig später jedoch den gerade erwachten kleinen James traf, schien es Hedy, als hätte auch die Klatschreporterin ihn augenblicklich in ihr Herz geschlossen. Nachdem die Tür einige Fotoaufnahmen später hinter ihr ins Schloss fiel, konnte Hedy nur noch eins tun: beten und hoffen.

KAPITEL 27

Los Angeles, Herbst und Winter 1940

Inzwischen war Hedy so weit in Hollywood angekommen, dass sie sich darauf verlassen konnte, über befreundete Kollegen von interessanten Filmprojekten zu erfahren, die Louis B. Mayer ihr verschwieg. Auf diesem Weg hatte sie auch von *Ziegfeld Girl* erfahren, einer musikalischen Revue, in der Lana Turner und Judy Garland mitspielen sollten.

Hedy hatte sofort begriffen, dass diese Rolle ihr Repertoire deutlich erweitern würde. Nachdem Mr Mayer auf ihre freundliche Bitte nicht reagiert hatte, war sie wieder einmal ins Büro ihres Chefs gestürmt und hatte immerhin erreicht, dass sie Probeaufnahmen machen durfte.

Die beiden Regisseure, Robert Z. Leonard und den großen Busby Berkeley, der für seine ausgefallenen Choreographien bekannt war, konnte Hedy schließlich für sich einnehmen. Sie konnte es kaum erwarten, mit den Dreharbeiten zu beginnen, obwohl die Angst, dass sie Jamesie verlieren würde, ihr weiterhin schlaflose Nächte bereitete.

Doch MGM hatte zunächst andere Pläne mit ihr. Bevor das Musical gedreht wurde, sollte sie neben James Stewart in der romantischen Komödie *Come live with me* spielen. Der Dreh sollte möglichst schnell beginnen, denn James Stewart hatte sich in einem patriotischen Akt als Freiwilliger für den Krieg gemeldet. Für die meisten Amerikaner war nun überdeutlich, dass es nur eine Frage der Zeit war, bis die USA in den Krieg einträten.

Hedy hatte James Stewart, oder Jimmy, wie er genannt wurde, mehrfach auf Partys getroffen und ihn als schüchternen, aber freundlichen Mann empfunden. Hedy freute sich sehr, gemeinsam mit ihm vor der Kamera zu stehen, allerdings fragte sie sich, ob die Chemie zwischen ihnen stimmen würde. Für Hedys Geschmack war er zu jung, zu schlaksig, mit einem jungenhaften Gesicht unter einer Fülle dunkler Haare. Wenn das Publikum ihnen ihre Liebe nicht abkaufte, wäre auch dieser Film wieder ein Flop. Würden Jimmy und sie als Paar überzeugen?

Sie versuchte, die Frage und ihre Sorge um Jamesie zu verdrängen, indem sie mit George an ihrem gemeinsamen Projekt arbeitete. An jedem Abend der vergangenen Wochen hatten sie sich bei Hedy getroffen und seitenweise Blätter mit Ideen gefüllt, diese wieder verworfen und neue Konzepte entwickelt. Durch einen Anruf bei einem von Georges Freunden beim Militär hatten sie herausgefunden, wo eines der größten Probleme der alliierten Truppen lag: bei der Steuerung der Torpedos. Seitdem sich Hedy wieder an ein paar Details aus den Gesprächen im Hause Mandl erinnerte, schienen sie der Lösung näher zu rücken.

Am einfachsten schien es zu sein, einen Torpedo mit einem Draht zu verbinden und ihn so auf sein Ziel zu lenken. Aber wie so oft im Leben war das Einfachste auch das, was sich am schwersten realisieren ließ. An dieser Idee waren klügere Köpfe als sie gescheitert, redete Hedy sich gut zu, als sie wieder einmal in einer Sackgasse gelandet war.

Obwohl Hedy das Erfinden unglaublich viel Spaß bereitete, machte ihr der Schlafmangel langsam zu schaffen.

»Ich benötige wieder eine Vitaminspritze.« Hedy fühlte sich müde und erschöpft. *Comrade X* war noch nicht abgedreht, während *Come live with me* bereits mitten in den Dreharbeiten steckte. Es gab Tage, an denen Hedy von einem Set zum anderen rannte. Es kostete sie unglaublich viel Konzentration, den Text zu behalten und sich in die unterschiedlichen Rollen der Theodore und der Johnny Jones hineinzufühlen.

Erschwerend kam hinzu, dass James Stewart mit den Folgen einer schweren Erkältung kämpfte, und Hedy fürchtete, sich anzustecken. Um die Erkältung kam sie herum, aber ihre Weisheitszähne entzündeten sich. Sie aß kaum noch etwas und stand den Dreh nur mit Schmerzmitteln durch, die sie jedoch noch müder machten. Letztlich kam sie nicht umhin, und wandte sich an Doctor Feelgood mit der Bitte um Hilfe.

Nach der Spritze fühlte sie sich allen Anforderungen gewachsen und trällerte »Only Forever« vor sich hin, einen Song, den Bing Crosby gerade herausgebracht hatte, und der ihr sehr gut gefiel. Seitdem sie für *Ziegfeld Girl* eingeplant war, sang Hedy wieder mehr, um ihre Stimme zu stärken. Außerdem liebte Jamesie es, wenn sie ihm etwas vorsang.

Aber die Spritze war es nicht allein, die Hedys Stimmung deutlich hob. Sie kam sich ein wenig vor wie in einem dieser Superheldencomics, die seit ein oder zwei Jahren im Zeitschriftenladen erhältlich waren und die die Amerikaner so gerne lasen. Millionär bei Tag, Superheld bei Nacht. Nur bei ihr müsste es heißen: Schauspielerin bei Tag, Erfinderin bei Nacht. Wie würde sie als Superheldin wohl genannt werden? Inventor Girl oder Weapon Lady?

Doch als Superheldin müsste sie natürlich erst einmal Erfolge vorzuweisen haben, und auch wenn George und sie in letzter Zeit

Fortschritte machten, waren ihre Ergebnisse noch immer nicht spruchreif. Hedy tat, was sie konnte, las sich tief in das Thema ein, während George ein paar Freunde anrief, die er von seiner Zeit als Munitionsinspektor kannte. Durch ihre Nachforschungen kristallisierte sich bald heraus, dass es im Grunde zwei Probleme gab. Da die Torpedolenkung durch einen Draht, ganz gleich, wie man es drehte und wendete, nicht glücken würde, arbeitete Hedy weiter an der Idee, die Waffe mithilfe von Funkwellen zu dirigieren. Allerdings brachte dieser Lösungsansatz ein weiteres Problem mit sich: Funkwellen konnten vom Feind angepeilt und gestört werden, und somit der Torpedo sein Ziel verfehlen.

Sie dachte an das Gespräch mit dem deutschen Ingenieur Hellmuth Walter, der vor vielen Jahren versucht hatte, eine funkbasierte Torpedosteuerung zu entwickeln. Ob es ihm inzwischen gelungen war? Er war ein sympathischer Mann gewesen, es fiel ihr schwer, ihn sich als Feind vorzustellen.

»Ist dir eine Idee gekommen?« George stürmte in ihr Erfinderzimmer, wieder einmal mit deutlicher Verspätung.

»Ich komme einfach nicht weiter.« Frustriert hieb Hedy mit der flachen Hand auf den Tisch. »Warum sollten gerade wir beide das Dilemma lösen können, das hoch bezahlte Ingenieure bisher nicht in den Griff bekamen?«

»Weil wir *anders* denken«, antwortete Georg und grinste sie an. Inzwischen hatte er die Scheu vor ihr überwunden und arbeitete wunderbar mit ihr zusammen. Obwohl er ab und zu sehr seltsame Ideen hatte, hatte Hedy den Komponisten schätzen gelernt. Ihn und auch seine Frau Boski, allerdings wusste Hedy nur zu gut, dass das nicht auf Gegenseitigkeit beruhte. Boski, eine temperamentvolle Ungarin, konnte einfach nicht glauben, dass Hedy und George nur an den Erfindungen arbeiten.

»Weißt du, was ich mache, wenn ich nicht weiterweiß, wenn ich nervös bin, wenn es mir nicht gut geht?« George stand auf und zog Hedy ebenfalls auf die Füße. Schnurstracks führte er sie ins Wohnzimmer und schritt zum Klavier, das Hedy als eines der ersten Stücke für ihr neues Heim gekauft hatte. Es war gedacht für ihre Fingerübungen, aber auch für ihre Mutter, die Konzertpianistin gewesen war. Für Hedy war das Klavier ein Symbol der Hoffnung, dass Gertrude es eines Tages nach Hollywood schaffen würde. Das Klavier – und der Nerzmantel, den Hedy ihr versprochen hatte – warteten nur darauf, dass ihre Mutter endlich eine Einreiseerlaubnis in die USA erhielt.

Ohne zu zögern, holte George einen zweiten Stuhl für Hedy heran und setzte sich selbst auf den, der bereits vor dem Klavier stand. Mit der rechten Hand klimperte er eine Melodie, dann nahm er die linke dazu, ließ mühelos die Finger über die Tasten gleiten. Hedy hört ihm eine Weile zu, ließ sich wegtragen von der Musik, die nun das ganze Haus erfüllte. Als sie das Muster seiner Improvisation erkannte, folgte Hedy schließlich Georges Einsatz. Vierhändig spielten sie, ließen die Töne hell erklingen, um sie dann wieder dunkel werden zu lassen. Wenn George zu den tiefen Tönen hinübergriff, folgte Hedy ihm. Wenn er sich den helleren Klängen zuwandte, wechselte auch sie die Richtung.

»Das ist es!«, rief sie plötzlich und verharrte in ihrer Bewegung. »Ich habe es. Genau das ist es, was wir gesucht haben.«

Sie hüpfte vom Stuhl und tanzte durchs Zimmer, beobachtet von George, auf dessen Gesicht sich Erstaunen abzeichnete. »Siehst du es denn nicht?«, fragte Hedy atemlos und deutete auf das Klavier.

»Ich verstehe nicht, was du meinst.« Er schaute sie an, als hätte sie zu viel Wein getrunken.

»Das, was wir gerade gemacht haben, George, das müssen wir für unser Torpedo-System umsetzen.«

»Wir müssen Klavier spielen?« Jetzt blickte er nur noch ungläubiger drein.

»Nein, wir müssen die Systeme synchronisieren.« Hedy jubelte beinahe vor Freude, weil nun endlich der Knoten geplatzt war, der ihre Ideen blockiert hatte. »Verstehst du denn nicht? Als wir vierhändig gespielt haben, warst du der Sender und ich der Empfänger.«

Da schien auch bei ihm der Groschen zu fallen. »Ich ahne, worauf du hinauswillst.« George nickte eifrig. Auf seinem runden Gesicht breitete sich ein Lächeln aus. »Das könnte funktionieren. Sprich weiter.«

»Wenn du schneller wurdest, wurde ich schneller. Wenn du langsamer spieltest, passte ich mein Tempo an. Genauso machen wir das mit dem Torpedo. Wir senden auf einer Frequenz, dann wechseln wir in einem vorgegebenen Rhythmus wieder und wieder. Zusammen springen Sender und Empfänger sozusagen auf den Frequenzen.«

Erwartungsvoll sah sie ihn an. Würden sie heute, hier und jetzt Großes schaffen? Sie konnte es förmlich in der Luft spüren, sie war wie elektrisiert.

Als George nicht reagierte, zog Hedy nervös die Unterlippe zwischen die Zähne. Hatte sie sich geirrt? War ihre Idee nicht so gut wie sie ihr eben noch erschienen war? Warum sagte er nichts?

»Frequenzsprünge! Hedy, du bist ein Genie!« Nun konnte auch George nicht mehr an sich halten und sprang auf. »Ich wusste, dass wir gemeinsam etwas entwickeln können.«

»Danke, aber lass uns weiter überlegen. Wie kann man das

erreichen?« Hedy hatte zwar eine Vorstellung, wohin sie wollte, aber der Weg war ihr noch unklar. Hoffentlich hatte George eine Idee.

Der Komponist überlegte kurz, dann erhellte ein Lächeln sein Gesicht.

»Ich habe für mein *Ballet mécanique* versucht, acht Klaviere zu synchronisieren. Das war gar nicht so schwierig, es lief über Papierrollen.«

»Papierrollen?« Jetzt sah Hedy ihn ungläubig an.

»Ja, mit Lochstreifen. Ich habe dem ersten Klavier eine Papierrolle gegeben, dann in versetztem Rhythmus dem zweiten, dem dritten, dem vierten …«

Unwillkürlich musste Hedy an ihre alte Spieluhr denken, die sie einst gemeinsam mit ihrem Vater auseinandergebaut hatte. Die Technik dahinter war ähnlich gewesen: Eine vorgestanzte Walze hatte, wenn man sie drehte, die verschiedenen Töne auf dem Kamm in der Spieluhr erklingen lassen. So ähnlich mussten auch Georges Lochstreifen funktionieren. Einfach, aber genial.

»Ich habe das Prinzip verstanden«, unterbrach Hedy ungeduldig Georges Ausführungen. »Ich glaube, wir haben es geschafft.«

Skeptisch blickten sie sich an. Sollte es wirklich so einfach gewesen sein?

»Lass es uns aufschreiben.« George zog die Schublade von Hedys Telefontischchen auf und suchte verzweifelt nach Zettel und Stiften. »Wir müssen das umgehend überprüfen. Streichhölzer, ich brauche Streichhölzer.«

»Wenn du rauchen willst, da hinten liegt ein Feuerzeug.«

»Mit den Streichhölzern können wir deine Idee bildlich darstellen«, erklärte er fieberhaft und beförderte einen Bleistift und einen Notizblock zutage. »Die Streichhölzer sind die Frequenzen, und wir schauen dann, ob Sprünge möglich sind.«

»George, das ist genial.«

Hedy eilte in die Küche, wo sie alle Schubladen aufriss und nach Streichhölzern suchte.

◐ ◐ ◐

Im Herbst sah Hedy sich plötzlich in der Situation, drei Filme parallel zu drehen. Es gab letzte Nachdreharbeiten an *Comrade X*, *Come live with me* war mitten in der Produktion und die Dreharbeiten zu *Ziegfeld Girl* begannen.

So ist Hollywood. Erst fürchtete ich, nie eine Rolle zu bekommen, und nun hetze ich von einem Set zum nächsten, arbeite sieben Tage die Woche, finde keine Ruhe – und bin glücklich wie schon lange nicht mehr.

»You stepped out of a Dream«, sang sie leise vor sich hin, einen der zentralen Songs des Musicals. Sie liebte die Dreharbeiten zu *Ziegfeld Girl*, und das nicht zuletzt, weil sie Louis B. Mayer die Rolle abgetrotzt hatte. Hedy mochte vor allem die Leichtigkeit des Films, die Musik, den Gesang und Tanz. Das war ihre Welt, in der sie strahlen konnte.

Es hatte zwar einige Kraft gekostet, Mayer dazu zu bringen, dass sie eine Rolle bekam, aber es hatte sich auf jeden Fall gelohnt. Die Kostüme waren bombastisch, wenn auch schwierig zu tragen, und sie hatte eine neue Freundin gewonnen: Judy Garland.

Der Film folgte dem Schicksal dreier junger Frauen, deren Hoffnung darin liegt, ein *Ziegfeld Girl* zu werden: Susan, gespielt von Judy Garland, Hale, gespielt von Lana Turner, und Sandra, gespielt von Hedy. Zu Beginn der Dreharbeiten waren die drei Erzählstränge gleichwertig, doch nach und nach erhielt Lana Turner mehr Szenen. Hedy war nicht unglücklich darüber, gab es ihr doch die Möglichkeit, ihre beginnende Freundschaft zu Judy zu vertiefen, während sie Lana beim Dreh zusahen.

Judy Garland kannte Hedy flüchtig von einigen Hollywoodpartys, auf denen ihr der junge MGM-Star immer etwas verloren vorgekommen war. Am Set erwies sie sich als eine professionelle Schauspielerin und angenehme Kollegin, zu der Hedy eine spontane Zuneigung fasste.

Judy, die spätestens seit *The Wizard of Oz* in ganz Amerika, wenn nicht sogar auf der ganzen Welt bekannt war, kam Hedy vor wie ein Opfer Hollywoods. Von einer ehrgeizigen Mutter früh ins Showgeschäft getrieben, von Louis B. Mayer zu einer Diät nach der anderen gezwungen, wirkte sie trotz ihres Oscars und ihrer Erfolge zerbrechlich und traurig. Diese Einschätzung beruhte sicher auch darauf, dass Judy sehr klein und zart war. In ihrem schmalen Gesicht fielen sofort die dunkelbraunen, ausdrucksvollen Augen auf, die Hedy immer an die Geschichte von *Bambi* erinnerte. Das Buch des österreichischen Schriftstellers hatte Hedy als Kind geliebt, obwohl es sehr düster war.

Trotz aller Traurigkeit besaß Judy auch einen wunderbaren Sinn für Humor und eine ausgeprägte Fähigkeit zur Selbstironie, was Hedy sehr schätzte.

»Weißt du eigentlich, welche Wirkung du auf Männer hast?«, fragte Judy Hedy einmal, als sie auf ihren Einsatz warteten.

»Wie meinst du das?«, fragte Hedy.

»Ich hab's beobachtet«, antwortete ihre Freundin und zwinkerte. »Wenn Lana am Set ankommt, pfeifen ihr die Techniker hinterher. Wenn du vorbeigehst, dann seufzen sie aus vollem

Herzen und starren dir sehnsuchtsvoll nach. Und wenn ich auftauche, dann gibt es ein freundliches Hallo, mehr nicht.«

»Das stimmt nicht«, widersprach Hedy. »Ich habe beobachtet, wie einige von ihnen dir ebenfalls sehnsüchtig nachstarren.«

»Ich fürchte, ich werde für sie immer die süße Kleine bleiben, die ›Somewhere over the Rainbow‹ gesungen hat.«

»Und ich die kühle Marmorgöttin, die man anschmachten, aber nicht ansprechen darf.«

»Hast du dir schon einmal überlegt, was für ein Leben du geführt hättest, wenn du kein Hollywood-Star geworden wärst?« Judy sah sie an, als wäre ihr Hedys Antwort sehr wichtig.

Hedy überlegte, ob sie ihrer neuen Freundin erzählen sollte, was sich in ihrem stillen Kämmerlein zu Hause abspielte. Denn ja, wenn sie nicht Schauspielerin geworden wäre, dann hätte sie studieren und sich einen Namen mit ihren Erfindungen machen wollen.

Ehe Hedy es wagen konnte, ihr kleines Geheimnis ihrer Kollegin anzuvertrauen, machte Judy sie auf etwas anderes aufmerksam: »Oh, schau, Adrian winkt dir zu.«

»Ach stimmt, das habe ich ganz verschwitzt! Er wollte mir unbedingt heute mein neues Kostüm präsentieren.« Hedy sprang auf und blickte Judy entschuldigend an. »Wir reden nachher weiter, in Ordnung?«

»Na klar, und nun mach schon. Adrian hat bestimmt nicht ewig für dich Zeit«, scheuchte Judy sie zu dem Designer hinüber.

Zur Begrüßung umarmte dieser sie kurz und fragte neugierig: »Was macht deine Zusammenarbeit mit George?«

»Wir sind kurz davor, unsere Idee beim *National Inventors Council* einreichen zu können.« Mehr wollte Hedy nicht sagen, sie war abergläubisch und fürchtete, Pech herbeizureden. »Aber deshalb hast du mich doch kaum zu dir gewunken.«

»Erinnerst du dich, ich habe dir gesagt, du würdest mich einmal für ein Kostüm verfluchen?« Adrian schaute Hedy mit unlesbarem Gesichtsausdruck an. »Ich habe für dich ein unglaubliches Design kreiert, aber es wird furchtbar schwer zu tragen sein.«

»Nun hast du meine Neugier geweckt.«

»Komm mit«, Adrian zog sie erneut hinter sich her zu den Garderoben.

»Hier ist es.« Er zog ein weißes, schimmerndes, hochgeschlossenes Kleid mit langen Ärmeln von einer Garderobenstange.

»Es ist schön.« Hedy bemühte sich, nicht zu enttäuscht zu wirken. Nach der Vorrede hatte sie mehr erwartet.

»Warte ab! Das ist *nur* das Kleid.« Sie konnte dem Designer förmlich ansehen, dass er sich freute wie ein kleiner Junge, dem ein Streich gelungen war. Adrian schob die Kleider zur Seite, so dass sie dahinter so etwas wie eine Tiara entdecken konnte, allerdings deutlich größer als die meisten, die sie je gesehen hatte. Staunend musterte sie die funkelnden Sterne, mit der das Gebilde besetzt war. Nein, es war keine Tiara, vielmehr ähnelte es mehreren mit Sternen verzierten Heiligenscheinen, die aus ihren Achsen wuchsen wie Flügel. Nun erkannte Hedy, dass auch das Kleid mit silbern und golden schimmernden Sternen bedeckt war.

»Wie soll ich diesen Haarschmuck – ich weiß nicht, wie man es nennt – tragen?«, fragte sie fasziniert.

»Er wird dir auf den Rücken gebunden.«

»Und wie soll ich damit eine Treppe herabschreiten?«

»Elegant«, antwortete Adrian und grinste erneut.

»Eines Tages werde ich mich dafür bitter rächen«, drohte sie spielerisch, konnte es aber gleichzeitig nicht erwarten, dieses wunderschöne Kleid und diesen außergewöhnlichen Schmuck zu tragen. »Wie schade, dass der Film nicht in Farbe gedreht wird.«

◐ ◐ ◐

Im Dezember war es endlich so weit: George und Hedy sandten eine detaillierte Beschreibung ihrer Torpedosteuerung, die sie »geheimes Kommunikationssystem« getauft hatten, an den *National Inventors Council*. Nun hieß es Warten und Hoffen, etwas, das Hedy noch nie leichtgefallen war. Daher verbrachten George und sie weiterhin Zeit miteinander und arbeiteten an unterschiedlichen Ideen wie einer Flugabwehrgranate.

Noch vor Weihnachten kam *Comrade X* in die Kinos. Hedy und Clark Gable feierten gemeinsam mit Carole Lombard die sich überschlagenden Kritiken. Etliche Kritiker hoben hervor, wie überraschend komisch Hedy Lamarr in ihrer Rolle war. Anscheinend hatten sie ihr selbst nach ihrer Performance in *Boom Town* nicht zugetraut, dass sie mehr konnte, als glamourös auszusehen.

Ein für sie herausforderndes, aber auch schönes Jahr ging zu Ende, und Hedy war äußerst gespannt, was 1941 für sie bereithielt.

1941

»Alle kreativen Menschen wollen
das Unerwartete tun.«

Hedy Lamarr

KAPITEL 28

Los Angeles, Anfang 1941

Hedy hätte nicht sagen können, ob sie heute nicht noch aufgeregter war als bei der Premiere von *Algiers*. Denn es war der Tag gekommen, an dem sich entscheiden würde, ob Georges und ihre Idee mehr war als eine Spinnerei zweier Künstler.

Sie drehte das Schreiben vom *National Inventors Council* in ihren Händen und zögerte es hinaus, den Umschlag zu öffnen. Was wäre, wenn er ein freundliches Ablehnungsschreiben enthielt? Damit stürbe ihre Chance, endlich einmal etwas Bedeutungsvolles in ihrem Leben getan zu haben.

Nein!

Wenn der Erfinderrat die Idee als uninteressant bewertete, dann müsste Hedy sich eben anstrengen und eine weitere entwickeln und noch eine und noch eine, so lange, bis etwas dabei war, was bahnbrechend genug war. Aber würde der *National Inventors Council* aufgeschlossen genug sein, Waffenideen von einer Schauspielerin und einem Komponisten zu akzeptieren?

Ja, wenn überhaupt, dann war das in Amerika möglich. Dem Land der unbegrenzten Möglichkeiten, wo zwei Künstler zu einer Behörde gehen und ihr etwas vorstellen konnten, was nicht einmal die klügsten Ingenieure zustande gebracht hatten. Noch immer war Hedy unglaublich stolz auf das, was George und sie geleistet hatten. Am liebsten hätte sie es der ganzen Welt verkündet, hätte ihren Kollegen am Set davon erzählt, aber sie schwieg.

Erst einmal wollte sie abwarten, was der *Council* sagte, bevor sie sich damit brüstete. Es wäre zu peinlich, sollte sich herausstellen, dass ihre Idee nicht das Papier wert war, auf dem sie geschrieben war. Erneut drehte sie das Schreiben in ihren Händen. Warum nur fürchtete sie sich davor, die Wahrheit zu erfahren?

Als das Telefon klingelte, legte sie den ungeöffneten Brief erleichtert zur Seite.

»Hedy, hast du es schon gelesen?« Die Aufregung in Georges Stimme ließ Hedys Puls schneller schlagen. »Ist das nicht unglaublich?«

»Ich habe das Schreiben eben erst erhalten. Was steht …«

»Sie sind interessiert. Hedy, verdammt noch mal, sie finden unser geheimes Kommunikationssystem spannend genug, um uns noch ein paar Fragen zu stellen.«

»Ich rufe dich gleich zurück.« Sie warf den Hörer auf die Gabel und riss den Umschlag auf. Ihr Blick flog über die Zeilen, und sie konnte kaum glauben, was sie da las.

Der Erfinderrat meinte wirklich und wahrhaftig, dass ihr geheimes Kommunikationssystem einer weiteren Betrachtung wert wäre. Allerdings hatten sie noch einige Nachfragen und Konkretisierungswünsche. Auf den ersten Blick schien Hedy alles umsetzbar zu sein. Sicher, es würde einiges an Arbeit und Überlegungen erfordern, aber was machte das schon? George und sie hatten etwas erfunden, was den Krieg beenden könnte.

Der Brief an sie war unterschrieben von Charles F. Kettering, dem Vorsitzenden des *National Inventors Council.* Hatte sie vorher noch glaubt, dass das Schreiben nur eine höfliche Geste war, so begann Hedy nun daran zu glauben, dass ihre Idee eine Chance auf Umsetzung besaß.

Nachdem sie tief durchgeatmet hatte, rief sie George zurück.

»Charles F. Kettering. Ist das zu glauben?«

»Er ist der Vorsitzende des *National Inventors Council* und ein hohes Tier bei General Motors, nicht wahr?«

»Das ist doch nicht dein Ernst?« Hedy konnte es kaum fassen, wie wenig George über diesen bedeutenden Mann wusste. »Der Mann ist ein Erfindergott. Er hält mehr als 300 Patente, hat einen Marschflugkörper entwickelt und einen Inkubator für Frühgeburten.«

»Ist ja alles spannend, aber mich interessiert nur, dass er unser geheimes Kommunikationssystem haben will.«

»Aber wir müssen noch einiges daran ändern. Sie haben einige Fragen an uns.«

»Das sollte kein Problem sein, oder?« Hedy konnte es vor sich sehen, wie er die Achseln zuckte. »Wir haben sie mit der Grundidee überzeugt, die Details kann jemand anderes ausarbeiten.«

»George, du musst das ernster nehmen. Willst du die Deutschen nicht mehr besiegen?«

Schweigen antwortete ihr. Hedy zog ihre Unterlippe zwischen die Zähne, damit sie nicht mit harschen Worten herausplatzte. Manchmal fand sie George sehr anstrengend.

»Schon, aber …« Er seufzte. »Hedy, ich bin kein Hollywood-Star, der sich keine Gedanken um Geld machen muss und 100 000 Dollar pro Film erhält.«

»So viel bekomme ich nicht.« Diese weitverbreiteten Unterstellungen, wie viel eine Hollywood-Diva verdiente, ärgerten sie. Von George hätte sie das nicht erwartet. »Also willst du nicht weiter an unserer Idee arbeiten?«

Ihre Stimme klang schrill, wie immer, wenn sie sich ärgerte und laut wurde.

»Das habe ich nicht gesagt.«

»Weißt du eigentlich, was ich alles zu tun habe?« Hedy konnte nicht mehr an sich halten. »Ich kämpfe um das Sorgerecht für meinen Sohn, habe drei Filme parallel gedreht und trotzdem Zeit für das geheime Kommunikationssystem gefunden. Was hast *du* eigentlich so viel zu tun?«

»Ich komponiere.«

»Dann solltest du Geld damit verdienen.«

»Es dauert eben, bis man eine Sinfonie durchdacht hat.«

Nun schwieg Hedy und versuchte, ihren Zorn zu zügeln. Sie wusste selbst, wie ungerecht er war, aber manchmal wuchs ihr alles über den Kopf. Gerade George sollte sie verstehen können, schließlich war er ebenfalls Künstler und Erfinder wie sie.

Obwohl sie den Streit nicht wollte, platzten die Worte aus ihr heraus. »Was ist eigentlich mit den anderen Erfindungen, die wir eingereicht haben? Du wolltest dich darum kümmern.«

»Das habe ich getan. Ich kann nichts dafür, wenn sich der *Council* nicht persönlich bei dir meldet.«

Das war genug. Hedy knallte den Hörer auf die Gabel und ballte die Hände zu Fäusten. Wie hatte das nur passieren können? Der Tag, den George und sie gemeinsam feiern sollten, war zu dem Tag eines ernsten Zerwürfnisses geworden.

Sie musste sich ablenken, sonst würde sie nur in düsteren Gedanken versinken. Daher rief sie Marvin Neal an, damit er sie ins Studio fuhr.

Dort angekommen, ging sie in die Kantine. Hedy konnte sicher sein, hier jemanden zu treffen, den sie kannte und der ein Gerücht darüber gehört hatte, was bei MGM für sie in der

Planung war. Vielleicht konnte ihr endlich jemand sagen, ob Mr Mayer sie an Twentieth Century Fox für das geplante Remake von *Blood and Sand* ausleihen würde. Hinter dem Titel, der einen Bibel- oder Gladiatorenfilm vermuten ließ, verbarg sich eine melodramatische Geschichte über den Aufstieg und Fall eines Stierkämpfers.

Hedy war sich nicht ganz sicher, ob sie Dona Sol, die Verführerin, wirklich spielen wollte, aber da MGM ihr nichts anderes angeboten hatte, war ihr der Spatz in der Hand lieber als die unbekannte Taube auf dem Dach.

»Hedy, Darling«, erklang Clark Gables dunkle markante Stimme. »Setz dich zu mir.«

Wenn ihre ehemaligen Kollegen vom *Theater an der Wien* sehen könnten, wie die kleine Hedy Kiesler sich in Hollywood bewegte, als wäre sie dort zu Hause, und von den größten Stars an ihren Tisch gebeten wurde.

»Hallo, Clark, wie geht es dir und Carole?«

»Viel zu tun, wir vernachlässigen die Farm. Und du?«

»Ich warte auf die Premieren von *Come live with me* und *Ziegfeld Girl*. Und natürlich auf eine neue Rolle.«

»Mich haben sie in einen Film mit Lana Turner gesteckt.« Er zuckte mit den Schultern. Clark nahm, was man ihm gab, und meckerte nicht.

»Das wird Carole nicht sehr gefallen«, sagte Hedy mit einem Lächeln. Jeder in Hollywood wusste, dass Clark ein Fan von Blondinen war. So wie jeder wusste, dass Carole das ebenfalls wusste.

»Sie kommt damit klar.« Clark hob eine Augenbraue. »Ich hatte gehofft, dass wir beide noch einen Film zusammen drehen. *Comrade X* läuft prima, oder nicht?«

»Selbst Jimmie Fidler hat mich gelobt.« Hedy strahlte vor Glück. Sie hatte die positiven Besprechungen wieder und wieder gelesen, aus den Zeitungen ausgeschnitten und in ein Buch geklebt. Der *Hollywood Reporter* hatte Hedy die »Überraschung des Films« genannt. Edwin Schaller von der *Los Angeles Times* hatte ihr bescheinigt, dass sie wirkliches Schauspieltalent besaß und mehr als nur schmückendes Beiwerk sein konnte.

»Das verdankst du nur mir.« Clark zwinkerte ihr zu. »Ich bringe das Beste in Frauen heraus.«

»Sag so etwas noch einmal, und ich erzähle Carole, wie sehr du dich auf den Film mit Lana freust.«

»Das wirst du nicht!«

»Fordere mich nicht heraus.«

◐ ◐ ◐

Zwei Tage später erhielt Hedy einen Brief von George, in dem er sie um Verzeihung bat. Nachdem er ihr lang und breit erklärt hatte, warum es immer noch keine Nachricht aus Washington zu den anderen Erfindungen gab und die Schuld natürlich dem *National Inventors Council* zuschob, wurde er sehr emotional:

Liebe Hedy, Du bist einer der wunderbarsten Menschen, die ich je getroffen habe, und ich bedauere übermäßig, welche Richtung das alles genommen hat. Bitte, lass uns wieder zusammenarbeiten – und das große Ganze im Blick behalten.

Diese Bitte traf Hedy ins Herz, denn auch sie bedauerte ihren Streit. Obwohl George manchmal schwierig sein konnte, hatte ihre Zusammenarbeit wunderbar harmoniert. Ihre Gedankengänge waren einander ähnlich genug, dass sie sich manchmal wortlos verstanden, aber auch unterschiedlich genug, dass sie einander auf neue Ideen bringen konnten.

Daher rief sie ihn an und lud ihn zum Kaffee ein.

Zum ersten Mal in ihrer Bekanntschaft war George pünktlich, ein deutliches Indiz, wie groß seine Angst war, Hedy zu verlieren. Nachdem sie sich wortreich beim jeweils anderen entschuldigt hatten, widmeten sich Hedy und George dem Schreiben, das sie vom *National Inventors Council* erhalten hatten.

»Die Idee ist gut, haben sie geschrieben.« George ging in ihrem Wohnzimmer auf und ab, was Gertrude und Mitzi so nervös machte, dass sich die Katzen in den Garten verzogen. Dann setzte George sich vor das Klavier und klimperte vor sich hin. »Wir sollten es zum Patent anmelden, hat Kettering uns geraten.«

Das hatte Hedy auch gelesen und sich gefragt, warum sie das tun sollten.

»Zum Patent anmelden.« Hedy stieß die Luft aus. »Wir wollen kein Geld damit verdienen. Wir wollen gegen die Deutschen damit kämpfen – und siegen.«

»Das eine schließt das andere doch nicht aus.« George war immer in Geldnot, weil er es nicht über sich brachte, Musik für Filme zu komponieren, obwohl er immer wieder Anläufe dazu nahm. »Lass es uns zum Patent anmelden, es ist unsere Idee. Es ist unsere *gemeinsame* Idee, warum sollen wir das verheimlichen?«

»Ich fürchte, alleine schaffen wir das nicht.« Hedys Gedanken fingen sofort an zu rotieren. »Ich rufe morgen meinen Anwalt an und frage ihn, ob er Anwälte kennt, die sich mit Patentrecht beschäftigen. Es wäre ärgerlich, wenn wir einen Fehler machen und uns alles verderben.«

»Du hast recht, das machen wir.« Georges Klimpern klang jetzt melodischer. »Dann kümmere ich mich um die offenen Fragen, die sie an uns haben.«

»Danke.« Hedy fiel ein Stein vom Herzen, dass sie wieder miteinander und nicht gegeneinander arbeiteten.

Ihr Privatleben litt unter der Zeit, die sie mit Erfindungen und den Nachdreharbeiten für ihre beiden Filme verbrachte. Zwar traf sich Hedy seit vergangenem Dezember mit dem Schauspieler John Howard, aber sie hatten oft Probleme, einen gemeinsamen Termin zu finden. Als Hedda Hopper berichtete, dass Hedys Liebster mit der Schauspielerin Wanda McKay ausging, war Hedy ihm deshalb nicht böse.

Oft war sie am Abend viel zu müde, um sich noch in das Hollywood Leben zu stürzen. Sie genoss die ruhige Zeit zu Hause mit Jamesie, ihren Katzen, Donner und den kleinen weißen Terriern, die sie nach der Scheidung von Gene zu sich geholt und Jack und Jill genannt hatte.

Come live with me kam Ende Januar in die Kinos und wurde zu einem moderaten Erfolg. Das Publikum mochte Jimmy Stewart und Hedy als romantisches Paar, während die Kritiker den Film eher negativ beurteilten und vor allem James Stewarts verhaltenes Spiel bemängelten. Da der Film trotzdem Geld in die Kassen spülte, verschaffte er Hedy die Gelegenheit, mit Louis B. Mayer über neue Rollen zu verhandeln. Schließlich besetzte er sie in dem Film *The Uniform*, der sie erneut an die Seite von Clark Gable führte. Leider konnte sie den Dreh nicht fortführen, da die Anstrengungen der vergangenen Wochen und Monate an ihr gezehrt hatten. Hedy hatte fast zehn Kilo verloren und ging bei der kleinsten Kleinigkeit an die Decke. Das war selbst für den unsensiblen Louis B. Mayer ein Signal, dass sie Ruhe brauchte.

Nach langem Überlegen entschied sich Hedy dafür, eine längere Pause vom Filmgeschäft zu nehmen. Um nicht wieder erneut in einen öffentlich ausgetragenen Streit mit MGM zu geraten, akzeptierte sie eine unbezahlte Auszeit. Auch weil die Skripts, die das Studio ihr anbot, alle nicht ihrem Geschmack entsprachen. Gerüchte darüber, dass sie eine schwierige Schauspielerin sei, begannen die Runde zu machen. Etwas, das schon viele Karrieren beendet hatte, denn in Hollywood durfte man sich vieles erlauben, aber als »schwierig« sollte man besser nicht gelten.

KAPITEL 29

Los Angeles, Frühling 1941

Obwohl Hedy das ruhige Leben mit Jamesie und ihren Haustieren liebte, nahm sie die Einladung zu einer Wohltätigkeitsgala von Bette Davis an. Da Hedy ebenso wie Bette Hunde liebte, hatten die beiden Frauen sich angefreundet. Außerdem konnte Bette sehr beharrlich sein, wenn ihr etwas am Herzen lag. Und ihre Galas für den Tierschutz waren der Schauspielerin immens wichtig.

»Hedy, wie schön, dass du kommen konntest«, begrüßte ihre Freundin sie, wieder einmal mit einem Hund auf den Armen, der Hedy skeptisch beäugte. »Misch dich unters Volk, trink Champagner, iss Austern und spende viel Geld für den guten Zweck.«

»Selbstverständlich.«

Hedy begrüßte Clark und Carole, die beide große Tierfreunde waren. Hedy bediente sich an Büfett und Bar und plauderte mit Kollegen, die sich ebenfalls Bettes Einladung nicht hatten entziehen können.

Nach einer Stunde verbarg Hedy ein Gähnen hinter ihrer Hand. Sie fühlte sich immer noch erschöpft, obwohl ihr Arzt sie gesundgeschrieben hatte. Sie schaute sich suchend nach ihrer Gastgeberin um, um sich von ihr zu verabschieden. Vorher füllte sie sich aber noch den Teller mit Süßigkeiten.

»Bevor du gehst, solltest du unbedingt Howard Hughes kennenlernen.« Inzwischen hatte Bette den Hund irgendwo abgegeben und balancierte einen Teller mit Blinis und Kaviar in der einen Hand, in der anderen hielt sie ein Glas Champagner. »Howard ist ein bisschen seltsam, aber wenn man sich mit ihm näher befasst, hat er einiges zu erzählen.«

»*Der* Howard Hughes?«

»Es gibt nur einen Howard Hughes«, antwortete Bette Davis mit einem Augenzwinkern. »Komm mit, ich stelle dich ihm vor.«

Verzweifelt sah Hedy sich um, suchte einen Platz, wo sie ihren Teller abstellen konnte, denn es wäre ihr komisch vorgekommen, einem Milliardär mit einem Teller voller Schokoladenpudding, Eiscreme und kleinen Kuchen zu begegnen. Endlich fiel der Blick auf ein Tischchen, und sie schob den Teller schnell darauf, bevor sie Bette nacheilte.

»Howard, ich möchte dir Hedy Lamarr vorstellen. Sie ist der Star bei MGM und kommt aus Deutschland. Also sei nett zu ihr.«

»Aus Österreich«, murmelte Hedy, aber Bette war schon wieder davongeschwirrt. Unglaublich, was die Frau für eine Energie besaß.

Der hochgewachsene, schlaksige Mann, der Hedy an einen übergroßen Jungen erinnerte, den jemand in einen maßgeschneiderten Anzug gesteckt hatte, musterte sie von oben bis unten. Das war sie zwar gewohnt, fand es dennoch irritierend, vor allem, als er kein Wort sagte.

»Ich freue mich, Ihre Bekanntschaft zu machen, Mr Hughes.«

»Aha.«

Hedy schnaubte. Auch wenn er einer der reichsten Männer

der Welt war, so ein Benehmen musste Hedy sich von niemandem bieten lassen.

»Wenn Sie nicht mit mir reden möchten, dann gehe ich woanders hin.« Hedy drehte sich bereits auf dem Absatz um, als sich Finger mit überraschender Kraft um ihren Oberarm schlossen. Sofort blieb sie stehen und funkelte Howard Hughes aus zornigen Augen an. »Nehmen Sie sofort Ihre Hände da weg! Sie tun mir weh!«

»Entschuldigen Sie, das wollte ich nicht.« Hughes lächelte und löste seinen Griff augenblicklich. »Katherine hat mir immer gesagt, meine Manieren ließen zu wünschen übrig.

»Wer immer diese Katherine auch ist, ich muss ihr zustimmen.«

»Katherine Hepburn, wer sonst?«

»Natürlich, wer sonst.«

Ihre Ironie perlte an ihm ab wie Wasser an einem seiner teuren Automobile.

»Worüber wollen Sie mit mir reden?«, fragte er plötzlich und unterzog sie erneut einer Musterung. Sie zog ihre Nerzstola noch etwas enger um sich.

»Ich bin von Ihren Erfindungen begeistert.« Sie schaute zu ihm auf, was sie ärgerte, denn das musste ihm sicher noch mehr das Gefühl verleihen, er stünde über ihr. »Stimmt es, dass sie als Kind ein motorisiertes Fahrrad ausgetüftelt haben?«

Er beugte sich weiter zu ihr herunter, wie es hochgewachsenen Menschen oft taten, um sich kleiner zu machen. Erstaunen zeichnete sich auf seinem jungenhaften Gesicht ab. »Ich hätte nicht gedacht, dass eine schöne Frau wie Sie mich danach fragt.«

»Meinen Sie etwa auch, dass eine Frau, nur weil sie schön ist, dumm sein muss?« Sein unmögliches Benehmen forderte sie heraus. »Ich habe gemeinsam mit einem Freund eine Idee beim *National Inventors Council* eingereicht. Sie sind interessiert.«

»Hedy, Darling, da bist du ja!« Clark, der auf der Suche nach ihr gewesen zu sein schien, tauchte neben ihr auf. »Ich möchte dir jemanden vorstellen. Hallo, Howard.«

Er nickte dem Milliardär zu und griff nach Hedys Ellenbogen.

»Vielleicht können wir später noch plaudern«, sagte Hedy zu Howard Hughes und drehte sich zu Clark um. Nachdem sie außer Hörweite des immens reichen Mannes waren, sagte Hedy zu ihrem Kollegen: »Zum Glück hast du mich gerettet, das ist vielleicht ein seltsamer Mensch.«

◐ ◐ ◐

Am nächsten Tag klingelte ihr Telefon. Hedy, die gerade dabei war, ihren kleinen Garten zu pflegen, ließ alles stehen und liegen und rannte so schnell ins Haus, wie es ihr in Gummistiefeln möglich war.

»Lamarr«, meldete sie sich mit dem Namen, der ihr immer noch fremd erschien, obwohl sie ihn inzwischen auch offiziell zu ihrem gemacht hatte.

»Ich schicke einen Wagen vorbei, der wird Sie gleich zu mir bringen. Ziehen Sie was Schönes an.«

Dann legt der Anrufer auf, ohne ihre Antwort abzuwarten.

Hedy starrte auf den Hörer in ihrer Hand und schüttelte den Kopf. Natürlich hatte sie die Stimme sofort erkannt: Howard Hughes. Was bildete der Mensch sich nur ein? Eine Unverschämtheit!

Hedy schaute an sich herunter: Sie trug erdverklebte Gummistiefel, eine schlichte Gartenhose, einen ausgeleierten Baumwollpullover, und sie hatte Erde an Händen und Knien. Howard Hughes hätte es verdient, dass sie ihn so besuchte, damit endlich einmal jemand nicht nach seiner Pfeife tanzte. Aber ihre Eitelkeit ließ das nicht zu. In Windeseile duschte sie, suchte in ihrem Schrank nach einem Kleid, das elegant, aber nicht zu sexy war, schminkte sich und wartete darauf, dass der Chauffeur sie abholte.

Sie musste nicht lange warten, dann ertönte vor dem Haus eine Hupe. Der Chauffeur verfügte über ähnlich schlechte Manieren wie sein Chef.

»Passt gut auf das Haus und die Hunde auf, solange ich weg bin.« Hedy strich ihren grau getigerten Katzen über das Fell. Gertrude warf ihr einen Blick zu, als hätte sie Hedys Worte verstanden. »Ich bleibe bestimmt nicht lange weg, so seltsam und unhöflich wie dieser Mensch sich verhält.«

Hedy griff nach ihrer Handtasche und einer Stola, falls der Abend etwas kühler werden sollte und sie ihn draußen verbrachten.

»Sie müssen sehr viel Selbstsicherheit haben, um einfach einen Wagen zu schicken, bevor ich Ja oder Nein sagen konnte.«

»Es hat funktioniert. Sie sind hier.«

»Aber sehr charmant ist das nicht.«

»Ich bin reich genug, um mir darüber keine Gedanken machen zu müssen.«

»Charme und Höflichkeit haben noch keinem geschadet, selbst einem Milliardär nicht. Was wünschen Sie von mir?«

»Sie haben gesagt, Sie sind Erfinderin. Dann erzählen Sie mir mal, was sie erfunden haben.« Belustigt sah er sie an. Dass er nicht glauben konnte, dass eine solch schöne Frau wie sie auch klug sein könnte, stand ihm ins Gesicht geschrieben.

Hedy reckte das Kinn in die Höhe. »Ich tüftele seit meiner Kindheit immer an etwas herum. Ich repariere Uhren oder baue sie auseinander und wieder zusammen, um zu verstehen, wie sie funktionieren.«

»Das macht Sie nicht zu einer Erfinderin.«

»Ich habe über Kleinigkeiten nachgedacht, wie über eine Art Brühwürfel, der wie Cola schmeckt.«

»Was, bitte, soll das denn sein? Wer sollte sich dafür interessieren?«

»Nun, wenn Amerikaner ins Ausland reisen, fehlt ihnen ihre heimatliche Cola. Die gibt es nicht immer und überall.« Hedy lächelte siegesgewiss. »Da wäre es doch ideal, einen Instantwürfel bei sich zu haben, den man in Wasser auflöst, und man hat die geliebte Cola.«

Howard Hughes sah sie an. Nun konnte Hedy seinem Gesicht nicht ablesen, ob er verblüfft war oder unbeeindruckt.

»Und Sie haben den Würfel schon erstellt?«

»Leider nein, mir fehlen ein paar der Zutaten, und mein Erfinderraum ist noch nicht komplett ausgestattet. Außerdem verbringe ich viel Zeit im Studio. Zwar habe ich dort häufig genug Pausen, aber auch dort fehlt mir die Ausstattung für Experimente.«

Hughes seufzte und gab zu: »Eigentlich wollte ich Sie in mein Bett kriegen. Nun, das will ich immer noch, aber, Kleines, ich baue Ihnen eine Erfinderwerkstatt für den Drehort, und vielleicht können Sie mir eines Tages helfen.«

»Und zum Dank für Ihre Geschenke soll ich mit Ihnen ins Bett gehen.«

»Nein, das bekommen Sie ohne Gegenleistung.« Er lächelte. »Sie sollen mit mir ins Bett gehen, weil Sie das wollen. Ich erwarte das aber nicht.«

»Wie überaus freundlich von Ihnen.«

Der Milliardär zuckte mit den Schultern. »Sicher, aber wenn Sie nicht wollen, es gibt auch andere.«

»Der Charme ist bei Ihnen wirklich nicht besonders ausgeprägt.«

»Wissen Sie, ich halte mehr von Ehrlichkeit.«

»Das muss sich nicht widersprechen. Gibt es nicht ein Sprichwort, das besagt: Höflichkeit ist Wahrheit in Handschuhen oder in Samtpfoten?«

»Kann sein. Wollen Sie mit mir essen?«

Es benötigte ein wenig Flexibilität, sich an seine Gedankensprünge anzupassen.

»Sehr gerne. Ich habe Hunger.« Wenn sie schon einmal hier war, wollte sie die Vorzüge auch auskosten. Außerdem grummelte ihr Magen ganz gehörig.

»Ich hoffe, Sie essen nicht wie andere Frauen, immer nur ein bisschen, und sagen, dass Sie auf Ihre Figur achten müssen?«

»Ich *muss* auf meine Figur achten. Ich bin Schauspielerin.«

»Sie wollen Schauspielerin werden.« Erneut schaute er sie an, von oben bis unten, so taxierend, wie sie es von Louis B. Mayer kannte. »Ich verstehe nicht, warum MGM Ihnen so schlechte Filme gegeben hat. Bis auf *Boom Town*, der hat mir gefallen.«

»Danke. Sehen Sie, Sie können Komplimente.«

»Das war die Wahrheit.«

»Bekomme ich jetzt etwas zu essen und zu trinken, oder nicht?« Wenn er rüpelhaft sein wollte, konnte sie das auch.

»Kommen Sie.« Als er sie ins Speisezimmer führte, legte er ihr seine warme Hand auf den Rücken. Hedy musste zugeben, dass sie ihn trotz seiner ruppigen Art interessant fand. Vielleicht war es die Ausstrahlung von Selbstsicherheit und Macht, die gewiss mit seinen Milliarden einherging. Vielleicht war es aber auch seine Offenheit, was etwas ganz anderes war als der Umgang, den Hedy sonst von Männern gewohnt war.

»Ich habe mir Ihren Schmuddel-Film angesehen.« Schon wieder schoss Howard Hughes aus dem Hinterhalt.

»Ich hoffe, Sie hatten Spaß.« Hedy lächelte wie eine Sphinx. Sollte der Milliardär sich seinen eigenen Reim darauf machen. »Es ist schon einige Zeit her, dass ich den Film gedreht habe.«

»Die Geschichte ist langweilig, Sie sahen allerdings gut aus.«

»Danke.«

»Also, was für Rollen möchten Sie spielen?«

»Etwas anderes als *Algiers* oder *Lady of the Tropics*.« Hedy musste nicht lange nachdenken. »Ich wünsche mir Rollen mit mehr Konturen, so wie Karen Vanmeer.«

»Was können Sie sich noch vorstellen?«

»Wollen Sie mir ein Angebot machen?«

»Nein, im Moment interessiert mich die Filmerei nicht mehr so. Ich will schnelle Flugzeuge bauen, aber …«

»Aber was?« Sein Zögern hatte Hedys Neugier geweckt.

»Die Flügel sind das Problem. Irgendwas stimmt mit ihnen nicht. Sie sind zu steif und windanfällig. Ich habe meine besten Ingenieure darauf angesetzt, aber jede Lösung, die sie vorschlagen, endet in einer Sackgasse.«

»Ich lasse mir etwas einfallen.«

»Kleine Frau, da haben Sie sich aber einiges vorgenommen.«

»Vielleicht muss eine Frau sich diesem Problem widmen, und nicht ein Mann. Unterschätzen Sie nicht, wie anders der Blick einer Frau sein kann, und lassen Sie sich überraschen.«

Widerwillig nickte er und schnitt sich ein Stück seines Lammkoteletts ab.

»Wie schmeckt Ihnen das Essen?«

»Sehr gut, danke.«

»Gehen Sie mit mir ins Bett?«

»Das entscheide ich, nachdem wir gegessen haben. Könnten Sie andere Musik spielen? Dieses moderne Gedudel verdirbt einem ja den Appetit.«

»Was die Lady wünscht, soll sie bekommen.« Hughes erhob sich und nahm eine Holzkiste in die Hand. Plötzlich ertönte Bing Crosbys Stimme.

Hedy sah ihn mit großen Augen an. »Wie haben Sie das gemacht?«

»Hier.« Er reichte ihr den Holzkasten mit einer goldfarbenen Wählscheibe, in der zehn Vertiefungen angebracht waren. »Das ist *Philco's Mystery Control.* Mit dem Wunderding kann ich die Frequenzen wechseln, ohne aufstehen zu müssen.«

»Darf ich mir das genauer ansehen?« Vielleicht könnte das Gerät George und ihr dabei helfen, die letzten offenen Fragen für ihr Frequenzsprungverfahren zu beantworten.

»Ich schenke es Ihnen. Gehen Sie dann mit mir ins Bett?«

»Wie gesagt, das entscheide ich nach dem Essen.«

KAPITEL 30

Los Angeles, Frühling 1941

Erneut kam es ihr vor, als wäre ihr Leben ein stetiges Auf und Ab. Wenn es beruflich schlecht lief, funktionierte ihr Privatleben und umgekehrt. Dieses Mal bekam sie das Sorgerecht für Jamesie zugesprochen, wahrscheinlich als Austausch für ihre berufliche Pause.

Ziegfeld Girl kam am 17. April in die Kinos und wurde sofort ein Hit. Hedda Hopper sprach Hedy aus der Seele, als sie schrieb: »Der Film ist so unglaublich schön, es ist tragisch, dass er nicht in Farbe ist.« Allerdings hatte die Klatschkolumnistin Hedy wohl noch nicht verziehen, dass sie sich wegen Jamesie an Louella Parsons und nicht an sie gewandt hatte. Denn sie schrieb auch, dass Hedy nicht viel mehr tun musste, als dekorativ zu sein. Und auch der Kritiker der *New York Times* schlug in diese Kerbe: »Hedy Lamarr ist immer noch als das teuerste Stück Dekoration in der Show zu sehen.«

Nachdem sie den Verriss ein zehntes Mal gelesen hatte, zerknüllte Hedy die Zeitung und warf sie schwungvoll in die Ecke. Gertrude sprang sofort auf, um mit dem Zeitungsball zu spielen. So niedlich es auch aussah, selbst der Katze gelang es nicht, Hedy aufzumuntern.

Sie ärgerte sich über sich selbst, weil sie der Schmähkritik mehr Aufmerksamkeit widmete als den vielen positiven Besprechungen. Sicher, sie las das Lob auch drei- oder viermal, aber jede schlechte Beurteilung studierte sie so lange, bis sie die Worte auswendig kannte.

»Schau dir die Verrisse einmal an und guck, ob du etwas daraus lernen kannst«, hatte Greer ihr geraten. »Dann leg sie zur Seite und vergiss sie.«

»Gelingt dir das?«

»Selbstverständlich nicht, aber es klingt nach einem guten Plan, oder?«

Sie musste sich ablenken, sonst würde sie den ganzen Tag damit verbringen, sich zu fragen, ob die Klatschpresse insgeheim nicht recht hatte, ob sie die Rollen wirklich nur ihrer Schönheit wegen bekam. Falls das stimmte, blieben ihr nur noch wenige Jahre, in denen sie Filme drehen konnte. »Unsichtbare Jahre« – so hatte Ann es einmal genannt, das Alter ab 35, ab dem es für Schauspielerinnen kaum noch interessante Rollen gab.

Wie so oft rettete sie das Telefon davor, zu tief in diese Gedanken einzutauchen.

»Hast du eine Idee für meine Flügel?« Wie immer hielt Howard Hughes sich nicht mit Höflichkeiten auf. »Und willst du mich heiraten?«

Hedy konnte nicht anders, sie musste lachen. Nur jemand wie der Milliardär konnte diese Fragen miteinander verknüpfen und eine Frau damit überfallen.

»Nein, ich denke noch darüber nach.« Sie legte eine Pause ein, um ihn warten zu lassen. »Danke für deinen Antrag, ich werde mir über ihn ebenfalls Gedanken machen.«

»Willst du heute Abend zum Essen kommen?«

»Tut mir leid, ich bin mit Reggie verabredet.«

»Sag ihm ab.«

»Wir können morgen Abend zusammen essen.«

Hedy war nicht bereit, Reginald wegen Howard Hughes zu versetzen. Das hatte ihr Freund nicht verdient. Nachdem Hedys Flirts mit John Howard und dem Unternehmer Jock Whitney gescheitert waren, hatte Reggie sich sofort bereitgefunden, mit ihr zu Premieren und Partys zu gehen. Er gehörte – wie Greer und Ann – zu den Menschen, auf die sie sich immer verlassen konnte.

»Nun gut. Dann sehen wir uns morgen Abend«, willigte Howard Hughes ein. Wenn Hedy sich nicht täuschte, klang er ein wenig pikiert. Auch als er bereits aufgelegt hatte, stand sie noch immer verwundert mit dem Hörer in der Hand da. Diese Seite kannte sie von ihrem neuen Freund noch nicht.

◐ ◐ ◐

Wieder einmal kam sich Hedy in Hollywood vor, als wäre ihr Leben ein Film. Einer, zu dem Gene Markey das Drehbuch geschrieben hatte. Nein, nicht Gene, er würde nie ein Drehbuch für sie schreiben, weil sie ihm zu schön war. Das hatte er ihr ja bereits bei der ersten Begegnung gesagt. Warum war ihr das nicht bereits ein Zeichen gewesen?

»Möchten Sie schon etwas trinken, Miss Lamarr?« Es freute sie, dass der Kellner sie erkannt hatte.

»Danke, ich warte noch auf meine Freundin.«

»Wie Sie wünschen.« Unauffällig zog sich der Kellner zurück.

Hedy zündete sich eine Zigarette an, während sie darauf wartete, dass Myrna Loy zu ihrer Verabredung kam – wie üblich, ein wenig zu spät. Myrna Loy – der Filmstar, den Hedy in Wien bewundert hatte. Mittlerweile war Myrna eine Kollegin, mehr noch, eine Freundin von Hedy geworden. Das hätte sie sich in Wien nicht einmal träumen lassen. Sie kannten einander aus dem Studio, obwohl sie bisher noch keinen gemeinsamen Film gedreht hatten und dies wahrscheinlich auch nicht tun würden. Zu unterschiedlich waren die Typen, auf die sie festgelegt waren.

Seit Monaten hatten sie versucht, sich zu einem Mittagessen zu verabreden, aber immer hatte eine von ihnen gerade gedreht und daher keine Zeit gefunden. Myrna und sie hatten sich auf Premieren und Partys gesehen, aber das waren keine Anlässe, bei denen man sich in Ruhe austauschen konnte. Daher hatte sich Hedy sehr gefreut, als ihre Freundin sie gestern angerufen und eingeladen hatte.

Hedy musste nicht aufschauen, um zu bemerken, dass Myrna das Restaurant betreten hatte. Ihre schlanke Gestalt erregte Aufmerksamkeit, selbst hier in Hollywood, wo man es gewohnt war, Stars zu sehen. Seit den *Thin-Man*-Filmen war Myrnas Stern immens gestiegen. Obwohl der Detektiv Nick Charles die Hauptrolle spielte, hatte Myrna als seine Ehefrau sich zum Publikumsliebling entwickelt. Viele Männer hatten sich in die pfiffige, schöne Mrs Nora Charles verliebt, und fast alle Frauen wünschten sich, so schlagfertig und souverän zu sein wie sie.

»Wunderbar, Darling, dass es endlich geklappt hat.« Myrna küsste sie links und rechts auf die Wange, bevor sie sich auf ihren Stuhl fallen ließ. »Ich brauche heute Champagner. Wie geht es dir?«

»Viel Arbeit, aber das muss ich dir nicht sagen.« Hedy musterte ihre Freundin, die erschöpft aussah. Die Lachfältchen um ihre großen Augen waren tiefer geworden und wurden von dunklen Ringen begleitet. Auch in den Mundwinkeln bildeten sich scharfe Falten.

»Gibst du mir bitte eine?«

Hedy öffnete die Zigarettenschachtel und gab Myrna Feuer. Ihre Freundin sog den Rauch tief ein und blies ihn in einem perfekten Ring aus.

»Ich brauche dringend eine Pause«, sagte sie mit einem Seufzer. »*Love Crazy* und *Shadow of the Thin Man* haben Spaß gemacht, aber ich bin keine zwanzig mehr und kann nicht mehr einen Film nach dem anderen drehen. Außerdem –«

»Miss Loy, wie schön, Sie wieder einmal zu sehen. Was möchten Sie trinken?« Der Kellner nickte ihnen beiden zu. »Möchten die Damen das Essen bestellen?«

»Ein Wasser und einen Salat, bitte«, orderte Hedy.

»Bringen Sie mir auch einen Salat und eine Flasche Champagner für uns beide. Meinetwegen auch das Wasser, aber auf jeden Fall Champagner.«

»Sehr wohl.« Der Kellner zog sich so unauffällig zurück, wie er gekommen war, was Hedy die Gelegenheit gab, ihre Freundin zu befragen.

»Außerdem? Hast du immer noch Ärger mit Arthur?« Hedy kannte die Eheprobleme ihrer Freundin mit dem bei Paramount beschäftigten Produzenten Arthur Hornblow Jr.

Myrna seufzte. »Manchmal beneide ich dich um deine Freiheit.«

»Und ich beneide dich um deine Ehe. Fünf Jahre, das habe ich bisher noch nicht geschafft.«

»Es sieht aber nicht so aus, als würde meine Ehe bis zum verflixten siebten Jahr durchhalten. Nun lass uns von etwas anderem sprechen. Hast du eine neue Rolle?«

»Seit *Ziegfeld Girl* kam nur noch der Film mit Clark, den ich nicht beenden konnte. Ich würde gern noch ein Musical drehen.«

»Warum denn noch eine Revue? Mach lieber noch einmal etwas wie *Boom Town* oder einen Film mit Clark. Die Chemie zwischen euch stimmt.«

»Das würde ich ja gerne, aber du weißt ja, wie sehr ich dafür kämpfen musste, Karen Vanmeer zu spielen. Mayer sieht mich am liebsten als exotische Schönheit.«

Myrna verzog das Gesicht. »Liebes, wir beide arbeiten bei MGM. Ich weiß, was es bedeutet, L.B. davon zu überzeugen, die Richtige für eine Rolle zu sein.«

Sie sahen sich an, aber vertieften das Thema nicht. In der Öffentlichkeit tauschten sie sich besser nicht über ihren Chef aus. Man wusste nie, wer alles lauschte.

»Außerdem mag ich Musicals«, verteidigte sich Hedy. »In *Ziegfeld Girl* hatte ich zu wenige Szenen. Ich möchte Mayer und dem Publikum zeigen, wie vielseitig ich bin.«

»Darling.« Myrna sah sie mit ernstem Gesichtsausdruck an. »In Hollywood wirst du nichts, wenn du facettenreich bist. Du brauchst eine Rolle, die deine ist, eine Figur, die sich für eine lange Zeit gut vermarkten lässt.«

Hedy zog nachdenklich ihre Stirn kraus. »Ich wünschte, ich bekäme endlich etwas wie du als Nora Charles.«

»Bevor ich Nora wurde, musste ich immer das sexy Partygirl spielen. Und Nora kann ich vermutlich nur darstellen, bis ich vierzig bin. Danach werde ich wahrscheinlich nur noch heroische Mütter spielen.« Myrna verdrehte die Augen. »Während William bis in alle Ewigkeit den coolen Detektiv Nick Charles geben könnte. Das Leben ist unfair zu uns Frauen.«

»Ja, wir haben nur wenige gute Jahre, in denen müssen wir

uns gut verkaufen. Deshalb will ich ja noch ein Musical machen. Vielleicht komme ich dadurch wieder ans Theater.«

»Wenn du meinst.«

»Bitte sehr, Ihr Champagner.« Erneut unterbrach sie der Kellner und stellte Wasser und einen silbernen Sektkühler mit Champagner auf den Tisch. Geschickt öffnete er die Flasche und goss ihnen das prickelnde Getränk ein.

»Auf die guten Jahre einer Frau«, prostete Myrna ihr zu.

»Auf die viel zu wenigen guten Jahre einer Frau«, erwiderte Hedy den Toast.

◐ ◐ ◐

Da sie immer noch auf eine Rolle wartete, widmete sich Hedy wieder mehr ihren Erfindungen und musste feststellen, dass sie auch hier auf der Stelle trat.

»George, du musst etwas tun!« Hedy tigerte im Zimmer auf und ab. Mit den Daumen rieb sie sich über die gekrümmten Finger, aber die Nervosität wollte nicht weichen. »Es reicht nicht, die Idee beim *Council* einzureichen. Einer von uns beiden muss nach Washington reisen und sich dafür einsetzen.«

George sah sie zweifelnd an. Seine Finger trommelten einen Rhythmus auf ihrem Tisch, was Hedy nur noch wahnsinniger machte.

»Ich glaube, es bringt mehr, wenn du dorthin fährst.« Er zuckte mit den Schultern. »Die Gentlemen vom *National Inventors Council* werden eher auf eine schöne Frau hören als auf einen kleinen Mann wie mich.«

Hedy holte tief Luft und zählte im Kopf bis zehn. Wollte er sie nicht verstehen oder konnte er es nicht?

»Sie werden nur sehen, wie attraktiv ich bin«, stieß sie wütend hervor. »Sie werden überhaupt nicht hören, was ich sage. Glaub mir, das habe ich schon zu oft erlebt.«

Selbst George, mit dem sie gemeinsam diese großartige Erfindung gemacht hatte, ertappte sie noch immer gelegentlich dabei, wie er sie anstarrte.

»Außerdem«, fuhr sie fort, »du hast mir doch erzählt, du kennst jemanden in Washington aus deiner Zeit als Munitionsinspektor.

»Ja«, murmelte er zögernd, »aber das ist schon ewig her. Ich weiß nicht, was er heute macht.«

»Dann finde es heraus.« Ungeduldig stampfte sie mit dem Fuß auf. »Ich kann nicht länger warten. Ich will endlich eine Entscheidung haben. Wollen sie unsere Erfindung nutzen oder nicht? Und du wolltest dich darum kümmern, dass wir endlich die Änderungen vornehmen können, die notwendig sind, um das Patent beantragen zu können.«

»Also gut«, gab George klein bei, doch er wirkte alles andere als zufrieden. »Ich werde fahren, aber du musst mir das Geld leihen. Ich kann mir keinen Flug oder eine Zugfahrt nach Washington und vor allem kein Hotel leisten.«

»Das ist kein Problem.« Hedy suchte ihr Scheckheft aus der Schreibtischschublade und schrieb ihm einen Scheck über 1000 Dollar. »Wenn das nicht reicht, kann ich dir noch mehr geben.«

»Schon okay.« George nahm das Papier entgegen, ohne sich die Summe anzuschauen. »Ich rufe dich an.«

Als er sich auf den Weg zur Tür machte, sah sie ihm kopfschüttelnd nach. Wenn George Geld mit ihrer Erfindung verdienen wollte, warum zögerte er dann, damit an die Öffentlichkeit zu treten? Wahrscheinlich ging es ihm wie ihr: Er fürchtete, dass man sich über sie beide lustig machte, weil ein Komponist und eine Schauspielerin meinten, eine Erfindung machen zu können, die den Krieg entscheiden würde.

KAPITEL 31

Los Angeles, Sommer 1941

Leider hatte George in Washington nichts ausrichten können. Auch seine Kontakte konnten nicht mehr sagen als das: Der *National Inventors Council* war grundsätzlich an der Idee interessiert, forderte aber einige Nacharbeiten und Klärungen. Niemand hatte ihm zusichern können, ob die Korrekturen ihre Erfolgsaussichten verbessern würden, was beide etwas demotivierend fanden.

»Also gut«, sagte Hedy zu George am Telefon. »Dann komm wieder zurück, und wir widmen uns ihren Fragen und hoffen, dass wir alle Zweifel ausräumen können.«

Zwei Tage später saßen sie in Hedys Wohnzimmer und beugten sich über Papiere, so wie im vergangenen Jahr, als hätte es nie den Streit zwischen ihnen gegeben.

»Die wollen es aber genau wissen«, sagte Hedy, nachdem sie die Fragenliste zum zehnten Mal durchgelesen hatte. »Hier gerate ich an meine Grenzen. Und du, George, kannst du ihre Fragen beantworten?«

Er verzog das Gesicht und rieb sich mit dem Mittelfinger über den Nasenrücken.

»Ich nicht, aber …« George biss sich auf die Lippen.

»Nun sag schon.« Er benahm sich wie eine Drama-Queen. Normalerweise konnte Hedy damit gut umgehen, aber nun, wo ihr Projekt kurz vor der Akzeptanz durch den *National Inventors Council* stand, waren ihre Nerven zum Zerreißen gespannt.

»Ich kenne jemanden, der uns vielleicht helfen könnte.« George kratzte sich am Kopf. »Er ist Assistant Professor für Electrical Engineering am California Institute of Technology.«

George wiegte den Kopf von rechts nach links, als ob es noch etwas gab, was er ihr aber nicht sagen wollte.

»Das ist perfekt.«

»Ich bin mir nicht sicher. Möglicherweise wird er verlangen, seinen Namen auf dem Patent zu sehen.«

»Warum nicht? Dann machen wir das eben.«

»Nein! Es ist unser Baby«, gab George unwirsch zurück. »Deine und meine Idee, nicht seine.«

Hedy überlegte einen Moment. Ja, vielleicht hatte George recht. Außerdem …

»Ich will keinen Professor dabeihaben, um unserer Idee mehr Glaubwürdigkeit und Seriosität zu verleihen.« Sie nickte zustimmend. »Du und ich haben das System entwickelt, mit unseren Kenntnissen und Fähigkeiten, und so sollten wir es auch präsentieren. Wenn sie die Idee nicht wollen, weil sie von einem Komponisten und einer Schauspielerin kommt, dann hätten sie Laien wie uns gar nicht erst auffordern sollen, ihre Ideen einzusenden. Das ist doch verlogen.«

»Willkommen in Amerika.« George zog einen Mundwinkel hoch. »Vieles hier sieht auf den ersten Blick gut aus und auf den zweiten schlecht.«

◐ ◐ ◐

Drei Tage später rief George sie an und fragte, wann sie Zeit hätte, sich gemeinsam mit ihm und dem Assistant Professor, einem Mann namens Dr. Samuel Stuart MacKeown, zu treffen. Nachdem sie nicht auf alle Fragen Antworten gefunden hatten, waren Hedy und George übereingekommen, den Wissenschaftler doch hinzuzuziehen.

»Bist du dir wirklich sicher, dass er die Meriten nicht für sich einstreichen will?«

»Ich habe mit ihm darüber gesprochen.« Georges Stimme klang äußerst selbstzufrieden. »Es reicht ihm, wenn wir ihn dankend erwähnen. Für einen Professor ist Stuart ungewöhnlich unprätentiös.«

»Wann hat er Zeit für uns?«

»Jederzeit. Ich muss ihn nur vorher anrufen.«

»Heute Nachmittag.« Warum noch länger warten? Wie jeder Erfinder fürchtete Hedy, dass jemand anderes auf eine ähnliche Idee wie George und sie kommen könnte.

George hatte recht gehabt, der Professor wirkte sehr uneitel. Dr. Samuel Stuart MacKeown – »Nennen Sie mich Stu« – erwartete George und Hedy bereits in seinem Büro, einem kleinen Raum, vollgestopft mit Büchern, Schwarz-Weiß-Zeichnungen von Maschinen an den Wänden und einem großen Zeichentisch, auf den er die Pläne ihres Kommunikationssystems gepinnt hatte. Ihre Ideen in dieser Umgebung zu sehen, ließ Hedys Herz höher schlagen.

»Herzlich willkommen«, sagte der Professor und lächelte. »Es ist selten, dass eine schöne Frau sich zu mir verirrt.«

Hedy erwiderte sein Lächeln und bemühte sich, ihre Enttäuschung darüber zu verbergen, dass sie wieder einmal nur auf ihr Äußeres reduziert wurde. Doch gleich darauf musste sie sich im Stillen für diesen Gedanken entschuldigen, denn er fuhr fort: »Sie werden es mir verzeihen, dass ich Ihre Schönheit in den Mittelpunkt stelle, denn Ihre Klugheit zweifle ich nicht an, seitdem ich Ihre Entwürfe gesehen habe. Sie zwei haben etwas richtig Großes geleistet.«

George und Hedy wechselten einen Blick, ihr Erfindungspartner zwinkerte ihr zu.

»Danke«, konnte sie nur flüstern. Dieses Lob war ihr mehr wert als alle guten Kritiken ihrer Filme.

Zwei Stunden später verließen George und sie voller Hochstimmung Stuarts Büro. Hedys Kopf schwirrte von all dem Neuen, das sie erfahren hatte. Hinzu kam das unglaubliche Gefühl, dass George und sie wirklich und wahrhaftig etwas Großartiges erschaffen hatten. Etwas Einzigartiges, etwas, das die Welt verändern würde – vielleicht gar so weit, dass dieser schreckliche Krieg endlich ein Ende fand.

◐ ◐ ◐

Nachdem sie den Anruf erhalten hatte, war Hedy sofort zu George gefahren. Sie klingelte Sturm, aber niemand öffnete. Sie klingelte erneut, denn Hedy wusste nur zu gut, dass George für die Außenwelt kaum ansprechbar war, wenn er komponierte. Immer noch öffnete niemand die Tür.

Als sie gehen wollte, öffnete sich die Tür, und ein sichtlich verschlafener George steckte seinen Kopf mit strubbeligen Haaren raus.

»Verflucht, Hedy, es ist 10 Uhr morgens. Was machst du hier?«

Statt einer Antwort holte sie die Flasche Champagner hinter

ihrem Rücken hervor und lächelte breit. »Herzlichen Glückwunsch, Mr Antheil, heute Morgen ist dein und mein Patentantrag für ein geheimes Kommunikationssystem an die US-Patentbehörde gegangen.«

»Was? Wie bitte?«

Hedy konnte förmlich zusehen, wie George versuchte, seine Gedanken zu sammeln und zu begreifen, was sie ihm mitgeteilt hatte. Sie kam nicht dagegen an und lachte laut auf. »Die Anwälte haben mich eben angerufen, sie haben heute unseren Patentantrag gestellt.«

Schweigen antwortete ihr. Plötzlich stieß George einen lauten Schrei aus, der sicher alle Nachbarn erschreckte. »Komm rein«, sagte er dann. »Boski ist nicht da, und dann schlaf ich immer aus, komm rein, ich … ich …«

»Wir müssen die Flasche kalt stellen oder willst du mit lauwarmem Champagner anstoßen?«

Die Frage schien George zu überfordern, denn er stand noch immer in der Tür und rang sichtbar nach Worten.

»George, Darling, wenn du nicht zur Seite trittst, werde ich weiterhin hier draußen stehen, bis die Nachbarn beginnen, sich zu wundern.«

»Entschuldige, ich muss das alles erst einmal begreifen.« Er kratzte sich am Kopf. »Geh in die Küche und leg den Champagner ins Eisfach, und ich spring unter die Dusche. Ach ja, bitte koch Kaffee, das kannst du doch, oder?«

Kopfschüttelnd blickte Hedy ihm nach und bewunderte Boski dafür, dass sie mit jemandem zusammen leben konnte, der am Morgen so durcheinander war.

◐ ◐ ◐

Noch immer hatte Hedy kein neues Rollenangebot erhalten, aber sie war trotzdem beschwingt. Ihr Gesicht zierte die Covers der Filmmagazine, sie erhielt täglich Fanpost und fühlte sich ganz wie ein Filmstar.

Ein Filmstar, dessen Idee bei der Patentbehörde eingereicht worden war. Und um der guten Dinge drei vollzumachen, war ihre Mutter aus dem kriegserschütterten London ausgereist und in Kanada angekommen. Hedy konnte ihr Glück kaum fassen. Nun mussten sie nur noch die Formalitäten für ihre Einreise in die USA erledigen, und dann könnte sie endlich ihre Mutter wieder in die Arme schließen. Leider konnte ihr nur niemand sagen, wie lange das noch dauern würde. Alles zwischen vier Wochen und einem Jahr schien möglich zu sein.

Hedy ging in ihr Erfinderzimmer, um dort in Ruhe eine Liste derjenigen zu erstellen, die das Einreiseverfahren beschleunigen könnten.

Sie hatte gerade zwei Namen niedergeschrieben, als ein leises Klopfen ertönte. Das musste Ericka sein, denn außer ihr und Jamesie war niemand im Haus. Hedy blickte überrascht hoch. Ihre Haushälterin wusste doch, dass Hedy nicht gestört werden wollte, wenn sie in ihrem Erfinderzimmer weilte. Es musste schon etwas Wichtiges sein, wenn Ericka sich über diese Regel hinwegsetzte.

»Hier ist ein seltsamer Brief für Sie, Miss Lamarr.«

Die Haushälterin hielt Hedy einen weißen Umschlag entgegen, vorsichtig, als wäre er aus Glas. Hedy zögerte kurz. Was hatte es wohl mit dem Schreiben auf sich, dass es Ericka so erschreckt hatte? Ihre Haushälterin war einiges gewöhnt, denn manchmal kamen Fans auf, gelinde gesagt, interessante Ideen.

»Danke.« Schließlich nahm Hedy das Schreiben entgegen

und sah es sich an. Die Adresse war in Großbuchstaben geschrieben. Sehr ungewöhnlich. Was konnte das sein?

Sie öffnete den Umschlag und nahm ein Blatt Papier heraus, das sie las. Der Schreck über den Inhalt ließ sie einen kleinen Schrei ausstoßen.

Sofort kam Ericka aus der Küche herbeigeeilt: »Was ist passiert?«

»Hier.« Mit zitternden Fingern hielt Hedy ihr den Zettel entgegen, auf dem in ungelenken Großbuchstaben stand:

500 $ oder ich werde dafür sorgen, dass man Sie nie wieder in einem Film einsetzt.
Der arbeitslose Bud

»Was hat das zu bedeuten?« Ihre Haushälterin erbleichte. »Warum sollte Sie jemand so hassen?«

Hedy schwindelte. Sie musste sich setzen. Die Vorstellung, dass es einen Menschen gab, der ihr Leben bedrohte, versetzte sie in Panik.

»Das muss ein dummer Witz sein«, wisperte Hedy, nachdem sie sich etwas beruhigt hatte. Aber wer sollte ihr so etwas Gemeines antun? Im Kopf ging Hedy die Liste ihrer verflossenen Liebhaber und Kollegen durch, mit denen sie nicht auf gutem Fuß stand, aber ihr wollte niemand einfallen, der sich so einen hinterhältigen und gemeinen Scherz erlauben würde.

»Wir müssen die Polizei rufen« schlug Ericka vor.

»Nein«, antwortete Hedy, »ich fürchte, das ist der Preis der Berühmtheit. Es wird immer Menschen geben, die sich etwas Derartiges herausnehmen.«

Ein mulmiges Gefühl blieb dennoch, und sie war Reggie dankbar, der ihr anbot, die Nacht bei ihr zu bleiben.

◐ ◐ ◐

»Es tut mir leid, Miss Lamarr«, Ericka hielt ihr einen weiteren, unauffällig aussehenden Umschlag entgegen. »Er scheint es ernst zu meinen.«

Hedy griff sich ans Herz. Womit hatte sie sich so einen Hass zugezogen? Sie fühlte sich einen Moment versucht, den Brief ungelesen zu zerreißen, aber der Wissensdurst siegte. In diesem Schreiben drohte der Unbekannte, der sich Bud nannte, ihr Gesicht zu zerstören. Seine Worte klangen so bedrohlich, dass Hedy sich entschloss, erst einmal mit MGM zu reden.

»Sprechen Sie mit der Rechtsabteilung«, riet Ida Koverman ihr. »Es tut mir so leid für Sie. Das sind leider die Schattenseiten des Ruhms.«

»Nehmen Sie das nicht auf die leichte Schulter«, sagte der FBI-Mann im dunklen Anzug zu ihr. »Er klingt nicht wie ein Spinner, sondern wie jemand, der es ernst meint.«

»Was kann ich tun?« fragte Hedy. Jamesie!, schoss ihr durch den Kopf. Sie musste ihren Sohn vor diesem Menschen schützen. »Ich habe ein Kind.«

»Leider bleibt Ihnen nichts als abzuwarten. Wir kümmern uns darum.«

Obwohl der Mann vom FBI wirkte, als wüsste er, was er tat, wünschte Hedy sich eine Handlungsoption. Sie fühlte sich hilflos und ausgeliefert und musterte jeden Unbekannten, der ihr begegnete, voller Misstrauen.

»Die Schattenseiten des Ruhms«, hatte Ida Koverman es genannt und schien nicht überrascht gewesen zu sein. Also kamen Erpressungen oder ähnlich unerfreuliche Dinge wohl häufiger vor, als Hedy es sich vorstellen konnte. Ob sie mit Greer oder Ann darüber reden sollte? Nein, das würde diesem bösartigen Menschen zu viel Bedeutung zumessen. Also blieb ihr nur, sich in Geduld zu üben.

Es sollte ein Monat vergehen, in dem Hedy immer nervöser wurde und schon beim leisesten Geräusch zusammenschreckte. Dann kam endlich die erlösende Nachricht: Das FBI hatte den Erpresser festgenommen. Es war ein arbeitsloser Flugzeugmechaniker namens Sidney M. Buchanan, der desertiert war. Leider konnte Hedy nicht herausfinden, warum ausgerechnet sie das Ziel seines Erpressungsversuchs geworden war.

Aber dadurch wurde sie noch vorsichtiger und zog sich noch mehr aus der Öffentlichkeit zurück, was die Mächtigen bei MGM verärgerte. Eine glamouröse Diva, über die nicht in den Zeitungen berichtet wurde, hatte für das Studio keinen Wert. Man ließ Hedy das deutlich spüren, und sie erhielt kein Rollenangebot.

Aber Hedy gehörte nicht zu den Schauspielerinnen, die brav zu Hause saßen und darauf warteten, dass Louis B. Mayer etwas Gutes für sie tat. Sie telefonierte mit Ida Koverman, traf sich mit Ann und Greer zum Essen und nutzte all ihre Kontakte, um herauszufinden, welche Filme in den nächsten Monaten geplant waren.

Endlich hatte sie einen gefunden, der ihr Interesse weckte, und sie traf die notwendigen Vorbereitungen, um ihren Hut in den Ring zu werfen. Geschickt arrangierte sie es, dass sie auf einer Dinnerparty neben King Vidor zu sitzen kam, der die Verfilmung von John Phillips Marquands Bestseller-Roman *H. M. Pulham, Esq.* plante.

»Ist da eine Rolle für mich drin?«, fragte Hedy, die vorgab, den Erfolg des Romans am Rande wahrgenommen und bisher nichts von dem Projekt gehört zu haben.

»Leider nicht, das Skript gibt nichts für dich her.«

Das konnte Hedy sich kaum vorstellen, hatte sie doch den Roman gelesen, auf dem auch das Drehbuch von Vidors Frau Elizabeth Will basieren sollte. Aber sie wusste auch, dass der Regisseur sich ungern zu etwas drängen ließ. Er war lieber ein Jäger als ein Gejagter.

»Wenn du das meinst, dann ist dem wohl so, und ich muss mir etwas anderes suchen«, antwortete Hedy mit einem Lächeln.

Ihr demonstrativ zur Schau getragenes Desinteresse musste den Regisseur wohl neugierig gemacht haben. Am nächsten Tag bekam sie von Vidor ein Dutzend rote Rosen nach Hause geliefert und einen Brief, in dem er sie bat, sich mit ihm zum Lunch zu treffen, um über den Film zu sprechen.

Sie trafen sich im Romanoff's am Rodeo Drive, wo Vidor Hedy zu ihrer Überraschung die Rolle der Heldin anbot. Hedy hatte damit gerechnet, die Rolle der etwas langweiligen Ehefrau zu erhalten, aber nicht die der Marvin Myles, einer wunderbaren Figur.

Hedy durchlief die Probeaufnahmen, in denen sie King Vidor überzeugte, so dass sie am 25. Juli die Rolle bekam. Robert Young würde ihr Gegenpart sein – die Hauptfigur H.M. Pulham Jr. Obwohl Hedy sich sehr über Vidors Entscheidung freute, war ihr bewusst, dass ihr starker Gegenwind entgegenwehen würde, wenn sie die Rolle einer jungen Amerikanerin spielte. Zu sehr war sie bisher auf exotische Schönheiten festgelegt worden, zu sehr galt sie als Ausländerin – gerade jetzt in Kriegszeiten war das problematisch.

Wie sie befürchtet hatte, zerrissen sich die Klatschkolumnistinnen die Mäuler über die »Fehlbesetzung des Jahres«. Die Zeitungen schreckten nicht einmal davor zurück, John Phillips Marquand zu interviewen, damit dieser Hedy ebenfalls als ungeeignet für die Rolle betrachtete. Doch der Romanautor ließ sich nicht vor diesen Karren spannen, sondern betonte, dass er King Vidor vertraute.

»Außerdem«, fügte John Phillips Marquand hinzu, »ist es eine interessante Idee, Hedy Lamarr als amerikanische Geschäftsfrau zu besetzen. Auf jeden Fall ist sie eine Frau, an die sich ein Mann auch noch nach zwanzig Jahren erinnert.«

Hedys Herz machte einen Satz, als sie das las. Jetzt musste sie als Marvin Myles nur noch den Rest der Herzen Amerikas erobern.

KAPITEL 32

Los Angeles, Spätsommer und Herbst 1941

Die schrecklichen Nachrichten aus Europa nahmen kein Ende, Hedys Mutter hatte es zwar bis nach Kanada geschafft, aber durfte nicht in die USA einreisen, sosehr Hedy sich auch darum bemühte. Von ihrem *Secret Communications System* hatten George und sie immer noch nichts gehört, aber Hedy fühlte sich glücklich wie seit Langem nicht mehr. Denn Marvin Myles war genau die Rolle, die sie sich gewünscht hatte. Eine moderne Frau mit beruflichen Ambitionen, dabei fraulich und liebenswert, nicht eines der Hollywood-Stereotype.

Üblicherweise wurden berufstätige Frauen in Hollywood immer als unglückliche einsame Frauen, gerne Brillenträgerinnen, dargestellt, während Frauen, die ihre Karriere in Ehe und Familie sahen, glücklich und zufrieden waren und ihr *Happily Ever After* erhielten. Marvin Myles tanzte völlig aus der Reihe. Sie war attraktiv, klug und liebte H.M. Pulham von ganzem Herzen, aber konnte es nicht über sich bringen, ihr Leben mit dessen Familie zu verbinden, die sie abgelehnt hatte. Noch nie zuvor hatte Hedy sich einer Rolle so nahe gefühlt wie Marvin.

Hedy konnte nur hoffen, der anspruchsvollen Figur gerecht zu werden. Sie bereitete sich intensiv auf ihren Part vor, um allen Kritikern, die sie für eine Fehlbesetzung hielten, den Wind aus den Segeln zu nehmen.

Bei den Dreharbeiten vermittelte King Vidor ihr das Gefühl, sie wäre die einzige Passende für die Rolle, und sie gab ihr Bestes. Außerdem verstand sie sich wunderbar mit ihren beiden Kollegen Robert Young und Ruth Hussey.

Zum ersten Mal, seitdem sie in Hollywood Filme machte, fühlte Hedy sich traurig und leer, als die Dreharbeiten sich dem Ende näherten.

◐ ◐ ◐

»Lamarr.« Hedys Stimme klang genauso müde wie sie sich fühlte. Im Dunkeln hatte sie nach dem Telefonhörer getastet und hoffte, dass sie schnell genug gewesen war, um Jamesie nicht aufzuwecken.

»Hast du die *Times* schon gelesen?« Georges Stimme überschlug sich vor Aufregung. »Was sagst du dazu?«

»Nein, ich bin gerade erst aufgewacht. Ich hatte gestern einen langen Nachdreh.« Sie blinzelte und tastete nach dem Lichtschalter. »Himmel, George, weißt du, wie früh es ist?«

»Lies die *Times* und ruf mich wieder an.«

Bevor sie etwas sagen konnte, hatte er aufgelegt.

Hedy streckte sich, gähnte und kletterte aus dem Bett. Vorsichtig öffnete sie die Tür zu Jamesies Zimmer und lächelte, als sie ihren Sohn schlafen sah. In der Küche stand eine Thermoskanne voll Kaffee, an der eine Nachricht lehnte.

Miss Lamarr,
guten Morgen. Ich bin einkaufen.
Bis später,
Ericka

Sie goss sich eine Tasse ein und ging in den Flur, wo die fünf Tageszeitungen, die sie abonniert hatte, auf einem Tischchen lagen. Ganz oben auf lag die *Los Angeles Times*, die *New York Times* befand sich direkt darunter. Hedy nahm die Zeitung und ging zurück in die Küche, wo sie das Papier durchblätterte, auf der Suche nach dem, was George dermaßen in Aufregung versetzt hatte. Endlich entdeckte sie den winzigen Artikel auf Seite 24 unter der Rubrik *Amusement*.

»Das darf nicht wahr sein!«, rief sie aus, als sie die Überschrift las: *HEDY LAMARR INVENTOR; Actress Devises ›Red-Hot‹ Apparatus for Use in Defense.*

Wieder und wieder fuhr ihr Zeigefinger an der kurzen Meldung entlang. Inhaltlich stand nicht viel darin, nur dass Hedy eine Erfindung beim *National Inventors Council* eingereicht hatte, die dort auf Interesse gestoßen war.

Wer mochte der *Times* diese eigentlich geheime Information gegeben haben? Und warum stand kein Wort über George im Text? Auch wenn der Artikel vom Grundtenor her wohlwollend klang, hatte er für Hedy einen unangenehmen Beigeschmack. Es war wie mit klavierspielenden Hunden: Man fand sie interessant und sah sie sich gern an, aber ernst nehmen konnte man sie nicht. Es war nicht die Erfindung und deren Nutzen für den Krieg, die von der *Times* gewürdigt wurde, sondern die Kuriosität, dass ein Hollywood-Star etwas beim Erfinderrat eingereicht hatte.

Vielleicht wäre es doch klüger gewesen, den Professor als Miterfinder zu nennen.

Nachdem sie den Artikel noch einmal gelesen hatte, rief sie George zurück. »Es tut mir leid, dass sie dich nicht genannt haben. Hast du eine Idee, wer den Bericht verfasst hat?«

»Ist okay. Nein, ich weiß nicht, wer die Meldung platziert hat. Hast du deinem Studio etwas erzählt?«

Auf die Idee war Hedy überhaupt nicht gekommen. Ann und Greer wussten Bescheid, aber sie hatte weder Louis B. Mayer noch Howard Strickling davon erzählt. Ihr Wunsch war es, ihre Lebenswelten getrennt zu halten – was nun wohl gescheitert war.

»Sie würden es nur für Publicityzwecke nutzen. Ehrlich gesagt hatte ich Angst, dass es unserer Erfindung eher schadet als nutzt, wenn MGM sich einmischt.«

»Dann muss es jemand vom *National Inventors Council* gewesen sein.«

Das war auch Hedys Überlegung gewesen. Wenn dem so wäre, hätte sie jemand verraten, der streng genommen Stillschweigen zu bewahren hatte.

»Ich fürchte, es schadet uns«, sprach Hedy ihre Besorgnis aus.

»Warum? Heißt es nicht immer, es gibt keine schlechte Publicity?«

»Weil der Artikel zu sehr betont, dass ich Schauspielerin bin, es geht um den Glamour und die Schönheit, es geht nicht um unsere Idee.«

Hoffentlich würden die anderen Zeitungen die Meldung nicht aufgreifen. Doch das wollte sie George besser nicht sagen. Es reichte, wenn sie sich darüber sorgte.

»Lass uns abwarten. Morgen ist die Meldung Schnee von gestern«, beteuerte George. Aber warum hatte er sie dann so früh angerufen? Hedy ahnte, dass ihn die Sache mehr umtrieb, als er ihr gegenüber zugeben mochte.

»Ich rufe dich an, wenn es etwas Neues gibt.« Sie gähnte. »Ich muss noch etwas Schlaf nachholen.«

»Soll ich in Washington noch einmal nachfragen, wie der Stand der Dinge ist?«

»Mach das. Gute Nacht.«

Obwohl sie wusste, dass es unklug war, nahm Hedy eine der Schlaftabletten, die ihr Doctor Feelgood gegeben hatte.

◐ ◐ ◐

Als die Dreharbeiten zu *H. M. Pulham, Esq.* beinahe abgeschlossen waren, trat MGM mit dem Skript für *Tortilla Flat* nach dem Roman von John Steinbeck an Hedy heran.

Hedy kannte den Roman, der ihr sehr gut gefallen hatte, aber konnte sich beim besten Willen nicht vorstellen, welche Rolle sie darin übernehmen sollte. Schließlich spielte die Geschichte unter mexikanischen Einwanderern, und sie sah beim besten Willen nicht mexikanisch aus. Außerdem sollte Spencer Tracy erneut ihr Co-Star sein. Auch wenn sie seine Schauspielkunst bewunderte und fand, dass er seine Auszeichnungen verdiente, gehörte Tracy nicht zu den Kollegen, mit denen sie gerne arbeitete.

Am nächsten Tag rief sie also Mr Mayers Sekretärin an, um das Projekt abzulehnen. »Tut mir leid, Miss Koverman, aber *Tortilla Flat* ist nicht der richtige Film für mich.«

Ida Koverman schwieg einen Augenblick, was Hedy nervös machte, denn das konnte nichts Gutes bedeuten. »Sind Sie sich sicher, Miss Lamarr?«

»Was möchten Sie mir sagen?« Etwas in dem Tonfall von Mayers Sekretärin ließ Hedy vermuten, dass sie sich ihre Entscheidung wohl noch einmal überlegen sollte.

»Ich fürchte, sonst gibt es keine anderen Skripts für Sie.« Die Sekretärin senkte die Stimme zu einem Flüstern. »Und sie wollen Sie unbedingt haben. Wenn Sie Nein sagen, bedeutet das Ärger.«

»Ärger?«

»Sie wissen schon.« Ida Koverman seufzte und senkte ihre Stimme erneut. »L.B. wird mit der Presse gegen Sie schießen.«

»So schlimm wird das schon nicht werden.«

»Wenn Sie sich da mal nicht täuschen …«

Leider sollte Ida Koverman recht behalten. MGM, höchstwahrscheinlich Louis B. Mayer persönlich, ließ die Meldung ihrer Ablehnung des Rollenangebots an die Presse durchsickern. Und wer immer Hedda Hopper und Louella Parsons mit Informationen gefüttert hatte, er hatte es mit einem larmoyanten Unterton lanciert und in der Absicht, Hedy unter Druck zu setzen.

Während Hedda Hoppers Kolumnen sich darauf konzentrierten, das Starlet Inez Cooper als die bessere Wahl für die Rolle aufzubauen, da sie jünger als Hedy und ihr zum Verwechseln ähnlich war, schlug Louella in die Kerbe, wie undankbar Hedy wäre. MGM hatte ihr so viele Chancen gegeben, betonte die Kolumnistin und war darauf eingegangen, dass Hedy gefordert hatte, hochwertige, anspruchsvolle Filme zu drehen. Doch jetzt, da das Studio eine derart interessante Rolle wie die der Sweets Ramirez mit ihr besetzen wollte, schlug Hedy das Angebot aus.

Nachdem sie diesen Artikel gelesen hatte, wollte Hedy Mrs Parsons sofort anrufen und sie fragen, warum sie einen derart unwahren Dreck über sie schrieb, aber sie telefonierte stattdessen lieber mit Ann.

»Hast du Louellas Kolumne gelesen?«, fragte sie ungehalten, sobald ihre Freundin das Telefonat entgegennahm.

»Ja, wie Millionen andere auch. Was hast du erwartet?« Ann stieß einen Seufzer aus. »Du weißt, dass sie erst dann aufhören werden, wenn du nachgibst.«

»Rätst du mir, die Rolle anzunehmen, obwohl ich das für falsch halte?«

»Ach Darling, ich weiß nicht, was ich dir raten soll. Du hast dir anspruchsvollere Rollen gewünscht. *Tortilla Flat* ist sicher kein *Of Mice and Men*, aber besser als *Lady of the Tropics*.«

»Sweets Ramirez ist eine Mexikanerin. Es gibt kaum jemanden in Hollywood, dessen Haut weißer ist als meine. Ich gelte nicht umsonst als Marmorgöttin.«

»Und was ist mit John Garfield und Spencer Tracy? Die beiden spielen ebenfalls Mexikaner. Darling, wir sind in Hollywood, hier zählt nur der Schein.«

Anns Worte brachten Hedy zum Nachdenken. »Ich gebe es ungern zu, aber da hast du wohl leider recht.«

»Ich weiß, also nimm die Rolle an.«

»Ich schulde dir ein Essen bei Marcel La Maze.«

»Das hoffe ich.«

Nachdem sie aufgelegt hatte, dachte Hedy über Anns Worte nach. Gab es für sie überhaupt eine Möglichkeit, aus dieser Misere herauszukommen?

Mitzi und Gertrude kamen aus dem Garten herein und rieben ihr sonnenwarmes Fell an Hedys Wade.

»Ihr wollt etwas zu fressen, oder?«, fragte sie die Katzen, die erwartungsvoll zu ihr hochschauten. »Sonst seid ihr nicht so freundlich.«

Hedy ging in die Küche, öffnete eine Dose Futter und gab es auf Porzellanteller, während ihre Gedanken kreisten. Sie war so einsam, dass sie mit den Katzen sprach. Sicher, es gab Greer und Ann in ihrem Leben, und auch Judy und Myrna, aber dennoch fehlte ihr jemand, der sie aufmunterte, wenn sie traurig war, jemand, an den sie sich anlehnen konnte, und jemand, der ihr wenigstens ab und zu die Organisation des Alltags aus der Hand nahm.

Sie fühlte sich unglaublich erschöpft. Die Dreharbeiten, der Nachdreh, die Frage, welche Rolle Mayer ihr als Nächstes zudachte, und die viele Zeit, die sie mit George an ihrer Erfindung verbracht hatte, forderten ihren Tribut. Hedy hatte Konzentrationsschwierigkeiten und war ständig müde. Selbst die Vitaminspritzen halfen ihr kaum noch.

Dabei musste sie heute gut aussehen, denn Clarence Sinclair Bull hatte sich angekündigt. Er war einer der Starfotografen von MGM und sollte Portraits von ihr schießen, mit denen für das Studio geworben werden sollte. Schnell fütterte sie auch die Hunde, bevor sie einen kleinen Lunch für Clarence und sich vorbereitete.

»Das ist das erste Mal, dass ein Star so etwas für mich getan hat«, sagte er später den Zeitungen, dabei hielt Hedy eine solche Gastfreundschaft für selbstverständlich. So hatten ihre Eltern sie erzogen – und so würde sie ihren Sohn erziehen.

Für Hedy waren die Menschen, mit denen sie arbeitete, eine Art Ersatz-Familie, um die sie sich kümmerte und für die sie sich interessierte. Sie kannte die Namen und Geburtstage der Studioangestellten und Techniker am Set und auch deren Familien. All das notierte sie in ihrem kleinen schwarzen Buch und vergaß nie, ihnen Geschenke zu überreichen. Sie liebte es einfach, den Kollegen eine kleine Freude zu machen – und wie sonst konnte sie sich für dieses einzigartige Leben, das sie führte, bedanken?

KAPITEL 33

Los Angeles, Herbst und Winter 1941

Nachdem George und sie alle Fragen des *National Inventors Council* beantwortet hatten, blieb ihnen erneut, auf dessen Nachricht zu warten. Hedy nutzte die Zeit, um sich mit Howard Hughes' Problem zu beschäftigen. Nachdem sie einige Bücher über das Verhalten von Vögeln und Fischen beim Fliegen respektive Schwimmen gelesen und deren Anatomie mit der Konstruktion von Howards Flugzeugen verglichen hatte, war ihr schnell aufgefallen, dass die Flugzeugflügel gerade konstruiert waren, während die Flügel der Vögel sich leicht neigten.

Sollte es wirklich so einfach sein? Das hatte Hedy erst nicht glauben können und weiter geforscht, aber die Lösung lag wahrhaftig auf der Hand. Wenn Howard seine Flugzeugflügel etwas anschrägen würde, könnte der Luftwiderstand besser werden und damit das Flugverhalten stabiler.

Sie zeichnete die Idee auf mehrere Blätter Papier, fügte einige Zeichnungen von Vögeln und Fischen hinzu und rief den Milliardär an.

»Ja?«, erklang seine schleppende Stimme. Wie immer wirkte er äußerst unwirsch am Telefon, als wollte er das Gespräch im Keim ersticken.

»Hedy hier.« Sie musste sich sehr bemühen, den Triumph in

ihrer Stimme nicht durchscheinen zu lassen. »Ich habe eine Lösung für dein Problem.«

»Was soll das heißen?«

»Ich habe einen Vorschlag, wie du deine Flügel bauen solltest.«

Schweigen.

Hedy wartete. Er sollte etwas sagen; sie würde die Stille nicht durchbrechen.

»Und du glaubst, es funktioniert?«

»Sonst hätte ich nicht angerufen.«

Erneutes Schweigen.

Dann folgte ein Seufzen und schließlich die Worte, auf die Hedy gehofft hatte. »Ich schicke dir den Chauffeur.«

Sie legte ohne ein weiteres Wort auf. Während sie wartete, fütterte sie die Katzen und Hunde und aß eine Kleinigkeit. Vorsichtig öffnete sie die Tür zu Jamesies Zimmer und sah nach, ob ihr Sohn schon erwacht war. Doch er schlief noch und sie wollte ihn nicht wecken, Ericka würde ihm ein Frühstück bereiten.

Die Fahrt zu Howard nutzte sie, um ihre Zeichnungen und die schriftlich ausgearbeiteten Pläne zum wiederholten Mal zu prüfen. Auch jetzt entdeckte sie keine Fehler. Hedy konnte es kaum erwarten, ihre Erkenntnisse zu präsentieren. Neugierig erwartete Howard sie bereits an der Tür, was Hedy als Triumph für sich verbuchte.

Sie lächelte siegesgewiss. Er würde einsehen müssen, dass ihre Idee wirklich großartig war.

Hedy reichte Howard die beschriebenen Blätter. »Hast du etwas zu trinken für mich?«

»Kaffee oder Whisky?«

»Ich nehme den Kaffee.«

»Im Wohnzimmer steht alles auf dem Tisch, was du brauchst«, murmelte er, während er sich in ihre Zeichnungen vertiefte.

Hedy ging an ihm vorbei, goss sich eine Tasse Kaffee ein, gab Milch hinzu und begann, mit den Fingern auf den Tisch zu trommeln. Die Zeit kam ihr schier endlos vor, bis Howard endlich von den Zeichnungen aufsah, seine Miene undurchsichtig. Sie hatte schon gehört, dass er ein guter Pokerspieler war.

»Und?«, fragte sie.

»Du hast recht, das ist eine gute Idee. Was willst du dafür?«

»Du hast mir mein Erfinderzimmer am Set eingerichtet. Ich bin zufrieden, wenn ich dir helfen kann.«

Sie konnte ihm ansehen, dass es ihm nicht gefiel, in ihrer Schuld zu stehen. Ein Mann wie Howard Hughes rechnete sicher alles auf und schätzte es, wenn Menschen ihm einen Gefallen schuldeten.

»Du hast mir von dem Cola-Brühwürfel erzählt.« Howard runzelte die Stirn. »Ich stelle dir zwei von meinen besten Chemikern zur Verfügung, damit du das voranbringst. Ruf an, wenn du sie brauchst.«

»Danke«, konnte Hedy nur sagen, dann verschwand er auch schon in den hinteren Räumen des Hauses. Über die Schulter rief er ihr noch zu: »Ich melde mich. Der Chauffeur bringt dich nach Hause.«

Selbst für einen exzentrischen Milliardär benahm er sich seltsam.

◐ ◐ ◐

Während Hedy darauf wartete, dass die Dreharbeiten zu *Tortilla Flat* begannen, durchlief *H. M. Pulham, Esq.* am 8. November die Previews. Obwohl Hedy inzwischen als alte Häsin im Showgeschäft gelten konnte und etliche Vorpremieren durchstanden hatte, verließ sie der Appetit, wenn sie an die zu erwartenden Kritiken dachte.

Zum Glück konnte sie sich auf ihre Freunde verlassen. Reggie, Ann und Greer begleiteten sie ins Kino. Wie schon bei *Algiers* hielt Reginald ihre Hand und beschwerte sich nur einmal, als Hedy zu fest zudrückte.

In der Mitte des Films tippte Ann ihr auf die Schulter und flüsterte Hedy ins Ohr: »Ich wusste, dass du eine gute Schauspielerin bist. Darling, du bist mehr als das, du bist einfach großartig.«

Gemeinsam feierten sie bis in den frühen Morgen.

Reggie fuhr Hedy nach Hause, natürlich mit einem Umweg über den Zeitungsladen, der als Erster alle wichtigen Zeitungen führte.

»Hedy Lamarr hat eine Rolle gefunden, die zu ihr passt, und sie kann endlich ihr Schauspieltalent zeigen«, las Reggie ihr aus der *Daily Variety* vor.

»Und was sagt der *Hollywood Reporter*?«

»Erst einmal verweisen sie alle Kritiker in die Schranken, die nicht daran glaubten, dass du eine Amerikanerin spielen kannst, und dann …«

»Ja?« Hedy hielt den Atem an.

»Hedy Lamarr spielt Marvin Myles so, dass man sich keine andere Schauspielerin in dieser Rolle vorstellen kann. So exzellent war sie.«

Hedy strahlte. Jetzt müsste nur noch ihre Mutter endlich in die USA einreisen dürfen, und dann wäre ihr Glück perfekt.

Noch musste sie sich aber in Geduld üben, denn ein Ende des Papierkriegs zeichnete sich nicht ab.

◐ ◐ ◐

Da MGM sich von *Tortilla Flat* einiges erhoffte, gab man das Geld mit vollen Händen aus. So wurde ein riesiges Set mit einer großen Soundstage konstruiert. Am Drehort gab es Geflügel, Farmtiere und ein Dutzend Hunde, mit denen Hedy in ihrer drehfreien Zeit spazieren ging.

Obwohl sie in *Tortilla Flat* wieder mit Spencer Tracy zusammen spielen musste, gefiel Hedy ihre neue Rolle. Dolores »Sweets« Ramirez war eine spannende Figur, eine starke Frau, die den Männern Paroli bot und sich niemals die Butter vom Brot nehmen ließ. Sweets war für Hedy außerdem die erste Gelegenheit, einen nicht glamourösen Charakter zu spielen. Sie trug Lippenstift für zehn Cent und ihre Kostüme kamen nicht von Adrian, sondern aus Billigmärkten. Eines ihrer Outfits kostete nicht mehr als 3,95 Dollar.

Sicher, der Autor John Steinbeck hatte Dolores als Mexikanerin angelegt, und selbst mit viel Schminke würde niemand glauben, dass Hedy aus Mexiko kam, aber trotzdem gab sie alles, um dieser Rolle Tiefe und Glaubwürdigkeit zu verleihen. Sie las über das Leben von Wanderarbeitern, damit sie verstand, wie eine Frau wie Sweets dachte und lebte. Und das kam gut an, so viel Lob hatte sie bisher von keinem Regisseur für ihre Schauspielkunst erhalten, und selbst Spencer Tracy knurrte ihr irgendwann etwas zu, was man als »gut gemacht, Kleine« interpretieren konnte.

◐ ◐ ◐

H. M. Pulham Esq. war gerade angelaufen, als die Weltpolitik sich änderte. Obwohl es ein Sonntag war, saßen Spencer Tracy, John Garfield und Hedy mit dem Regisseur Victor Fleming am 7. Dezember im Studio in Culver City, um die Tonaufnahmen zu bearbeiten. In der Drehphase arbeitete man oft sieben Tage die Woche, damit die Filme schnell fertiggestellt werden konnten. Es war ein sonniger Tag, nichts an ihm ließ erahnen, was in der Welt geschah. Obwohl die Türen zum Tonstudio versiegelt waren, um alle Geräusche draußen zu halten, und jeder wusste, dass die Crew nicht gestört werden wollte, erklang plötzlich ein beharrliches Klopfen.

»Wir arbeiten hier.« Victor Fleming öffnete schließlich, weil der Störenfried einfach nicht aufgeben wollte.

»Es … es tut mir leid, Mr Fleming, aber …« Vor der Tür stand ein Produktionsassistent, kreidebleich. Seine Stimme zitterte ebenso stark wie seine Hände. Hedy, Spencer und John wechselten einen Blick und standen wortlos auf. Was immer der Grund für die Störung war, es musste etwas Furchtbares sein.

»Japanische Flugzeuge und Unterseebote …« Die Stimme des Assistenten brach. Er schluckte mehrmals, bis er weitersprechen konnte. »Sie haben die amerikanische Flotte in Pearl Harbor angegriffen und versenkt.«

»Woher wissen Sie das?«

»Das kann nicht sein.«

»Das ist bestimmt eine Falschmeldung«, sprachen sie durcheinander, ungläubig und zutiefst erschüttert.

»Doch, es ist wahr.« Der Assistent sah aus, als würde er gleich in Tränen ausbrechen.

»Entschuldigt mich«, flüsterte Hedy und taumelte davon. Sie musste allein sein, brauchte Zeit für sich, um das Entsetzliche zu begreifen. Sie suchte sich eine stille, dunkle Ecke und ließ ihren Tränen freien Lauf.

»Geht nach Hause«, hörte sie Victor sagen. »Geht zu euren Familien und sagt ihnen, was geschehen ist. Wir werden in den Krieg ziehen.«

Wenige Stunden nach dem Angriff erklärte Präsident Franklin Roosevelt den Eintritt der Vereinigten Staaten in den Krieg gegen Japan.

Am 11. Dezember erklärte Deutschland den USA den Krieg.

Für Hedy wurde es nun noch wichtiger, ihre Mutter aus Kanada zu sich nach Kalifornien zu holen. Obwohl sie mit Mayer immer noch auf Kriegsfuß stand, bat sie ihn und andere MGM-Offizielle, ihr zu helfen.

»Spätestens im neuen Jahr werden wir Ihre Mutter hier haben«, versprach Mayer ihr und Hedy glaubte ihm. Er war ein schwieriger Mensch, aber kein Lügner.

Parallel nahm sie ihre Arbeitsbeziehung mit George Antheil wieder auf und zog sich in ihr Erfinderzimmer zurück. Ihr Wunsch, die Deutschen zu bekämpfen, wuchs. Sie war bereit, alles zu tun, was den Krieg beenden würde. Trotzdem fragte sie sich mit bangem Herzen, was das neue Jahr wohl für sie und die Welt bringen würde.

1942

»Ein Star zu sein bedeutet,
über die Welt und all ihre Menschen
zu verfügen.«

Hedy Lamarr

KAPITEL 34

Los Angeles, Anfang des Jahres 1942

Obwohl die Kritiken für *H.M. Pulham, Esq.* unisono positiv ausfielen, erwies sich das Timing für den wunderbaren Film als unglücklich. Denn nach dem Angriff auf Pearl Harbor bereitete sich die amerikanische Nation auf den Kriegseintritt vor und war nicht in der Stimmung für eine Geschichte, die in einer romantischeren Zeit spielte. Daher erfüllte der Film nicht die Erwartungen, die das Studio an ihn gestellt hatte.

Aber Hedy ließ sich davon nicht beeinträchtigen. Zu Beginn des neuen Jahres sammelte sie alle Kritiken in einem Album. Selbst Bosley Crowther von *The New York Times* schwärmte:

»Mr Vidor hat von Miss Lamarr eine der großartigsten Performances ihrer Karriere bekommen.«

Hedy las jede dieser Besprechungen mehrfach und weinte vor Glück, dass sie endlich als die Schauspielerin wahrgenommen wurde, für die sie sich immer gehalten hatte.

Für 1942 traf ihre Theorie, dass ihr Leben stets eine Balance anstrebte, bisher nicht zu. Sowohl beruflich als auch im Privaten lief es gut, denn durch einen unglaublichen Zufall hatte sie den Mann ihres Lebens kennengelernt.

Es war eine filmreife Geschichte. Hedy hatte zu Hause gesessen und über den Coca-Cola-Würfel nachgedacht, als sie bemerkte, dass auf der Straße Arbeiter ein Loch gruben. Da ihr ohnehin nichts Zündendes einfallen wollte, gab sie ihrer Neugier nach und ging hinaus.

Ein junger, gut aussehender Mann kam mit seinem Wagen vorbei und hielt, ebenfalls neugierig, an. Sie kamen ins Gespräch, und er stellte sich ihr als George Montgomery aus Brady in Montana vor. Er sei dort auf einer Ranch aufgewachsen, als Jüngster von fünfzehn Geschwistern, erzählte er, und dass ihm die Familie alles bedeutete.

»Eine Ranch«, hatte Hedy gesagt, »das stelle ich mir wunderbar vor. Ich liebe Pferde.«

»Ich auch.« Seine tiefblauen Augen leuchteten auf. »Was halten Sie davon, wenn wir zusammen ausreiten? Haben Sie morgen Zeit?«

»Ja«, hatte sie spontan geantwortet, und seitdem trafen sie sich.

Eigentlich war George nicht ihr Typ, er war ein großer, blonder Junge mit einem breiten Lächeln, perfekten Zähnen und dichtem Haar. Aber er besaß – wie Gene Markey – die Fähigkeit, sich ganz auf sein Gegenüber zu konzentrieren und Hedy das Gefühl zu geben, sie wäre die einzige Frau auf der ganzen Welt.

»Was hast du vor?«, fragte sie ihn bei einem ihrer Ausritte. »Willst du wirklich ins Film-Business?«

»Eigentlich habe ich Innenarchitektur studiert.« George lächelte sein unglaubliches Lächeln. »Aber als sich die Chance bot, Stuntman zu werden, konnte ich nicht Nein sagen.«

»Hollywood ist ein hartes Geschäft.«

»Das sagt der glamouröseste Star, den die Stadt zu bieten hat.«

Noch nie war sie so glücklich, noch nie war sie so verliebt gewesen – Hedy konnte es kaum fassen, was für intensive Gefühle dieser Mann in ihr auslöste. Obwohl er überhaupt nicht in die Reihe der Männer passte, denen sie bisher ihr Herz geschenkt hatte. George Montgomery war nicht nur jünger als sie, sondern auch Stuntman und Schauspieler. Dabei hatte sie sich geschworen, niemals wieder eine Liebe mit einem Schauspieler einzugehen. Dennoch hatte George ihr Herz im Sturm erobert.

◐ ◐ ◐

Hedy schaute in den Spiegel und lächelte, bevor sie ein paar Tropfen des orientalisch-würzig duftenden Shalimar-Parfüms, ein Geschenk ihres geliebten George, hinter ihrem Ohr und in ihrer Halsbeuge verteilte.

Heute war ein besonderer Tag. Plötzlich spürte sie Tränen in ihren Augen, so unfassbar war das Glück, das sie überkam. Nach einer unendlich erscheinenden Zeit würde ihre Mutter nach Hollywood kommen. Gertrudes Weg hatte sie von Wien nach London geführt, wo sie den deutschen Bombenhagel überlebte, um dann in Kanada mehrere Monate festzusitzen, bis sie endlich die Einreiseerlaubnis für die USA erhielt.

Obwohl Hedy sich wirklich sehr freute, dass die Odyssee ihrer Mutter nun ein Ende hatte, plagten sie auch Überlegungen, wie ihre gemeinsame Zukunft wohl aussehen würde. Gertrude und sie hatten sich in Wien nicht wirklich gut verstanden. Rückblickend kam es Hedy vor, als hätten sie beide um die Liebe des Vaters konkurriert. Würde es besser gehen, wenn sie nur zu zweit waren?

Wie hatten die Schrecken des Kriegs ihre Mutter wohl verändert? In ihren Briefen hatte Gertrude nur Positives verfasst und kaum etwas über die Düsternis geschrieben, unter der Europa litt.

Was würde ihre Mutter zu der neuen Hedwig sagen, zu Hedy Lamarr, der glamourösen Schauspielerin, die einen eigenen Chauffeur besaß, auf einer luxuriösen Farm lebte und mehr Geld durch einen Film verdiente als viele andere Menschen in einem Jahr?

Aber all das würde sich ergeben. Nun war es Zeit, sich darüber zu freuen, dass ihre Anstrengungen und Bemühungen, Gertrude aus London und dann aus Kanada nach Los Angeles zu bekommen, endlich Erfolg gehabt hatten.

Vor lauter Nervosität ließ Hedy ihre Handtasche fallen, was die Hunde in Aufregung versetzte. Jack und Jill sprangen auf und ab und kläfften wie verrückt, als wären sie ebenso aufgekratzt wie Hedy. Donner versuchte, sie durch ein Bellen auf sich aufmerksam machen. Die Dogge hoffte immer auf einen gemeinsamen Spaziergang. Mitzi und Gertrude hingegen öffneten nur kurz die grünen Augen, blinzelten ihr zu und schliefen dann wieder ein.

Ich muss Gertrude einen neuen Namen geben, schoss es Hedy durch den Kopf. Sie fürchtete, ihre Mutter fände es nicht lustig, dass sie eine Katze nach ihr benannt hatte. *Obwohl, ich kann ihr sagen, dass ich das getan habe, weil ich sie so vermisst habe.* Aber auch das könnte sie sich später noch überlegen.

Wie unglaublich, dass Gertrude heute mit dem *Super Chief* in Los Angeles ankommen würde! Mit Zeige- und Mittelfinger wischte Hedy sich die Freudentränen aus den Augenwinkeln. Verflucht, nun musste sie sich neu schminken, denn Reporter würden am Bahnhof auf sie warten und sie fotografieren.

Howard Strickling hatte die Ankunft von Gertrude benutzt, um Hedy erneut medienwirksam zu inszenieren. Er hatte seinen Lieblingskolumnistinnen und einigen Reportern Bescheid gegeben, dass es heute an der Pasadena Station zu einer rührseligen Wiedervereinigung kommen würde. Daher kleidete Hedy sich bewusst dezent. Heute wollte sie nicht den Glamour Look tragen, sondern bescheiden aussehen, damit die Aufmerksamkeit sich ganz auf das Ereignis und nicht auf ihre Frisur oder ihr Kleid richtete. Sie entschied sich für eine schlichte schwarze Hose, eine weiße Bluse und einen hellen Blazer. Selbst beim Lippenstift war sie zurückhaltend. Anstatt des üblichen Dunkelrots, das ihr Markenzeichen war, wählte sie eine hellere, sanftere Farbe.

»Ich freue mich für Sie, Miss Lamarr.« Marvin Neal lächelte Hedy über den Rückspiegel zu. »Und ich bin sehr gespannt, Ihre Mutter kennenzulernen.«

»Danke, Marvin.« Hedy verschränkte nervös die Finger. »Sie werden es nicht glauben, aber für mich ist es auch beinahe wie ein neues Kennenlernen. Wir haben uns so lange nicht gesehen. Ich hatte die Hoffnung fast aufgegeben.«

Nun geschah es doch wieder, die Tränen liefen ihr über die Wangen. Hedy suchte in ihrer Handtasche nach einem Taschentuch, um sich die Tränen abzutrocknen. Andererseits war sie sich sicher, dass dies nicht die letzten waren, die sie heute vergießen würde. Und war es nicht genau das, was die Fotografen heute von ihr sehen wollten? Dass Hedy Lamarr, die Marmorgöttin, Gefühle zeigte, da ihre Mutter endlich in ihrer neuen Heimat eingetroffen war?

Vor dem kleinen Bahnhof in Pasadena standen bereits viele Autos, sicherlich Presse und MGM-Offizielle. Das schlichte braune Gebäude war nicht zu vergleichen mit der prachtvollen Union Station in Los Angeles. Ein wenig bedauerte Hedy schon, dass ihre Mutter nicht den neu erbauten zentralen Bahnhof in Los Angeles sehen würde, der mit seiner Art-déco-Ausstattung und den hohen Holzdecken einen wunderbaren ersten Eindruck vermittelt hätte. Aber Pasadena war ruhiger und es vermittelte genau wie die Union Station ein Kalifornien-Gefühl, denn um den Bahnhof herum standen Palmen. Das würde ihre Mutter gewiss freuen, die genauso gerne wie Hedy im Garten arbeitete.

Marvin hielt am Bürgersteig an, stieg aus und hielt Hedy die Tür auf.

»Soll ich Sie begleiten?«, fragte er, als sie zögerte auszusteigen. Sie schaute den großen Mann an, der ihr, wie sie befand, bedrohlich genug erschien, um jeden allzu neugierigen Schreiberling zu vertreiben.

»Das wäre wunderbar, ich danke Ihnen.«

Gemeinsam marschierten sie in den Wartebereich, wo sie bereits die Reportermeute erkennen konnte, die an den Gleisen wartete. Marvin ging neben ihr, den rechten Arm vor ihrem Körper erhoben, so dass er alle Menschen, die ihnen entgegenkamen oder sie umringten, auf sicherem Abstand halten konnte. Es war wirklich eine gute Idee gewesen, ihn mitzunehmen. Nachdem sie das Gleis erreicht hatten, nickte Hedy ihm zu. »Danke, Marvin. Von hier an komme ich allein klar.«

»Sind Sie sicher?«

»Bitte, warten Sie am Wagen.«

Als sie sich den wartenden Reportern näherte, wünschte Hedy, Howard Strickling hätte niemanden informiert, und das erste Wiedersehen mit ihrer Mutter hätte zwischen ihnen beiden bleiben können, aber nun war es zu spät.

»Es soll ein sehr privater Moment bleiben, Howard«, hatte Hedy noch versucht, den Pressemann von MGM davon zu überzeugen, dass er ihre Mutter und sie nicht mit Journalisten behelligen sollte.

»Hedy.« Howard hatte sie kritisch angesehen. »So eine großartige Story bekommen wir nicht allzu oft. Deinem Image wird es guttun, wenn deine Fans dich als liebende Tochter sehen.«

»Ich weiß, ich weiß.« Hedy musste ihm recht geben, dennoch fiel es ihr schwer, das Wiedersehen nach so vielen Jahren als medienwirksames Ereignis zu inszenieren.

»Hedy, du kennst mich. Ich will nur dein Bestes«, hatte Howard mit seiner sanften Stimme gesagt und seine große Hand auf ihre gelegt. »Euch bleibt noch so viel Zeit gemeinsam. Aber für dich und unser Studio ist es wichtig, diesen Moment festzuhalten.« Dann hatte er gelächelt und ihr zugezwinkert. »Außerdem bekommst du auf diesem Weg viele und großartige Fotos von eurem Wiedersehen.«

Also hatte Hedy zugestimmt, dass er die erwartete Ankunft von Gertrude so inszenierte, wie MGM es wünschte.

Kaum hatte Hedy den Bahnsteig erreicht, da bestürmten die Journalisten sie mit ihren Fragen. Obwohl Hedys Gedanken sich um ihre Mutter drehten, bemühte sie sich, jede Frage freundlich zu beantworten.

»Der *Super Chief* kommt, der *Super Chief*!«, rief einer der Reporter, und die ganze Meute rannte über den Bahnsteig zum Gleis, wo der Schnellzug erwartet wurde. Hedy folgte ihnen gemäßigteren Schrittes. Im Unterschied zu den Reportern wusste sie, in welchem Wagen ihre Mutter saß und würde sie dort erwarten. Die Tür öffnete sich langsam. Ein Mann stieg aus, ihm folgte eine Frau, dann zwei weitere Männer – nur Gertrude nicht.

Hedy fühlte sich, als hätte ihr jemand in den Bauch geboxt und alles Leben genommen. Doch da kam sie, kleiner als Hedy sie in Erinnerung hatte, immer noch schlank, elegant gekleidet, in einem grauen Kostüm, mit Handschuhen und Perlenkette, ein breites Lächeln auf den Lippen, die ihren so ähnlich waren. In ihren Armen hielt Gertrude einen schwarzen Scotch Terrier, Cherie, wenn sich Hedy richtig erinnerte.

Ihre Mutter trug einen schwarzen Hut keck schief auf dem Kopf und rief: »Hedl, mein Mädchen!«

Dann setzte sie den Hund auf den Boden und breitete die Arme aus.

Hedy rannte ihr entgegen. Auf einmal hatte sie alles um sie herum vergessen. Ihr waren die Reporter egal, die Publicity, die Wünsche von MGM. Sie wollte nur ihre Mutter in die Arme schließen.

Die beiden Frauen hielten sich fest, klammerten sich aneinander, als wollten sie sich nie wieder loslassen. Doch dieser kurze Moment von Innigkeit wurde sofort gestört, als die ersten Presseleute sie erreichten.

»Es tut mir leid, Mutter,«, flüsterte Hedy Gertrude zu, »aber so ist es nun einmal in Los Angeles. Wenn man ein Star ist, folgen einem die Reporter überall hin. Wir müssen nicht lange bleiben. Bitte, spiel mit.«

»Selbstverständlich. Uns bleibt ja nun viel Zeit miteinander.«

KAPITEL 35

Los Angeles, Anfang des Jahres 1942

»Wie lange haben Sie einander nicht gesehen?«, rief ein Reporter und blendete Hedy und ihre Mutter durch das Blitzlicht seiner Kamera.

»Beinahe fünf Jahre«, antwortete Hedy. Der Kloß in ihrem Hals wurde immer dicker, und sie konnte kaum sprechen. Hilfesuchend sah sie ihre Mutter an, die ihr beruhigend zunickte.

»Das letzte Mal haben wir uns in Wien gesehen, kurz bevor Hedy vor ihrem Ehemann geflohen ist«, erklärte Gertrude mit ruhiger Stimme. »Ich bin dann nach London gegangen, um vor den Deutschen zu fliehen. Von dort aus reiste ich nach Kanada, und endlich bin ich hier angekommen.«

Sofort wendeten die Fotografen und Journalisten ihr die Aufmerksamkeit zu.

»London? Haben sie *The Blitz* erlebt?«, lautete eine Frage, und am liebsten hätte Hedy den Reporter geschüttelt und ihm gesagt, wie unpassend seine Frage war. Es musste andere Themen geben, als die Gräuel des Krieges für eine Klatschkolumne zu nutzen.

»Ja, ich habe die Bombenangriffe durchstehen müssen«, antwortet ihre Mutter weiterhin gelassen, »wie so viele Menschen in London und anderen britischen Städten. Sie können sich nicht vorstellen, wie entsetzlich der Feuersturm sich ausgewirkt hat.«

Nun brach die Stimme ihrer Mutter, und Hedy fühlte sich ebenfalls nicht in der Lage, etwas zu sagen. Sie hatte viel über den Krieg gelesen, aber es war eine ganz andere Sache, mit jemandem zu sprechen, der das Furchtbare selbst erlebt hatte. Auch die Journalisten schwiegen einen Moment, was Hedy ihnen hoch anrechnete.

»Wo werden Sie wohnen, Mrs Lamarr?«, fragte einer von ihnen.

»Es ist Mrs Kiesler«, korrigierte Gertrude ihn und lächelte dabei. »Meine Tochter hat mir ein Zimmer eingerichtet, schon vor Jahren, was mich sehr freut.«

»Und ich habe einen Pool für uns beide.« Nun hatte sich Hedy so weit gefangen, dass sie mitreden konnte. Sie lächelte den Reportern zu, umarmte ihre Mutter und sagte: »Wir schwimmen gern vor dem Frühstück.«

Sofort klickten die Kameras.

»Noch zwei Fragen«, mischte sich Howard Strickling ein. »Sie werden verstehen, dass Miss Lamarr und ihre Mutter etwas Privatheit benötigen.«

Sofort sprachen die Reporter derart durcheinander, dass man sein eigenes Wort nicht verstehen konnte. Howard Strickling zeigte auf Louella Parsons.

»Bitte, Lolly.«

»Mrs Kiesler, wie gefällt Ihnen der neue Look Ihrer Tochter?«

Das war eine Frage, die Hedys Mutter leicht beantworten konnte. »Ich kenne ihn ja bereits aus dem Kino, denn selbstverständlich habe ich jeden Film meiner Tochter gesehen und finde, Hedl ist eine tolle Schauspielerin.«

»Hedda Hopper, bitte«, gab Howard Strickling der zweiten Klatschkolumnistin das Wort, denn sonst hätte es großen Ärger gegeben, wenn MGM nicht beide bedeutende Damen gleich behandelte.

»Welcher Film hat Ihnen am besten gefallen?«

»Das ist schwierig, weil sie so unterschiedlich sind«, antwortete Gertrude diplomatisch. »Vielen Dank für Ihre Fragen. Ich bin mir sicher, wir werden uns bald wiedersehen.«

»Eine Frage, noch eine Frage bitte, nur eine noch«, bettelten die Journalisten, aber Howard schüttelte den Kopf.

Dann begleitete er Hedy und ihre Mutter zum Bahnhofsvorplatz, wo Marvin Neal bereits auf sie wartete.

»Das ist gut gelaufen«, sagte Howard. »Herzlich willkommen, Mrs Kiesler. Wir von MGM freuen uns sehr, dass sie sicher und gesund in Los Angeles angekommen sind.«

»Danke, Mr Strickling«, sagte sie, bevor sie Hedy ins Ohr flüsterte und auf Deutsch fragte: »Wer ist der andere Mann? Ist das dein neuer Freund?«

»Das ist Marvin Neal, mein Fahrer.« Hedy lachte. »Marvin, das ist meine Mutter.«

Marvin lächelte, streckte seine große Hand aus und schüttelte Gertrudes, die winzig in seiner Pranke wirkte.

»Herzlich willkommen in Los Angeles«, sagte er auf Deutsch. »Sie sprechen Deutsch?«, antwortete Gertrude, woraufhin Marvin den Kopf schüttelte und zu Hedy sagte: »Bitte sagen Sie Ihrer Mutter, ich habe nur diese Worte einstudiert.«

»Schon gut, ich spreche Englisch« sagte Gertrude.

»Das macht mir das Leben leichter«, sagte Marvin und wirkte sichtlich erlöst.

Sie stiegen ins Auto, und auf dem Weg zu Hedys Farm tauschten sie sich über ihre Leben der vergangenen Jahre aus. Hedy war erschüttert, wer von ihren Freunden und Bekannten aus Wien gestorben oder verschwunden war. Die Ungewissheit über das Schicksal Letzterer erschien ihr schlimmer als der Tod. Würden sie je Gewissheit bekommen, was mit ihnen geschehen war? Hedy schluckte schwer.

»Mutter«, begann sie schließlich, kurz bevor sie die Hedgerow Farm erreichten. »Zu Hause wartet jemand auf uns. Ich … ich konnte es nicht erwarten, dass ihr beide euch kennenlernt.«

Einen Moment kam es ihr vor, als würden die Augen ihrer Mutter sich verdunkeln, dann lächelte Gertrude wieder.

»Wie heißt er? Wie lange kennt ihr euch schon?«

»George Montgomery. Seine Vorfahren kamen aus der Ukraine in die USA.« Hedys Herz floss über. »Er ist einfach wunderbar.«

»Mrs Kiesler, Hedy hat mir so viel von Ihnen erzählt.« George drehte nervös den Ring an seinem Finger. »Ich freue mich sehr, Sie kennenzulernen.«

»Nenn mich Gertrude.« Mehr konnte Hedys Mutter nicht sagen, weil in diesem Moment ein unglaubliches Getöse ausbrach. Jack, Jill und Donner hatten Cherie entdeckt und stürmten wild kläffend auf den schwarzen Scotch Terrier zu. Cherie fiel in das Gebell ein. Keiner der Hunde ließ sich beruhigen. Also nahm Hedy den schwarzen Scottie auf den Arm und trug ihn in das Zimmer, in dem sie das Bett für ihre Mutter hergerichtet hatte. Danach kehrte wieder Stille ein, und sie machten es sich im Garten gemütlich, wo George und Gertrude sich kennenlernen konnten.

»Es war schön, mit Ihnen zu sprechen.« George erhob sich nach einer Weile. »Nun lasse ich Ihnen Zeit für sich allein. Ich freue mich auf ein Wiedersehen.«

Hedy begleitete ihren Liebsten zur Tür, wo sie ihm »Danke, du bist wunderbar« zuflüsterte.

»Hedl, ich mag ihn.« Gertrude Kiesler lächelte. »Er ist ganz anders als Fritz.«

Mehr musste ihre Mutter nicht sagen, in diesen Worten verbarg sich die Entschuldigung, dass sie Hedy nicht mehr beigestanden hatte, als sie mit Fritz Mandl verheiratet gewesen war, ebenso wie das Eingeständnis, dass sie nun Hedys Entscheidungen akzeptieren würde.

»Ich weiß.« Hedy konnte ihr Glück kaum fassen, auch ihre Mutter war begeistert von dem charmanten, blonden Landjungen aus Montana. »Du wirst sicher sagen, ich handele wieder zu überstürzt, aber George und ich möchten bald heiraten.«

»Wenn mich dieser furchtbare Krieg eines gelehrt hat …«, Gertrude musste schlucken. Ein Blick in ihre Augen vermittelte Hedy einen Eindruck davon, wie viel Grauen ihre Mutter wohl in den vergangenen Jahren ertragen musste. »Ja, dann, dass man das Leben nutzen soll, dass man leben soll. Schiebe nichts auf, du weißt nicht, was morgen ist.«

»Danke, Mutter. Du ahnst nicht, wie viel mir das bedeutet.«

Damit ihre Mutter und sie sich in Ruhe näherkommen konnten, hatte Hedy für Gertrude und sich einen Kurzurlaub in den Rocky Mountains gebucht, wo sie gemeinsam Ski fuhren und die verlorene Zeit, so gut es ging, aufholten.

Zurück in Los Angeles nahm sich ihre Mutter, wie Hedy es erwartet hatte, eine eigene Wohnung. Sie waren sich einfach zu ähnlich und gleichzeitig zu unterschiedlich, um zusammenwohnen zu können. Was Hedy aber überraschte, war, dass ihre Mutter sich einen Job suchte, der sie ausfüllte. Gertrude hatte sich in den vergangenen Jahren stärker verändert, als Hedy gedacht hatte.

Nun, da sie ihre Mutter in Sicherheit wusste, konnte Hedy sich beruhigt ihrem neuen Film widmen. Gemeinsam mit William Powell, der als Nick Charles in der *Thin Man*-Serie bekannt geworden war, spielte Hedy in dem Kriminalfilm *Crossroads* mit, dem Remake des französischen Films *Carrefour.*

◐ ◐ ◐

In diesem Frühjahr waren Hedy und George Montgomery überall zu sehen. Fotos von ihnen gemeinsam waren permanent in den Zeitungen und Zeitschriften zu sehen, und es hieß, dass die Studios große Dinge für den jungen Schauspieler planten.

Gemeinsam nahmen Hedy und George an den *Academy Awards* teil, die wegen des Kriegs dezenter ausgerichtet wurden. In den Clubs von Los Angeles fielen die beiden selbst unter den attraktiven Hollywood-Stars als wunderschönes Paar auf.

»Hedy, ich möchte, dass du meine Eltern kennenlernst«, überraschte George sie eines Tages.

»Meinst du wirklich?« Hedy war nervös wie seit Langem nicht mehr.

»Meine Eltern werden dich lieben, Hedy«, versuchte George sie zu beruhigen.

»Aber ich bin älter als du, und ich habe einen Ruf, und zwar keinen allzu guten.« Hedy fühlte sich wieder wie als junges Mädchen, verliebt und nervös in dem Versuch, den Liebsten glücklich zu machen.

»Du musst nur Russisch mit ihnen sprechen, dann werden sie dich anhimmeln.«

»Mein Russisch ist ein bisschen eingerostet.«

»Aber es wird besser sein als das der meisten.«

George behielt recht. Seine Eltern waren begeistert davon, dass seine Freundin ein berühmter Hollywoodstar war, aber überhaupt keine Starallüren besaß, sondern sehr bodenständig wirkte und darüber hinaus noch Russisch sprach.

Als sie von Montana nach Hollywood zurückgekehrt waren, überraschte George Hedy, indem er sich vor ihr niederkniete und ihr einen Ring mit einem gewaltigen Diamanten an den Finger steckte.

»Hedy Lamarr, mach mich zum glücklichsten Mann der Welt und werde meine Frau.«

»Ja«, jubilierte Hedy. »Ja, ich will.«

Am 24. März verkündeten Hedy und George offiziell ihre Verlobung. Sie nannten zwar kein konkretes Datum für die Hochzeit, aber Hedy deutete gegenüber ihren Kollegen am Set an, dass sie noch in diesem Sommer heiraten wollte.

Auf einmal war der Name George Montgomery in Hollywood in aller Munde. Hedy meldete sich mit ihrem Liebsten bei einer Tanzschule an, damit sie in den Clubs mit ihrem Rumba noch mehr Aufmerksamkeit erregen konnten. Ihr Leben kam ihr vor wie ein perfekter Traum.

Bald wurde Hedy jedoch harsch in die Wirklichkeit zurückgeholt, als George Antheil und sie die Ablehnung des *Secret Communication Systems* erhielten.

»Ich verstehe das nicht. Wie kann das sein?« Hedy starrte auf das Schreiben in ihrer Hand. »Sie wollen unser geheimes Kommunikationssystem nicht einsetzen, aber wir dürfen es auch nicht nutzen, weil es kriegsbedeutend sein könnte. Das ist doch verrückt!«

»Sie sind die Navy. Sie können tun, was sie wollen.« George ballte die Hände zu Fäusten.

»Also, entweder ist es gut, und dann sollten sie es nutzen, oder es ist nicht gut, dann können wir es doch verwenden. Ich verstehe die Amerikaner nicht.« Am liebsten hätte Hedy den Brief in tausend kleine Schnipsel gerissen und anschließend verbrannt. George und sie hatten so viel Zeit mit dem Tüfteln an ihrem geheimen Kommunikationssystem verbracht, sie hatten sich so viele Gedanken gemacht, so vieles gelesen, und ihr ganzes Herz an die Hoffnung gehängt, etwas Kriegsbedeutendes zu erfinden.

Während Hedy eher traurig und enttäuscht darüber war, dass die Navy ihre Erfindung abgelehnt hatte, schäumte George vor Wut.

»Ich bin mir sicher«, tobte er, »sie haben nur das Wort ›Klavier‹ gesehen und dann nicht weitergelesen. Weil sie in ihren dummen, dummen Köpfen gedacht haben, wir wollen ein ganzes Piano in den Torpedo packen.«

Zornbebend spazierte er in Hedys Wohnzimmer auf und ab, was Mitzi und Gertrude so erschreckte, dass sie sich auf die Kommode flüchteten und ihn von dort aus skeptisch beäugten.

»Das kann ich mir nicht vorstellen«, versuchte Hedy ihn zu beruhigen. »Es sind erfahrene Erfinder und kluge Köpfe, die sich mit unserer Idee beschäftigt haben.«

»Schau! Hier, hier!« George tippte mit dem Zeigefinger auf das Ablehnungsschreiben. »Hier steht, es wäre zu groß, um in einen Torpedo zu passen.« Er stieß ein wütendes Schnauben aus. »Das zeigt doch überdeutlich, dass sie nichts verstanden haben. Unser Mechanismus ist so winzig, dass er sich in eine Uhrwerk eingliedern ließe.«

»Ich weiß«, sagte Hedy, »aber wenn sie es nun einmal nicht wollen …«

»Dann warten wir eben, bis wir das Patent haben.« Georges Augen glänzten fiebrig vor Eifer. »Wir werden es ihnen zeigen. Wenn wir das Patent bekommen, können sie uns nicht mehr ablehnen.«

»Hoffen wir das Beste.« Aber Hedy konnte nicht mehr an den Erfolg glauben.

»Vielleicht dachten sie, es macht keinen guten Eindruck, wenn ihre wichtigste Erfindung von einer Schauspielerin und einem Musiker kommt.«

»Meinst du wirklich?«

»Wir werden es wohl nie erfahren.« George zuckte mit den Schultern. »Immerhin hast du noch deine Filme, mit denen du Geld verdienst. Boski und ich überlegen, woanders hinzugehen, wo das Leben nicht so teuer ist.«

»Ich könnte bei MGM fragen, ob du Musik für einen Film komponieren kannst«, überlegte Hedy laut.

Doch George machte eine wegwerfende Handbewegung. »Ach, Hedy, du und ich, wir beide wissen, für diese Welt bin ich nicht geschaffen. Es wird sich irgendetwas finden für mich – und auch für dich.«

»Das klingt nach einem Abschied.«

»Wir bleiben in Kontakt.«

KAPITEL 36

Los Angeles, Frühling 1942

Die Dreharbeiten zu *Crossroads* verliefen unspektakulär und endeten nach sechs Wochen im April des Jahres. Zur Feier des Films lud Hedy ihre Freundinnen Ann und Greer zu einem Kaffeetrinken ein. Jedenfalls hatte Hedy ihnen das als Grund genannt, in Wahrheit wollte sie mit ihnen ihre Hochzeit planen.

Sie hatte den Tisch im Garten gedeckt, Kuchen von ihrer Köchin backen lassen, kleine Sandwiches vorbereitet, die ihr ausnehmend gut gelungen waren, und Kaffee gekocht. Obwohl es sie vor Aufregung kribbelte, wartete Hedy, bis Greer und Ann saßen, sich ein Stück Kuchen genommen und einen Schluck Kaffee getrunken hatten, bevor sie mit der großen Neuigkeit herausplatzte.

»Meine Mutter liebt George fast so sehr wie ich.« Hedy musste an sich halten, um die Worte nicht herauszuschreien. »Ich will ihn so schnell wie möglich heiraten. Er ist einfach der perfekte Mann.«

Anstatt ihr zu gratulieren, wechselten Ann und Greer einen Blick, der Hedy sofort misstrauisch machte. Es sah aus, als wüssten die beiden etwas, von dem Hedy noch nichts gehört hatte.

Ein unbehagliches Schweigen trat zwischen ihnen ein, die Stille wurde nur unterbrochen durch das Geräusch, das Anns

Löffel machte, als er gegen die Kaffeetasse klapperte. Nach einer Weile wurde es Hedy mulmig zumute.

»Wollt ihr mir nicht gratulieren? Freut ihr euch nicht für mich?«

»Wenn es dich glücklich macht«, presste Greer schließlich hervor, aber sie sah aus, als müsste sie sich gleich erbrechen. »Alles Gute.«

Hedys blonde amerikanische Freundin hingegen rührte weiter in ihrer Kaffeetasse, den Blick auf den Teller gerichtet. Endlich sah sie hoch, schaute erst zu Greer und dann Hedy geradewegs an. »Es tut mir leid, Darling.«

Greer schüttelte den Kopf und legte den Zeigefinger auf die Lippen.

»Jemand muss es ihr sagen«, betonte Ann nachdrücklich. »So kann es nicht weitergehen.«

»Ich weiß, aber ...« Greer beugte sich über den Tisch und nahm Hedys Hand in ihre. »Es tut mir so leid, Darling.«

Dass ihre beiden Freundinnen unisono ihr Bedauern aussprachen, verstärkte Hedys Beklommenheit. Was verbargen die beiden vor ihr?

»Sagt endlich, was ihr zu sagen habt!«

Erneut wechselten ihre Freundinnen einen Blick, bis Ann mit einem Seufzer das Wort ergriff: »George ist nicht so, wie er scheint.«

»Ihr wollt mir doch nicht erzählen, dass mein George schwul ist?« Erleichterung durchströmte Hedy. Falls es das war, konnte sie ihre Freundin beruhigen. »Sicher, er ist beinahe zu gut aussehend für einen Mann, und er hat Innenarchitektur studiert, aber ich kann euch aus eigener Erfahrung versichern, dass er Frauen liebt. Sehr oft und sehr ausdauernd.«

Sie zwinkerte Greer und Ann zu und hoffte auf ein Lachen, aber ihre Freundinnen blickten weiterhin ernst.

»Nein, schwul ist er nicht.« Greer benetzte ihre Lippen mit der Zunge. »Es hat keinen Sinn, ich weiß nicht, wie ich es dir schonender sagen könnte: George ist ein Glücksritter.«

»Was soll das bedeuten?«

»Dein Verlobter hat bisher nur in B-Filmen mitgespielt.« Sanft strichen Greers Finger über Hedys Handrücken. »Und er kann nur auf bessere Filme hoffen, wenn er viel Publicity bekommt.«

Mehr musste sie nicht sagen, denn Hedy verstand sofort, wusste sie doch selbst, wie man es in Hollywood in die Klatschpresse schaffte. Entweder war man selbst ein Star, so wie sie, oder man ließ sich mit einem Star sehen, so wie George. Nein, das konnte nicht sein, er liebte sie doch.

Obwohl ihr Verstand ihr sagte, dass Ann und Greer wahrscheinlich recht hatten, wollte ihr Herz es einfach nicht akzeptieren.

»Wer hat euch das erzählt?« Ihre Stimme drohte zu brechen, aber sie würde nicht weinen, nicht jetzt, nicht hier, nicht um diesen Mann.

»Es ist bekannt in Hollywood, dass Mr Montgomery sich seine Frauen nach dem Nutzen, den sie für ihn haben, aussucht. Es tut mir leid.« Greer nahm die leere Kaffeekanne in die Hand. »Ich hole Kaffee.«

Sie stand auf, als wollte sie vor dem Gespräch flüchten. Ann hingegen blieb sitzen und sah Hedy traurig an. Obwohl Hedy sich fühlte, als hätte ihr jemand den Boden unter den Füßen weggezogen, war sie in einem Winkel ihres Herzens auch glücklich, so gute Freundinnen zu haben, die ihr zur Seite standen.

»Ich wünschte, wir hätten bessere Nachrichten für dich«, flüsterte Ann, »aber Greer und ich meinen, du hast die Wahrheit verdient. Was wären wir für Freundinnen, wenn wir dich belügen?«

Hedys Gefühle für George erkalteten von einem Moment auf den anderen. So ein Mann hatte es nicht verdient, dass sie ihm ihr Herz schenkte oder um ihn trauerte. Schlimmer jedoch war die Angst, ob sie sich zukünftig bei jedem Mann fragen müsste, ob er tatsächlich sie, Hedwig Kiesler aus Wien, liebte oder ob er sich nur für sie interessierte, weil sie Hedy Lamarr war, der Hollywood-Star.

Nie in ihrem Leben hatte Hedy sich dermaßen dumm, verletzt und gedemütigt gefühlt. Eigentlich sonst nicht nachtragend, wünschte sie George Montgomery nur das Schlechteste, konnte allerdings in den nächsten Wochen nicht leugnen, dass sie weiterhin Gefühle für ihn hegte. Im Gegensatz zu ihm: Sofort nach ihrer Trennung ging George Montgomery mit dem MGM-Starlet Kay Williams aus. Hedy rief Greer an und bat um Unterstützung.

»Ich muss mir Kay Williams anschauen. Ich muss wissen, wie sie aussieht.«

»Darling, lass das sein.«

»Bitte, hilf mir, oder ich suche mir jemand anderes, der es tut.«

»Also gut, ich komme heute Nachmittag am Set vorbei, und dann begutachten wir sie.«

Hedy konnte es kaum erwarten, bis Greer endlich erschien. Sie war unkonzentriert bei den Dreharbeiten und entschuldigte sich mit Kopfschmerzen.

Gemeinsam spazierten die beiden Frauen in das Studio, um sich Georges Neue anzusehen. Hedy musterte die junge

Blondine sehr, sehr lange an und wisperte schließlich: »Sie ist wirklich ausnehmend hübsch.«

◐ ◐ ◐

Auch wenn Georges Betrug immer noch schmerzte, genoss Hedy den wunderbaren Frühling in Los Angeles. Die Sonne erwärmte Erde und Luft, die Bäume blühten, der liebliche Duft der Lupinen durchzog die Luft, die Palmen schossen in die Höhe, und die Menschen lächelten einander fröhlich zu.

Hedy war optimistisch, was ihre Zukunft anging. Nun, da *Tortilla Flat* und *Crossroads* abgedreht waren, konnte sie sich wieder auf ihr Privatleben konzentrieren und Zeit mit ihrer Mutter und Jamesie verbringen. Vielleicht würden sie einen kleinen gemeinsamen Urlaub machen.

Doch wie so oft plante Hedy, und MGM machte ihr einen Strich durch die Rechnung.

»Miss Lamarr, Mr Mayer bittet Sie, ihm sobald wie möglich einen Termin zu geben.«

»Hallo, Miss Koverman, wie geht es Ihnen? Was macht Percy?«

Obwohl Ida Koverman und Hedy inzwischen gut befreundet waren, nannten sie sich weiterhin beim Nachnamen, um nicht allzu vertraut zu wirken, was in der kleinen Studiowelt nur zu Irritationen geführt hätte.

»Danke, uns beiden geht es gut. Percy hat sich inzwischen angewöhnt, keine Snacks mehr zwischendurch zu fressen und ist ein neuer Hund.«

»Das freut mich sehr für Sie und für ihn.« Hedy überlegte kurz. »Ich kann morgen früh um 9 Uhr bei Ihnen sein. Wissen

Sie, was Mr Mayer von mir wünscht? Können Sie mir nicht einen klitzekleinen Hinweis geben, worum es geht?«

»Miss Lamarr, Sie wissen doch, ich darf das eigentlich nicht.« Ida schwieg nur kurz, dann fügte sie rasch hinzu: »Aber falls es stimmt, was ich gehört habe, geht es um eine neue Rolle für Sie.«

»Danke, Miss Koverman, wir sehen uns morgen.«

Eine neue Rolle. Das bekannte Kribbeln der Aufregung und Neugier überfiel Hedy. Was mochte es wohl sein? Wie immer kursierten auf dem Studiogelände und auch in der Presse die wildesten Gerüchte, welche Projekte geplant waren und wer welche Rolle darin übernehmen sollte. Hedy fiel sofort der Film ein, in dem sie gerne spielen würde: *Everybody Comes to Rick's*. Sie wusste, dass sie als Hauptdarstellerin gehandelt wurde.

Mit Humphrey Bogart zu spielen, reizte sie sehr, und auch das Drehbuch hatte ihr außerordentlich gut gefallen. Ein Film, der sich gegen die Nationalsozialisten aussprach und das Thema Flüchtlinge in den Mittelpunkt stellte – das war genau die Rolle, die sie sich erhoffte. Schließlich war auch sie vor den Deutschen geflohen, allerdings nicht über Casablanca wie Ilsa Lund, die Heldin der Geschichte. Gegenüber Warner Bros. hatte Hedy bereits ihr Interesse an der Rolle geäußert.

In dem Moment klingelte das Telefon erneut. Es war ihr Agent Arthur Lyons.

»Hedy!« Bereits an seinem Tonfall konnte sie erkennen, dass er keine guten Nachrichten für sie hatte. »Es tut mir leid.«

»Warner will mich nicht für *Rick's*.«

»Doch, sie wollen dich unbedingt, aber …«

»Mayer will mich nicht ausleihen.«

»Benny hat mir im Vertrauen gesteckt, dass L.B. dich überhaupt nicht mehr an die Konkurrenz geben will. Und sie haben einen neuen Film für dich.«

Benny Thau war noch immer Mayers rechte Hand und oft dafür zuständig, die schlechten Nachrichten zu überbringen.

»Weißt du, welcher Film es ist?«, fragte sie.

»Sie halten sich bedeckt.«

»Und was hältst du von *Rick's*?«

»Ein B-Movie, aber es kann ein Erfolg werden, weil er wunderbar patriotisch ist.«

»Ich habe morgen einen Termin bei Mayer, da werde ich wohl mehr erfahren.«

◐ ◐ ◐

»Ich habe eine neue Rolle für Sie.« Louis B. Mayer saß hinter seinem nahezu runden, weißen Schreibtisch, in seinem protzigen, weißen Büro und schaute Hedy erwartungsvoll an.

»Haben Sie sich das mit *Everybody Comes to Rick's* anders überlegt?«, fragte Hedy wenig hoffnungsvoll.

»Nein, unsere Politik ist eindeutig.« Mayer runzelte die Stirn. Er schätzte es nicht besonders, wenn man seine eigene Meinung äußerte. »MGM verleiht seine Stars nicht mehr.«

»Und was soll ich spielen?« Hedy hoffte, dass es eine ähnlich gute Rolle wäre wie die der Sweets in *Tortilla Flat*, auch wenn der Film leider beim Publikum durchgefallen war.

»Wir haben die Rechte für *White Cargo*.« Mayer schaute sie erwartungsvoll an. Als Hedy nichts sagte, fuhr er fort. »Ein Bühnenstück. Ein Bühnenstück, das mit großem Erfolg seit 1923 läuft.«

Noch immer reagierte sie nicht, mit dem Titel konnte Hedy überhaupt nichts anfangen. *White Cargo* – worum sollte es darin gehen? Menschenhandel fiel ihr ein, ein dramatischer Film möglicherweise.

»Und es wird die erste Verfilmung?« Wenn das Stück dermaßen erfolgreich war, war es erstaunlich, dass Hollywood es bisher nicht gekapert hatte.

»Es gibt einen britischen Film, der ist aber schon mehr als zehn Jahre alt.«

»Und welchen Part bekäme ich?« Hedy hegte keine großen Hoffnungen, dass ihr eine anspruchsvolle Rolle zugeteilt werden würde.

L.B. lächelte sie an, wie ein Lehrer einen braven Schüler anschauen würde, oder ein Vater sein Kind.

»Tondelayo.« Mehr sagte er nicht, wohl wissend, dass Hedy nun darauf pochte, mehr von ihm zu erfahren.

»Tondelayo? Was ist das?«

»Die Hauptrolle.« Der Filmmogul schien sich Begeisterung von ihr zu erhoffen, doch Hedy blieb skeptisch. Eine Hauptrolle mit diesem seltsamen Namen, das konnte nur eins bedeuten: Erneut würde sie eine exotische Schönheit spielen. Eine Besetzung, der sie zu entkommen gehofft hatte.

»Wo spielt die Geschichte?«, fragte sie.

»Im Kongo im Jahr 1910, Sie spielen wieder mit Walter Pidgeon.«

»Im Kongo?«

»Walter spielt einen weißen Mann, der auf eine Gummiplantage nach Afrika reist und dort Tondelayo trifft, die gemischtrassige Verführerin. Ein junger Mann, gespielt von Richard Carlson, kommt ebenfalls auf die Plantage und verfällt der *Chocolate Cleopatra*. Es ist eine großartige Rolle, eine Frau voller Verführung, Lust und Geheimnis. Ideal für Sie, meinen Sie nicht?«

»Ich bin weiß.«

»Dafür ist das Make-up zuständig, das werden die schon hinbekommen. Und Sie werden einen Sarong tragen.«

Eine exotische Verführerin namens Tondelayo – Hedy ging diese Rolle im Kopf durch. Was sprach dafür, was sprach dagegen?

»Wann soll es losgehen?«, fragte sie kurz entschlossen.

»Braves Mädchen. So schnell wie möglich. Meine Sekretärin schickt Ihnen das Skript.«

KAPITEL 37

Los Angeles, Frühling und Sommer 1942

Nachdem sie die Verlobung zu George gelöst hatte, hatte Hedy sich wahllos mit unterschiedlichen Männern – unter anderem mit dem französischen Schauspieler Jean-Pierre Aumont und ein paar Abende mit Charles ›Charlie‹ Chaplin – verabredet. Doch nichts half, sie fühlte sich verraten und unglücklich.

Im Mai 1942 begannen die Dreharbeiten zu *White Cargo*, in dem Hedy wieder einmal eine schöne Frau spielen sollte, die den Männern den Kopf verdreht. *White Cargo* war ein Theaterstück, das am *Greenwich Village Theatre* 257 Aufführungen erlebte und bei seiner Erstaufführung für einen Skandal sorgte. Hedy hoffte, dass das ein gutes Omen für ihren Film wäre.

Sie sprach mit dem Regisseur darüber, wie sie die Figur der Tondelayo anlegen wollte, bis Richard Thorpe ihr sagte: »Hedy, ich finde es wunderbar, dass du dich so dafür interessierst, aber *White Cargo* ist ein Film, der die Menschen vom Krieg ablenken und ihnen eine Flucht aus dem Alltag ermöglichen soll.«

»Trotzdem ist es wichtig, was Tondelayo motiviert«, beharrte sie. »Warum spielt sie mit den Männern? Was treibt sie an?«

»Darling«, antwortete der Regisseur, »bei unserem Film kommt es weniger auf schauspielerische Qualität an als auf knappe Kleidung.«

Das war zwar hart für Hedy, aber sie tröstete sich damit,

dass dieser Film ein Beitrag zur Stärkung der amerikanischen Kriegsmoral darstellen könnte. Schon verrückt, wie das Leben manchmal spielte.

Es fühlte sich seltsam an, morgens so viel Zeit in der Maske zu verbringen. Am ganzen Körper wurde sie mit einer hellbraunen Farbe bestrichen, um die »Schokoladen-Kleopatra« glaubhaft spielen zu können. Da es ein Hollywood-Film war, musste die freiheitsliebende und gefährliche Tondelayo selbstverständlich am Schluss sterben. In einer Geschichte von MGM durfte die böse Frau nicht mit dem Leben davonkommen.

Journalisten waren auf Hedys Bitte hin die ersten zehn Tage am Set nicht zugelassen. Selbstverständlich führte das zu den wildesten Spekulationen. Die meisten gingen davon aus, dass sie immer noch erschüttert und traurig über die Trennung von George Montgomery war und daher nicht mit Reportern sprechen wollte. Als Hedy das hörte, lachte sie laut und traf sich mit ihrer Lieblingskolumnistin Louella Parsons, der sie erklärte: »Der Grund ist nicht, dass ich traurig bin, sondern dass ich mich erst daran gewöhnen muss, so wenig Kleidung in einem Film zu tragen. Außerdem fürchte ich, dass mein Kostüm herunterfallen könnte und jemand ein unvorteilhaftes Foto schießt.«

◐ ◐ ◐

Nachdem Hedy bereits einige Male hinter das Mikrophon getreten war, bekam sie wieder die Chance, im *The Lux Radio Theatre* zu spielen. Nicht nur das, es war auch noch ihr Lieblingsfilm *H. M. Pulham, Esq.*, den sie gemeinsam mit Robert Young in ihren Filmrollen vortragen würde, begleitet von Josephine Hutchinson, die Kay Motford sprach.

Der Gastgeber, Cecil B. DeMille, fragte Hedy, ob sie bereit wäre, Kriegsanleihen zu verkaufen, und falls ja, wie sie es tun würde.

»Oh, das würde ich ganz einfach gestalten.« Hedy lächelte, auch wenn das im Radio nicht zu sehen war, aber man hatte ihr gesagt, ihre Mimik würde sich in ihrer Stimme widerspiegeln. »Ich würde so etwas sagen wie: Sir, würden Sie mir bitte eine Anleihe abkaufen?«

»Sofort!«, rief Robert Young und zwinkerte Hedy zu. »Du hast mich überzeugt.«

Dann wurde Hedy ernst. Der Kampf gegen die Nationalsozialisten war ihr zu wichtig, als dass sie ihn nur für einen Sketch nutzen wollte. Also sagte sie in etwas dunklerer Tonlage: »Aber ich glaube, das wäre nicht genug. Ich würde eher so etwas sagen wie: ›Sir, ich habe gesehen, was die Nationalsozialisten in ihrem Land Schreckliches getan haben. Also glauben Sie mir, wenn ich schwöre, dass es jeden Dollar wert ist, sie zu bekämpfen. Und ihre Regierung bittet Sie nur um zehn Prozent Ihres Einkommens, um Kriegsanleihen zu kaufen.‹«

◐ ◐ ◐

»Sie haben einen Brief von Ihren Anwälten«, sagte Ericka, wenige Tage später, nachdem Hedy vom Set nach Hause gekommen war.

»Anwälten?« Hedy hatte überhaupt nicht mehr daran gedacht, dass George und sie ihr geheimes Kommunikationssystem zum Patent angemeldet hatten. Gewiss wollten die Anwälte absagen, ebenso wie die Navy. Sie legte den Brief ungeöffnet auf den Esstisch. Heute brauchte sie einen ruhigen Tag, ohne schlechte Nachrichten. Doch nach dem Essen, das ihre Köchin wieder hervorragend zubereitet hatte, siegte die Neugier. Hedy griff sich den Brief, riss die kurze Seite des Umschlags ab und zog das Blatt Papier heraus.

Sehr geehrte Miss Lamarr, sehr geehrter Herr Antheil,
herzlichen Glückwunsch! Unter der Nummer 2 292 387 erhalten Sie das Patent für Ihr Secret Communication System.

Ich muss George anrufen, schoss es Hedy sofort durch den Kopf. In dem Moment klingelte bereits ihr Telefon.

»Hedy, wir haben das Patent! Jetzt können wir Geld mit unserer Erfindung verdienen.« George Antheil klang außer Atem, ganz, als hätte er bereits einen Freudentanz aufgeführt.

»Ich habe auch soeben den Brief geöffnet.« Hedy konnte ihr Glück kaum fassen. »Das müssen wir sofort nach Washington schicken. Wir müssen der Regierung zeigen, dass unsere Idee des geheimen Kommunikationssystems machbar und möglich ist.«

Für einen Moment war es still in der Leitung.

»Wenn du meinst.« Georges Tonfall wirkte um einiges gedämpfter. Er schien nicht überzeugt davon, dass sie beim zweiten Versuch mehr Glück haben würden.

Hedys Stolz auf das Patent veranlasste sie dazu, der Regierung auch noch einmal anzubieten, das Filmen aufzugeben und sich ganz in den Dienst der Landesverteidigung zu stellen. Doch leider waren die Herren in der Administration noch nicht so weit zu erkennen, dass auch Schauspielerinnen und Komponisten Ideen haben konnten, auf die nicht einmal Ingenieure kamen.

Beide Vorschläge, ganz wie George es befürchtet hatte, wurden abgelehnt, sowohl das geheime Kommunikationssystem als auch Hedys Angebot, sich in den Dienst der Regierung zu stellen. Stattdessen bot man ihr an, sie könnte gemeinsam mit anderen Hollywood-Stars Kriegsanleihen verkaufen.

Die Absage und das Angebot empfand Hedy als furchtbar enttäuschend. Sie war voller Ideen, die sie umsetzen wollte, aber nicht für sich, sondern für einen Zweck: den Kampf gegen Nazideutschland – und den würde sie nicht so einfach aufgeben. Ihre freie Zeit verbrachte sie nun nicht mehr am Set mit den Kollegen, sondern in dem kleinen Labor, das Howard Hughes für sie eingerichtet hatte.

Nach einigen Wochen der Tüftelei musste sie sich jedoch eingestehen, dass es auch mit keiner neuen Erfindung klappen würde. Denn es lag offenbar nicht an der Idee selbst, dass sie abgewiesen worden war, sondern an ihr als öffentlicher Person Hollywoods. Eine gänzlich andere Idee musste her.

»Wenn sie unsere Erfindung nicht wollen«, sagte Hedy daher eines Tages beim gemeinsamen Abendessen mit George Antheil, »dann lass es uns mit etwas anderem versuchen. Lass uns ein Lied schreiben, dessen Erlös wir spenden.«

Doch George lehnte sogleich ab. »Ich komponiere keine Lieder, die man vor sich hin trällert. Tut mir leid.«

»George, es ist für unser gemeinsames Ziel.«

»Das kann ich nicht. Du weißt, wie sehr ich darunter gelitten habe, Musik für Filme zu komponieren.«

Trotzdem ging Hedy die Idee nicht aus dem Kopf. Sie überlegte, wen sie kannte, und entschied sich, Ormond ›Red‹ Ruthven zu fragen, der bei MGM als Musiker arbeitete. Gemeinsam schrieben sie »Believe in me«. Judy Garland versprach ihr, den

Song in einem der nächsten Filme zu bringen, aber leider kam es nicht dazu. Noch eine Enttäuschung mehr. Egal, was Hedy auch anfasste, ihr war einfach kein Glück beschieden, etwas gegen die Nationalsozialisten ausrichten zu können.

KAPITEL 38

Los Angeles und Washington, Sommer und Herbst 1942

Es musste doch etwas geben, was sie tun konnte. Immer wieder kreisten Hedys Gedanken um die Frage, wie sie ihr neues Heimatland im Kampf gegen die Nationalsozialisten unterstützen und damit letztlich Leben retten konnte. Die Frage blieb in ihrem Hinterkopf, wenn sie mit Jamesie spielte, wenn sie mit Donner spazieren ging, und auch wenn sie ins Studio fuhr, um Szenen für *White Cargo* nachzudrehen.

Als sie einmal mit Robert Young in der Kantine zu Mittag aß – Mutter Mayers Hühnersuppe gehörte inzwischen zu Hedys Lieblingsgerichten –, sprachen sie über ihren gemeinsamen Auftritt bei der *The Lux Radio Theatre Show.*

»Hedy, du warst wirklich sehr überzeugend, als du mir Kriegsanleihen verkaufen wolltest. Warum machst du das nicht?«

Hedy konnte ihn eine Weile nur stumm anstarren, dann sprang sie auf, küsste Robert auf den Mund und rief: »Du bist ein Genie, ich danke dir.«

Wieso war sie nicht selbst auf die Idee gekommen? Dabei war das Thema »Kriegsanleihen verkaufen« immer wieder und von unterschiedlichen Seiten an sie herangetragen worden. Hedys Ziel war es jedoch gewesen, durch ihr Köpfchen etwas zum Krieg beizutragen, nicht durch ihre Schönheit, aber so war das

Leben in Hollywood nun einmal: Aussehen zählte hier mehr als Intelligenz.

Sie rief Greer an und lud sie ein, um mit einer anderen Europäerin über diese Idee zu reden. Sie schmierte Sandwiches, kochte Tee – sehr stark, wie Greer ihn mochte – und deckte den Tisch im Garten. Die Blumen mit dem schönen Namen *California Morning Glory* standen in voller Blüte, Hedy hatte beide Farbvarianten gepflanzt. Die zarte in Weiß und Rosa und die etwas farbenfrohere in hellem Violett. Mitzi und Gertrude folgten ihr und suchten sich ein Plätzchen in der Sonne.

Kurz nachdem der Tee fertig war, klingelte es an der Tür. Ihre Freundin brachte den charakteristischen Duft No. 5 von Chanel mit sich, der Hedy in die Nase stieg, als sie einander umarmten.

»Was ist so wichtig, dass ich mich in der Mittagshitze ins Auto setzen muss?«

»Du hättest nicht sofort kommen müssen.«

»Ich war neugierig.«

Greer folgte ihr in den Garten, wo die Hunde sie laut bellend begrüßten. Donner übertönte die Stimmen der beiden Terrier. Erst nachdem die beiden Frauen sich hingesetzt hatten, legten auch die Hunde sich in ihrer Nähe nieder.

»Wo ist dein süßer Sohn?«

»Das Kindermädchen ist mit Jamesie spazieren gegangen. Er ist in letzter Zeit oft müde oder schlecht gelaunt.«

»Vielleicht zahnt er. Also, was ist los?«

»Haben sie dich auch gebeten, Kriegsanleihen zu verkaufen?«

»Selbstverständlich.« Greer zuckte mit den Schultern. »Ich glaube, sie haben jeden in Hollywood gefragt, ob er mitmacht.«

»Bist du dabei?«

»Sicher. Und du?«

»Ich bin noch unentschieden«, gab Hedy zu. »Ehrlich gesagt, ärgert es mich sehr, dass sie das geheime Kommunikationssystem nicht nutzen wollen. Es könnte den U-Boot-Krieg beenden.«

»Ach, Hedy, du bist halt eine Schauspielerin, und die alten Männer in Washington können sich nicht vorstellen, dass eine Schauspielerin Grips hat. So ist die Welt.«

»Ja, aber ich möchte mehr sein. Ich möchte der Welt zeigen, dass eine Frau schön und gleichzeitig klug sein kann. Trotzdem …«

»… fühlst du dich Amerika gegenüber verpflichtet und würdest dich schuldig fühlen, wenn du es nicht tust«, beendete Greer den Satz für sie. »Und du hast ein bisschen Angst, dass das Studio dich eine Weigerung spüren lassen würde.«

»Woher weißt du das?«

»Glaubst du, du bist die Einzige, der das so geht?« Ihre sonst fröhliche Freundin blickte sehr ernst drein. »Als Britin in Amerika fühle ich mich in der Schuld, etwas zu tun, nach dem, was Hitler und seine Spießgesellen London angetan haben. Und außerdem …«

»Ja, deshalb überlege ich es mir auch. Und was außerdem?«

»Und auch, weil ich beweisen will, dass ich loyal zu Amerika stehe.« Greer verzog den Mund. »Es sind nur zehn Tage. Und es kann kaum schlimmer sein als mit Sam Wood zu drehen.«

»Wollen wir es gemeinsam angehen? Das könnte ein Spaß werden.«

»Ich kann mir Besseres vorstellen als im Zug durchs Land zu reisen und Dutzende von Autogrammen zu geben und mich anpreisen zu lassen wie Sauerbier, damit Menschen Kriegsanleihen kaufen. Aber wir tun, was wir tun müssen.«

»Du bist so weise.«

»Ich bin schließlich auch älter als du.«

Die erste Zehn-Tages-Tour, um Kriegsanleihen zu verkaufen, sollte nach Philadelphia, New York, Pennsylvania und ein paar Kleinstädte in New Jersey führen. Hedy erkannte schnell, dass diese Reise auch eine Gelegenheit bot, ihr neues Heimatland besser kennenzulernen, auch wenn Greer sie letztlich nicht begleiten konnte.

Im Vorfeld hatte Hedy gemeinsam mit Howard Strickling und der Presseabteilung überlegt, was man machen könnte, um möglichst viel Publicity zu erreichen.

»Sag doch, du küsst jeden, der für 25 000 Dollar Kriegsanleihen kauft«, schlug Howard vor.

»25 000 Dollar?« Hedy machte große Augen. »Wer sollte so viel Geld ausgeben, nur um einen Kuss von mir zu bekommen?«

»Du wärst überrascht, was wir manchmal für Angebote erhalten.« Howard verzog einen Mundwinkel.

»Gut, dann machen wir das. 25 000 Dollar für einen Kuss von mir. Ob sich dafür wirklich jemand findet?«

»Du wirst es erleben. Wir sorgen dafür, dass Louella, Hedda und noch ein paar andere davon erfahren. Das sollte für ausreichend Publicity sorgen.«

»Also gut. Wann geht es los?«

»Hedy.« Howard nahm ihre Hände in seine und drückte sie fest. »Auch wenn es eine großartige Publicity für MGM ist, will ich dir noch sagen, ich bin ehrlich dankbar.«

»Aber gerne doch.« Hedy war entschlossener als zuvor, diese Tour durchzuziehen. »Nach dem Entsetzlichen, was meine

Mutter mir erzählt hat, und nach dem, was ich sonst noch weiß, sollte jeder von uns etwas tun, um die Nazis zu besiegen.«

◐ ◐ ◐

Zum Start der Kampagne waren am 30. August alle, die auf Tour gehen sollten, zusammen in die *Command Performance* eingeladen worden, eine Show, die über Kurzwelle für die Männer und Frauen in Übersee ausgestrahlt wurde. Daran schloss sich ein Lunch an, den Senator Henry Morgenthau in seinem privaten Zimmer im Finanzministerium gab.

Einen Tag später versammelten sie sich erneut, diesmal auf den Stufen des Treasury Departments. Die Show wurde über das nationale Radio ausgestrahlt und von den Nachrichtensendern gefilmt. Auch hier war wieder Senator Morgenthau ihr Gastgeber. Jeder Star konnte dort ein paar Worte ins Mikrophon sagen, was Hedy etwas nervös machte. Obwohl ihr Englisch deutlich besser geworden war über die letzten Jahre, mochte sie es nicht, ohne Skript in der Öffentlichkeit zu sprechen. Trotzdem stand sie auf, atmete tief durch und sagte: »Ich werde keine lange Rede halten, versprochen. Ich möchte nur sagen, wie stolz und glücklich ich bin, dass auch ich meinen Beitrag für die Kriegsanstrengung leisten kann.«

Sie hatte kaum ausgesprochen, da intonierte die Kapelle »Buy a Share of Freedom Today«.

Dann setzte man Hedy neben den Big-Band-Leader Kay Kyser, und beide gaben Autogramme für schätzungsweise 30 000 Menschen.

Abends rief Hedy Ann an, um mit ihrer Freundin darüber zu sprechen.

»Ich spüre meine Hand nicht mehr. Ich habe heute Tausende von Autogrammen gegeben, und morgen früh muss ich zu einer Unzeit aufstehen, um durch den Nordosten zu reisen.«

»Ich bin stolz auf dich, dass du das alles auf dich nimmst.«

»Aha.«

»Das meine ich ernst, Darling, ich mache viele Scherze, aber nicht über den Krieg. Schließlich ist es mein Land, für das du die Kriegsanleihen verkaufst. Ich werde mich auch melden, um meinen Teil dazu beizutragen.«

»Das ist wunderbar. Wie geht es dir?«

»Ich könnte dir viel erzählen, wie schlecht es mir nach der Trennung geht, aber ich glaube, du solltest früh zu Bett gehen. Sonst ist die schönste Frau der Welt morgen die Frau mit den größten Tränensäcken der Welt. Daran möchte ich nicht schuld sein.«

Am nächsten Abend, dem ersten der War-Bonds-Tour, dröhnte Hedy der Kopf. Sie hatte irgendwann aufgehört mitzuzählen, wie viele Autogramme sie gegeben, wie oft sie »herzlichen Dank für Ihre Unterstützung« gesagt, wie viele Küsse sie verteilt, und wie viele Telefonnummern man ihr zugesteckt hatte. So anstrengend hatte sie sich das bei Weitem nicht vorgestellt. Obwohl sie viel Zeit im Sitzen verbracht hatte, schmerzte ihr ganzer Körper. Sie wünschte sich nichts mehr, als dass ihr Hotelzimmer eine Badewanne besäße, in der sie sich entspannen könnte. Noch neun Tage, und sie hätte es überstanden, ging ihr durch den Kopf. Neun Tage und fünfzehn Stationen, an denen sie lächeln, etwas sagen und dann ihre Rolle spielen sollte. Die Rolle einer Hollywood-Schönheit, die

Kriegsanleihen verkaufte. Ob sie dafür nicht einen Oscar verdient hätte?

◐ ◐ ◐

Philadelphia, Newark, Trenton, York – das waren die Stationen der Tour, die sie bisher besucht hatte. Hedy fühlte sich so erschöpft, dass sie nicht einmal mehr die Hand vor den Mund hob, wenn sie gähnte.

Trotzdem raffte sie sich auf, erst ihre Mutter und dann ihre britische Freundin anzurufen.

»Ich trau mich kaum zu fragen, wie es ist«, sagte Greer. »Und ich brauche auch gar nicht zu fragen, weil dein Gähnen mir Antwort genug ist.«

»Ich bemühe mich«, antwortete Hedy, »ich bemühe mich jeden Tag, fröhlich und freundlich zu bleiben, aber inzwischen bin ich nur noch müde, und mein Handgelenk schmerzt. Sie sollten uns einen Stempel geben, mit dem wir unseren Namen stempeln können. Es wäre einfacher für alle Seiten.«

»Aber du stehst viel in den Zeitungen, das ist doch etwas.«

»Das nutzt MGM mehr als mir. Die Publicity ist mir, ehrlich gesagt, egal.«

»Hast du den Eindruck, es lohnt sich?«

Hedy musste nur kurz überlegen. Sie gähnte erneut, bevor sie antwortete: »Auf jeden Fall. Wir helfen damit, den Krieg zu beenden, auch wenn es für uns harte Arbeit ist.«

»Gut, denn das werde ich dir sagen, wenn du wieder zurück bist und über deine schmerzenden Knochen jammerst.«

»Du bist die beste Freundin, die eine Frau sich wünschen kann.«

»Das weiß ich, Darling. Gute Nacht.«

Nachdem die *New York Times* die Schlagzeile »*Hedy Lamarr sells $ 4 547 000 Bonds*« gebracht hatte, rissen sich alle Zeitungen darum, über Hedys Erfahrungen während der Tour zu berichten. Einige von ihnen fragten sie an, selber etwas dazu zu schreiben. Hedy nutzte die Gelegenheit, um den US-Amerikanern die Sicht eines europäischen Flüchtlings auf den Krieg nahezubringen:

Ich möchte Ihnen allen über meine Erfahrungen berichten, und vielleicht können Sie dann meine Gefühle gegenüber den Vereinigten Staaten verstehen, die mein gewähltes Heimatland sind. Manchmal bin ich sicher, ich verstehe mehr von der Freiheit, für die wir alle kämpfen, als die vielen Millionen, die hier geboren sind und die Freiheit als ihr rechtmäßiges Erbe betrachten.

Ich habe aus meiner alten Heimat genug Schlimmes erfahren, um zu wissen, dass Freiheit kein Erbe ist, Freiheit muss erkämpft, gewonnen und dann gewürdigt werden.

Amerika ist der große Bewahrer der Freiheit; wir müssen dafür kämpfen, und deshalb bin ich so froh, in der Regierungskampagne dabei zu sein.

◐ ◐ ◐

Nach einer anstrengenden 10-Tage-16-Städte-Tour kehrte Hedy nach New York zurück, um dort den Zug nach Kalifornien zu besteigen. Als sie in Los Angeles ankam, erwarteten die Reporter sie bereits und fragten, wie sie sich fühle.

»Wundervoll – wie bald kann ich das noch einmal tun?« Mit einem Lächeln fuhr sie fort: »Es ist harte Arbeit, wirklich härter als vieles, was ich bisher getan habe, aber ich bin stolz und glücklich, dabei gewesen zu sein. Sobald ich mich ein wenig ausgeruht habe, hoffe ich, noch einmal in die Welt hinaus zu dürfen.«

Danach musste sie ins Krankenhaus, weil sie sich ihren Rücken während der anstrengenden Tour verstaucht hatte. Ein paar ihrer Wirbel mussten gerichtet werden. Im Anschluss gönnte sich Hedy eine kurze Ruhephase in einem Sanatorium, ehe sie ihre patriotische Energie in den Dienst der Hollywood Canteen stellte, die vor Kurzem eröffnet worden war. Die Kantine am 1451 Cahuenga Boulevard basierte auf einer Idee von Bette Davis und John Garfield. Ihr Ziel war es, offene Türen für alle Soldaten und Soldatinnen auf ihrem Weg nach Europa zu bieten. Die Streitkräfte erhielten kostenloses Essen, Getränke und Unterhaltung, dargeboten von den größten Stars Hollywoods. Bette und John war es gelungen, mehr als 3000 Beschäftigte der Filmindustrie zu Freiwilligendiensten zu verpflichten.

An ihrem ersten Abend schlug Hedys Herz ihr bis zum Hals. Sie wusste nicht, was sie erwartete, und noch weniger wusste sie, ob sie Bettes und Johns Erwartungen entsprechen würde. Mit schnellen Schritten näherte sie sich der Canteen, einem ehemaligen Stall, von außen eher schlicht gehalten: hellbraun gestrichenes Holz mit dem Schriftzug *Hollywood Canteen for Service Men*, umrahmt von sechs Sternen und einem Herz. In den Sternen standen *Navy*, *Army* und Ähnliches, um deutlich zu machen, dass hier die wahren Stars die Soldaten waren und nicht die Hollywood-Berühmtheiten. Eine Idee, die Hedy gut gefiel.

Etwas weniger behagte ihr die Vorstellung, dass sie etwas kochen sollte, denn das war keine ihrer Stärken. Bettes und Johns Konzept für die Hollywood Canteen beinhaltete, dass die Stars

Essen und Getränke austeilten, aber auch in der Küche arbeiteten.

Und damit nicht genug: »Du wirst selbstverständlich auch Autogramme geben und mit den Männern tanzen«, hatte Bette gesagt. »Du kannst doch tanzen?«

»Besser als kochen!«

»Himmel!«, stieß Hedy hervor, als sie sich der Canteen näherte. Vor dem Eingang für die Streitkräfte hatte sich eine Schlange gebildet, die bis zum nächsten Block reichte. Sie zog ihre Kapuze über den Kopf und eilte an der Menge vorbei bis zum Eingang für die Freiwilligen.

»Komm rein«, rief ihr eine Frau zu, die Hedy erst auf den zweiten Blick als Marlene Dietrich erkannte. »Wir brauchen dringend Hilfe in der Küche.«

Hedy warf ihren Mantel in eine Ecke, begrüßte alle, die sich bereits über Töpfe und Geschirr beugten, krempelte ihre Ärmel hoch und stellte sich vor die Spüle. Gemeinsam mit Marlene Dietrich wusch sie Teller, Teller und noch mehr Teller, bis plötzlich Bette Davis' kräftige Stimme ertönte: »Hol die beiden *Krauts* aus der Küche. Sie sollen tanzen und Autogramme geben.«

Hedy und Marlene sahen sich an, zuckten mit den Schultern, trockneten sich die Hände ab und folgten Bettes Befehl.

»Marlene Dietrich und Hedy Lamarr melden sich zum Dienst«, salutierte Hedy.

»Schwingt die Beine und verteilt Autogrammkarten. Das ist den Jungs wichtiger als das Essen.« Bette lächelte. »Danke euch.«

»Ich danke dir«, antwortete Hedy und meinte es aus tiefstem Herzen. Dabei ahnte sie noch nicht, dass die Hollywood Canteen ihrem Leben eine neue Richtung geben sollte.

KAPITEL 39

Los Angeles, Dezember 1942

Hedy arbeitete zu Beginn jede Freitagnacht in der Canteen, dann zweimal die Woche. Im Durchschnitt kamen 1500 Soldatinnen und Soldaten jede Nacht, am Wochenende oft doppelt so viele. Die Stars taten nicht nur ihren Küchenfreiwilligendienst, sondern sangen oder rissen Witze, um die Soldatinnen und Soldaten aufzuheitern.

Bald hießen die Freitagnächte die »Hedy-Lamarr-Nächte«.

»Ich sollte eigentlich Kaffee servieren«, sagte sie dem Jungen, der sie herumwirbelte, aber letztlich verbrachte sie den Rest des Abends mit Tanzen, weil ihr die jungen Männer, die in den Krieg zogen, leidtaten.

Um Konflikte zu verhindern, gab es strikte Regeln in der Kantine, die zum Beispiel die Tanzdauer bestimmten. Man durfte maximal zehn Minuten mit der gleichen Person tanzen, dann musste der Partner gewechselt werden. Die jungen Männer baten die Frau zum Tanz, die sie interessierte, indem sie dem anderen Jungen auf die Schulter klopften und sagten: »Lobe den Herrn und gib die Munition weiter.«

»Sorry, aber ich brauche dringend eine Pause.« Hedy lächelte den Soldaten an, bevor sie sich hinter den Tresen flüchtete. Dort ließ sie sich auf einen Stuhl fallen, zog ihren Pumps aus und rieb sich den schmerzenden linken Fuß.

»Hier, bitte.« Marlene Dietrich reichte ihr ein Glas Wasser. »Du siehst so erschöpft aus, wie ich mich fühle.«

Gierig trank Hedy das Glas leer. »Danke, das habe ich gebraucht. Ich liebe es wirklich, die Freitage hier zu verbringen, aber meine Füße bringen mich um.«

»Hedy, Darling, geh doch in die Küche, Brote schmieren.« Bette Davis, die durch nichts zu ermüden war, zwinkerte ihr zu. »Da kannst du auch barfuß stehen und dich etwas ausruhen.«

»Du bist ein Engel.« Hedy zog den zweiten Schuh aus und tapste auf Seidenstrümpfen in die Küche, schleuderte dort ihre Pumps in die Ecke und sagte: »Hedy Lamarr meldet sich zum Dienst.«

Fleißig schmierte sie Sandwiches, bis ihr die Arme wehtaten. Hedy warf einen Blick auf die große Küchenuhr, die an der Wand gegenüber hing. Es war erst 20.30 Uhr, noch eine Stunde musste sie durchhalten, bevor sie zu Jamesie nach Hause und in die Badewanne konnte, um ihren schmerzenden Körper zu entspannen. Als hätte sie Hedys Gedanken gelesen, schaute Bette Davis in die Küche.

»Hedy, Darling, ich weiß, es ist viel verlangt, aber mir sind zwei Freiwillige ausgefallen.« Bette rang verzweifelt die Hände, eine Geste, die Hedy aus ihren Filmen kannte. »Könntest du ein bisschen länger bleiben?«

»Für dich bleibe ich auch bis Mitternacht«, antwortete Hedy.

◐ ◐ ◐

Hedy ging so in ihrer Arbeit in der Hollywood Canteen auf, dass sie den Kinostart von *White Cargo* nur am Rande mitbekam. Das war vielleicht auch besser so. Obwohl Louis B.

Mayer ihr zugesagt hatte, dass MGM den Film als Drama vermarkten würde, zielte die Werbung nur auf eines: den lüsternen Blick des männlichen Publikums.

Trotz allem erhielt *White Cargo* einige gute Kritiken. Der *Hollywood Reporter* urteilte, dass es nie eine bessere Besetzung für *White Cargo* gegeben hätte, vor allem Hedy wurde hervorgehoben. Allerdings gab es etliche negative Stimmen, und einige, die sich einen Spaß daraus machten, Hedys Rolle zu veralbern.

Wenn sie daran dachte, wie sehr MGM und Mayer sich bemüht hatten, sie von *Ekstase* zu distanzieren, konnte sie nur staunen, dass man sie in so einen Film gesteckt hatte. Dennoch ließ sich nicht leugnen, dass der Film ein Kassenschlager wurde. *White Cargo* brachte MGM Geld ein, unglaublich viel Geld. Hedy war gespannt, was das Studio ihr als Nächstes anbieten würde.

◐ ◐ ◐

»Du kommst heute Abend?« Obwohl Gertrude ihr versprochen hatte, den ersten Weihnachtstag gemeinsam mit Hedy und Jamesie zu verbringen, rief Hedy ihre Mutter sicherheitshalber noch einmal an. »Ich habe einen Baum gekauft, die Geschenke sind bereits verpackt, und ich kann es nicht erwarten, gemeinsam mit meinen beiden liebsten Menschen das Fest zu feiern.«

»Selbstverständlich. Wenn du magst, komme ich früher und helfe dir beim Essen.«

»Ich weiß, dass ich nicht kochen kann. Deshalb habe ich auch meine Köchin gebeten, alles vorzubereiten, so dass ich nur noch den Ofen anstellen muss. Aber ich freue mich, wenn du früher hier bist.«

Hedy hatte gerade aufgelegt, als das Telefon klingelte.

»Hedy, Darling, ich weiß, du bist nicht eingeteilt und hast sicher vor, den ersten Weihnachtstag mit Freunden zu verbringen oder mit deiner Familie, aber …«

Hedy wartete einen Moment, bevor sie fragte: »Aber was, meine liebe Bette?«

»Wir sind heute knapp mit Freiwilligen. Es reicht, wenn du zur Spätschicht kommst. Dann kannst du mit deiner Familie feiern … Bitte!« Bei Bette Davis wusste man nie, ob die Verzweiflung in ihrer Stimme echt oder gespielt war. Die Diva war eine zu gute Schauspielerin. »Ich wäre dir für immer zu Dank verpflichtet.«

»Ich denke darüber nach und melde mich.«

»Bitte.«

Hedy seufzte. »Also gut. Unter dem Vorbehalt, dass meine Mutter nichts dagegen hat.«

»Feiert ihr überhaupt Weihnachten?«

»Für Jamesie.«

»Danke, Hedy. Du hast was gut bei mir.«

Hedy überlegte einen Moment. Konnte sie es ihrer Mutter wirklich zumuten, sie am ersten Weihnachtstag allein sitzen zu lassen? Aber warum machte sie sich überhaupt diese Gedanken, für ihre Mutter war Weihnachten ein Tag wie jeder andere. Gemeinsam hatten sie schon vor drei Wochen den Beginn von Hanukkah gefeiert. Gertrude hielt an den Bräuchen fest, auch wenn sie nur selten darüber sprach, dass sie jüdischen Glaubens war.

Hedy war sich sicher, dass Gertrude es gerne hätte, wenn ihre Tochter den katholischen Glauben aufgegeben und zu ihrer ursprünglichen Religion zurückgekehrt wäre. Bisher hatte sie noch nicht darüber nachgedacht, aber wie L.B. Mayer ihr deutlich nahegelegt hatte, sollte eine Schauspielerin besser nie über Religion und Politik reden.

Schließlich griff Hedy erneut nach dem Telefonhörer, um Greer anzurufen. Es wäre schön, an diesem Abend eine gute Freundin an ihrer Seite zu haben.

»Greer, meine Liebe.« Hedy versuchte den Tonfall von Bette Davis nachzuahmen. »Hast du heute Abend schon etwas vor?«

»Denk nicht einmal dran. Bette hat mich bereits angerufen, und ich habe sie gefragt, ob sie nicht weiß, dass heute der erste Weihnachtstag ist.«

»Wir könnten die Spätschicht übernehmen und müssten erst um halb zehn da sein.«

»John bringt mich um, wenn ich ihn an Weihnachten mit meiner Mutter allein lasse.«

»Bitte.«

»Hast du einmal aus dem Fenster geschaut?« Greer stieß einen Seufzer aus. »Es regnet. Weihnachten in Kalifornien, und es regnet. Es ist ohnehin schwer genug für uns, in festliche Stimmung zu kommen. Tut mir leid, das nächste Mal bin ich dabei.«

»Frohe Weihnachten.« Hedy legte auf. Dann wählte sie eine weitere Nummer.

»Ann, meine liebste amerikanische Freundin. Ich habe einen patriotischen Auftrag für dich.«

»Nicht heute, Hedy.«

»Ich weiß, heute ist der erste Weihnachtstag, und es regnet, und das in Kalifornien.«

»Du hast mit Greer telefoniert.«

»Woher weißt du das?«

»Ich kenne ihre Art, sich über das Wetter zu beschweren. Was möchtest du?«

»Du brauchst es gar nicht so zu betonen, ich weiß, was dieses Fest für Familien bedeutet.«

»Also gut, sprich.«

»Bette hat mich angerufen, sie sind heute Abend knapp mit Freiwilligen und erwarten einen Haufen junger amerikanischer Soldaten.«

»Ich würde wirklich gerne, das weißt du, aber …« Ann brachte den Satz nicht zu Ende, was Hedys Neugier weckte.

»Sag schon.«

»Du wirst es nicht glauben, aber Robert ist ein echter Weihnachtsfan.« Ann stöhnte auf. Hedy konnte es förmlich vor sich sehen, wie ihre Freundin mit den Augen rollte. »Baum, Dekoration im Garten, Lichterketten, Familienessen … Ich kann ihn heute nicht allein lassen. Frohe Weihnachten, Darling.«

»Dir auch ein frohes Fest.« Hedy legte auf. Hätte sie nur vorher ihre Freundinnen angerufen, bevor sie Bette zugesagt hatte. Allerdings wäre sie trotzdem in die Canteen gegangen, denn sie konnte Bette nicht widerstehen, und außerdem taten ihr die Soldaten leid. Junge Männer, die Weihnachten in Uniform verbrachten und bald in den Krieg geschickt wurden. Unvorstellbar, dass sie vor verschlossenen Türen der Hollywood Canteen gestanden hätten. Nein, das durfte nicht sein.

»Danke, Mummilie. Ich mache es wieder gut.« Hedy umarmte ihre Mutter. Dann verabschiedete sie sich von Jamesie mit einem Kuss. Ihr Sohn drehte den Kopf weg, was Hedy erschütterte.

»Er ist nur müde und hat zu viel Süßigkeiten gegessen. Mach dir nichts draus«, versuchte ihre Mutter, Hedy zu beruhigen.

»Oder er ist zornig, weil ich wieder einmal nicht zu Hause bleibe.«

»Hedl, du tust das Richtige. Da bin ich mir sicher.«

»Danke. Das bedeutet mir viel.«

In ihrem Regenmantel, den Kragen hochgeschlagen, den Hut tief ins Gesicht gezogen, sah sie aus wie jede andere Frau aus Los Angeles, die am ersten Weihnachtstag durch die Straßen eilte. Als der Nieselregen stärker wurde, zog sie die Schultern hoch und legte noch einen Schritt zu.

Trotz des schlechten Wetters und Weihnachten zog sich die Schlange vor dem Eingang der Hollywood Canteen über den Bürgersteig.

Hedy senkte den Kopf und lief an den wartenden Männern vorbei. Ein Lächeln glitt über ihr Gesicht, als sie Gesprächsfetzen aufschnappte.

»Welche Stars sind wohl heute Abend da?«

»Es heißt, alle Großen: Bette Davis, Rita Hayworth, Marlene Dietrich.« Er sprach es »Dietrick« aus.

»Und Hedy Lamarr?«

Hedy verlangsamte ihre Schritte. Kurz überlegte sie, sich zu erkennen zu geben, aber ihre Neugier war stärker.

»Oh ja, die ist wohl jeden Freitag da. Die Freitagabende heißen deshalb *Hedy-Lamarr-Nights*.«

»Wenn ich von ihr ein Autogramm bekomme, kann ich glücklich in den Krieg ziehen.«

Als sie das hörte, wusste Hedy, dass sie die richtige Entscheidung getroffen hatte, den Abend hier zu verbringen. Aus dem Augenwinkel sah sie den Soldaten an und merkte sich sein Gesicht: ein breites Landjungengesicht mit Sommersprossen und einer Zahnlücke. Sie würde ihn bestimmt wiedererkennen.

Als sie die Hollywood Canteen betrat, hörte sie die Big Band, die »White Christmas« spielte. Nachdem sie ihre Kollegen in der Küche begrüßt hatte, warf sie einen Blick in den Barraum. Auf der Tanzfläche tummelten sich Soldaten und Stars, die zum Rhythmus des Weihnachtslieds tanzten.

Hedy tippte den Takt mit dem Fuß mit. Sie konnte es kaum erwarten, sich ebenfalls in das Getümmel zu stürzen. Nur noch schnell den nassen Hut und den Regenmantel loswerden, ihre Frisur und das Make-up prüfen und sie war bereit.

Zehn Tänze, fünfzehn Tänze, zwanzig Tänze – sie zählte nicht mehr, sondern wirbelte mit einem Soldaten nach dem anderen über den Fußboden, bis Bette ihr ein Zeichen gab.

»Entschuldigt, Jungs, aber ich muss auf die Bühne.«

Bette und John Garfield, verkleidet als Weihnachtsmänner, erwarteten sie bereits dort.

»Die große Weihnachtsverlosung, jedes Los gewinnt!«, rief Bette, und ihre Stimme übertönte den Lärm. »Und einer von den Glücklichen bekommt den Kuss seines Lebens, von unserer wundervollen Miss Hedy Lamarr.«

Hedy vollführte einen Knicks und lächelte in die Runde.

»Meine Herren, ich bitte um einen großen Applaus für unsere wunderschöne Dame in Schwarz. Lose bekommen Sie am Tresen.«

Keine halbe Stunde später setzte der Trommelwirbel zur Verkündung des Gewinners ein. Die Musik verstummte, der ganze Saal blickte zu Bette und Hedy hinauf auf die Bühne. Bette griff mit geschlossenen Augen in die Schüssel mit kleinen Zettelchen, die ihr soeben gereicht worden war. »Es gewinnt die Nummer 18, sie bekommt den Kuss von Miss Hedy Lamarr, der schönsten Frau der Welt.«

Zu Hedys Freude stolperte der sommersprossige Junge mit

der Zahnlücke auf die Bühne. John Garfield prüfte seine Nummer und nickte Hedy zu.

Sie stemmte ihre Hände in die Hüften und lächelte. Der Junge starrte sie nur an. Weder bewegte er sich auf sie zu noch bekam er ein Wort über die Lippen.

»Junger Mann, ich sehe, du hast noch 5 Minuten, dann musst du den Ort verlassen«, versuchte John Garfield die Situation zu retten. Er wandte sich an die Menge: »Was sagt ihr, sind 5 Minuten genug, um einen Kuss von Hedy Lamarr zu bekommen?«

Die Menschen jubelten und klopften und applaudierten, doch der Soldat bewegte sich immer noch nicht.

»Nun mach schon, junger Mann«, flüsterte Bette ihm zu, so laut, dass es bestimmt jeder hören konnte. »Hedy beißt nicht.«

Hedy schloss die Augen und spitzte die Lippen zu einem Kuss. Wenn das nicht half, würde der arme Kerl zum Gespött des Abends. Sie blinzelte – und ein Stein fiel ihr vom Herzen, denn endlich bewegte er sich auf sie zu, wenn auch mit winzigen Schritten. Sie schloss wieder die Augen und spürte seine Nähe, roch seinen Schweiß und kalten Zigarettenrauch. Plötzlich spürte sie seine Lippen – allerdings nicht auf ihrem Mund, sondern auf ihrer Stirn.

Erschrocken stolperte er zurück. Seine Kameraden pfiffen und johlten, während der Junge versuchte, seinen letzten Rest Würde zusammenzukratzen und die Treppe von der Bühne hinabstolperte.

»Stopp!«, rief Hedy ihm nach, und er hielt auf der letzten Treppenstufe inne. Sie zog eine Autogrammkarte aus der Tasche ihres Kleides, auf die sie einen Kuss drückte. Tiefrot leuchtete ihr Lippenstift auf dem schwarz-weißen Bild.

»Hier ist ein Autogramm für Sie. Ich wünsche alles Gute; es ist ein guter Kampf, den Sie kämpfen, Soldat«, sagte sie und drückte ihm die Karte in die Hand. Dann wandte sie sich an das Publikum: »Weil er mich nicht küssen wollte, habe ich mein Foto geküsst. So weiß er für den Rest seines Lebens, was er verpasst hat.«

Tosender Applaus erhob sich. Hedy verneigte sich und schlüpfte unauffällig von der Bühne, um ihren Aufgaben in der Küche nachzukommen.

»Oh nein, wie kommt es, dass der Strom dreckigen Geschirrs nie endet?«, fragte sie Rita Hayworth, die an der Spüle stand.

»Keine Ahnung, Darling, aber danke, dass du mich ablöst.« Rita trocknete sich die Hände ab und nahm sich etwas zu essen. »Frohe Weihnachten, übrigens.«

»Dir auch.« Hedy konzentrierte sich auf den Abwasch. »Kann jemand abtrocknen, bitte?«

»Ich sollte den Abwasch machen. Ihre Hände sind viel zu hübsch zum Spülen.«

Hedy blickte auf, neugierig, wer ihr das Kompliment gemacht hatte. Neben ihr stand ein hochgewachsener Mann, er hatte britisch geklungen. Geheimratsecken in seinem dunkelblonden Haar und Stirnfalten verrieten Hedy, dass er nicht mehr der Jüngste war. In seinen klaren Augen jedoch blitzte ein jugendlicher Schalk, und seinen Mund umspielte ein unbekümmertes Lächeln. Hedy fühlte sich augenblicklich zu ihm hingezogen.

»Wollen Sie mich ablösen?«, fragte sie.

»Nur, wenn Sie mir beim Abwasch Gesellschaft leisten.«

»Sehr gern. Ich bin übrigens Hedy Lamarr. Hedy.«

»Das weiß ich. John Loder.« Er reichte ihr ein Geschirrtuch. »Wir sind uns schon einmal bei Bette Davis begegnet. Ich scheine keinen großen Eindruck auf dich gemacht zu haben.«

»Doch, John Loder, das hast du. Ich hatte gehofft, dass wir uns wiedersehen.«

EPILOG

Los Angeles, 1997

David R. Hughes legt enttäuscht den Telefonhörer zurück auf die Gabel. All die Arbeit, um der Schauspielerin und Erfinderin endlich die Anerkennung zu verschaffen, die sie verdient hat, aber die große Hedy Lamarr ist nicht bereit, den Preis persönlich entgegenzunehmen. Ihr Sohn hat es mit ihrer angeschlagenen Gesundheit entschuldigt, aber David fragt sich, wie ihr endlich die Ehre zuteilwerden soll, die ihr gebührt, wenn sie sich abschottet und unbeachtet bleibt – genauso wie ihre Erfindung.

»Ich persönlich würde Ihre Mutter abholen und zur Preisverleihung bringen«, hatte David vorgeschlagen. »Falls Miss Lamarr einen Rollstuhl benötigt, kann ich dafür sorgen.«

Stille antwortete ihm, gefolgt von einem Seufzen.

»Das ist es nicht allein.« Anthony rang hörbar nach passenden Worten. Schließlich überwand er sich. »Meine Mutter möchte nicht so gesehen werden, wie sie jetzt aussieht.«

»Das verstehe ich nicht. Sie ist doch bestimmt immer noch eine schöne Frau«, platzte David heraus. »Außerdem geht es um ihre Erfindung, ihr Denken, nicht um ihr Aussehen.«

»Mom ist da strikt.«

»Und wer wird den Preis entgegennehmen? Oder will sie den etwa auch nicht?«

»Ich habe die Ehre.« Anthony Loder seufzte. »Es tut mir leid, dass Sie sich die Mühe gemacht haben.«

»Ich melde mich, wenn ich mehr über die Preisverleihung weiß.«

David braucht nur kurze Zeit, bis er seine Enttäuschung überwunden hat. Schließlich hat er all seine Anstrengungen – die Telefonate, die Artikel, die Briefe – nicht unternommen, um Hedy Lamarr die Hand zu schütteln, sondern um ihre Entdeckung zu würdigen.

Die Erfinderin des Frequenzsprungverfahrens – der Basis für drahtloses Internet und die gesamte Kommunikationstechnologie – verdient Anerkennung, selbst wenn sie Jahrzehnte zu spät kommt.

»Und ich bin der, der ihr dazu verhilft«, murmelt David, während er seine Notizen durchblättert. Kurz soll seine Rede für die Preisverleihung sein, aber gleichzeitig die Bedeutung ihrer Erfindung würdigen. Am besten spricht er darüber, wie er auf ihre Erfindung gestoßen ist. Oder soll er präziser darauf eingehen, was George Antheil und Hedy Lamarr erdacht haben?

Denn an und für sich ist die Idee der beiden sehr simpel – und gerade deshalb so genial. Wenn man das Frequenzsprungverfahren nutzt, werden Daten nicht mehr als Ganzes über einen Kanal verschickt, was sie störanfällig macht, sondern in kleinen Päckchen auf wechselnden Frequenzen. Der Wechsel erfolgt anhand einer Kodierung, die nur Sender und Empfänger kennen. Für jemanden, der nicht damit vertraut ist, klingt das Signal wie ein Rauschen.

Der erste Wissenschaftler, der Hedys und George Antheils Patent würdigte, hieß Romuald Ireneus Scibor-Marchocki, ein

Ingenieur, der bei den Hoffman Laboratories arbeitete. Scibor-Marchocki bekam von der Navy das Patent für das *Secret Communication System*, um darauf aufbauend eine Sonoboje zu entwickeln. Was ihm auch gelang.

Neugierig begab sich der Ingenieur auf die Suche nach den Patententwicklern und stellte fest, dass es keine Berufskollegen waren, sondern eine Hollywood-Diva und ein Avantgarde-Komponist. Als das Internet aufkam, begann er über das *Secret Communication System* zu schreiben und Hedys und Georges Patent zu würdigen. Aber das allein reichte nicht, um Hedy aus der Vergessenheit zu holen.

Da musste erst David kommen. Unabhängig von Scibor-Marchocki ist er ebenfalls auf das Patent gestoßen, das Hedy und George Antheil bekommen hatten. David erkannte frühzeitig die Möglichkeiten, die das Internet bietet, aber begriff auch, dass jemand sich darum kümmern musste, die Technologie möglichst allen Menschen zugänglich zu machen. Er setzte sich dafür ein, dass Schulen auf dem Land kostenloses WLAN bekamen, und erhielt ein Stipendium der *National Science Foundation*, um drahtlose Systeme zu erforschen. Während seiner Forschungsarbeiten stieß er schließlich auf Hedy Lamarr, George Antheil und deren Patent – und setzte alles daran, dass diese bahnbrechende Arbeit ausgezeichnet wird.

Nun, vier Jahre später, ist es ihm endlich gelungen. Zu spät für George Antheil, der 1959 verstorben ist.

◐ ◐ ◐

Am 12. März 1997 ist es endlich so weit. Auf einer Konferenz der *Electronic Frontier Foundation* in Burlingame bei San Francisco hält David R. Hughes seine Rede und bittet Anthony Loder nach vorn.

Hedy Lamarrs Sohn steckt mitten in seiner Dankesrede, als sein Mobiltelefon klingelt.

»Tut mir leid. Da *muss* ich ran. Es ist meine Mutter.«

Lautes Lachen folgt auf seine Worte. David könnte wetten, dass etliche der 800 Zuhörer ebenfalls ans Telefon gegangen wären, wenn sie »Mom« auf dem Display gelesen hätten.

»Mutter, ich nehme gerade deinen Preis entgegen.«

»Wie es läuft? Ich bin noch dabei.«

»Ja, ich werde deinen Dank weitergeben.«

Selbst wenn er von dem Anruf überrascht wird, wirkt die Szene so, als habe die große Diva Hedy Lamarr sie geplant. Warum auf einen gelungenen Auftritt verzichten, nur weil man nicht vor Ort ist?

Anthony Loder legt auf, lächelt verschmitzt und sagt: »Manchmal wünsche ich mir, meine Mom und George Antheil hätten *nicht* die Basis für den Mobilfunk gelegt.«

Nachdem das Gelächter verklungen ist, holt Anthony ein Aufnahmegerät aus seiner Tasche.

»Meine Mutter lässt Ihnen danken und hat mich gebeten, Ihnen ihre Worte vorzuspielen.«

Erwartungsvolles Schweigen tritt ein, als Hedy Lamarrs Sohn den Abspielknopf drückt. Eine Frauenstimme erklingt, alt, aber sehr klar: »Ich freue mich, dass die Erfindung nützlich war, ich freue mich über die Anerkennung und Würdigung. Danke.«

Eine kurze Pause, bevor Hedy Lamarrs Abschlussworte ertönen: »Wurde auch Zeit.«

Tosender Applaus braust auf, und David muss sich eine Träne aus dem Augenwinkel wischen.

Zum Abschluss hält Anthony Loder die goldene Statue mit der Inschrift *To Hedy Lamarr for Her Contribution in Pioneering Electronics* hoch.

»Herzlichen Dank. Meine Mutter hat nie einen Oscar erhalten, aber ich bin mir sicher, diese Auszeichnung stellt alles in den Schatten, was Hollywood ihr zu bieten hatte.«

Nachwort:
Der Weitere Lebensweg Hedy Lamarrs

Am Ende der Geschichte von »Die Verwegene« glaubt Hedy Lamarr, dass sie ihr Glück gefunden hat. Ihre Mutter lebt mit ihr in Sicherheit, sie hat ihren Beitrag für den Krieg geleistet. Ihr Film *White Cargo* ist ein Kassenerfolg, auch wenn die Kritiker ihn nicht mögen. Und last, but not least hat sie einen Mann kennengelernt, bei dem sie Sicherheit und Glück zu finden meint. Doch leider hält beides nicht lange an: Die Ehe mit John Loder endet nach wenigen Jahren, Hedy wird zur alleinerziehenden Mutter für die gemeinsamen Kinder Denise und Anthony. Jamesie, den Sohn, um den Hedy Lamarr so sehr gekämpft hatte, gab sie weg und sah ihn erst vierzig Jahre später wieder.

Leider endet Hedys Lebensgeschichte nicht glücklich. Die Frau, die ein Star sein wollte und sich einen Menschen an ihrer Seite wünschte, der sie mit all ihren Facetten liebte, starb allein und vergessen. Immerhin erhielt sie vor ihrem Tod die Anerkennung für das, was ihr wichtig war: die Erfindung, die sie mit George Antheil zusammen entwickelt hatte.

Gemeinsam mit dem Aufbau Verlag habe ich entschieden, nur einen Ausschnitt aus dem Leben von Hedy zu erzählen, deren Leben sicher drei Bücher füllen könnte. Ich habe für den biografischen Roman die Zeit gewählt, in der Hedy Lamarr in Hollywood ankam und zum größten Star ihrer Zeit wurde. In Hedy Lamarrs Leben waren die Jahre zwischen 1937 und 1943 die Zeit, in der sie ihre bahnbrechende Erfindung machte und den Vater ihrer Kinder kennenlernte. Danach erlebte sie sowohl beruflich als auch privat Höhen und Tiefen, leider überwiegend Tiefen.

In den späten dreißiger und frühen vierziger Jahren gab es in den gesamten USA sicher kaum jemanden, der die Schauspielerin nicht kannte. Die Frauen wollten so aussehen wie sie und ließen sich Locken mit Mittelscheitel frisieren, die Männer träumten von ihr. Sie hatte Spitznamen wie *Heaven with an Accent*, *Dream Girl of fifty Million Men*, *Queen of Glamour*, *The most beautiful Woman in the World*; 1940 war ihr Profil das Gesicht, das bei Schönheitschirurgen am häufigsten gefordert wurde. Bob Kane modellierte seine *Catwoman* nach Hedys Vorbild; Walt Disney nahm sie als Modell für *Snowwhite*.

Im Unterschied zu anderen Hollywoodstars der Goldenen Jahre ging Hedy Lamarrs Ruhm über die Jahre und Jahrzehnte verloren. Was sicher daran lag, dass ihr Studio MGM und ihr Boss Louis B. Mayer es nicht schafften, ihr eine Rolle zu geben, mit der sie für immer verbunden war. Hätte Louis B. Mayer Hedy Lamarr für *Casablanca* ausgeliehen, wer weiß, was aus ihrer Karriere geworden wäre.

In den achtziger Jahren war Hedy Lamarr so gut wie vergessen; wenn überhaupt, dann erinnerte man sich an sie durch den Historienschinken *Samson und Delilah*. Und dann, mit der wachsenden Bedeutung des Internets, wurde Hedy Lamarr wiederentdeckt – nicht als Marmorgöttin und Hollywood-Diva, sondern als intelligente Erfinderin. Heute kennt man sie eher als *Lady Bluetooth* denn als Filmstar.

Auch wenn in Wissenschaftlerkreisen nicht unumstritten ist,

ob Hedy Lamarr und George Antheil allein der Ruhm für die Erfindung des Bluetooth und der Breitbandtechnologie gebührt, so ist die Geschichte einer Hollywoodschauspielerin und eines Avantgarde-Komponisten, die die Grundlage für unser heutiges modernes Leben gelegt haben, einfach zu schön, um sie nicht zu erzählen.

Hedy Lamarr selbst hat einmal gesagt, dass das Denken und die Intelligenz von Menschen bedeutender seien als deren Aussehen. Ihre Geschichte zeigt, dass dies zutrifft: Auf lange Sicht war ihre Erfindung wichtiger als ihre Filme und ihre Schönheit.

Einen Oscar hat sie nie bekommen, aber einen Stern auf dem Hollywood Walk of Fame (1960).

1997 erhielt sie den *EEF Pioneer Award* für ihre Erfindung. Im gleichen Jahr bekam sie als erste Frau den *Invention Convention's BULBIE Gnass Spirit of Achievement Award*, bekannt als der »Oscar für Erfinder«.

2014, vierzehn Jahre nach Hedys Tod, wurden sie und George Antheil posthum in die National Inventors Hall of Fame aufgenommen.

5 Jahre später hat man einen Asteroiden nach ihr benannt, den 32730 Lamarr.

In Deutschland, Österreich und der Schweiz feiert man ihren Geburtstag, den 9. November, als »Tag der Erfinder«.

Anmerkungen und Literaturhinweise

Beim Schreiben von »Die Verwegene« habe ich mich an die historisch verbürgten Ereignisse gehalten, aber den Figuren Worte in den Mund gelegt, die nicht überliefert sind.

Außerdem habe ich mir ein paar Abweichungen von den belegten Fakten erlaubt. So habe ich Ida Koverman den Dackel Percy an die Seite gestellt, damit sie und Hedy von Anfang an eine Gemeinsamkeit haben. Des Weiteren wurden Gene Markey und Hedy Lamarr von Genes Chauffeur Jose Fuentes nach Mexiko gefahren, aber ich fand, eine Cabrio-Fahrt passte besser zu der überstürzten Hochzeit. Die Szene mit dem Soldaten, der Hedy nur auf die Stirn zu küssen wagt, ist dokumentiert, allerdings habe ich sie in die Hollywood Canteen verlegt, in Wahrheit fand sie während der War-Bonds-Tour statt. Hedy Lamarr hat ihren Sohn tatsächlich während der Preisverleihung angerufen; allerdings gibt es Quellen, die das mit dem *Milstar Award* verknüpfen, während andere es mit dem *EFF Award* verbinden.

Für alle Leser:innen, die gern noch mehr über Hedy erfahren wollen, habe ich einige Lesetipps zusammengestellt, die mir auch beim Schreiben dieses Romans sehr geholfen haben. Wenn man einen Menschen kennenlernen möchte, ist es meist am besten, die Autobiographie zu lesen, in Hedy Lamarrs Fall heißt das Buch: *Ekstase und ich*.

In Hedys Fall lautet mein Rat: Lassen Sie die Autobiographie links liegen und lesen Sie stattdessen eine der Biographien, die über die Schauspielerin und Erfinderin geschrieben wurden. Denn Hedy Lamarr hat Urheberschaft und Inhalt nach dem Erscheinen von *Ekstase und ich* stets bestritten.

Über Hedy Lamarr:

George Antheil: *Enfant terrible der Musik*. Albert Langen-Georg Müller Verlag, 1960.

Jochen Förster: *Hedy Darling: Hollywood-Ikone. Technik-Pionierin. Gefallener Stern. Das filmreife Leben der Hedy Lamarr – erzählt von ihrem Sohn*. Ankerherz Verlag, 2012.

Peter Kranzpiller: *Hedy Lamarr – Stars der Kinoszene, Band 13*. Verlag für Filmliteratur Peter Kranzpiller, 1997.

Michaela Lindinger: *Hedy Lamarr. Filmgöttin, Antifaschistin, Erfinderin. Die Biografie*. Molden Verlag, 2019.

Richard Rhodes: *Hedy's Folly: The Life and Breakthrough Inventions of Hedy Lamarr, the Most Beautiful Woman in the World*. Doubleday, 2011.

Ruth Barton: *Hedy Lamarr. The Most Beautiful Woman in Film*. The University Press of Kentucky, 2010.

Stephen Michael Shearer: *Beautiful. The Life of Hedy Lamarr*. Thomas Dunne Books, 2010.

Christopher Young: *The Films of Hedy Lamarr*. Lyle Stuart, 1980.

Über MGM und Hollywood:

Paddy Calistro / Fred E. Basten: *Das Hollywood Archiv. Glamour & Geheimnis: Hollywoods Goldene Jahre*. Brandstätter, 2000.

Gary Carey: *All the Stars in Heaven. Story of Louis B. Mayer and M. G. M.* Harper Collins, 1982.

John Douglas Eames: *The MGM Story.* Pyramid Books, 1990.

Otto Friedrich: *Markt der schönen Lügen. Die Geschichte Hollywoods in seiner großen Zeit.* Heyne Verlag, 2011.

Charles Higham: *Merchant of Dreams: Louis B. Mayer, M. G. M., and the Secret Hollywood.* Donald I. Fine, 1993.

Ronny Regev: *Working in Hollywood: How the Studio System Turned Creativity into Labor.* The University of North Carolina Press, 2018.

Cornelius Schnauber: *Spaziergänge durch das Hollywood der Emigranten.* Arche Literatur Verlag, 2001.

John Russel Taylor: *Fremde im Paradies. Emigranten in Hollywood. 1933–1950.* Siedler Verlag, 1988.

Sherrie Tucker: *Dance Floor Democracy. The Social Geography of Memory at the Hollywood Canteen.* Duke University Press Books, 2014.

Sehr empfehlenswert sind auch die Dokumentarfilme, die sich mit Hedy Lamarr und ihrem Leben beschäftigen:

Hedy Lamarr: Secrets of a Hollywood Star (2006)

Calling Hedy Lamarr (2004)

Bombshell: The Hedy Lamarr Story, Deutsch: Geniale Göttin (2017)

Alle Zitate Hedys Lamarrs, die die Zwischentitel dieses Romans zieren, wurden von der Autorin ins Deutsche übertragen.

Danksagung

Mein herzlicher Dank gilt Anna Mechler, Literaturagentur Lesen und Hören, für ihren Einsatz für den Roman und die Begleitung von der Idee bis zur Veröffentlichung.

Danke an Stefanie Werk vom Aufbau Verlag für ihre Begeisterung für Hedy Lamarrs Geschichte und ihre hilfreichen Anmerkungen zu den ersten Entwürfen.

Ohne die Unterstützung meiner großartigen Lektorin Christina Weiser wäre »Die Verwegene« nicht das Buch, das es nun ist. Sie hat durch ihr Sprachgefühl sowie ihre klugen Anmerkungen an den richtigen Stellen geholfen, aus dem Manuskript einen Roman zu gestalten. Danke sehr.

Vier Musekater und eine Musekatze sorgen für die notwendige Ablenkung vom Schreiben und Spannung, wenn sie über die Tastatur laufen, bis das Notebook piept.

Meinem Ehemann Matthias danke ich dafür, dass er die Schlussphase des Schreibens mit mir durchgestanden hat.

Ein riesiges Dankeschön gilt den Bloggerinnen, die meine Geschichten unterstützen und sie rezensieren. Ich weiß eure Arbeit und eure Liebe zu Büchern sehr zu schätzen.

Und last but not least danke ich den Leserinnen und Lesern von »Die Verwegene«. Hedy Lamarr und ich freuen uns über Rückmeldungen und Rezensionen. Danke!